Weihnachten in Willow Creek

© Ralf Eyertt

Christopher Ross gilt als Meister des romantischen Abenteuerromans. Durch Bestseller wie *Hinter dem weißen Horizont*, *Mein Beschützer, der Wolf*, *Geliebter Husky* und die Romane der *Clarissa*-Saga wurde er einem breiten Publikum bekannt. Während zahlreicher Reisen und längerer Aufenthalte in Kanada und Alaska entdeckte er seine Vorliebe für diese Länder, die bevorzugten Schauplätze seiner Romane.
Mehr über den Autor: www.christopherross.de
www.facebook.com/christopher.ross.autor

Christopher Ross

Weihnachten in Willow Creek

Roman

Weltbild

MIX
Papier aus verantwortungsvollen Quellen
FSC® C083411

Besuchen Sie uns im Internet:
www.weltbild.de

Werner-von-Siemens-Straße 1, 86159 Augsburg
Projektleitung: usb bücherbüro, Friedberg/Bay.
Redaktion: Ingola Lammers
Umschlaggestaltung: *zeichenpool, München
Umschlagmotiv: www.shutterstock.com
Satz: Datagroup int. SRL, Timisoara
Druck und Bindung: CPI Moravia Books s.r.o., Pohorelice
Printed in the EU
ISBN 978-3-96377-343-3

2023 2022 2021 2020
Die letzte Jahreszahl gibt die aktuelle Lizenzausgabe an.

1

Santa Claus lächelte so freundlich, dass Karen und ihr fünfjähriger Sohn nicht widerstehen konnten. Obwohl schon mehrere Leute vor dem Rentierschlitten im Erdgeschoss der Shopping Mall standen und sich eine längere Schlange gebildet hatte, stellten sie sich an und warteten geduldig. »Ho, ho, ho«, rief der Weihnachtsmann jedes Mal, bevor er ein Kind auf den Schoß nahm, ein paar freundliche Worte mit ihm wechselte und auf den Fotografen deutete.

In seinem roten Mantel, mit der Zipfelmütze und dem vollen weißen Bart sah Santa Claus genauso aus, wie man ihn sich vorstellte. Oder wie er sich auf den Plakatwänden und im Fernsehen präsentierte. Ein freundlicher alter Mann, der sich liebevoll um die Kinder kümmerte. Für jeden der kleinen Besucher gab es außer dem Foto eine Tüte mit Süßigkeiten und mit einem Blick auf die begleitenden Erwachsenen das Versprechen, kein Kind an Weihnachten zu vergessen.

Einen solchen Großvater hätte Karen sich auch im wirklichen Leben für ihren Sohn gewünscht. Aber ihre Eltern hatten ihr Restaurant in Anchorage schon vor zwei Jahren verkauft und waren nach Hawaii gezogen, ein lebenslanger Traum ihres Vaters, der die Kälte und die dunklen Winter in Alaska stets verabscheut hatte. Dort hatten sie in ein Steakhaus investiert, dessen Leitung sie allerdings einem Manager und einem japanischen Koch überließen.

Es dauerte eine ganze Weile, bis sie an die Reihe kamen. Jimmy hangelte sich an dem weißen Lattenzaun entlang, der den Weihnachtsmann und seinen Schlitten umgab, und sah mit großen Augen zu, wie die rote Nase von Rentier Rudolph leuchtete und die bunten Lichter am Weihnachtsbaum hinter dem Schlitten blinkten. Über einen Lautsprecher warb eine Stimme für die Fotos mit Santa Claus und die zehn Prozent Rabatt, die man mit der Quittung beim Kauf bestimmter Waren bekam. Entsprechend hoch war der Preis für ein Foto, aber Karen bezahlte ihn gern. Sie tat alles, um ihrem Sohn eine Freude zu bereiten.

»Gleich bist du dran«, sagte sie. Je näher sie dem Eingang kamen, desto zögerlicher bewegte sich Jimmy. Sein Respekt vor dem Weihnachtsmann war groß. »Keine Sorge, Jimmy! Santa Claus weiß, dass du ein braver Junge bist.«

»Kann er alles sehen? Auch wenn er zu Hause am Nordpol ist?«

»Klar, das weißt du doch.« Sie zwinkerte ihm beruhigend zu. »Aber er lässt auch vieles durchgehen. Zum Beispiel, wenn ein Junge, ohne seine Mutter zu fragen, einen Schokokeks aus der Dose im Küchenschrank nimmt.«

Jimmy fühlte sich ertappt. »Dafür schimpft er einen nicht?«

»Jedenfalls nicht, wenn der Junge beim nächsten Mal fragt.« Sie hörte, wie der Fotograf »Der Nächste bitte!« rief, und ging mit Jimmy zu Santa Claus. »Hallo, Santa Claus«, grüßte sie ihn. »Jimmy freut sich riesig, dich zu sehen.«

»Ho, ho, ho!«, tönte der Weihnachtsmann. Die listigen Äuglein und die Knollennase passten zu ihm. »Ich freue mich auch, dich zu sehen.« Er breitete die Arme aus. »Na, dann komm mal her.« Er hob ihn auf den Schlitten und nahm ihn auf den Schoß. »Ich hab gehört, du warst ein braver Junge, Jimmy.«

Der Junge nickte schüchtern. »Meistens.«

»Meistens?« Er grinste verstohlen. »Nicht schlecht, die meisten Erwachsenen schaffen auch nicht mehr.« Er gab dem Fotografen mit einer Geste zu verstehen, dass er gleich loslegen konnte. »Weißt du denn schon, was du dir alles von mir wünschst? Hast du vielleicht sogar deinen Wunschzettel dabei?«

»Ich wünsche mir einen Daddy.«

»Hast du denn keinen Daddy?«, fragte Santa Claus erstaunt.

»Ein paarmal hat mich ein Mann zum Baseball und zu einem Barbecue mitgenommen, der hat gesagt, er wäre mein Daddy, aber das glaube ich nicht. Bei dem Barbecue waren keine Kinder, mit denen ich spielen konnte, und er hat sich nur mit den anderen Männern unterhalten und viel Bier getrunken.«

»Hm, so ist das also.« Der Weihnachtsmann blickte Karen an und lächelte verlegen. »Einen Daddy zu finden, ist auch für mich ziemlich schwer. Das wird nicht einfach, Jimmy. Deine Mom müsste bei der Suche schon dabei sein, sonst klappt das nicht. Aber ich werde gründlich darüber nachdenken und ein gutes Wort beim lieben Gott für dich und deine Mutter einlegen, das hilft bei einem so schwierigen Wunsch manchmal.« Er strich Jimmy eine vorwitzige Haarlocke aus dem Gesicht. »Und was wünschst du dir noch?«

»Einen Husky«, erwiderte der Junge, ohne lange nachzudenken. »Meine Mom sagt, in der Stadt können wir keinen Husky halten. In unserer Wohnung ist nicht genug Platz, sie muss den ganzen Tag arbeiten, und ich bin im Kindergarten. Aber vielleicht kannst du sie ja überreden.« Er wagte einen vorsichtigen Blick auf seine Mutter und wandte sich rasch wieder an den Weihnachtsmann. »Ich würde ihn auch füttern und jeden Tag mit ihm spazieren gehen.«

»Du machst es mir nicht leicht, Jimmy. Aber ich merke mir alle deine Wünsche.« Santa Claus legte einen Arm um den Jungen und gab dem Fotografen ein Zeichen. »So, und jetzt macht der Mann mit dem lustigen Hut ein schönes Foto von uns beiden. Bist du bereit?«

»Ich bin bereit, Santa.«

Sie mussten zehn Minuten warten und holten das Foto anschließend an der Kasse ab: eine gelungene Aufnahme, die beiden gefiel. Jimmy ließ sich gern fotografieren und verstand es, sich mit seinem blonden Haarschopf und den blauen Augen in Szene zu setzen. Er trug seine neuen Jeans und die rostbraunen Stiefel, die sie im November gekauft hatten. Seine Augen strahlten, nicht nur wegen der vielen bunten Kerzen, die sich darin spiegelten.

»Das rahmen wir ein und hängen es über dein Bett.« Karen steckte das Foto in ihre Umhängetasche und deutete auf die Kaffeebar schräg gegenüber. »Wie wär's mit einer heißen Schokolade? Die haben wir uns verdient, oder?«

Jimmy war einverstanden. »Mit Schlagsahne und bunten Streuseln.«

Karen trank auch gern Schokolade, allerdings ohne Schlagsahne, und hätte am liebsten noch einen der bunten Cupcakes dazu bestellt. Nur weil sie ahnte, was ihre Waage am nächsten Morgen dazu sagen würde, ließ sie es sein. Dabei war sie gertenschlank, wenn auch sportlich und gut trainiert. Schließlich ging sie einmal die Woche ins Fitnessstudio. Sie hatte die gleichen blauen Augen wie ihr Sohn, trug ihre honigblonden Haare schulterlang und wirkte trotz ihrer sportlichen Figur so feminin, dass viele Männer sie mit einer hübschen Prinzessin verwechselten, die sich danach sehnte, von einem starken Prinzen entführt zu werden. Sobald sich herausstellte, dass sie ziemlich selbstbewusst war und ihren eigenen Kopf besaß, suchten die Prinzen meist erschrocken das Weite.

Karen war Single und inzwischen froh darüber. Sie hatte nur schlechte Erfahrungen mit Männern gemacht. John Benson, ihr Exmann, hatte sie nach einem Jahr, nur wenige Tage nach Jimmys Geburt, verlassen. Zu einer Zeit, als auch ihr bewusst wurde, dass es ein großer Fehler gewesen war, mit John vor den Traualtar zu treten. Er war nie damit zurechtgekommen, dass sie als Texterin einer großen PR-Agentur mehr verdiente als er, hatte aber gleichzeitig nichts dabei gefunden, ihr Geld für seine Hobbys auszugeben. Er lebte für sein Motorrad und die Touren mit seinen Freunden: ein großer Junge, der niemals erwachsen sein würde, und ein unverbesserlicher Egoist, der sie mit seiner unbeschwerten Fröhlichkeit erobert und während der Ehe nur noch an sich gedacht hatte, aber ständig beteuerte, ein guter Ehemann zu sein. Sie verstand bis heute nicht, wie sie auf ihn hatte hereinfallen können.

Dass er nach der Geburt ihres gemeinsamen Sohnes nicht in die Klinik gekommen war, hatte sie schon nicht mehr überrascht. Ohne zu zögern, hatte sie die Scheidungspapiere unterschrieben, nachdem klar war, dass sie das Sorgerecht für Jimmy bekommen würde. Er wollte Jimmy nicht mal sehen, war anscheinend erleichtert, die Verantwortung los zu sein. Selbst die Besuchszeiten, die ihm das Gericht für seinen Sohn genehmigt hatte, nahm er kaum wahr. Schon wenige Tage nach der Scheidung sah sie ihn mit einer anderen Frau auf dem Motorrad. Ein Mann, der glaubte, die Jugend gepachtet zu haben, und niemals Verantwortung übernehmen würde.

Sie musste lachen, als Jimmy den Strohhalm zur Seite schob und aus dem Becher trank. Mit einer Serviette wischte sie die Schlagsahne von seiner Nase und seiner Oberlippe. »Lass dir Zeit«, sagte sie. »Wir haben es nicht eilig. Der Film fängt erst in einer Stunde an.« Wie an fast jedem Samstag, wenn sie nicht ins Büro musste, widmete sie sich ganz ihrem Sohn, ging mit ihm in die Shopping Mall und ins Kino, im Sommer auch in den Tierpark oder in einen Freizeitpark oder in den Bergen wandern oder picknicken.

Jimmy war still geworden. Er konnte lärmen und herumtoben wie die meisten anderen Kinder, verkroch sich manchmal aber auch und dachte nach. »Ist Santa Claus eigentlich verheiratet?«, fragte er. Er rührte mit dem Strohhalm in der flüssig gewordenen Sahne herum. »Oder ist er auch allein … so wie du?«

»Ich bin nicht allein … ich hab doch dich!«

»Aber ich hab keinen Daddy.«

»Du hast einen Grandpa.«

»Das ist nicht dasselbe. Außerdem wohnt er auf Hawaii.«

»Ich weiß. Vielleicht … irgendwann.«

»Dann bin ich erwachsen und brauch keinen Daddy mehr.«

Karen wusste nicht, wie oft ihr Sohn schon nach einem Daddy gefragt hatte. Sie gab immer die gleichen ausweichenden Antworten. Was sollte sie auch sonst sagen? Dass sich sein Vater nicht für ihn interessierte? Dass sie nicht den nächstbesten Mann heiraten konnte, nur um einen Daddy für ihn zu haben? Dass sie nicht vorhatte, sich in nächster Zukunft auf eine dauerhafte Beziehung einzulassen, und eigentlich auch nicht glaubte, jemals einem Mann zu begegnen, der Jimmy ein guter Vater sein konnte? Auch wenn ihr Leben als alleinerziehende Mutter manchmal kein Zuckerschlecken war, blieb sie lieber Single und versuchte, ihm den Vater zu ersetzen. Wenn er in die Pubertät kam, würde es schwierig werden, aber alles war besser, als wenn sie noch mal den Falschen heiratete.

»Und warum findet Santa Claus keine Frau?«, fragte Jimmy.

»Santa Claus hat viele Engel, die ihm bei der Arbeit helfen und sogar für ihn waschen und kochen. Mit der Hausarbeit hat er's nicht so, weißt du? Sie leben in einem großen Schloss am Nordpol, und einer sorgt für den anderen.«

Karen war froh, als es Zeit wurde, ins Kino zu gehen. Es lag ein Stockwerk höher, ein Multiplex mit acht Kinos, die am frühen Nachmittag fast nur familienfreundliche Filme zeigten. Der Film, den sie sich ansahen, erzählte die Geschichte von Balto, einem legendären Husky, der 1925 geholfen hatte, ein lebenswichtiges Serum nach Nome zu bringen. Wie geschaffen für Jimmy, der aufgeregt an seinem Popcorn knabberte, während Balto und seine Artgenossen den Schlitten zogen und Hunderte Menschen vor dem Tod retteten.

Als sie aus dem Kino kamen, war auch Karen den Tränen nahe. Obwohl der Film eine wahre Geschichte erzählte und sie über Balto im Internet gelesen hatte, war ihr das Schicksal des Huskys sehr nahegegangen, vor allem, weil sich Jimmy schon seit Jahren einen Husky wünschte und sie ihn immer wieder vertröstet hatte. Diesmal sollte Santa Claus helfen, und sie hatte keine Ahnung, wie sie diesen Wunsch erfüllen sollte. Ein Husky brauchte viel Platz und mehr Bewegung als andere Hunde, und beides konnte sie ihm nicht bieten. Selbst wenn sie ein Haus hätte, war sie viel zu sehr in ihrem Beruf eingespannt, um sich einem so lebhaften Hund zu widmen, und Jimmy war noch zu jung, um sich ausreichend um ihn kümmern zu können.

Sie war so in Gedanken versunken, dass sie den Mann auf der anderen Seite der Mall erst spät erkannte. »John!«, erschrak sie. Er hatte ein Mädchen dabei, viel älter als zwanzig konnte seine Begleitung nicht sein, und steuerte ein Sportgeschäft an. Auch wenn er abgelenkt war, konnte er jeden Augenblick in ihre Richtung blicken, und es wäre zu einer peinlichen Begegnung gekommen.

Karen packte ihren Sohn an der Hand und lief mit ihm davon. Bis zur Rolltreppe waren es nur ein paar Schritte. Sie schafften es, ohne von John entdeckt zu werden, und fuhren ins nächste Stockwerk hinab. Auch dort wartete ein festlicher Weihnachtsbaum, diesmal vor einem Kosmetikladen und mit silbernen Kugeln und kleinen Parfümfläschchen geschmückt. Aus den versteckten Lautsprechern der Shopping Mall tönte »Jingle Bells«.

»Warum rennst du denn so, Mom?«, wunderte sich Jimmy.

»Draußen wird es schon dunkel«, antwortete sie, als wäre die Dunkelheit, die während des Winters in Anchorage schon zeitig einsetzte, ein Grund, sich zu beeilen. »Und ich muss noch das Abendessen kochen.«

»Wir können doch Sandwiches essen. Mit Thunfisch und Käse.«

»Eine gute Idee.« Verstohlen blickte sie sich um, stellte fest, dass John sie nicht gesehen hatte und ihnen auch nicht folgte, und entspannte sich allmählich. Dennoch behielt sie ihre schnellen Schritte bei, als sie den Durchgang zum Parkhaus erreicht hatte und zu ihrem Wagen eilte, einem mittelgroßen Geländewagen, der auch auf Nebenstraßen nicht im Schnee stecken blieb.

Sie setzte Jimmy in den Kindersitz auf der Rückbank, schnallte ihn an und wollte gerade selbst einsteigen, als hastige Schritte erklangen und ein Pärchen auf dem Parkdeck erschien. Für einen Augenblick glaubte sie John und seine Freundin zu erkennen, doch als sie ins Licht traten, war ein wesentlich älteres Ehepaar zu sehen, und sie stieg aufatmend in ihren Wagen. Viel zu rasant und in leichter

Panik fuhr sie aus dem Parkhaus in den düsteren Abend hinaus.

Wirbelnde Schneeflocken flogen ihr entgegen und ließen sich auch durch die Scheibenwischer nicht vertreiben. Durch den Neuschnee erschien die Straße sauberer, als sie in Wirklichkeit war, und die Lichter der weihnachtlichen Girlanden überstrahlten das trübe Licht der Straßenlampen und spiegelten sich in den Schaufenstern der Läden. Vor einem der Restaurants nahe der Shopping Mall trotzte ein Weihnachtsmann dem Schnee und den eisigen Temperaturen.

»Sieh mal, da ist noch ein Santa Claus!«, rief Jimmy. Von seinem erhöhten Kindersitz konnte er alles sehen. »Gibt es denn mehrere Weihnachtsmänner?«

Karen blickte in den Rückspiegel. »Anders wäre die viele Arbeit doch gar nicht zu schaffen. Stell dir nur mal vor, wie viele Kinder er an Weihnachten besuchen muss! Überall auf der Welt warten sie auf ihn. Aber er hat glücklicherweise viele Verwandte und Freunde, die ihn bei der Arbeit unterstützen.«

»Und wir haben den echten getroffen?«

»Das war der Chef, der echte Santa Claus«, versicherte sie ihm.

Karen und ihr Sohn wohnten in einem Mehrfamilienhaus im Süden der Stadt, einer hügeligen und stark bewaldeten Gegend mit einigen Villen und einer neuen Siedlung, in der auch Karen eine Wohnung gefunden hatte. Sie verdiente gut, wenn auch nicht so viel, dass es für ein eigenes Haus reichte, das ohnehin zu groß für sie gewesen wäre.

Ihre Wohnung im ersten Stock war modern eingerichtet, und Jimmy hatte sein eigenes Zimmer mit Bett, Schreibtisch, Kleiderschrank und einem kleinen Regal mit Bilderbüchern. Über seinem Bett hingen ein Poster mit einem Husky und ein Kalender mit Fotos vom Iditarod, dem bekannten Hundeschlittenrennen zwischen Anchorage und Nome, das an den legendären Balto und seinen rettenden Einsatz erinnerte.

Jimmy war hundemüde und verschwand gleich nach dem Essen in seinem Zimmer. »Das war ein schöner Tag, Mom!«, sagte er, bevor er die Augen schloss. Wenige Minuten später war er eingeschlafen. Karen deckte ihn zu, ließ seine Tür einen Spalt offen und ging ins Wohnzimmer. Nachdem sie den Rest des Sandwichs verspeist hatte, machte sie es sich mit einem Glas Rotwein auf der Couch bequem. Den Fernseher schaltete sie nur ein, um Gesellschaft zu haben, zum Hinsehen machten ihr zu viele Gedanken zu schaffen.

Wie gern hätte sie ihrem Sohn zu Weihnachten eine wirkliche Freude bereitet. Aber seine beiden großen Wünsche konnte sie ihm unmöglich erfüllen. Sein leiblicher Vater hatte sich nie für ihn interessiert und war froh, Abstand halten zu können. Dass sie ihn in der Mall gesehen hatte, war reiner Zufall gewesen. Inzwischen glaubte sie sogar, dass er ebenso rasch weggelaufen wäre wie sie, sobald er sie und Jimmy bemerkt hätte. Es gab genug andere Frauen, die nicht so hohe Ansprüche hatten und sich auf ihn einließen. Er sah gut aus, das musste ihm der Neid lassen, und er besaß einen jungenhaften Charme, der zumindest bei den ersten Dates seine Wirkung nicht verfehlte.

Einen Husky hätte Karen ihrem Sohn wirklich gerne gekauft, aber im Moment war daran nun mal nicht zu denken. Sie überlegte eine Weile und hatte plötzlich eine Idee. Vielleicht konnte sie ihn mit einer Hundeschlittenfahrt trösten. Sie erinnerte sich, mehrfach darüber gelesen zu haben. Von neuem Eifer beseelt, setzte sie sich an den Schreibtisch und schaltete ihren Laptop ein. Sie googelte sich durch das riesige Angebot an Touren und Ausflügen und blieb an der Adresse zweier Züchterinnen in Willow Creek hängen, einer winzigen Siedlung beim Denali National Park.

Huskys aus nächster Nähe – in Willow Creek, stand über dem Foto einer Musherin auf ihrem Hundeschlitten. Und darunter: *Dana Coleman, erfolgreiche Huskyzüchterin und mehrfache Teilnehmerin an den Iditarod- und Yukon-Quest-Rennen, und Marla Bannister, fliegende Tierärztin und Husky-Expertin, freuen sich über Ihren Besuch – für eine Tour durch unsere Huskyzucht mit über dreißig Hunden und geführte Ausflüge mit dem Hundeschlitten im Schatten des majestätischen Mount Denali und anderer Berge der Alaska Range. Lernen Sie die Wildnis in zwangloser und familiärer Atmosphäre kennen, und erholen Sie sich in freier Natur vom hektischen Alltagsstress!*

Von dem Angebot und den Fotos auf den folgenden Seiten begeistert, schickte Karen den Besitzerinnen eine Mail. Noch war es früh am Abend, und sie erhielt schon wenige Minuten später eine Antwort. Dana und Marla freuten sich über ihr Interesse und würden sich glücklich schätzen, sie und ihren Sohn als Gäste begrüßen zu können. In der Woche vor Weihnachten sei es am günstigsten, dann könnten sie auch das Theaterstück »Santa Claus in Willow Creek« erleben, ein Freiluftspektakel, das zum ersten Mal im Ort aufgeführt würde. Und der Junge dürfte auch beim Füttern der Huskys helfen. »Mit winterlichen Grüßen aus Willow Creek, Dana und Marla.«

»Wow!«, freute sich Karen. »Santa Claus macht sein Versprechen wahr.«

2

Es schneite leicht, als Karen ihren Sohn am Montagmorgen zum Kindergarten brachte. Wie an jedem Morgen im Winter war es noch dunkel, und Anchorage zeigte sich nicht von seiner besten Seite. Auch wenn Karen dort aufgewachsen war, musste sie zugeben, dass es keine besonders attraktive Stadt war. Die meisten Besucher kamen nur wegen der großartigen Umgebung, den schneebedeckten Bergen der Chugach Mountains und der Alaska Range.

Der North Star Kindergarten war in einem unscheinbaren Flachbau nahe dem Parks Highway untergebracht. Die Einrichtung war sündhaft teuer, garantierte ihr aber, dass Jimmy in guten Händen war. Die Erzieherinnen liebten ihre Arbeit und kümmerten sich rührend um die Kinder. Wie hätte Karen die Doppelbelastung auch sonst schultern sollen? Ihre Eltern waren weit weg, und bei North Star war er mit anderen Kindern zusammen.

»Hey, Karen«, begrüßte Betty sie wie an jedem Morgen. Die Leiterin der Kindertagesstätte, eine immer gut gelaunte Frau in den Vierzigern, empfing sie mit einem fröhlichen Lächeln. »Hey, Jimmy. Deine Freunde warten schon auf dich.« Sie ließ ihn vorbei und blickte Karen an. »Wir lassen die Kinder heute ihren Wunschzettel malen, also machen Sie sich auf Einiges gefasst.«

Karen lachte. »Ich weiß schon Bescheid.«

Bis zu ihrer Firma hatte sie es nicht weit. Die Büros nahmen den halben vierten Stock eines Geschäftshauses ein, modern eingerichtet und mit riesigen Fenstern, die bei schönem Wetter und während des kurzen Sommers einen fantastischen Ausblick auf die Chugach Mountains boten. Noch bevor sie dazu kam, sich ihren morgendlichen Cappuccino aus der Küche zu holen, lief ihr der Chef über den Weg und fragte: »Haben Sie ein paar Minuten, Karen?«

»Sicher«, antwortete sie. »Ich wollte sowieso zu Ihnen.«

»Ach ja? Was gibt's denn?«

Sie berichtete von ihren Urlaubsplänen, »ein paar Tage bei zwei Huskyzüchterinnen, mein Sohn ist ein großer Husky-Fan, wissen Sie, und ein Husky steht ganz oben auf seinem Wunschzettel.« Den Wunsch nach einem Daddy verschwieg sie. »Einen Hund können wir in der Stadt nicht halten, und ich dachte, so ein kleiner Abenteuerurlaub mit Huskys wäre ein guter Ersatz.«

Dexter, wie der Inhaber der PR-Firma genannt werden wollte, gehörte zu den Workaholics, die »Urlaub« für ein exotisches Fremdwort hielten, und rümpfte schon die Nase, wenn einer seiner Mitarbeiter vor achtzehn Uhr die Firma verließ. Und von dem übertriebenen Weihnachtsrummel hielt er noch viel weniger. Doch sein entsetztes »Muss das denn ausgerechnet jetzt sein?« blieb diesmal aus.

»Das trifft sich gut«, erwiderte er zu ihrer großen Überraschung. Er bot ihr den Besucherstuhl an und setzte sich hinter seinen Schreibtisch. »Huskys, sagen Sie? Dann können Sie Ihren Urlaub gleich zur Recherche nutzen. Ich war gestern Abend mit dem Chef von ›Wilderness Dog Food‹ essen. Wir bekommen den Auftrag für seine neue Kampagne, und ich dachte mir gleich, das wäre was für Sie. Wann wollten Sie denn zu diesen Husky-Ladys fahren?«

»Am Montagmorgen.«

Er nickte zufrieden. »Dann setzen wir uns morgen mit den Wilderness-Leuten zusammen, und Sie packen gleich mal drei oder vier Säcke von dem neuen Futter in Ihren Wagen und nehmen sie zu Ihren Gastgeberinnen mit. Lassen Sie sich alles über Husky beibringen, und denken Sie schon mal darüber nach, wie wir der Kampagne einen interessanten Dreh geben können. Kleinere Events, die aus dem Rahmen fallen, nicht der übliche ›Ach, wie sind die kleinen Huskys süß‹-Content. Mehr Abenteuer, mehr Action … was meinen Sie?«

»Ich hatte eigentlich an Urlaub gedacht. Ich hab so wenig von meinem Sohn, da will ich mich wenigstens im Urlaub auf ihn konzentrieren können.«

»Können Sie ja, Karen. Niemand will Ihnen den Urlaub nehmen. Im Gegenteil, Sie sollen die Zeit dort genießen, und ich schenke Ihnen sogar die Urlaubstage. Wenn Sie dort den ganzen Tag mit Huskys zu tun haben, lernen Sie sowieso viel über die Hunde und ihre Gewohnheiten. Wäre doch praktisch, wenn Sie das für Ihre Arbeit im Kopf behalten könnten. Ich verlasse mich auf Sie.«

Sie musste grinsen, als sie ihren Cappuccino aus der Küche holte. Eine Kampagne für Hundefutter war nicht gerade ein Highlight, hatte ihr aber immerhin eine längere Erklärung bei ihrem Chef erspart. Vor Weihnachten war viel zu tun, und er hätte sie vielleicht gar nicht gehen lassen. So freundschaftlich und kollegial er sich gab, so hart konnte er reagieren, wenn es um seine Firma ging. Kein

Wunder: Die Mitbewerber warteten nur darauf, dass er eine Schwäche zeigte.

»Hey, Karen. So früh schon beim Chef?« Ihre Kollegin Alexa, gleichzeitig ihre beste Freundin, hatte sich ebenfalls einen Cappuccino geholt. Sie war drei Jahre älter als sie, hatte indianisches Blut in den Adern und hasste nichts mehr, als auf die Amazon-Alexa angesprochen zu werden. Männer, die sie mit einem solchen Scherz anmachen wollten, kassierten sofort einen Korb.

Karen erzählte ihr von ihren Urlaubsplänen und Dexters Reaktion. Sie setzte sich Alexa gegenüber an ihren Schreibtisch. »Wer hätte gedacht, dass ich mal über Hundefutter nachdenken muss. Ziemlich schräg, nicht wahr?«

»Es gibt Schlimmeres«, antwortete Alexa.

»Abführmittel? Baseballklubs? Kondome?«

»Der falsche Mann in deinem Bett.«

»So wie ...«

»So wie dieses Wochenende bei mir«, gab Alexa zu. Zu ihrer Therapie, um sexuelle Pleiten zu verarbeiten, gehörte es, sich bei Karen auszuweinen. »Du kennst doch die kleine Buchhandlung in der Fourth Avenue. Samstags bedient der Juniorchef neuerdings selbst. Kevin ... sieht aus wie ein Prinz aus dem Märchenbuch, nun ja, nur ohne die alberne Nickelbrille, aber sonst ... genau der Typ, der eine Frau schwach machen kann. Wie der mich schon ansah ... als ob er mich zwischen Krimis und Kochbüchern vernaschen wollte.«

»Und du bist mit ihm nach Hause gegangen?«

»Er wollte mir seinen Weihnachtsbaum zeigen.«

»Mal was anderes als die Briefmarkensammlung.«

»Aber zuerst waren wir essen, bei dem neuen Italiener an der alten Straße nach Wasilla. Du wirst lachen, während des Essens hörte er nicht auf, von seiner Exfreundin zu erzählen, wie toll sie gewesen wäre und wie hübsch sie ausgesehen hätte und – du wirst es nicht glauben – wie ähnlich ich ihr sähe.«

»Und du bist nicht aufgestanden und gegangen?«

Sie lächelte verlegen. »Das wollte ich ja, aber … ach, ich weiß auch nicht, was mich geritten hat. Ich dachte mir, ist sowieso nur für eine Nacht und … woher sollte ich auch wissen, dass er im Bett ständig ihren Namen rief … Lucy … Lucy … Lucy … bis er mir so sehr auf die Nerven ging, dass ich nicht mehr abgewartet hab, bis er … fertig war, und machte, dass ich nach Hause kam.«

»Und wo kaufst du jetzt deine Bücher?«

»Bei Amazon. Und keine Alexa-Witze bitte!«

»Du machst vielleicht Sachen«, sagte Karen. »Für mich wäre das nichts, schon wegen Jimmy.«

»Vielleicht täte es dir gut, wenn du endlich jemanden kennenlernen würdest?«

»Ich hab meinen Ex gesehen, das reicht mir.«

Alexa zog verwundert die Augenbrauen hoch. »John? Ich dachte, der holt Jimmy nur alle halbe Jahre ab. Sag bloß, der Kerl entwickelt plötzlich Vatergefühle.«

»Er war mit seiner Freundin in der Mall. Stand vor dem Laden gegenüber, als ich mit Jimmy aus dem Kino kam. Wir haben uns natürlich sofort verdrückt. Nicht dass er noch auf dumme Gedanken kommt und vor seiner Liebsten den verantwortungsvollen Vater spielen will. Jimmy wünscht sich einen Daddy, aber bestimmt nicht einen, der nach der Geburt davonlief und Angst davor hatte, nicht mehr mit seinen Freunden auf dem Motorrad durch die Gegend brausen zu können. Auf so einen Daddy können wir verzichten.«

»Und ein neuer ist nicht in Sicht?«

»Keine Spur. Ich bin vorsichtig geworden.«

Alexa grinste schuldbewusst. »Sollte ich vielleicht auch mal versuchen.«

Noch in der Mittagspause, als sie vom Lunch im Lokal gegenüber zurückkehrten, buchte Karen ihren Urlaub, zunächst einmal bis Weihnachten. Die Bestätigung kam umgehend: »… freuen wir uns, Sie und Ihren Sohn am kommenden Samstag begrüßen zu dürfen. Dana und Marla.« Sie überwies eine Anzahlung und lächelte zufrieden, als sie sich an einen Text über Bootsmotoren machte. In ihrem Job hatte sie mit Themen zu tun, von denen sie bisher wenig bis keine Ahnung gehabt hatte. Das galt auch für Huskys. Sie wusste nur, dass Huskys lebhafte und intelligente Hunde waren, die viel Bewegung brauchten, gern einen Schlitten zogen und sich am liebsten im Freien aufhielten. Alles andere würden ihr die Züchterinnen in Willow Creek verraten.

»Und ich dachte, du wolltest mit Jimmy mal nach Hawaii?«, fragte Alexa später am Nachmittag. »Da gibt's zwar keine Huskys, aber Delfine …« Sie grinste. »… und braun gebrannte Surfer. Haben deine Eltern da nicht ein Haus?«

Karen war mit ihren Gedanken bei ihren Bootsmotoren, hatte aber nichts gegen eine Unterbrechung. »Stimmt, wir würden da auch noch reinpassen, und ich hätte bestimmt nichts gegen blaues Meer und weiße Palmenstrände, aber Jimmy ist ganz verrückt nach Huskys. Was soll er denn von Santa Claus halten, wenn er weder einen neuen Daddy noch einen Husky bekommt?«

»Du auf einem Hundeschlitten, das möchte ich sehen.«

»Ich schicke dir ein Foto.«

»Diese Wildnis-Urlaube sind doch gar nicht dein Ding.«

»Aber Jimmys. Der freut sich bestimmt riesig.«

Jimmys Wunschzettel sah so aus, wie Karen ihn sich vorgestellt hatte. »Mein Wunschzettel« stand in ungelenken Buchstaben darüber, jeder Buchstabe in einer anderen Farbe. »Beim Schreiben hat uns Betty geholfen«, erklärte Jimmy. Seine Wünsche hatte er gemalt: das Gesicht eines bärtigen Mannes mit dem Wort »Daddy« daneben, ein lachender Hund, der einem Husky zumindest ähnlich sah, und eine Weihnachtstüte, aus der Schokoriegel ragten.

Karen versprach ihrem Sohn, den Wunschzettel an Santa Claus weiterzuleiten, und überraschte ihn am Freitagabend mit der Nachricht, dass sie mit dem Weihnachtsmann am Telefon gesprochen hatte. Auch Santa Claus und seine Kollegen hatten inzwischen ein Navi an ihrem Schlitten und ein Smartphone in der Tasche. Sprechen konnte man allerdings nur mit ihm, wenn er sich selbst meldete, und selbst dann stand nur »Anonym« auf dem Display.

Sie saßen beim Abendessen in der Küche. Zur Salami-Pizza, die sie auf dem Weg vom Büro gekauft hatte, gab es Cappuccino und heißen Kakao.

»Du hast mit Santa Claus telefoniert?«, fragte Jimmy ungläubig.

»Und ob«, antwortete sie. Es war ja nicht mal gelogen, wenn man berücksichtigte, dass Dana und Marla in seinem Auftrag handelten. »Er lässt dich schön grüßen. Leider kann er dir keinen Daddy schenken, das wäre im Augenblick nicht möglich, aber er bittet mich, dir den Daddy zu ersetzen und alles zu tun, damit du nicht zu traurig bist.« Sie strich ihrem Sohn über den Kopf. »Und das werde ich auch tun, Jimmy. Vielleicht schaffe ich es sogar irgendwann, einen Football einigermaßen geradeaus zu werfen.« Sie war erleichtert, dass er die Enttäuschung so gut wegsteckte, und fuhr fort: »Auch einen Husky kann er nicht bringen. Wir würden dem Hund nicht guttun, weil ich arbeiten muss und du nächstes Jahr in die Schule kommst und wir beide keine Zeit hätten, uns genug mit ihm zu beschäftigen. Aber …« Sie betonte ihr »Aber« mit einem zuversichtlichen Lächeln, »aber Santa Claus hat eine Idee, die dir bestimmt gefallen wird. Ich weiß, normalerweise bringt er erst an Weihnachten die Geschenke, aber in deinem Fall muss er eine Ausnahme machen, weil es nämlich morgen schon losgeht. Wir fahren zu zwei Huskyzüchterinnen nach Willow Creek. Dort wohnen wir eine Woche lang bei mehr als dreißig Huskys, dürfen mit dem Hundeschlitten fahren und sogar beim Füttern helfen.« Sie legte ihm die Hände auf die Schultern. »Na, ist das was, Jimmy?«

Die Augen des Jungen wurden groß. »Wir wohnen bei den Huskys?«

Karen nickte begeistert. »Am Montag fahren wir los!

Und wie ich Santa Claus kenne, bringt er dir an Weihnachten sogar noch eine Tüte mit Süßigkeiten.«

Er freute sich. »Das ist cool! Das ist obercool, Mom!«

»Sobald wir unsere Pizza gegessen haben, packen wir unsere Koffer.«

Jimmy war so aufgeregt, dass er beinahe vergaß, seine Pizza zu essen. Beim Packen seines blauen Rollkoffers, auf dem natürlich auch Husky-Aufkleber prangten, half ihm Karen. Winterfeste Kleidung, der Weihnachtspullover mit dem surfenden Santa Claus, den seine Großeltern aus Hawaii geschickt hatten, ein neuer Comic, den er sich noch nicht angesehen hatte, und den Switch Controller für seine Computerspiele, allerdings nur für die lange Autofahrt und vielleicht vor dem Einschlafen. Bei den Huskys in Willow Creek würde es genug Abenteuer und Abwechslung geben, sodass die Spiele in Vergessenheit gerieten, hoffte sie.

Jimmy blickte auf den Plüsch-Husky im Regal über seinem Bett, einem Geschenk zum vierten Geburtstag. »Meinst du, Rudy kann die Woche allein bleiben? Wenn wir bei echten Huskys sind, brauchen wir ihn nicht, oder?«

»Das stimmt, da haben wir genug mit den echten Huskys zu tun.«

»Ich freu mich schon, Mom. Ich kann's kaum noch aushalten.«

Auch an diesem Abend las Karen ihrem Sohn noch eine Geschichte vor, bevor sie das Licht löschte. Aber er hörte gar nicht richtig hin und unterbrach sie immer wieder mit Fragen nach ihrem geplanten Urlaub. »Meinst du, die

Huskys mögen mich? Kann man sie streicheln? Sehen wir dort Elche und Wölfe? Gibt's in Willow Creek andere Kinder, mit denen ich spielen kann?«

»Lass dich überraschen, Jimmy!«, wurde zu ihrer Standardantwort.

Nachdem ihr Sohn eingeschlafen war, packte Karen ihren eigenen Koffer. Vor allem legere und warme Kleidung, nur einen der modischen Hosenanzüge, die sie bei Präsentationen und wichtigen Konferenzen im Büro trug. In einer Schublade, die sie sonst fast nie öffnete, fand sie einen Rucksack, den sie auf einer ihrer seltenen Wanderungen mit John getragen hatte, eine Thermosflasche und einen Feldstecher, den sie von ihren Eltern geschenkt bekommen hatte. Auch den dunkelblauen Schneeanzug und den bequemen Rucksack für Jimmy – natürlich mit Husky-Patch – verstaute sie in ihrem Koffer. Ein bisschen Überraschung musste es in Willow Creek auch noch geben.

Wie fast jeden Abend ließ sie den Tag mit einem Glas Rotwein im Wohnzimmer ausklingen. Hinter ihr lag ein anstrengender Tag. Ihr Chef hatte wohl die Absicht gehabt, ihr noch ordentlich Arbeit aufzuhalsen, um sich ihren Urlaub auch zu verdienen. Der Text über die Bootsmotoren war nur der Anfang. Ein weiterer Text sollte von einem bestimmten Boot mit einem besonders leistungsstarken Motor handeln, wofür sie einen ganzen Nachmittag mit einem Bootshersteller in seiner Werft telefonieren musste und mit so vielen Details gefüttert wurde, dass ihr der Schädel brummte.

Karen machte gute Miene zum bösen Spiel, und Dexter war mehr als zufrieden mit ihr. Sie verstand es, komplizierte Sachverhalte in einfache Worte zu fassen, die nicht nur Fachleute verstanden, und gestaltete auch einen Text über Bootsmotoren so spannend, dass die Leser neugierig wurden. Vor allem für solche Texte hatte Dexter sie eingestellt. Für die Probearbeit vor ihrer Einstellung hatte man ihr einige Unterlagen über einen neuen Truck gegeben und sie gebeten, einen Text für den Hersteller zu schreiben, der die Zugmaschine auf einer bekannten Messe in Las Vegas zeigen wollte. »Glückssträhne für Hersteller XY«, hatte sie geschrieben, »der High Roller der Las Vegas Truck Fair rollt mit überlegener Technik ins Spielerparadies.«

»High Roller« waren Spieler, die nur mit großen Einsätzen in ein Spiel gingen und von den Casinos fürstlich empfangen wurden. Immerhin verloren manche dieser High Roller ein Vermögen. Auch Karen war bei ihrer Bewerbung nach dem College ein großes Risiko eingegangen und hatte gewonnen. Sie hatte auf Anhieb einen attraktiven Job bei der PR-Firma bekommen und durfte auch mit ihrem Gehalt zufrieden sein. Noch stolzer war sie darauf, dass sie es geschafft hatte, ihren Job und das Leben mit ihrem Sohn unter einen Hut zu bringen.

Mit John wäre es selbst nach der Scheidung einfacher gewesen, wenn er eingesehen hätte, dass sie unterschiedliche Vorstellungen vom Leben und der Ehe hatten, man aber auch als Exmann seinem Sohn ein Vater sein kann. Vergebliche Liebesmüh bei ihm, und doch bereute sie ihre Entscheidung nicht, Jimmy allein aufzuziehen. Er war ihre Nummer eins, ihr Ein und Alles, und ein Mann musste sich schon gewaltig anstrengen, um ihr Herz zu erobern. Wer sie wollte, musste auch Jimmy mögen. Wie schwierig das war, hatten ihr die wenigen Dates gezeigt, die sie seit ihrer Scheidung gehabt hatte. Die meisten Typen hatten sich aus dem Staub gemacht, als sie von Jimmy erfuhren.

Sie räumte ihr Glas weg und wollte gerade die Jalousien schließen, als sie einen Motorradfahrer in ihre Straße einbiegen sah. In einem Reflex löschte sie das Licht und beobachtete, wie der Biker langsamer wurde und zu ihrem Fenster hinaufzublicken schien. John? Ihr Exmann? Sie hatte den Motor seiner Maschine oft genug gehört, um ihn zu erkennen. Aber es gab sicher viele Maschinen dieses Typs in Anchorage. Warum sollte auch ausgerechnet ihr Ex um diese Zeit unter ihrem Fenster vorbeifahren. Er war kein Stalker, hatte nie das Verlangen gehabt, wieder etwas mit ihr anzufangen. Allerdings hatte er bei den wenigen Malen, die er Jimmy abgeholt hatte, versucht, Geld von ihr zu leihen. Sie hatte ihm immer nur so viel gegeben, dass er für ihn und ihren gemeinsamen Sohn für das Wochenende reichte. Aber mitten in der Nacht? Und warum klingelte er nicht, wenn er unbedingt was von ihr wollte?

Sie wollte schon ihren Feldstecher aus dem Koffer holen, als der Biker weiterfuhr und in eine Seitenstraße abbog. »Jetzt fängst du an zu spinnen!«, hielt sie sich vor. »Höchste Zeit, dass du endlich mal ausspannst!«

3

Im Autoradio lief »Rudolph the Red_Nosed Reindeer«, als sie auf den Highway nach Norden abbogen. Jimmy mochte den Song über das verschnupfte Rentier, das Santa Claus den Weg durch den Nebel zeigt, und sang laut mit. Er war bester Laune: Endlich durfte er mal längere Zeit mit seiner Mutter verbringen, ohne dass sie jeden Morgen ins Büro gehen musste. Karen hatte ihm natürlich erklärt, wie wichtig es war, dass sie eine Arbeit hatte und Geld verdiente, und im Kindergarten gefiel es ihm, aber so ein Urlaub war doch was anderes, und dann auch noch in der Wildnis bei seinen geliebten Huskys …

Karen war froh, dass er nicht »Last Christmas« sang, das sie auch in diesem Jahr schon gefühlte hundert Mal gehört hatte, und freute sich ebenfalls auf eine stressfreie Woche mit ihrem Sohn. Dass sie die Erfahrungen, die sie in Willow Creek machen würde, auch für ihre Arbeit nutzen konnte, verriet sie ihm nicht. Natürlich würde sie darauf achten, dass ihre Recherchen die Ausflüge mit Jimmy nicht beeinträchtigten. Auch als Angestellte einer bekannten PR-Firma konnte man nicht dauernd an den Job denken.

Es schneite wieder, diesmal so stark, dass die Scheibenwischer kaum gegen den Schnee ankamen. Mit dem teilweise böigen Wind trieben ihnen die Flocken entgegen, die Bäume zu beiden Seiten des Highways waren nur noch als dunkle Schatten zu erkennen, und die Straße war bereits so glatt, dass sie langsam und vorsichtig fahren musste.

Selbst eine Frau wie sie, die Schnee und Eis gewohnt war, durfte sich auf einer solchen Straße nicht zu sicher fühlen; auch ein Geländewagen garantierte keine unfallfreie Fahrt. Sie bemühte sich vor allem, in gleichmäßigem Tempo zu fahren, und versteckte ihre Nervosität hinter einem Lächeln, das Jimmy beruhigen sollte. Auf keinen Fall sollte er es mit der Angst zu tun bekommen. »Alles klar?«, fragte sie ihn.

Jimmy blickte sie im Rückspiegel an. »Alles klar, Mom.«

Ihr Sohn gehörte nicht zu den Kindern, die schon in jungen Jahren kaum noch ohne ihr Smartphone oder ihre Spielekonsole auskamen. Ein Handy, hatte sie für sich beschlossen, würde er erst zu seinem achten Geburtstag bekommen, das war früh genug, und an seiner Konsole spielte er meist nur, wenn er zu müde zum Lesen war, oder auf längeren Autofahrten. Auch diesmal hatte er seine Konsole ausgepackt, doch die Fahrt durch den wirbelnden Schnee war Abenteuer genug, um ihn von »Minecraft« und anderen Spielen abzulenken. Wobei sie sich selbst schon an »Minecraft« versucht hatte und es ganz unterhaltsam fand. Nur lange nicht so abenteuerlich wie diese Wildnisfahrt.

Sie blickte angestrengt geradeaus. Normalerweise war die Fahrt über den Parks Highway kein Problem, kaum eine Straße war so gut ausgebaut, aber es dauerte oft sehr lange, bis der Winterdienst in die entlegenen Gegenden kam und vor allem die vereisten Stellen mit Streusand sicherte. Karen erwischte es in einer Kurve. Die Räder ihres Wagens verloren auf dem vereisten Asphalt den Halt, und der Wagen brach nach rechts aus, prallte gegen einen der biegsamen Begrenzungspfähle und blieb mit zwei Rädern auf der leicht ansteigenden Böschung stehen. Nur weil sie langsam fuhr und rasch reagierte, vermied sie einen größeren Unfall. »Halb so schlimm!«, beruhigte sie ihren Sohn. »Wir sind nur ein wenig ins Rutschen gekommen. Es ist ganz schön glatt hier.«

»Stecken wir jetzt fest?«, fragte Jimmy aufgeregt.

»Ich sehe gleich mal nach. Du bleibst im Wagen, okay?«

Sie stieg aus und lief um den Wagen herum. Er hatte kaum etwas abbekommen, die paar Kratzer, die der Begrenzungspfahl auf der Karosserie hinterlassen hatte, waren zu verkraften. Der Schnee auf der Böschung war gerade mal knöcheltief, kein Problem für einen Wagen wie ihren. Sie zeigte ihrem Sohn den ausgestreckten Daumen und stieg wieder ein. »Puh, ist das kalt!«, sagte sie. »Da haben wir uns einen schönen Tag für unsere Fahrt ausgesucht.«

Als Jimmy nicht antwortete, blickte sie zuerst in den Rückspiegel, erkannte sein verwundertes Gesicht und drehte sich um. »Jimmy! Was ist denn los?«

»Da war jemand!«, erwiderte er leise.

»Wo?«

»Zwischen den Bäumen, ein paar Schritte die Straße runter.«

»Hier draußen? Bei dem Wetter?«

Jimmy war blass geworden. »Er sah aus wie Santa Claus.«

»Santa? Das kann nicht sein, Jimmy.«

»Aber ich hab ihn gesehen«, sagte er. »Und er war zu Fuß unterwegs! Warum hat er denn nicht den Schlitten genommen? Rudolph hätte ihm auch durch den Schnee leuchten können.« Er blickte nervös aus dem Fenster. »Wir müssen ihm helfen, Mom!«

Karen lächelte in sich hinein. »Santa Claus braucht unsere Hilfe nicht«, versicherte sie ihm. »Der weiß sich allein zu helfen. Und wenn gar nichts mehr hilft, braucht er nur seine Vertreter oder einen der Engel zu rufen.« Sie schnallte sich an und startete den Motor. »Wenn er es wirklich war. Bist du sicher, dass du ihn gesehen hast? Dass du überhaupt jemand gesehen hast?«

»Ziemlich sicher. Einen Mann mit Zipfelmütze und Bart.«

Karen fuhr langsam weiter. Der Schnee knirschte unter den Reifen, als sie den Wagen von der Böschung lenkte. »Dann war er bestimmt auf dem Weg zum Nordpol. Es gibt sicher noch Einiges zu besprechen, bevor er wieder auf große Tour geht. Oder er wollte nachsehen, ob wir schon unterwegs sind.«

»Ich weiß nicht … er sah so … so unheimlich aus.«

Auch wegen des Wetters waren kaum Leute unterwegs, und sie kamen zügig voran. Doch die Fahrt durch den treibenden Schnee war anstrengend und verleitete sie dazu, ungefähr sechzig Meilen vor Willow Creek in einem Roadhouse abseits des Highways einzukehren. Das Lokal lag im Parterre eines zweistöckigen Blockhauses, und über dem Eingang hing ein ausgestopfter Elchkopf. Innen war es ähnlich eingerichtet wie die meisten Roadhouses in Alaska: Ein Tresen wie in einem Western-Saloon, runde Tische mit rot weiß karierten Tischtüchern, an den Wänden ein riesiges Gemälde mit einem Grizzly vor dem schneebedeckten

Mount Denali und historische Fotos aus der Goldgräberzeit. Aus den Lautsprechern drang ein betagter Countrysong.

Es waren nur wenige Gäste im Lokal, anscheinend Trucker, und die Wirtin überließ es ihnen, sich einen Tisch zu suchen. Sie setzten sich an eines der Fenster, blickten von dort auf den Highway und den angrenzenden Parkplatz, auf dem einige Trucks parkten. Bei der Wirtin, einer Frau um die Vierzig mit entschlossener Miene und hochgesteckten Haaren, bestellten sie zwei Mal heiße Schokolade, einmal mit und einmal ohne Schlagsahne, und weil sie kaum gefrühstückt hatten, auch ein Sandwich, das sie sich teilen wollten.

»Lausiges Wetter heute Morgen«, bemerkte die Wirtin, als sie die Becher mit der heißen Schokolade brachte. Eine Angestellte, offensichtlich ihre Tochter, stand hinter dem Tresen und belegte das Sandwich. »So ein Schneetreiben hatten wir schon seit Tagen nicht mehr. Geht es nach Fairbanks?«

»Willow Creek«, antwortete Karen.

Die Wirtin grinste über beide Backen. »Kenn ich. Ziemlich abgelegen, das Nest, aber gute Leute. Wie ich den Kleinen kenne, wollen Sie sich die Huskys ansehen. Was anderes gibt's da nicht. Dana und Marla sind in Ordnung, die halten ihren Laden in Schuss, obwohl sie gerade ne Menge Arbeit haben.«

»Ach ja?«

»Noch nicht gehört? Die Bewohner von Willow Creek führen ein Theaterstück auf der Main Street auf. ›Santa Claus in Willow Creek‹. Einen Tag vor Weihnachten. Soll eine große Sache werden. Ich werd wohl auch hingehen.«

»Klingt verlockend.«

Ihre Tochter brachte das Sandwich und blieb eine Weile stehen. Anscheinend war sie genauso redselig und neugierig wie ihre Mutter. Erst ein strenger Blick der Wirtin trieb sie wieder hinter den Tresen.

»Na, dann will ich mal wieder«, sagte die Wirtin.

Sie aßen ihr Sandwich, das dick mit Käse, Schinken, Tomaten und Salat belegt war, und tranken die heiße Schokolade, die Karen etwas zu süß war, ihrem Sohn aber dafür umso besser schmeckte. Kauend beobachteten sie, wie ein schwerer Sattelschlepper vom Highway abbog und auf den Parkplatz fuhr.

Die Beifahrertür ging auf – und der Weihnachtsmann stieg aus.

Karen rutschte beinahe der Becher aus den Händen.

»Santa Claus!«, staunte Jimmy. »Er ist per Anhalter gefahren!«

Auch der Fahrer war inzwischen ausgestiegen und winkte ab, als Santa Claus etwas sagte. Er betrat als Erster das Roadhouse, begrüßte die Wirtin wie eine gute Freundin und setzte sich an den Tresen. »Wie immer.«

»Wen hast du denn da mitgebracht?«, fragte die Wirtin verwundert, als Santa Claus zur Tür hereinkam. Einige Gäste lachten, als er sich an einen freien Tisch in der Nähe von Karen und ihrem Sohn setzte und etwas Unverständliches brummte, nachdem ihm die Tochter der Wirtin die Speisekarte gereicht hatte.

Der Trucker griff dankbar nach dem Becher Kaffee, den die Wirtin ihm einschenkte, und lachte. »Der Bursche stand plötzlich am Straßenrand. Keine Ahnung, wo er seinen Rentierschlitten gelassen hat. Er redet nicht viel, weißt du?« Er trank einen Schluck Kaffee und wischte sich mit dem Handrücken über den Mund. »Ich konnte ihn doch schlecht im Schneetreiben stehen lassen. Wer hätte uns denn sonst die Geschenke gebracht? Der Osterhase?«

Die Wirtin bedeutete ihrer Tochter, ein »Driver's Breakfast« für den Trucker zuzubereiten. Das Gericht stand auf der Wandtafel: Hacksteaks, Spiegeleier, Kartoffeln, Bohnen und Speck. Mit der Kaffeekanne drehte sie ihre Runde und schenkte jedem Gast nach, wobei sie für jeden ein paar flapsige Worte hatte. Vor allem die Trucker waren von ihrer lockeren Art angetan.

»Auch was zu essen?«, fragte sie den Weihnachtsmann.

»Was kosten Rühreier mit Speck?«

»Die können Sie für vier Dollar haben. Weil Sie's sind.«

»Ich hab nur zwei Dollar dabei.«

»Sein Frühstück geht auf mich«, mischte sich Karen ein. Sie errötete, als sie den verwunderten Blick der Wirtin sah, und grinste verhalten. »Ich kann den armen Mann doch nicht verhungern lassen. Bringen Sie ihm was Ordentliches! Das Driver's Breakfast mit allem Drum und Dran. Er hat Hunger.«

»Wie Sie wollen. Sie sind Santa Claus wohl was schuldig?«

»Immerhin hat er uns einen schönen Urlaub geschenkt.«

Die Wirtin warf einen raschen Blick auf Jimmy und erwiderte ihr Lächeln. »Da haben Sie auch wieder recht. Noch eine heiße Schokolade für Sie?«

»Danke, lieber nicht. Tausend Kalorien reichen erst mal.«

»Nein, danke«, sagte auch Jimmy ganz brav.

Nachdem die Wirtin gegangen war, schwieg Santa Claus eine ganze Weile, bevor er sich zu einem Dankeschön aufraffte. »Danke für das Frühstück, Ma'am, aber das wär nicht nötig gewesen. Ich komme auch allein zurecht.«

»Lassen Sie sich's trotzdem schmecken.«

Jimmy blickte den Weihnachtsmann unverwandt an. Man sah, wie verwirrt er war. Ein Santa Claus, der per Anhalter fuhr und in einem Roadhouse einkehrte. Der seinen Geldbeutel am Nordpol vergessen hatte und froh sein konnte, dass er sein Frühstück spendiert bekam. Wozu brauchte er überhaupt Geld? »Bekommst du dein Essen nicht von den Engeln gebracht?«

Santa Claus brauchte eine Weile, bis er merkte, dass die Frage an ihn gerichtet war. »Sprichst du mit mir?«, fragte er den Jungen. »Was für Engel? Ich kenne keine Engel. Und wenn es welche gäbe, würden sie nicht zu mir kommen. Wenn überhaupt jemand was von mir will, dann diese gemeine Hexe.«

»Was für eine Hexe?«

»Das ist ne lange Geschichte, mein Junge, und ich hab nicht die geringste Lust, darüber zu reden. Also trink deinen Kakao, und lass mich essen, okay?«

»Warum hast du denn so schlechte Laune, Santa?«

»An Weihnachten hab ich immer schlechte Laune.«

»Weil du so viel arbeiten musst?«

»Weil mir der ganze Zirkus auf den Keks geht«, sagte Santa Claus. »Mit einem Hundeschlitten soll ich über die Main Street fahren, wie dieser Clown bei der Weihnachtsparade in New York. Und das alles nur, weil ich einen weißen Bart hab und wie Santa Claus aussehe. Wenn sie mich wenigstens anständig bezahlen würden, aber was kriege ich? Cupcakes und Schokokekse.«

Jimmy verstand kein Wort. »Schokokekse sind doch lecker!«

»Cheeseburger und Pizza wären mir aber lieber.«

»Dann bist du einer von den vielen Helfern, die für Santa Claus arbeiten?«, fragte Jimmy. »Ich weiß, dass es mehrere Weihnachtsmänner gibt, weil ihr die viele Arbeit sonst nicht schaffen würdet. Wie viele Santas gibt es denn?«

Santa Claus blickte ihn verwirrt an. »Ich versteh kein Wort.«

Karen fand es an der Zeit, sich einzumischen. »Wir haben mit Ihrem Chef in der Mall gesprochen, dem richtigen Weihnachtsmann. Er hat uns verraten, dass er Helfer auf der ganzen Welt hat. Wie viele es wirklich sind, weiß wahrscheinlich nur er.« Sie blickte ihren Jungen an und wandte sich wieder an den bärtigen Mann. »Jimmy ist dem Weihnachtsmann sehr dankbar, wissen Sie? Wir verbringen unseren Urlaub bei den Huskys in Willow Creek.«

Der Alte wirkte überrascht. »Sie wollen zu den Huskys?«

»Haben Sie was gegen Huskys?«

»Die jaulen mir zu viel.«

»Huskys sind die tollsten Hunde, die man sich vorstellen kann«, sagte Jimmy. »Sie sind viel stärker als andere Hunde und wollen am liebsten den ganzen Tag laufen. In Willow Creek darf ich beim Füttern helfen und vielleicht sogar einen streicheln. Und dann fahren wir mit dem Hundeschlitten in die Berge.« Er zögerte. »Wo hast du eigentlich deinen Schlitten gelassen?«

»Was für einen Schlitten?«

»Deinen Rentierschlitten.«

Santa Claus trank etwas Kaffee und verzog das Gesicht, als er merkte, wie heiß er war. »Ach, den … den hab ich am Nordpol stehen lassen. Die Rentiere brauchen auch mal Ruhe.« Sein Essen kam, er machte sich heißhungrig darüber her. »Und jetzt lass mir meine Ruhe«, sagte er mit vollem Mund.

»Dann hat Rudolph immer noch Schnupfen?«

»Jimmy!«, wies Karen ihren Sohn zurecht. »Du siehst doch, dass er beschäftigt ist.« Sie blickte aus dem Fenster. Es schneite immer noch heftig. »Vielleicht sollten wir doch noch was trinken, bis das Schneetreiben etwas nachlässt.« Sie rief die Wirtin herbei und bestellte eine weitere heiße Schokolade und eine Cola light für sich. »Und noch eins von diesen guten Sandwiches. Irgendwann muss der Schnee doch nachlassen.«

»Darauf würde ich nicht wetten, Ma'am.«

Santa Claus verschlang sein Frühstück und bedankte sich noch einmal bei Karen, bevor er ging. In ihren Ohren klang sein Brummen eher wie ein Fluch. Er fragte den Trucker, mit dem er gekommen war, ob er bis Willow Creek mitfahren dürfe, und brummte zufrieden, als er nickte.

»Meinetwegen«, sagte der Trucker, »aber dann hab ich einen gut bei dir. Ich wünsch mir eine heiße Braut zu Weihnachten, okay?« Sein schallendes Lachen war selbst dann noch zu hören, als die Tür ins Schloss gefallen war und er zu seinem Truck ging.

»Willow Creek? Dann hätte er doch mit uns fahren können.«

»Keine gute Idee«, sagte die Wirtin, als sie mit der Rechnung kam und kassierte. Sie hatte den Jungen gehört. »Charly kann einem ganz schön auf die Nerven gehen. War übrigens sehr nobel von Ihnen, ihm ein Frühstück zu spendieren. Ich brauche Ihnen ja wohl nicht zu sagen, dass er das immer so macht, wenn er hier vorbeikommt. Die ersten paar Male hab ich sein Frühstück aufs Haus laufen lassen, auch wenn er nicht als Santa Claus hier war, aber irgendwann wurde es mir zu viel, und jetzt hält er sich an die Gäste.«

Karen ließ sich nicht darauf ein. »Ich kenne ihn kaum, aber ich glaube nicht, dass er ein schlechter Kerl ist. Anscheinend hat er viel Pech in seinem Leben gehabt. Einer von diesen Männern, die ständig in den falschen Topf greifen. Was sie auch anfassen, es geht immer schief. Hab ich nicht recht?«

»Mag schon sein.« Die Wirtin ließ sie den Kreditkartenbeleg unterschreiben. »Aber wenn Sie mich fragen, hat er nicht alle Tassen im Schrank. Solange ich ihn kenne, jedenfalls, und ich bin schon eine ganze Weile hier. Sie sollten ihn hören, wenn er von seiner Hexe erzählt. Der mit dem Wolfshund.«

»Das wäre eine lange Geschichte, sagt er.«

»Und ob«, erwiderte die Wirtin. »Und beten Sie zu Gott, dass Sie sich das Märchen niemals anhören müssen. Angeblich soll sich eine Hexe in den Wäldern rumtreiben, eine Indianerin mit einem Wolfshund, die geschworen hat, ihm die Kehle durchzuschneiden. Charly soll mal mit ihr verlobt gewesen sein.« Sie warf einen raschen Blick auf Jimmy und senkte ihre Stimme. »Er soll ihr die Ehe versprochen, ein Kind angehängt und dann schleunigst das Weite gesucht haben. Aber die Alte hätte ihn gefunden und wäre ihm dicht auf den Fersen, heißt es.« Sie kicherte abfällig. »Wenn Sie mich fragen, gibt es diese Frau gar nicht. Mag sein, dass er vor tausend Jahren eine Indianerin geschwängert und sitzengelassen hat, aber diese Geisterfrau mit ihrem Wolfshund ist allein auf seinem Mist gewachsen, da gehe ich jede Wette ein.«

»Eine Geisterfrau … wow!«, staunte Karen.

»Sag ich doch die ganze Zeit. Der Alte hat sie nicht mehr alle! Halten Sie sich besser von ihm fern, wenn Sie nicht zu Tode gequatscht werden wollen.« Die Wirtin stöhnte gequält. »Eine krasse Fehlbesetzung als Santa Claus, wenn Sie mich fragen. Als ob es keinen besseren Santa Claus in Willow Creek gäbe.«

»Er spielt den Santa Claus in Willow Creek?«

»In dem Open Air, das sie an Weihnachten aufführen. ›Santa Claus in Willow Creek‹. Drei Mal dürfen Sie raten, welche Rolle man ihm gegeben hat.«

»Heilige Makrele!«

»Meine Rede, Ma'am. Meine Rede.«

4

Das Schneetreiben hatte nachgelassen, als sie vom Highway abbogen und über eine unscheinbare Schotterstraße nach Willow Creek fuhren. Die Siedlung, die lediglich aus einer Main Street und kleinen Seitenstraßen bestand, lag auf einer weiten Lichtung, umgeben von Wäldern und den verschneiten Berggipfeln der Alaska Range. Abseits der Stadt gab es eine Piste für Buschflugzeuge.

Schon aus der Ferne sahen sie die bunten Lichter des Weihnachtsbaums, der sich vor der Kirche am Ende der Straße erhob und ungewöhnlich groß für eine winzige Siedlung wie Willow Creek war. Über der Main Street hingen leuchtende Girlanden mit Sternen und Glocken, und auch die meisten Häuser waren weihnachtlich geschmückt. Karen war so beeindruckt, dass sie kurz anhielt, um die geschmückte Stadt auf sich wirken zu lassen, und drehte sich zu ihrem Sohn um. »Wow!«, sagte sie. »Hast du so was schon mal gesehen?«

Übertönt wurde das Weihnachtslied, das aus mehreren Lautsprechern herüberdrang, von dem Heulkonzert der über dreißig Huskys, die vor einem zweistöckigen Blockhaus links an der Zufahrtstraße angebunden waren. Etwas abseits waren zwei Blockhütten zu erkennen. Die Huskys veranstalteten ein aufgeregtes Spektakel, als Karen ihren Wagen parkte, beruhigten sich aber beim Anblick der ungefähr dreißigjährigen Frau, die in einem blauen Anorak aus der Tür trat. Sie trug ihre dunkelblonden Haare zu einem Pferdeschwanz gebunden und humpelte ein wenig. Ihre blauen Augen strahlten.

»Karen und Jimmy, stimmt's?«, grüßte sie fröhlich. »Willkommen im Husky Heaven!« So hieß ihre Huskyzucht seit einiger Zeit. »Ich hoffe, es gefällt Ihnen bei uns. Wie wär's, wenn ich Ihnen erst mal Ihre Blockhütte zeige? Sobald Sie sich eingerichtet haben, stelle ich Sie unseren Huskys vor, okay?«

»Gerne«, bedankte sich Karen.

Die Blockhütte war wie eine Hotelsuite eingerichtet. Es gab einen Schlafbereich, der mit zwei Betten und einem Schrank ausgestattet war, einen Wohnbereich mit Tischchen, zwei Sesseln und einem kleinen Schreibtisch vor dem Fenster. Der Fernseher war an der Wand angebracht, darunter hing ein Regal mit DVD-Player, Spielekonsole und einigen Filmen und Spielekassetten. Am besten gefiel ihnen der offene Kamin aus Natursteinen am Kopfende der Hütte. Obwohl sich einige Holzscheite darin stapelten, wurde er mit Gas beheizt. Hinter einer Trennwand befand sich das Badezimmer mit Dusche, Waschbecken und Toilette.

Durch eines der Fenster blickte man auf den nahen Wald und die schneebedeckten Berge, ein zweites Fenster öffnete den Blick auf das Haupthaus. Die Huskys hatten sich wieder beruhigt und lagen zusammengerollt vor ihren Hütten im Schnee. Einige blickten neugierig in ihre Richtung.

»Und? Gefällt es dir hier?«

»Obercool«, antwortete der Junge.

Dana lief ihnen aus dem Haus entgegen. »Marla ist gerade unterwegs«, sagte sie. »Sie arbeitet als fliegende Tierärztin und ist mit ihrer Cessna in irgendeinem Dorf im Norden. Ihr Mann hat sich in seinem Büro eingeschlossen. Das tut er immer, wenn er unter Druck ist. Er ist Comiczeichner und muss jede Woche eine neue Story an seine Agentur in San Diego liefern.«

»Comics? Superhelden und so?«, fragte Jimmy.

»Jill & John. Eher was für Erwachsene. Aber du interessierst dich sowieso mehr für Huskys, stimmt's? Ich hab ihnen schon verraten, dass du kommst.« Sie gingen zu einem besonders kräftigen Husky mit langen Beinen, wie geschaffen, um einen Schlitten zu ziehen. »Das ist Blue, der Leithund des Teams, mit dem Marla das Iditarod gewinnen will. Nun ja, zumindest unter die ersten Zehn will sie kommen.« Sie griff dem Husky unters Kinn und kraulte sein weiches Fell. »Mit Blue ist alles möglich. Er ist besonders intelligent und ausdauernd, beides wichtig für einen Leithund.« Sie kraulte ihn eine Weile. »Willst du ihn mal streicheln? Ich glaube, er hätte nichts dagegen.«

»Aber ganz vorsichtig!«, warnte Karen.

»Blue lässt sich Einiges gefallen«, beruhigte Dana sie.

Jimmy war doch etwas mulmig zumute, als er zu dem Hund ging, und er streckte zögernd seine Hand aus. Erst als Dana ihm aufmunternd zulächelte, berührte er das Fell des Huskys. Es war nicht so weich, wie er angenommen hatte, eher ein wenig borstig, fühlte sich aber gut an. Beim Streicheln spürte er die festen und ausgeprägten Muskeln, viel kräftiger als bei einem normalen Hund.

»Wie ihr seht, haben wir zwischen den Hütten so großen Abstand gelassen, dass sich die Huskys nicht in die

Quere kommen«, sagte Dana, als sie zu den anderen Hunden gingen. »Nicht alle Huskys sind so friedlich wie Blue, manche können sogar ziemlich garstig sein und manchmal auch streiten. Auf die Weise können sie ihren Artgenossen nicht wehtun, wenn es mal Krach gibt.«

»Siehst du, die streiten auch«, sagte Jimmy zu seiner Mutter.

»Huskys sind sehr temperamentvoll«, erklärte Dana. Sie deutete auf zwei Hunde, die gar nicht miteinander auszukommen schienen und sich anfauchten. »Sieh dir Dash und Niko an, die liegen ständig im Clinch miteinander. Aber sie sind auch besonders schnell, und wir haben noch nie erlebt, dass sie während der Fahrt streiten. Das würde Blue auch niemals zulassen.«

Karen gewöhnte sich langsam an die vielen Huskys und das Fauchen und Knurren mancher Vierbeiner. »Wie viele Huskys gehören denn zum Team?«

»Sieben, acht, wenn wir mit ihnen unterwegs sind. Bei großen Rennen sind es meist zwölf. Und dann gibt es noch Reservehunde, so wie Ersatzspieler beim Football. Falls sich einer von der Stammbesetzung verletzt oder unwohl fühlt. Aber wir haben noch ein zweites Team und einen zweiten Schlitten, für alle Fälle und falls wir mal mehrere Gäste haben, die zur gleichen Zeit auf Tour gehen wollen. Alle Huskys brauchen viel Bewegung. Unser eigentlicher Job ist es jedoch, Huskys zu züchten und auch zu verkaufen. Was nicht immer einfach ist, denn wir haben alle unsere Hunde ins Herz geschlossen.«

»Ich glaube, die kann mich nicht leiden«, sagte Jimmy

über eine Hündin, die ihm demonstrativ das Hinterteil zukehrte. »Die sieht mich nicht mal an!«

Dana hatte wohl schon damit gerechnet. »Typisch Cleo! Sie ist wahrscheinlich sauer, weil wir zuerst bei den anderen waren. Sie ist ein bisschen zickig, weißt du? Sie hält sich für was Besseres, weil die meisten männlichen Huskys große Augen bekommen, wenn sie ihr begegnen.« Sie lachte. »Aber solange sie ihre Arbeit macht, kann ich ihr nicht böse sein.«

»Im Kindergarten haben wir auch ein Mädchen, das sich so benimmt. Jeder soll ihr sagen, wie toll sie ist. Und wenn nicht, fängt sie am zu weinen.«

»Na, so weit ist es mit Cleo noch nicht.« Dana blieb neben einer weiteren Hündin stehen. »Und wenn sie zu übermütig wird, gibt es immer noch Anya. Anya läuft neben ihr im Gespann und konzentriert sich ganz auf ihren Job.«

»Dabei hätte sie allen Grund, eingebildet zu sein«, sagte Karen.

»Das stimmt«, erwiderte Dana. »Sie wurde hier geboren und hätte uns viel Geld gebracht, wenn wir sie verkauft hätten, aber Marla wollte das nicht. Sie erkannte gleich, dass sie schnell und ausdauernd genug für ihr Gespann sein würde. Auch charakterlich ist Anya einwandfrei. Eine echte Teamplayerin.«

»Die gefällt mir«, sagte Karen.

Dana zeigte ihnen zwei Huskys, die beide besonders kräftig waren und nichts und niemandem zu fürchten schienen, sich aber vollkommen unterschiedlich benahmen. »Der schwarze Riese mit den blitzenden Reißzähnen ist Blacky. Wie sollten wir ihn auch sonst nennen? Und der fauchende Rabauke, der neben ihm an seiner Kette zerrt und am liebsten auf uns losgehen würde, ist Huck. Keine Angst, er tut nur so wild.« Sie blickte den Jungen an. »Bei euch gibt es doch sicher auch einen Jungen, der ständig raufen will.«

Jimmy brauchte nicht nachzudenken. »Kevin! Der führt sich auf wie ein Champion, aber wenn es jemand mit ihm aufnehmen will, läuft er davon.«

»Siehst du? Und Huck ist ganz ähnlich. Wie sagt man so schön? Hunde, die bellen, beißen nicht. Aber vor dem Schlitten leistet er ganze Arbeit. Huck und Blacky sind unsere Kraftpakete, die geben so schnell nicht auf. Die haben nur ihren Spaß, wenn der Schlitten schwer ist und sie ordentlich was zu ziehen haben.«

»Und wann kriegen die Huskys was zu fressen?

»Jeden Morgen«, antwortete Dana. »Das reicht ihnen meistens. Sie bekommen besonders kraftvolle Nahrung, die hält eine Weile vor. Wenn Marla für ein Rennen trainiert, gibt es besonders ausgewähltes Futter, das sie noch ausdauernder macht. So wie zweibeinige Sportler, die essen auch nach einem bestimmten Plan. Dann füttern wir auch zwei Mal am Tag. Siehst du die Fressnäpfe? Die haben wir an ihre Hütten genagelt, dann frisst es sich einfacher.«

»Praktisch.«

»Ein alter Trick, hab ich von einem befreundeten Züchter.«

»Da fällt mir was ein«, sagte Karen, »das hätte ich beinahe vergessen. Wir haben Ihnen was mitgebracht. Schon mal von Wilderness Dog Food gehört?«

»Eines der besten Trockenfutter, die ich kenne.«

»Wir haben drei große Säcke für Sie.« Karen erklärte, dass sie für eine PR-Firma arbeitete, und berichtete von ihrem Auftrag. »Die Säcke haben wir als Probe bekommen. Sie können sicher mehr damit anfangen. Keine Angst, Sie brauchen nicht für Fotos zu posieren oder Wilderness Dog Food über den grünen Klee zu loben. Die Säcke sind ein Geschenk, ohne Hintergedanken.«

Dana lachte. »Solche Gäste lobe ich mir. Vielen Dank!«

»Darf ich mal beim Füttern helfen?«, fragte Jimmy.

»Morgen früh«, versprach Dana. »Aber du musst zeitig aufstehen. Komm um sieben zu uns ins Haus, dann kannst du mitmachen.« Sie ging vor dem Jungen in die Hocke, um ihm in die Augen blicken zu können. »Und weißt du was? Das ist noch nicht alles. Solange du hier bist, bekommst du sogar deinen eigenen Husky, um den darfst du dich ganz allein kümmern. Na, ist das was?«

»Das ist … obercool!«, freute er sich.

»Am besten lernt ihr euch gleich kennen.« Sie führte Jimmy zu einem jungen Husky, einem vorwitzigen Burschen mit geflecktem Fell, der sofort von seinem Strohlager aufsprang, als er den Jungen sah, und ihn neugierig beschnüffelte. »Darf ich vorstellen? Skipper. Skipper, das sind Jimmy und seine Mutter. Jimmy wird sich in den nächsten Tagen um dich kümmern. Okay?«

Skipper schien sie zu verstehen und drängte sich vergnügt an den Jungen. Er war nicht so zutraulich wie ein Stadthund, von einem Schoßhund ganz zu schweigen, schien für Jimmy aber über seinen eigenen Schatten zu springen und zeigte seine Sympathie für ihn. Normalerweise waren Huskys zurückhaltender, das wusste auch Jimmy, der noch etwas Abstand hielt.

»Keine Angst«, ermunterte Dana ihn, »du kannst ihn ruhig streicheln. Skipper ist ein zahmer Bursche, und wie ich sehe, mag er dich auch. Zeig ihm, dass du auch was für ihn übrig hast, dann werdet ihr bestimmt Freunde.« Sie tätschelte Skipper. »Kraul ihn zwischen den Ohren, das mag er am liebsten!«

Jimmy folgte ihrem Rat und wunderte sich, wie zutraulich der Husky sich benahm. Viel bereitwilliger als Blue rückte er dicht an ihn heran und legte brummend den Kopf schief, ein Zeichen dafür, wie sehr er die Liebkosung genoss. Jimmy wurde immer mutiger, hatte plötzlich überhaupt keine Angst mehr vor ihm und schloss ihn wie einen guten Freund in die Arme. »Wir beide verstehen uns«, sagte er zu Dana. »Um Skipper kümmere ich mich gern.«

»Wie wär's dann jetzt mit Kakao und Keksen?«, fragte Dana.

»Weihnachtskekse?«, fragte Jimmy hoffnungsvoll.

Dana strich ihm lachend über den Haarschopf. »Die besten, die du jemals gegessen hast. Ich hab sie bei der Witwe Bagley in ihrem Gemischtwarenladen gekauft. Sie bäckt selbst, nach den Rezepten ihrer Mutter. Erste Sahne!«

»Dann bin ich dabei.«

Im Haus machten es sich Karen und Jimmy an dem Tresen bequem, der die offene Küche vom Wohnraum trennte. Die Einrichtung war rustikal, es gab einen Esstisch mit vier Stühlen, eine Sitzgruppe um einen Couchtisch, einen Schrank und eine Kommode. In dem offenen Kamin aus

Natursteinen brannte ein Feuer. In einem Regal standen Bücher, vor allem Krimis und Liebesromane, aber auch etliche Fachbücher über Huskyzucht und Zeitschriften.

»So gemütlich hab ich mir ein Blockhaus immer vorgestellt«, sagte Karen. Sie nickte dankbar, als Dana einen heißen Kakao vor Jimmy auf den Tresen stellte und ihr einen Cappuccino anbot. »Unser neuer Kaffeeautomat«, sagte sie stolz. »Den haben Marla und ich uns zu Weihnachten geschenkt.«

Dana gönnte sich ebenfalls einen Cappuccino und setzte sich ihnen gegenüber. »Das Frühstück und die Sandwiches, wenn wir auf Tour gehen, sind inklusive«, sagte sie, »und Kaffee und Kekse gibt's den ganzen Tag. Im Pioneer Cafe haben wir einen zehnprozentigen Rabatt für unsere Gäste ausgehandelt. Sagen Sie Sally oder Ally, dass Sie bei uns wohnen, das reicht.«

»Sally und Ally? Das klingt nach Zwillingen.«

Dana griff nach einem Keks. »Ganz recht, und nicht mal die Einheimischen schaffen es, sie auseinanderzuhalten. Ihnen gehört das Pioneer Cafe, da gibt's erstklassige Cheeseburger und Eintöpfe. Ihre Tante schmeißt die Küche. Ist das einzige Lokal in Willow Creek und so gut, dass selbst Besucher des Nationalparks zu ihnen kommen. Natürlich können Sie auch bei uns mitessen. Kostet Sie keinen Penny. Und die Touren … natürlich alles inklusive, auch wenn der Grundpreis dadurch etwas höher ist. Macht die Planung für uns leichter.«

»Dann werden wir uns zuerst mal die Stadt ansehen und Sally und Ally einen Besuch abstatten.« Karen trank einen Schluck und war angenehm überrascht von dem Cappuccino.

»Und Jimmy will sich bestimmt um Skipper kümmern. Er liebt Huskys über alles und weiß schon eine Menge über sie. Stimmt's?«

Jimmy errötete leicht. »Huskys kommen aus Sibirien, das liegt in Russland. Sie laufen für ihr Leben gern und haben Spaß daran, einen Schlitten zu ziehen. Manche Leute denken, das ist zu anstrengend für sie, aber das stimmt nicht. Sie schlafen auch gern im Freien. Der Schnee macht ihnen nichts aus.«

»Hey, du weißt ja fast mehr als ich!« Dana war sichtlich beeindruckt. »Die meisten Erwachsenen, die zu uns kommen, haben überhaupt keine Ahnung.«

»Wenn ich groß bin, kaufe ich mir auch einen Husky. Ich muss in der Schule viel lernen, damit ich eine gute Arbeit bekomme und mir ein Haus kaufen kann. Huskys brauchen viel Auslauf, deshalb haben wir auch noch keinen.«

Dana wollte nach einem zweiten Keks greifen, besann sich aber anders. »Mit Skipper kannst du ja schon mal üben«, sagte sie. »Wenn ihr wollt, drehen wir morgen früh eine Runde mit dem Schlitten. Das wird Marla übernehmen. Sie versteht mehr vom Mushing.« Sie blickte den Jungen an. »Wie ich dich kenne, weißt du natürlich, was Mushing bedeutet, stimmt's?«

»So nennt man das Fahren mit einem Hundeschlitten.«

»Und Marla gehört zu den besten Musherinnen in ganz Alaska«, sagte Dana. »Ich hab früher auch bei den Rennen mitgemacht, inzwischen bin ich leider nicht mehr so gut zu Fuß.« Sie berührte ihr linkes Bein. »Ein Unfall. Für kurze Strecken reicht es noch, aber weite Fahrten und

Wanderungen sind für mich tabu … leider.« Sie machte kein Hehl daraus, wie traurig sie darüber war. »Na ja … ich mach das Beste daraus, und hier gibt es auch eine Menge zu tun.«

Draußen fauchten und knurrten die Huskys. Man hörte, wie sie an ihren Leinen zerrten und wohl jemand empfingen, den sie nicht leiden konnten. Karen blickte zum Fenster auf der anderen Seite des Wohnraums und erkannte selbst aus einiger Entfernung, wie die Huskys versuchten, sich loszureißen.

»Was haben sie denn, Mom?«, fragte Jimmy ängstlich.

Dana stellte ihren Becher ab und sprang auf. »Das ist Charly! Nur bei dem führen sie sich so auf!«, schimpfte sie, während sie zur Tür lief. »Der alte Griesgram kapiert wohl nie, dass man Huskys nicht erschrecken sollte. Letztes Mal hat er ihnen eine tote Maus vor die Füße geworfen, stellt euch vor!«

Sie zögerte. »Charly? Der den Santa Claus im Open Air spielt?«

»Sie kennen ihn?«

»Wir haben ihn heute Morgen getroffen, in dem Roadhouse ungefähr eine Stunde von hier. Er hat sich wie die Axt im Walde aufgeführt. Hat über Weihnachten und seine Rolle als Santa Claus geschimpft und dass ihm Huskys zu viel heulen würden. Ich bin sicher, er mag nicht mal sich selbst.«

»Charly, wie er leibt und lebt!«

Dana zog ihren Anorak an und trat ins Freie. »Beruhigt euch, ihr Lieben!«, rief sie den Huskys zu. »Ist doch nur Charly. Huck! Hör auf, an der Leine zu zerren! Ich hab dir schon hundert Mal gesagt, du sollst nicht ausflippen, wenn der alte Charly hier vorbeikommt.« Kurze Pause und dann: »Und was dich angeht, Charly, du hast besser einen triftigen Grund, um hier aufzutauchen.«

Karen und Jimmy liefen zum Fenster und sahen Santa Claus in voller Montur vor dem Haus stehen. »Santa Claus!«, staunte der Junge. »Das ist Santa Claus! Derselbe, den wir in dem Lokal gesehen haben. Ist der echt?«

»Das frage ich mich langsam auch«, erwiderte Karen.

»Ich wollte dich warnen«, rief Charly. Die Huskys beruhigten sich allmählich, nur Huck war noch aufgebracht. »Ich habe die Hexe mit dem Wolfshund gesehen! Nur ein paar Meilen von hier. Sie hat Willow Creek verflucht.«

»Du redest Unsinn, Charly! Komm lieber pünktlich zur Probe!«

»Sie will die bösen Geister auf uns loslassen!«

»Ach ja? Und warum, Charly?«

»Sie will mir das Zuhause nehmen. Uns allen!«

Dana ließ sich nicht beeindrucken. »Okay, Charly. Dann sag ihr, dass sie sich gefälligst zum Teufel scheren soll, denn wir haben hier genug zu tun und wollen unsere Ruhe haben. Sag ihr das, Charly! Hast du mich verstanden?«

5

Die Cessna flog so tief über Karen und ihren Sohn hinweg, dass sie sich unwillkürlich duckten. Sie beobachteten, wie das kleine Flugzeug in eine weite Kurve über dem nahen Wald ging und auf der Piste vor der Stadt landete. Weiße Gischt spritzte nach beiden Seiten, als die Maschine mit den Skiern im Schnee aufsetzte.

»Das ist Marla«, vermutete Karen. »Komm, wir sagen Hallo.«

Sie gingen zum »Flughafen« von Willow Creek, der aus einer verschneiten Piste und einer Blockhütte bestand, und trafen die Pilotin, die nur Jimmy anzusehen brauchte, um zu wissen, wen sie vor sich hatte. »Karen und Jimmy?«

»Karen und Jimmy Boyd«, bestätigte Karen. »Und Sie sind Marla. Wir haben schon eingecheckt und mit Dana gesprochen.« Sie legte eine Hand auf die Schultern ihres Sohnes. »Und Jimmy hat sich schon mit Skipper angefreundet.«

»Das freut mich. Du hilfst mir doch morgen, ihn zu füttern?«

»Ich soll früh aufstehen, sagt Dana«, erwiderte Jimmy.

»So wie unsere Huskys.«

Die fliegende Tierärztin sah genauso aus wie auf dem Foto ihrer Website: schulterlange honigblonde Haare, sportliche Figur, braune Augen, die Entschlossenheit, aber auch Humor verrieten. Sie trug winterfeste Hosen, einen blauen, mit Kunstpelz besetzten Anorak und feste Stiefel.

Über ihren Schultern hing ein Rucksack, in den Händen hielt sie ihren schwarzen Arztkoffer.

»Wir wollen uns die Stadt ansehen«, sagte Karen.

»Gute Idee.« Sie drehte sich nach dem Mann mit den rötlichen Haaren um, der ihre Maschine gesichert hatte, und rasch näher kam. »Jerry Lambert«, stellte sie ihn vor. »Ihm gehören der Hubschrauber und die Piper dort drüben. Nehmen Sie sich vor ihm in Acht, er ist ein unverbesserlicher Frauenheld!«

Jerry hob abwehrend beide Hände. »Keine Angst, Ma'am. An verheiratete Frauen mache ich mich nicht ran, selbst wenn sie so nett aussehen wie Sie.«

Karen verriet ihm nicht, dass sie geschieden war. »Karen und Jimmy.«

»Und Ihren Mann haben Sie zu Hause gelassen?«

»Sie sind ganz schön vorlaut, Jerry!« Sie war ihm nicht böse, hatte gleich erkannte, dass er zu den unverbesserlichen Womanizern gehörte. Es lag wohl an dem Ausdruck in seinen blaugrünen Augen. Schon mit dem ersten Blick hatte er sie abgeschätzt und seine Chancen ausgerechnet. Manche dieser Jungs konnten echt unangenehm werden, aber er gehörte wohl zur harmlosen und humorvollen Sorte. Deshalb lächelte sie auch und gab zu: »Wenn Sie's genau wissen wollen, ich bin schon seit ein paar Jahren geschieden. Was allerdings nicht heißen soll, dass ich auf der Suche bin. Ich habe einen guten Job, ich habe Jimmy, und ich bin bestimmt nicht nach Willow Creek gekommen, um mir einen Mann zu angeln. Nehmen Sie's nicht persönlich.«

Marla grinste schadenfroh. »Endlich gibt dir eine Frau

mal Kontra, Jerry! Sie müssen wissen, er himmelt bereits seine Therapeutin in Fairbanks und eine Bedienung in Cantwell an und hätte wahrscheinlich gar keine Zeit, mit Ihnen zu flirten. Oder haben dir die beiden schon den Laufpass gegeben?«

»Ich liebe sie beide, Marla, und zeige es ihnen auch.«

»Bis die eine von der anderen erfährt.«

Jerry erschrak. »Du wirst mich doch nicht verraten?«

»Du fällst schon von allein auf die Nase.«

Jimmy verstand zum Glück nur die Hälfte und interessierte sich viel mehr für die Cessna, mit der Marla gelandet war. Er lief darauf zu und betrachtete sie ausgiebig, kehrte erst zurück, als seine Mutter nach ihm rief, und blickte Marla bewundernd an. »Du bist obercool gelandet. Ist Fliegen schwer?«

»Wie Autofahren. Wenn man es mal kapiert hat, macht es sogar Spaß.«

»Bringst du es mir bei?«

Marla lachte. »Dafür musst du ein paar Jahre älter sein. Aber wenn deine Mutter nichts dagegen hat, nehme ich euch auf einen Flug nach Diamond mit. Das ist ein Nest am Kuskokwim River, da muss ich übermorgen hin und einige Huskys untersuchen. Unterwegs kommen wir den Bergen ganz nah.«

»Und ich darf vorne bei dir sitzen?«

»Mal sehen, Jimmy, okay?«

Auf der Main Street beeindruckte der für eine so kleine Siedlung ungewöhnlich aufwändige Weihnachtsschmuck. Es wurde bereits dunkel, und die Girlanden und Lichter leuchteten so bunt und hell wie in manchen Filmen. Die

Umrisse und Fenster zahlreicher Häuser waren mit kleinen bunten Lämpchen markiert, und aus mehreren Lautsprechern erklangen Weihnachtslieder. Der Weihnachtsbaum vor der Kirche war mit glitzernden Kugeln und rot-weiß gestreiften Zuckerstangen geschmückt und erstrahlte im Licht zahlreicher Kerzen.

Der hölzerne Gehweg führte an einem Motel vorbei. Über dem Blockhaus, in dem das Büro und die Wohnung der Besitzer untergebracht waren, flackerte ein lachender Elch, darunter stand »Happy Moose Motel«. Ein spindeldürrer Mann im Overall und mit offenem Anorak erschien vor der Tür, die Klinke in der Hand, und rief: »Wollten Sie zu uns, Ma'am? Sie wären die einzigen Gäste heute, und ich würde Ihnen sogar die Hochzeitssuite geben.«

»Tut mir leid, Mister ...«

»Brian Kowalski. Susan und mir gehört der Laden.«

»Karen und Jimmy Boyd«, stellte sie sich vor. »Tut mir leid, wir wohnen bei Dana und Marla im Husky Heaven. Aber vielen Dank für Ihr Angebot.«

»Jederzeit, Ma'am.« Brian war um die Sechzig und hatte einen »Make Love – Not War«-Aufnäher auf seinem Overall. »Und wenn Sie mal gute Musik hören wollen ... Susan singt beinahe wie Grace Slick.« Er bemerkte wohl, dass sie noch nie etwas von ihr gehört hatte. »Jefferson Airplane?«

»Dunkel.« Sie deutete auf den Patch. »Sind Sie ... wie hieß das noch?«

»Hippies?« Er lachte. »Unsere Eltern waren Hippies. Die haben uns sogar nach Woodstock mitgenommen. Neunundsechzig? Der Summer of Love? Das große Festival?

Jimi Hendrix? Joan Baez? Jefferson Airplane? Wir waren damals noch zu jung, um das alles richtig mitzubekommen, und inzwischen sind Hippies natürlich längst aus der Mode, aber wir zelebrieren die gute alte Zeit immer noch ein bisschen. Kommen Sie doch mal vorbei, auf einen Joint oder so!«

Karen musste lachen. »Ich werd's mir überlegen, Brian.«

Ob es an den vielen Lichtern lag, die etwas Wärme auf die Straße brachten, oder sie sich nur an die Kälte gewöhnt hatten, wusste sie nicht. Die dicken Flocken, die plötzlich fielen, fanden sie sogar romantisch, vor allem Jimmy, für den das weihnachtliche Dorf, das er in den Werbespots im Fernsehen, in einem Bilderbuch und im Einkaufszentrum gesehen hatte, Wirklichkeit geworden war. Besonders der prächtig geschmückte Weihnachtsbaum hatte es ihm angetan. Bei näherem Hinsehen erkannte er jedoch, dass die Zuckerstangen aus Kunststoff bestanden und leider nicht essbar waren.

Die Läden, an denen sie vorbeigingen, waren alle schon geschlossen. Der Souvenirladen, an dem noch einige Lichterkette fehlten. Bagley's Store, der wie die Gemischtwarenläden in den Filmen aus den Fünfzigern aussah. Rosalind's Salon, der Friseurladen, mit ausgefallenen Fotos im Schaufenster. »Rosalind Roberts, Schauspielerin und Haarkünstlerin« stand in kunstvollen Lettern darunter. Die Fotos zeigten die Besitzerin als Marilyn Monroe, perfekt gestylt wie die legendäre Schauspielerin, und als Cowgirl im Western-Outfit. Zwei Fotos zeigten sie in Werbespots für Handcreme und Gemüse.

»Wie wär's mit einem leckeren Cheeseburger?«, fragte Karen.

»Au ja«, antwortete Jimmy begeistert.

Sie überquerten die Straße und betraten das Pioneer Cafe, ein rustikal eingerichtetes Lokal mit einer Bar und mehreren runden Tischen. Am Geweih des ausgestopften Elchkopfs über der Tür baumelte Weihnachtsschmuck. Das Stimmengewirr der zahlreichen Gäste hing in der Luft, und aus einem Lautsprecher über dem Tresen tönte »Rudolph the Red-Nosed Reindeer«. Jimmy grinste über beiden Backen, als er sein liebstes Weihnachtslied hörte. Nur beinahe im Takt dazu leuchtete ein billiges Plastik-Rentier in rot-grünem Licht.

»Karen und Jimmy, hab ich recht?«, begrüßte sie eine der beiden Bedienungen. Sie sahen sich zum Verwechseln ähnlich, beide waren blond, trugen ihre Haare kurz und wirkten trotz ihrer Overalls sehr sexy, wenn man den bewundernden Blicken einiger Männer glauben durfte. »Dana hat sie schon angekündigt.« Sie blickte sich suchend um. »Nehmen Sie den Tisch dort drüben, okay?« Sie deutete auf einen der letzten freien Tische am Fenster.

Sie brauchten keine Speisekarte. »Zwei Cheeseburger mit Pommes frites und zwei Cola light bitte«, bestellte Karen, nachdem sie sich gesetzt hatten.

»Unsere Spezialität«, erwiderte die Bedienung. Sie zeigte auf ihr Namensschild. »Ich bin übrigens Sally. Ally bedient dort drüben. Geben Sie sich keine Mühe, uns auseinanderzuhalten, das schaffen selbst unsere Freunde nicht.«

»Dann sind Sie wohl noch Single.«

»Alles andere gäbe nur Komplikationen«, erwiderte Sally, »oder eine von uns müsste von hier wegziehen. Sonst küsst der Ehemann noch die Falsche.«

Während sie auf die Cheeseburger warteten, blickte Karen sich um. Gleich neben ihnen waren zwei Tische zusammengestellt, anscheinend für eine Gruppe von Einheimischen, die irgendwas zu bereden hatten. Sie sprachen so laut, dass Karen und Jimmy fast jedes Wort verstanden. Jimmy interessierte sich mehr für den Weihnachtsschmuck auf ihrem Tisch, aber Karen lauschte aufmerksam, als sie Begriffe wie »Open Air« und »Theater« aufschnappte.

Das Wort führte die Chefin des Friseursalons. Rosalind Roberts sah nicht mehr so verführerisch aus wie auf den Fotos im Schaufenster, wollte mit ihrem gepflegten und beinahe perfekten Make-up ihr sicher schon fortgeschrittenes Alter vergessen lassen und erinnerte sie an die reifere Elizabeth Taylor. So wie in *Telefon Butterfield 8,* dem Filmklassiker, den sie vor einigen Wochen bei den Classic Movies von TCM gesehen hatte. Ihre Haare, tiefschwarz gefärbt, waren schwungvoll gelegt, ihr hübsches Gesicht betont blass und die Augen blaugrün, wahrscheinlich verstärkt durch farbige Kontaktlinsen. Sie trug ein Kostüm, ebenfalls aus den Fünfzigern, und eine Strickjacke.

»Und ich sag's noch mal«, betonte sie. »Wenn sich Charly nicht an unsere Termine hält, müssen wir uns leider einen anderen Santa Claus suchen.«

»Soweit ich weiß, hat er wieder seine Hexe gesehen«, sagte eine Frau, ungefähr dreißig und die langen blonden Haare zu einem Zopf gebunden. »Die Indianerin mit dem Wolfshund. Ihr wisst, wie viel Angst er vor ihr hat.«

»Beinahe so viel wie du vor Männern!«, lästerte ein älterer Mann.

»Sehr witzig!«, bekam er zur Antwort.

»Lass deine blöden Scherze!«, wies Rosalind ihn zurecht. »Du weißt doch, was Laura alles durchgemacht hat. Von so einem Heiratsschwindler muss man sich erst mal erholen. Und auf dich würde sie sowieso nicht fliegen. Selbst mit einer neuen Frisur hättest du keine Chance mehr bei den Mädels.«

»Schon gut, war ja nicht böse gemeint«, entschuldigte sich der Mann.

Rosalind war längst weiter. »Ich rede noch mal mit Charly. Diese Indianerhexe mit ihrem Wolfshund ist doch ein reines Hirngespinst, oder hat sie einer von euch schon mal gesehen?« Sie blickte abwartend in die Runde und nickte anschließend. »Na eben, seht ihr. Warum sollte sie Charly verfluchen?«

»Das wisst ihr doch«, erwiderte Jerry Lambert, der ebenfalls an den zusammengestellten Tischen saß und der blonden Laura auf die Pelle gerückt war. Sobald sie sich von ihm absetzen wollte, rückte er nach. »Einmal soll er sogar zugegeben haben, dass er die Indianerfrau mit einem Kind hat sitzen lassen. Jetzt behauptet er, die Alte würde sich an unserer ganzen Stadt rächen wollen. So wären indianische Hexen nun mal, es muss richtig krachen.«

»Dann hättest du noch mehr Grund, dich vor Angst in eine Höhle zu verziehen«, lästerte Laura. »Weißt du, wie viele Frauen dir an den Kragen wollen, weil du ihnen zu nahe gekommen bist?« Sie rückte wieder von ihm ab.

»Ich verehre die Frauen«, widersprach er. »Ich liege Ihnen zu Füßen.«

»Wenn du noch näher an mich rückst, ganz bestimmt!«

»Lasst doch endlich die Albernheiten!«, rief Rosalind die Anwesenden zur Ordnung. »Wir haben nur noch wenige Tage bis Weihnachten, und ich bin die Einzige, die ihre Rolle perfekt beherrscht. Ihr könnt nicht mal alle euren Text, von schauspielerischem Talent ganz zu schweigen, und anstatt zu lernen und zu üben, regt ihr euch über eine Hexe auf, die es gar nicht gibt.« Sie trank einen Schluck von ihrem Wein. »Also noch mal von vorn: Ihr steht morgen mit den Huskys auf und verbringt den Rest des Morgens damit, eure Texte zu lernen. Seht euch die Drehbücher, die ich verteilt habe, genau an! Morgen Nachmittag treffen wir uns zur Probe. Ich suche inzwischen Charly. Wenn er keine Lust mehr hat, müssen wir uns eben einen neuen Santa Claus suchen.«

»Ganz schön streng!«, beklagte sich jemand.

»Ohne Disziplin geht es selbst in Hollywood nicht«, erwiderte Rosalind. »Zugegeben, Elizabeth Taylor nahm sich gewisse Freiheiten heraus, aber sie beherrschte ihren Text und hatte Talent wie kaum eine Zweite.«

»Dann spiel du doch den Santa Claus!«, schlug ein bärtiger Mann vor.

Rosalind verdrehte stöhnend die Augen. »Und das von Jeremiah O'Rourke, dem Besitzer des ehrwürdigen Last Chance Saloons, der durch seine Arbeit doch einigermaßen Menschenkenntnis besitzen sollte. Hast du kürzlich mal in den Spiegel gesehen? Du wärst doch wie geschaffen für die Rolle.«

»Ich fühl mich als Statist viel wohler.«

»Aber du hast viel Zeit, seitdem du deinen Saloon nur noch im Sommer öffnest.« Sie reichte ihm eines der

Drehbücher, zusammengeheftete dreißig Seiten. »Hier, mach dich zur Sicherheit mal mit der Rolle vertraut.«

»Ich helfe dir lieber, Charly zu suchen.«

»Charly … so heißt doch der Santa Claus, den wir in dem Roadhouse getroffen haben«, sagte Jimmy zu seiner Mutter. Er sprach so leise, dass ihn die Erwachsenen an den Nachbartischen nicht hörten. »Ist er weg?«

»Er hat wahrscheinlich Angst. Vor der Indianerhexe. Und deshalb versteckt er sich.«

»Aber die gibt's doch gar nicht.«

»Er glaubt daran und hat es mit der Angst zu tun bekommen. Du hast doch gesehen, wie nervös er war.« Sie beugte sich zu den Nachbartischen hinüber und rief: »Verzeihen Sie, wenn ich mich einmische. Wir haben Ihren Weihnachtsmann gesehen. Vor zwei Stunden, als wir bei Dana eingecheckt haben. Er wollte sie vor der Indianerhexe mit dem Wolfshund warnen. Sie hätte es auf die ganze Stadt abgesehen. Er sah so aus, als würde er das tatsächlich glauben. Und auf der Fahrt hierher saß er im Roadhouse neben uns und redete genauso.« Sie ließ ihnen Zeit zum Nachdenken und fügte hinzu: »Wir sind Karen und Jimmy Boyd, wir verbringen ein paar Tage bei Dana und Marla.«

»Sie haben ihn gesehen? Bei Dana und im Roadhouse?«

»Wenn ich's Ihnen sage. Ich mache mir echt Sorgen um ihn.«

Der Saloonbesitzer winkte ab. »Brauchen Sie nicht, Lady. Ich spiele fast jeden Morgen mit ihm Schach bei der Witwe gegenüber. Er hat eine Macke, was diese Hexe betrifft, aber sonst ist er okay. Jeder schleppt doch irgendein Päckchen mit sich herum. Wenn er verschwunden ist, hat er sich irgendwo in den Wäldern vergraben, aber er macht keinen Unsinn und taucht bestimmt wieder auf. Ich sorge schon dafür, dass er seine Rolle übernimmt.«

»Weil du sonst selbst ranmüsstest«, sagte Jerry lachend.

Rosalind leerte ihr Weinglas, bestellte Nachschub bei Sally oder Ally, so genau ließ sich das aus der Entfernung nicht sagen, und prostete Karen und ihrem Sohn zu. »Willkommen in Willow Springs! Ich hoffe, Sie sind Heiligabend dabei. Auch wenn es noch nicht so aussieht … es wird ein Spektakel.« Sie trank einen Schluck. »Wenn wir nur mehr Werbung hätten!«

»Haben Sie denn nichts unternommen?«, fragte Karen. Ihre Cheeseburger waren gekommen, und Jimmy hatte bereits den ersten Bissen im Mund. Seiner zufriedenen Miene nach zu urteilen, trafen sie ganz seinen Geschmack.

»Wir haben Flyer verteilt, und im *News-Miner* steht's morgen. Einige Radiosender werden es auch noch bringen. Aber irgendwas Großes wäre gut …«

»Fernsehen? Die *Morning Show? Ellen?*«

Rosalinds Augen begannen zu leuchten. »Das wäre zu schön, um wahr zu sein. Das würde Willow Creek im ganzen Land bekannt machen und auch meiner Karriere vielleicht den entscheidenden Push geben. Die *Morning Show … Ellen …* nicht auszudenken, was danach alles möglich wäre. Nicht dass ich bisher erfolglos geblieben wäre, meine Cowboy-Nummer war ein voller Erfolg, wenn auch etwas albern. Und als Marilyn Monroe war ich auch nicht übel, das können alle hier am Tisch bestätigen. Aber es wäre sicher vermessen zu glauben, eine so erfolgreiche

Show könnte sich für unser Weihnachtsstück interessieren. Dafür sind wir wohl eine Nummer zu klein.«

»Nicht unbedingt«, sagte Karen. Sie wusste selbst nicht, warum. »Ich arbeite in einer großen PR-Firma in Anchorage und habe gute Beziehungen zu den Medien. Ich könnte es ja versuchen … natürlich nur, wenn Sie erlauben.«

»Wenn wir es *erlauben?«* Rosalinds Stimme überschlug sich fast vor Begeisterung. »Kommen Sie zu uns, Lady! Und du auch, Jimmy! Wie wär's mit einem leckeren Nachtisch? Hier gibt es den besten Apple Pie der Welt.«

Jimmy grinste über das ganze Gesicht.

6

Spät nachts schreckte Karen aus dem Schlaf. Ihr erster Gedanke war, schlecht geträumt zu haben, doch während sie noch darüber nachdachte, was in ihrem Traum passiert war, drang das ferne Heulen eines Wolfes von den Bergen herab. Es blieb als unheimliches Echo in der Luft hängen, bis mehrere Huskys vor dem Haus darauf antworteten und ein wahres Heulkonzert einsetzte.

Sie stand auf, warf einen raschen Blick auf Jimmy, der friedlich in seinem Bett lag und schlief, und trat ans Fenster. Der Mond hatte sich durch die Wolken gekämpft und tauchte die Wälder und Wiesen der Umgebung in ein gespenstisches Licht. Die Berge hoben sich schattenhaft gegen den etwas helleren Himmel ab und glänzten nur dort, wo das Mondlicht ihre verschneiten Hänge berührte.

Der Anblick der nächtlichen Wildnis hatte eine eigenartige Wirkung auf sie. Auch wenn das Wolfsgeheul sie erschreckte und ein ängstliches Kribbeln bei der Vorstellung auslöste, allein in den verschneiten Wäldern unterwegs zu sein, war sie fasziniert von der scheinbar endlosen Weite des Landes. Nur wenige Meilen von den Highways entfernt hatte sich Alaska kaum verändert, erschien das Land noch beinahe so wie am Schöpfungstag.

Irgendwo in der Ferne leuchtete ein heller Fleck. Sie blickte genauer hin und glaubte ein Feuer zu erkennen. Neugierig geworden, holte sie ihr Fernglas und richtete es darauf. Tatsächlich, ein flackerndes Feuer. In seinem

Schein bewegten sich eine dunkle Gestalt und etwas Kleineres, das wie ein Tier aussah, ein Wolf oder ein Hund.

War das die geheimnisvolle Hexe, vor der Charly gewarnt hatte? Gab es sie tatsächlich?

Sie nahm das Fernglas von den Augen und spürte plötzlich die Kälte, die vom Boden über ihre nackten Füße und Beine aufstieg. Rasch kehrte sie in ihr Bett zurück. Der Wolf blieb stumm, und auch das Geheul der Huskys verebbte allmählich. Das einzige Geräusch, das sie noch hören konnte, waren das Rauschen des Windes, der in den nahen Fichten sang, und der gleichmäßige Atem ihres Sohnes. Nach wenigen Minuten schlief auch sie wieder ein.

Um sechs Uhr früh riss das Summen ihres Smartphones sie aus dem Schlaf. Sie öffnete die Augen, brauchte einen Moment, um sich daran zu erinnern, wo sie sich befand, und blickte zum Bett ihres Sohnes hinüber. Er war bereits aufgestanden und ins Bad gegangen. Sie hörte, wie er sich die Zähne putzte und mit dem Wasser gurgelte. Aufgeregt kehrte er ins Zimmer zurück.

»Beeil dich, Mom! Sonst kommen wir zu spät!«, rief er.

»Fressen die Huskys wirklich so früh?«

Karen beeilte sich mit dem Waschen und Anziehen. Jimmy wartete ungeduldig auf sie und konnte es gar nicht erwarten, aus der Blockhütte zu kommen. Noch war es stockdunkel. Der Wind kam aus dem Norden und wirbelte den während der Nacht gefallenen Neuschnee auf. Sie waren durch ihre warme Winterkleidung gegen die morgendliche Kälte geschützt. Jimmy trug seinen neuen knallroten Anorak, den sie in der Shopping Mall gekauft hatten.

Die Huskys waren bereits aufgesprungen und schienen ganz genau zu wissen, dass sie gleich ihr Frühstück bekommen würden. Sie jaulten und brummten, einige bellten sogar.

»Da seid ihr ja«, begrüßte Dana sie in der Küche. Auch sie trug ihre Winterkleidung. Sie hatten bereits nach ihrer Rückkehr vom Pioneer Cafe verabredet, sich mit den Vornamen anzureden, alles andere wäre in dieser Umgebung auch albern gewesen. »Gut geschlafen?«

»Heute Nacht hat ein Wolf geheult«, sagte Karen. »Und ich hab ein Lagerfeuer gesehen. Ich bilde mir ein, da war eine dunkle Gestalt mit einem Wolf.«

»Die Indianerhexe, von der Charly ständig redet?« Dana lachte. »Sicher nur ein harmloser Fallensteller oder Wildhüter mit seinem Hund. Und Wölfe heulen hier fast jede Nacht. Man gewöhnt sich daran. Gehört irgendwie dazu in der Wildnis.«

»Das kommt davon, wenn man in einer Großstadt wie Anchorage wohnt und nur alle Jubeljahre mal rauskommt. Dabei ist die Wildnis so nahe.«

»In zwei, drei Tagen hast du dich daran gewöhnt.« Dana drückte dem Jungen eine kleine Schaufel in die Hand und füllte einen Eimer mit lauwarmem Reisauflauf und Lachs. »So einen Eintopf mögen unsere Huskys am liebsten.«

Sie gingen nach draußen, wo die Huskys bereits heftig an ihren Leinen zerrten und es gar nicht mehr abwarten konnten, ihre Schnauzen in den leckeren Eintopf zu stecken. Nur Blue benahm sich etwas ruhiger und gesitteter.

»Blue hat gut reden«, erklärte Dana, »der bekommt sein Fressen immer als Erster. Ein ungeschriebenes Gesetz bei Huskyzüchtern und Mushern: Die Leithunde muss man verwöhnen, auch um den anderen zu zeigen, dass sie die Anführer des Rudels sind. Stimmt's, Blue?« Sie beugte sich zu ihrem Leithund hinab und schaufelte eine Portion von dem Eintopf in seinen Futtertrog. Sofort begann er zu fressen, wenn auch nicht so gierig wie seine Artgenossen.

Dana hatte für jeden ihrer Hunde ein liebes Wort. Jeder bekam die gleiche Menge, auch der bullige Huck, der am hungrigsten zu sein schien und ungeduldig einen Nachschlag forderte. »Du hast genug, Huck!«, wies Dana ihn zurecht. »Oder willst du so fett werden wie ein verwöhnter Stadthund?«

Während sie sich langsam zu Skipper vorarbeiteten, erzählte Dana ihnen Einiges über die Huskys. »Sibirische Huskys leben erst seit Anfang des zwanzigsten Jahrhunderts in Alaska«, berichtete sie. »Ein Fallensteller aus Russland nahm neunzehnhundertneun mit seinen Huskys an den All-Alaska Sweepstakes teil, das war damals ein bekanntes Rennen, so wie heute das Iditarod. In Sibirien waren sie schon seit Jahrzehnten für ihre Kraft und Ausdauer bekannt.« Sie tätschelte Anya und Cleo, die beim Anblick des geliebten Eintopfs sogar ihren Zickenkrieg vergaßen. »Wisst ihr denn, warum Huskys selbst im Winter nicht frieren?«

»Weil sie ein doppeltes Fell haben«, erwiderte Jimmy. »Das untere Fell hält sie warm, und das obere hält den Schnee und den Wind ab. Stimmt's?«

»Stimmt genau«, staunte Dana. »Du weißt wirklich eine

ganze Menge über Huskys. Sicher willst du dir später mal einen Husky anschaffen.«

»In der Stadt soll man keine Huskys haben. Die brauchen viel Auslauf.«

»Auch das stimmt, Jimmy.« Dana war ehrlich überrascht. »Dann weißt du sicher auch, dass sie besonders stark sind und große Lasten schleppen können.«

»Und sie müssen sich nicht mal dabei quälen.«

Sie hatten Skipper erreicht, der wie alle anderen Huskys, die noch nicht dran gewesen waren, ungeduldig auf sein Futter wartete. »Sieh mal, er erkennt dich wieder. Er merkt wohl, dass du ihn magst.« Sie hielt Jimmy den Eimer hin. »Schaufle ihm seine Portion in den Futternapf! Er hat großen Hunger.«

Voller Stolz füllte Jimmy den Futternapf. Skipper machte sich sofort darüber her und schmatzte ungeniert. »Lass es dir schmecken, Skipper«, sagte der Junge. »Morgen füttere ich dich wieder, okay? Ich bin jetzt dein Freund.«

Skipper hielt kurz inne und jaulte leise.

»Siehst du? Er hat dich verstanden«, sagte Dana.

Nachdem sie die Huskys gefüttert hatten, wuschen sie sich die Hände und setzten sich zum Frühstück an den großen Tisch im Wohnraum. Dort lernten sie auch Derek kennen, Marlas Ehemann, der mit seinen Gedanken selbst während des Frühstücks bei seinem Comic zu sein schien und wenig redete. Marla hatte Pfannkuchen, Rührei mit Speck und Toast zubereitet. Ihr Mann und Jimmy bekamen Kakao, für alle anderen gab es Cappuccino. Seit sie den Kaffeeautomaten besaßen, tranken Dana und Marla kaum noch normalen Kaffee.

»Bei euch zu sein, ist das schönste Weihnachtsgeschenk, das ich jemals hatte«, sagte Jimmy. »So viele Huskys hab ich noch nie auf einem Haufen gesehen, und Skipper ist obercool. Wenn ich brav bin, bekomme ich noch Süßigkeiten zu Weihnachten. Den anderen Wunsch kann Santa Claus leider nicht erfüllen, sagt meine Mom. Ich wünsche mir nämlich einen Dad.«

Karen schoss das Blut ins Gesicht. »Jimmy!«, wies sie ihren Sohn zurecht. »Ich hab dir doch gesagt, dass man sich so was nicht vom Weihnachtsmann wünschen kann. Santa Claus kann eine ganze Menge, aber einen passenden Daddy kann auch er nicht aussuchen. Dazu gehört mehr. Ich muss ihn mögen, du musst ihn mögen, und er muss uns mögen. Das ist ähnlich wie im Kindergarten, da hast du auch nicht alle Kinder gleich gern, den einen mehr und den anderen weniger. Und wenn du dir eine Schwester oder einen Bruder aussuchen müsstest, würdest du bestimmt ins Grübeln kommen. So ist das auch mit einem neuen Daddy.« Sie strich ihm liebevoll mit dem Handrücken über die Wange. »Aber keine Bange! Ich strenge mich doppelt für dich an, okay?«

Karen wartete, bis ihr Sohn nach dem Frühstück auf die Toilette ging, dann erklärte sie den anderen, was es mit dem Wunsch des Jungen auf sich hatte. »Mein Ex hat sich schon kurz nach Jimmys Geburt aus dem Staub gemacht und holt ihn nur alle paar Monate mal ab. Ich versuche, Jimmy den Daddy zu ersetzen, aber das ist nicht einfach, und einen x-beliebigen Kerl heiraten, nur um einen Vater zu haben, ist bei mir nicht drin. Etwas Liebe sollte schon dabei sein.«

»Keine Kompromisse in der Liebe«, erwiderte Dana. Ihr Blick verriet, dass auch sie schlechte Erfahrungen in dieser Hinsicht gemacht hatte. »Ich weiß, wovon ich rede. So oft wie ich sind nur ganz wenige Frauen auf die Nase gefallen.«

Jimmy kehrte zurück und war schon Feuer und Flamme. »Fahren wir jetzt mit den Huskys los? Soll ich schon mal unsere Rucksäcke holen?« Er blickte Karen und dann Marla an. »Darf ich dir beim Anspannen helfen, Marla?«

»Ist doch Ehrensache«, versprach Marla.

»Und ich sorge für den Proviant. Heißen Tee und Sandwiches.«

Karen beobachtete dankbar, mit welchem Eifer ihr Sohn bei der Sache war. Jimmy folgte der Musherin auf Schritt und Tritt, hielt die Führungsleine, während sie die Huskys daran festband und vor den Schlitten spannte. Vorne Blue, der Leithund, dahinter Dash und Niko, Anya und Cleo, die streitbaren Damen, und die Schwergewichte Huck und Blacky direkt vor dem Schlitten.

»Meine Aufrechten Sieben«, stellte Marla ihr Gespann vor. Sie bat Karen und Jimmy, sich auf die Ladefläche zu setzen, und hüllte sie in mehrere Decken. Zwei Schutzbrillen sollten sie gegen den aufwirbelnden Schnee schützen. »Haltet euch fest! Bis wir aus der Stadt sind, holpert es ein bisschen!«

Karen legte einen Arm um ihren Sohn und hielt sich mit der freien Hand am Schlitten fest. »Heya! Vorwärts!«, feuerte Marla die Hunde an. »Zeigt, was ihr könnt, meine Lieben!« Jimmy jubelte vor Vergnügen, als die Hunde losrannten und den Schlitten mit voller Kraft die Zufahrtstraße hinabzogen.

Die Musherin machte sich einen Spaß daraus, in einer dichten Schneewolke aus der Stadt zu brausen. Sie stand auf den Kufen, die Beine leicht gebeugt, und hielt sich mit beiden Händen an der Haltestange fest, steuerte den Schlitten, indem sie nur wenige Kommandos rief und geschickt ihr Körpergewicht verlagerte. Auch vor der Stadt ließ sie die Hunde kräftig laufen.

Allmählich gewöhnten sich Karen und Jimmy an das Holpern des Schlittens. Bewundernd blickten sie auf die Huskys, die den Schlitten mit weiten Schritten über einen Trail zogen, der bis in die Ausläufer der Berge führte. Es war immer noch dämmrig; Marla hatte ihre Stirnlampe eingeschaltet. Sie folgte den hellen Mustern, die sich im Scheinwerferlicht auf dem Schnee abzeichneten, und trieb die Huskys immer weiter an. »Heya! Weiter so, Blue!«

In einem weiten Tal, das sich zwischen den Wäldern nach Südosten zog, hielt sie den Schlitten an. »Whoaa!«, bremste sie ihr Gespann. »Das Kommando benutze ich am meisten. Zum Antreiben taugt eigentlich alles. Heya. Vorwärts. Was einem gerade so einfällt. Es gibt auch noch ›Gee!‹ für ›Rechts!‹ und ›Haw!‹ für ›Links!‹, aber die benutzt kaum jemand. Meist kennen die Huskys den Weg ohnehin besser als ihre Musher und wissen, wo es langgeht.«

»Darf ich auch mal lenken?«, fragte Jimmy hoffnungsvoll.

»Klar, aber wir machen das am besten zusammen.« Marla bat den Jungen, vor ihr auf die Kufen zu steigen und sich mit beiden Händen an der Haltestange festzuhalten. »Du wartest am besten hier«, sagte sie zu Karen, die ebenfalls abgestiegen war und etwas besorgt dreinschaute. »Keine Angst, Jimmy ist bei mir sicher. Wenn er auf den Kufen bleibt, kann ihm nichts passieren.«

Karen trat zur Seite und lächelte unsicher. Doch ihre Besorgnis verwandelte sich in Freude und Stolz, als Jimmy mit »Heya! Lauft! Lauft!« die Hunde antrieb und vor Begeisterung jauchzte, als sie den Schlitten anzogen und über den Trail preschten. Marla hielt sich mit einer Hand an der Haltestange fest und sicherte mit der anderen den Jungen. »Vorwärts!«, rief Jimmy laut.

Inzwischen war es heller geworden, und arktisches Zwielicht löste die Dunkelheit ab, denn so ganz hell wurde es den ganzen Tag nur um die Mittagszeit, selbst in den gemäßigten Zonen im zentralen Alaska. Marla ließ ihre Stirnlampe dennoch brennen, wies Jimmy nach ungefähr einer Viertelmeile an, den Schlitten zu bremsen, und half ein wenig nach, als sein »Whoaa!« nicht laut genug war, um die Huskys zu erreichen. Sie wendete den Schlitten und fuhr zurück, begleitet vom begeisterten »Heya! Vorwärts!« des Jungen.

»Aus deinem Sohn wird mal ein hervorragender Musher«, lobte Marla, als sie vom Schlitten stiegen. »Wenn er so weitermacht, sehen wir ihn irgendwann beim Iditarod. Und das meine ich ernst. Er hat wirklich das Zeug zum Musher.«

»Großartig! Ganz toll!«, lobte Karen ihren Sohn.

»Und jetzt du«, forderte Marla sie auf.

»Ich? Meinst du wirklich?«

»Und zwar allein«, betonte Marla.

»Allein?«, erschrak Karen. »Aber ich hab noch nie …«

»Kein Grund zur Panik«, fiel Marla ihr ins Wort. »Darauf lassen sich fast alle unserer Besucher ein. Auf diesem breiten Trail kann gar nichts passieren. Ein paar Gäste sind im Schnee gelandet, aber selbst wenn du in Panik geraten würdest, könnte ich die Huskys immer noch aus der Ferne aufhalten.«

»Ganz sicher?«

»Ganz sicher! Und jetzt zeigst du Jimmy, was du draufhast!«

Zögernd stieg Karen auf die Kufen. Sie gehörte nicht zu den Frauen, die beim Anblick einer Spinne in Panik gerieten oder vor jedem bellenden Hund davonliefen, aber einen Hundeschlitten zu steuern, war etwas ganz anderes. Von den Huskys gingen so viel Energie und Willenskraft aus, dass man voll konzentriert sein musste, um nicht die Kontrolle zu verlieren. Schon als sie die Haltestange berührte, spürte sie ihre Ungeduld, wie sie an den Leinen zerrten, um endlich laufen zu können. Nichts hassten sie mehr als Pausen.

»Du schaffst das!«, sprach Marla ihr Mut zu.

Karen brauchte die Huskys nicht einmal anzufeuern. Kaum hatte sie den stählernen Anker aus dem Schnee gezogen, stürmten sie los, und sie hatte Mühe, sich auf den Kufen zu halten. Zum Glück war der Trail an dieser Stelle so eben, dass man kaum Gefahr lief, das Gleichgewicht zu verlieren. Und die Hunde liefen so gleichmäßig, dass alle Angst von ihr abfiel und sie ähnlich begeistert jauchzte wie ihr Sohn. »Wow!«, rief sie so laut, dass Marla und Jimmy sie hören konnten. »So viel Spaß hatte ich schon lange nicht mehr!«

Vor lauter Freude sah sie den Mann, der ihr auf einem

Snowmobil entgegenkam, beinahe zu spät. »Whoaa! Whoaa!«, rief Marla bereits aus der Ferne, bevor sie selbst auf die Idee kam, den Schlitten zu bremsen. Die Huskys wurden langsamer, vor allem Blue, der seine Artgenossen fest im Griff hatte.

Der Mann hielt neben ihr und drosselte den Motor. »Lassen Sie mich raten«, sagte er lächelnd. »Sie steuern zum ersten Mal einen Hundeschlitten?«

»Sieht man das?« Sie schob ihre Schutzbrille aus dem Gesicht.

»Nur ein bisschen«, log er. »Matt Stuart.«

»Karen Boyd.« Sie drehte sich zu Marla und Jimmy um. »Mein Sohn und ich machen Urlaub in Willow Creek. Jimmy ist ein großer Husky-Fan.«

»Huskys haben ihren eigenen Kopf.«

»Sind Sie ein Fallensteller oder so was?«

»Sieht man das?«

»Ein bisschen schon.«

Zumindest sah er wie ein Mann aus, der viel Zeit in der Wildnis verbrachte. Er trug dunkle Skihosen, einen weinroten Anorak, der mit dem Fell eines Vielfraßes besetzt war, eine Fellmütze, Handschuhe und feste Stiefel. Praktische Winterkleidung, die er bestimmt schon vor Jahren gekauft hatte. Aus dem Rucksack auf seinem Rücken ragte ein Gewehr. Doch all dies streifte Karen nur mit ihren Augen. Zu sehr war sie von seinem jungenhaften Lächeln und dem warmen Leuchten seiner braunen Augen beeindruckt. Ein ganzer Mann, der sich in der Wildnis zu behaupten wusste, aber auch eine jugendliche Unbedarftheit bewahrt hatte, die ihn mehr als sympathisch machte.

»Leben Sie in der Wildnis?«, fragte Karen.

»In einer Hütte in den Bergen.«

»Ganz allein?«

»Ich bin gern allein«, antwortete er. Seine Stimme hatte einen wehmütigen Klang angenommen, und auch das Leuchten war aus seinen Augen verschwunden, als erinnerte er sich an irgendetwas, was ihn traurig machte. »Ich komme nur in die Stadt, um Vorräte zu kaufen. So wie jetzt. Ich brauche Munition und ein paar Dinge, ohne die man selbst in der Wildnis nicht auskommt. Verwandte oder Freunde, die ich besuchen könnte, hab ich nicht.«

»Das tut mir leid.«

»Muss es nicht«, erwiderte er, jetzt wieder mit einem Lächeln. Er blickte auf die Huskys, die bereits mit den Pfoten scharrten. »Ich glaube, Ihre Huskys werden langsam ungeduldig. Hat mich gefreut, Sie kennenzulernen, Ma'am.«

»Karen.«

»Alles Gute, Karen.« Er gab Gas und fuhr davon.

7

Karen blickte ihm gedankenvoll nach. Der Mann aus den Bergen hatte sie tiefer beeindruckt, als sie zugeben wollte. Er hatte etwas in ihrem Inneren berührt, das seit langer Zeit verschüttet gewesen war. Alles um sie herum verschwamm, die Berge, die Wälder, die Huskys, als sie ihm nachblickte, ihn kurze Zeit bei Marla und ihrem Sohn halten und dann hinter einem Hügel verschwinden sah.

»Ach, du spinnst ja!«, sagte sie so leise, dass es nicht einmal die Hunde hörten. Mit Blues Hilfe schaffte sie es, den Schlitten zu wenden und zu Marla und Jimmy zurückzufahren. »Wow! Das war toll! Aber gar nicht so einfach.«

»Auf unserer nächsten Tour darfst du länger ran«, erwiderte Marla.

»Und ich auch«, meldete sich Jimmy.

»Kanntest du den Mann?«, fragte sie scheinbar beiläufig.

»Matt Stuart? Den Fallensteller?« Karen glaubte, ein verschmitztes Lächeln in Marlas Augen zu erkennen. »Eher flüchtig. Er lebt in den Bergen und kommt nur alle paar Wochen nach Willow Creek, um Vorräte einzukaufen. Und selbst dann bleibt er höchstens eine Nacht. Es muss irgendwas passiert sein, das ihn vor ein paar Jahren in die Wildnis getrieben hat. Irgendwas Schlimmes, sagen die Leute, aber Genaues weiß niemand.« Ihr Lächeln verstärkte sich. »Er ist ein stattlicher Bursche, nicht wahr? Viel zu schade, um allein in der Wildnis zu versauern. Vielleicht sollte man einfach mal auf ihn zugehen.«

»So sehr interessiert er mich nun auch wieder nicht«, sagte Karen.

»Wollen wir noch ein Stück fahren? Ich kenne einen schönen Platz in den Ausläufern der Berge, da fahren Derek und ich öfter zum Picknicken hin.«

»Klingt verlockend.«

Karen und ihr Sohn setzten sich auf den Schlitten, und die Fahrt ging weiter nach Osten. Im Zwielicht war der Gipfel des Pyramid Mountain zu erkennen, kein besonders hoher Berg, verglichen mit den Riesen der Alaska Range, aber markant und von scheinbar unberührter Natur umgeben. In allen Grautönen und auch ein wenig Rot und Rosa schimmerten die verschneiten Felswände. Die Schwarzfichten in den Tälern bewegten sich im schwachen Wind.

Die Huskys waren froh, dass es endlich weiterging. Im bewundernswert gleichförmigen Rhythmus liefen sie über den festen Schnee. Unter ihren Pfoten, die mit ledernen Booties gegen eine Verletzungen geschützt waren, stob Schnee empor. Anders als bei Karen schlingerte der Schlitten kaum. Es war still geworden. Marla schaffte es allein durch eine Verlagerung ihres Gewichts, den Huskys zu signalisieren, welche Richtung sie nehmen sollten.

Auch weil sie das Gespann wiederholt anfeuerte, beschleunigten sie das Tempo und ließen auf der leichten Steigung, die zum Wald hinaufführte, nicht nach. Mit kräftigen Sprüngen rannten sie in das Halbdunkel zwischen den Fichten, ihrem Instinkt und der Gewohnheit folgend, denn sie waren über diesen Trail schon unzählige Male gelaufen, eine der nahezu perfekten Trainingsstrecken in der Umgebung von Willow Creek. Sie führte über Berg und Tal und Wälder bis in die steilen Ausläufer des Pyramid Mountain hinein.

Obwohl die Bäume des Waldes nicht so groß gewachsen waren und weiter voneinander entfernt standen als im südlichen Alaska, lag dort weniger Schnee, und sie kamen noch einfacher und flotter voran. Der schmale Trail wand sich durch ein Labyrinth von teilweise verkrüppelten Schwarzfichten, die unter einem schweren Gewitter oder Blizzard gelitten haben mussten, und führte nach ungefähr zwei Meilen auf eine Lichtung mit mehreren Felsen.

Marla hielt direkt davor, sehr zum Missfallen der Huskys, die sicher noch ein paar Meilen weiter gelaufen wären. Sie rammte den Anker in den Schnee und stieg von den Kufen. Wie fast jedes Mal, wenn sie anhielt, sprach sie mit den Huskys. »Mittagspause, Ihr Lieben! Ich weiß, wir fahren heute nicht so weit wie sonst, aber Karen und Jimmy sind zum ersten Mal mit uns unterwegs und müssen sich erst daran gewöhnen. Ruht euch ein wenig aus, okay?«

An einer windgeschützten Stelle zwischen den Felsen schlugen sie ihr Lager auf. Sie tranken heißen Tee und aßen die Sandwiches, die Dana ihnen mitgegeben hatte, dick mit Schinken, Käse und Tomaten belegt. Sogar Nachtisch hatte sie eingepackt, für jeden einen Apfel und einen Schokoriegel.

»Wo hast du eigentlich deinen Mann kennengelernt?«, fragte Karen.

»Derek?« Marla biss in ihr Sandwich und kaute eine Weile. »Bei Starbuck's in Fairbanks. Er trank Kakao und ich einen Caramel Cappuccino. Weil ich ihn die ganze

Zeit zeichnen sah, wurde ich neugierig, und er zeigte mir eine Comic-Superheldin, die er gerade auf seinem Block verewigt hatte. Drei Mal darfst du raten, wie sie aussah. Er hatte mich gezeichnet! Zum Glück wurde später eine normale Frau aus der Heldin, mutig und stark, aber ohne Superkräfte, und er nannte sie auch nicht Marla, sondern Janet. Sie ist die Heldin eines Comic-Buches, das vor ein paar Wochen auf den Markt kam. So was wie ein verspätetes Hochzeitsgeschenk. Ich besorge euch ein Exemplar.«

»Eine fliegende Tierärztin und ein Comiczeichner«, staunte Karen. »Eine seltene Mischung. Eigentlich sind Künstler nicht für die Wildnis geschaffen.«

»Ach, Derek fühlt sich wohl in Alaska. Er kommt aus San Diego, der amerikanischen Stadt mit dem meisten Sonnenschein, und musste sich erst mal umstellen. Wenn man die langen Winter nicht gewohnt ist, dauert das eine Weile. Aber wir ergänzen uns perfekt. Nur dass ich der Draufgänger in unserer Ehe bin. Janet eben … so wie die Heldin seines neuen Comics.«

»Er muss dich sehr lieben.«

»Und ich ihn. Ich habe Glück gehabt … großes Glück.«

»Ich heirate auch mal eine Frau, die mit Huskys zu tun hat«, sagte Jimmy, der aufmerksam zugehört hatte. Er verzog das Gesicht, als er aus seiner Thermosflasche trank. Er mochte keinen Tee, aber Kakao aus einer Thermosflasche schmeckte auch nicht besonders. »Mag Derek auch Huskys?«

Marla schmunzelte. »Schon … aber er hat ein bisschen Angst vor ihnen.«

Karen aß den letzten Bissen ihres Sandwichs und steckte das zerknüllte Papier in ihren Rucksack. Den Schokoriegel ließ sie nach einigem Überlegen ebenfalls im Rucksack verschwinden, den würde sie für ihren Sohn aufheben. Stattdessen biss sie in den Apfel. Ihr Schweigen wurde nur durch das Rauschen des Windes und das gelegentliche Jaulen eines Huskys unterbrochen. In der klaren Luft war jedes Geräusch überdeutlich zu hören, selbst das Krächzen eines Raubvogels hing einige Sekunden als Echo in der Luft und ging erst im wütenden Fauchen von Huck und Blacky unter, die wieder mal heftig stritten.

»Huck! Blacky! Benehmt euch!«, rief Marla ihnen zu.

Inzwischen waren auch die anderen Huskys unruhig geworden, normalerweise ein Zeichen für drohende Gefahr, ein wildes Tier, das sich in der Nähe aufhielt oder einen plötzlicher Wetterumschwung. Blue lag auf allen Vieren und blickte auf den nahen Waldrand, als hätte er Ungewöhnliches entdeckt.

»Was hast du denn, Blue?« Marla stand auf und ging neben ihm in die Hocke. »Treiben sich Wölfe in der Nähe herum? Passt dir das Wetter nicht?«

Sie griff in ihre rechte Anoraktasche – um ihren Revolver zu überprüfen, wie sie später verriet – und stand auf, ohne den Blick vom Waldrand zu nehmen. »Ihr bleibt hier!«, befahl sie leise und stapfte durch den Schnee davon.

»Wo will Marla denn hin?«, fragte Jimmy ebenfalls flüsternd.

»Weiß nicht«, erwiderte Karen.

Sie verharrten zwischen den Felsen und verfolgten besorgt, wie Marla zwischen den Bäumen verschwand. Die Huskys waren immer noch nervös, jaulten aber nicht mehr so laut und vertrauten anscheinend Marla, die im Wald nach dem Rechten sah. Von den Bäumen war kaum ein Laut zu hören.

Bis das Krachen eines Schusses von den Ausläufern der Berge herüberdrang. Bedrohlich zog sein dumpfes Echo über die Schwarzfichten hinweg.

Karen legte rasch einen Arm um ihren Sohn. »Du brauchst keine Angst zu haben«, beruhigte sie ihn. »Das ist sicher nur ein Jäger oder ein Ranger aus dem Nationalpark.« Ihre eigene Unruhe versteckte sie hinter einem Lächeln.

Sie warteten geduldig auf Marlas Rückkehr, doch die Musherin ließ sich Zeit. Als die Huskys immer lauter jaulten und sie sich auch nach mehreren Minuten nicht blicken ließ, löste sich Jimmy von seiner Mutter und rief: »Marla! Marla! Wo steckst du? Ist dir was passiert?« Bevor Karen ihn zurückhalten konnte, rannte er auf den Waldrand zu, ohne jegliche Angst und nur um Marla besorgt.

Karen folgte ihm nach einer Schrecksekunde. »Jimmy! Komm zurück!«, rief sie, aber er hörte nicht auf sie und schien nur noch von dem Gedanken beseelt, Marla zu Hilfe zu eilen. »Jimmy! Jimmy! Sei doch vernünftig!«

Sie erreichten die Bäume fast zur gleichen Zeit und liefen noch einige Schritte in den Wald hinein. Unter einer weit ausladenden Fichte blieben sie stehen.

»Marla! Bist du okay?«, rief Karen nervös.

»Hier drüben!«, kam die Antwort.

Sie folgten der Stimme und sahen Marla mit einem Bein auf dem Boden knien. Die Musherin hatte sich schon wieder beruhigt. »Ein Fallensteller, nehme ich an. Matt Stuart ist nicht der Einzige, der in dieser Gegend auf die Jagd geht.« Sie stand auf, ohne ihren Blick von den deutlich sichtbaren Spuren zu nehmen. »Ein Mann und ein Hund … die Spuren eines Wolfshundes.«

»Das kannst du erkennen?«

»Ich bin Tierärztin«, sagte sie, »ich weiß, welche Spuren ein Wolfshund hinterlässt, vor allem, wenn man so deutliche Abdrücke wie hier hat. Könnte auch ein Wolf sein, aber wer zieht schon mit einem Wolf durch die Gegend?«

»Könnte es eine Frau sein?«, gab Karen zu bedenken.

»Eine Frau?« Marla reagierte überrascht und lächelte gleich darauf. »Du meinst die indianische Hexe, vor der unser Santa Claus ständig davonläuft?«

»Vielleicht gibt es sie ja wirklich.«

Marla schüttelte den Kopf. »Nein, die ist ein Hirngespinst! Die hat Charly sich ausgedacht, damit er einen Grund hat, sich zu verkrümeln. Soweit ich weiß, war er nicht gerade ein Engel und hat sogar einige Zeit gesessen. Hinter Gittern, meine ich. Und das mit der Indianerin …« Sie warf einen schnellen Blick auf Jimmy. »Das traue ich ihm auch zu. Aber wir leben nicht mehr im Wilden Westen oder im Wilden Norden. Keine Indianerin zieht wie ein Racheengel mit einem Wolfshund durch die Berge und belegt Charly und ganz Willow Creek mit einem bösen Fluch. Das ist kompletter Unsinn!«

Karen verstand nichts vom Spurenlesen und hätte kaum etwas zu den Abdrücken sagen können. »Du hast recht«, erwiderte sie, »das wäre wahrscheinlich eher eine Geschichte für einen neuen Comic von deinem Mann.«

Sie gingen wieder zum Schlitten und fuhren nach Willow Creek zurück. Jimmy war müde von der aufregenden Fahrt und schlief auf dem Schlitten in Karens Armen ein, während sie sich selbst und ihn festhielt und die Gegend betrachtete. Vor zwei Jahren war sie mit ihrem Sohn im Denali National Park gewesen, mitten im Sommer, und schon damals hatte sie die scheinbar unendliche Weite überrascht, die Wälder, Täler und die Bären und Elche am Straßenrand. Mit dem Schnee hatte sich eine eigenartige Ruhe über das Land gelegt, eine angenehme Stille, in der jedes Geräusch doppelt so laut klang und in der man sich meilenweit von jeder Zivilisation entfernt glaubte.

Die Wolken hatten sich verzogen; inzwischen war es so hell, dass Marla die Stirnlampe ausschalten konnte. Die Sonne zeigte sich, wenn auch nur kurz, und leuchtete verheißungsvoll über den Lichtungen. Zwischen den mit Schnee beladenen Ästen der Schwarzfichten flackerte ihr Licht verheißungsvoll und verwandelte die Schneekristalle in funkelnde Diamanten.

Sie schien auch Karens Lebensgeister zu wecken. Allmählich fiel der Alltagsstress von ihr ab, und Karen fühlte sich seltsam beschwingt; ein Gefühl, das sie schon seit Wochen oder Monaten nicht mehr gespürt hatte. Die Gewissheit, Jimmy mit dem Weihnachtsurlaub eine riesige Freude bereitet zu haben, erfüllte sie mit Dankbarkeit. Die Tage bei den Huskys waren besser als jede Therapie, davon würde er wahrscheinlich noch lange Zeit zehren.

Dass zu ihrer stillen Freude auch die Begegnung mit dem Fallensteller beitrug, würde sie sich erst später eingestehen, doch schon jetzt lächelte sie verträumt hinter ihrer Schutzbrille, wenn sie an ihn dachte. Matt Stuart war ein Mann, wie sie bisher noch keinen getroffen hatte. Ein Einsiedler, stark genug, um es mit der Wildnis aufzunehmen, und doch verletzlich, ein vom Leben enttäuschter Mann, der sich trotz aller Widrigkeiten seinen Humor bewahrt hatte und ihr auf Augenhöhe begegnet war. Ein Mann, über den sie schon jetzt sehr viel länger nachgedacht hatte als über jeden anderen Mann in den letzten fünf Jahren.

Sie erreichten Willow Creek am Nachmittag. Die Sonne hatte sich wieder verflüchtigt, und es dämmerte bereits. Als sie die Main Street erreichten und durch die Stadt fuhren, wachte auch Jimmy auf und winkte zwei bärtigen Männern zu, die vor dem Gemischtwarenladen der Witwe Bagley standen und genüsslich ihre Zigarren rauchten. Die Kälte schien ihnen nichts auszumachen. Sie winkten freundlich zurück und gingen rauchend in den Laden.

Dana war gerade dabei, neues Stroh für die Huskys auszulegen, als sie vor dem Haus hielten. »Wie geht es Skipper?«, rief Jimmy, sobald er vom Schlitten geklettert war. »Darf ich ihn wieder streicheln? Ich hab ihn vermisst.«

»Natürlich«, sagte Dana. »Er freut sich bestimmt, dich zu sehen.«

Jimmy lief zu dem Husky, der sich tatsächlich freute, auch über das Leckerli, das Dana ihm gab. »Nicht so stürmisch!«, warnte sie den Jungen, als er Skipper umarmte. »Huskys sind keine Schoßhündchen, sie brauchen ein bisschen Abstand.«

Karen sah ihrem Sohn einige Zeit zu und half Marla, den Schlitten zu verstauen. »Danke für den schönen Ausflug«, sagte sie, »das hat Spaß gemacht.«

»Wie wär's mit Cappuccino und Keksen?«

»Gerne«, erwiderte Karen. »Ich will mich nur ein wenig

frischmachen und kurz telefonieren, dann komme ich nach. Keine Angst, nichts Geschäftliches. Ich hab Rosalind versprochen, meine Kontakte bei der *Morning Show* spielen zu lassen. Wär doch toll, wenn das Christmas Open Air im Fernsehen käme.«

Marla stutzte. »Du kennst jemanden bei der *Morning Show?*«

»Ich arbeite bei einer PR-Agentur, da haben wir häufig mit den Medien zu tun.« Karen klopfte sich den Schnee aus den Kleidern. »Ich hab das Drehbuch überflogen. Übernimmst du die Szene, in der Santa Claus versucht, die Menschen in einem Buschflieger zu erreichen, als sein Schlitten kaputt geht?«

»Ist nur eine kleine Szene«, winkte Marla ab. »Eigentlich wollte ich sie Jerry zuschanzen, aber der muss den Hubschrauber kurz vor Schluss fliegen.«

»Ich bin sehr gespannt. Ist heute Abend noch Probe?«

»Nur die ersten Szenen. Ich bin erst morgen dran.«

Karen lachte. »Dann weiß ich ja, was wir morgen vorhaben.«

Sie ging in ihre Blockhütte und setzte sich zum Telefonieren aufs Bett. Willow Creek lag so dicht am Highway, dass sie sofort ein Netz bekam. Die Nummer ihrer Kontaktfrau beim Fernsehen kannte sie auswendig. Cindy Troxell war sofort dran. »Hey, ich dachte, du machst Urlaub«, sagte Cindy.«

»Mach ich auch. Ich bin in Willow Creek.«

»Willow Creek, das liegt doch …« Sie hatte keine Ahnung.

»Schräg gegenüber vom Denali National Park. Ein winziges Kaff.«

»Und was machst du da? Mit den Wölfen heulen?«

»Mit den Huskys.« Sie erzählte ihr von der Begeisterung ihres Sohnes. »Hör zu, hier veranstalten sie ein Christmas Open Air. ›Santa Claus in Willow Creek‹. Das wäre doch was für die *Morning Show.* Santa Claus, heulende Huskys, glückliche Kinder … das ganze Paket für den unterhaltsamen Teil.«

»Schon möglich, aber …«

»Und dann Willow Creek! So eine stimmungsvolle Weihnachtskulisse hast du noch nie gesehen. Weder in Disneyland noch in irgendwelchen Filmen. Bessere Weihnachtsbilder findet ihr in ganz Amerika nicht. Mal sehen … zwei Tage vor Weihnachten ist Generalprobe, da würde es am meisten bringen.«

»Wenn du es sagst.«

»Hab ich dir nicht immer gute Beiträge geliefert?«

»Das stimmt schon.«

»Und wer hat dich mit dem heißen Typen zusammengebracht, mit dem du jetzt verheiratet bist? Ohne mich hättest du ihn glatt links liegen lassen.«

»Okay, zwei Tage vor Weihnachten. Du bereitest alles vor?«

»Darauf kannst du dich verlassen. Gegen zehn?«

»Wehe, du hast übertrieben.«

»Hab ich nicht. Ich warte im Pioneer Cafe auf euch.«

Karen legte auf und kehrte zu Dana, Marla und Jimmy zurück. Auch Derek war aus seinem Arbeitszimmer gekommen und zeigte sich in bester Laune; ein sichtbares Zeichen dafür, dass er seinen neuen Comic Strip termingerecht abgeschickt hatte. Es duftete nach Cappuccino, Kakao und Keksen.

»Stell dir vor, Mom«, empfing Jimmy sie aufgeregt. »Derek will einen Comic über Skipper und mich zeichnen. Eine spannende Geschichte über einen Jungen und seinen Husky. Ein ganzes Buch soll es werden. So ähnlich wie *Janet,* das Buch, das er über Marla gezeichnet hat. Ist das nicht obercool?«

»Wirklich?«, fragte sie überrascht.

»Haben wir gerade beschlossen«, erwiderte Derek strahlend.

Karen war gerührt. »Sieht so aus, als würde Jimmy diesmal alle Geschenke schon vor Weihnachten bekommen. Das ist wirklich eine tolle Nachricht!«

»Und du? Hast du auch gute Nachrichten?«

»Und ob«, antwortete Karen genauso fröhlich. »Die Fernsehleute kommen zur Generalprobe. Ich hab in den höchsten Tönen von euch und Willow Creek geschwärmt. Also strengt euch an, ich verlasse mich auf euch, okay?«

8

Jimmy war schon bei den Huskys, als Karen die Blockhütte verließ. Er war gerade dabei, Skipper zu füttern, und so in seine Arbeit vertieft, dass er sie gar nicht kommen hörte. Es gab den gleichen Reiseintopf wie am vergangenen Morgen, nur war diesmal mehr Lachs drin, eine Spende der Witwe Bagley, die frischen Lachs im Angebot gehabt und ihnen die Reste gebracht hatte.

»Sieh mal, Mom!«, rief Jimmy. »Wie Skipper sich freut, dass ich ihm sein Fressen bringe. Schade, dass wir ihn nicht mitnehmen können.«

Skipper freute sich wirklich. Das war wahrscheinlich unabhängig davon, wer ihm sein Fressen brachte, aber auch Karen glaubte zu erkennen, dass ihr Sohn und der Husky eine ganz besondere Beziehung aufgebaut hatten. Man merkte es eher an den kleinen Gesten, wie er mit seinem Körper an den Beinen des Jungen entlangstrich oder jaulend den Kopf hob und ihn aus seinen blauen Augen anblickte. Für einen Husky, die eher durch ihre Unabhängigkeit auffielen, äußerst ungewöhnlich. Nur beim Fressen ließ sich Skipper nicht stören. Sein lautes Schmatzen verriet, wie zufrieden er mit der Extra-Portion Lachs in seinem Eintopf war.

»So einen fleißigen Helfer hatte ich selten«, sagte Marla, die bereits die anderen Huskys gefüttert hatte und mit dem leeren Eimer wartete. »So, jetzt wird's aber Zeit, dass wir auch was zu essen bekommen. Dana wartet schon.«

An diesem Morgen gab es French Toast mit Sirup, eine von Jimmys Leibspeisen, und ein kräftiges Omelett für alle, denen der ausgebratene Toast zu süß war. Wie jeden Morgen duftete es nach Cappuccino und Kakao. Derek war besonders hungrig, wie meistens, wenn er einen Comic fertiggestellt hatte, und aß beides, French Toast und Omelett. »Schmeckt göttlich!«, lobte er.

»Sie wollen eine Geschichte über Jimmy und Skipper zeichnen?«, fragte Karen nach den ersten paar Bissen. Sie mochte das würzige Omelett lieber.

»Natürlich nur, wenn Jimmy und du nichts dagegen haben«, antwortete er. »Mein Verleger möchte etwas für Jugendliche haben. Gefühlvoll, spannend, möglichst alles auf einmal, so sind die Verleger halt. Und Jimmy und Skipper lassen sich gut zeichnen. Wann hättet ihr denn mal Zeit, für mich Modell zu sitzen? Eine unserer Husky-Ladys müsste natürlich auch dabei sein.«

»Marla muss zur Probe, aber ich hätte Zeit«, sagte Dana.

»Heute Nachmittag?«

Jimmy lächelte stolz. »Geht klar. Muss ich mich umziehen?«

»Bleib, wie du bist. Alles andere denke ich mir dazu aus.«

Nach dem Frühstück brachen Karen, Marla und Jimmy auf. Es war noch dunkel, und die gesamte Festbeleuchtung war eingeschaltet. »Merry Christmas, Willow Creek!« stand auf dem größten Banner, »Santa Claus in Willow Creek – Christmas Open Air, December 24 and 25« auf einem anderen. Vor der Kirche am Ende der Main Street waren einige Männer dabei, eine Bühne aus fertigen Holzteilen zu errichten. Ihr Hämmern klang überlaut in der klaren Winterluft und weckte sicher auch den müdesten Langschläfer der Stadt.

Statt der Weihnachtslieder, die sonst aus den Lautsprechern tönten, war das fröhliche Geschrei einiger Kinder zu hören, die sich vor dem Pioneer Cafe mit Schneebällen bewarfen. Einer der Jungen, ungefähr in Jimmys Alter und mit dunkelgrüner Pudelmütze, rief Jimmy zu: »Hey! Warum machst du nicht mit? Hast du Angst?« Er warf einen Schneeball und verfehlte Jimmy nur knapp. »Komm schon! Zeig, was du kannst! Wer getroffen wird, ist draußen.«

Das ließ sich Jimmy nicht zwei Mal sagen. Er formte einen Schneeball, lief dem Jungen nach und traf ebenfalls nur knapp vorbei. »Ich krieg dich noch!«

Marla lächelte amüsiert. »Mike Arnold«, klärte sie Karen auf. »Sohn eines Rangers. Russ, sein Vater, wohnt im Winter hier, wenn er vom Dienst freigestellt ist. Er schwärmt für Sally oder Ally, so genau weiß er das nicht.«

»Ein netter Junge. Und werfen kann er auch.«

»Er will Baseballprofi werden, wenn er erwachsen ist.«

Die beiden Frauen betraten das Lokal und begegneten Sally, die sie freundlich begrüßte und zu den Tischen deutete, an denen Rosalind Roberts und fast alle anderen Mitwirkenden des Christmas Open Air saßen. Die meisten hatten sich Kaffee oder Tee bestellt und diskutierten bereits angeregt.

Karen blieb stehen. »Hey, ist das nicht …«

Marla folgte ihrem Blick zu einem der Fenstertische und

begann zu grinsen. »Matt Stuart, der Fallensteller aus den Bergen. Anscheinend hat er dich stärker beeindruckt, als du wahrhaben wolltest.« Sie blickte auf ihre Armbanduhr. »Wir haben noch ein bisschen Zeit. Geh doch ruhig zu ihm und begrüß ihn. Wenn er erst mal weg ist, kommt er so schnell nicht wieder.«

Karen blieb gar nichts anderes übrig. Matt hatte sie längst entdeckt und war aufgestanden, eine höfliche Geste, die sie nur noch aus alten Filmen kannte. Die meisten Männer, besonders die jüngeren, gingen das inzwischen lässiger an. »Matt«, begrüßte sie ihn, »ich dachte, Sie sind längst auf dem Heimweg.«

»Ich hatte gehofft …« Er hustete verlegen. »Setzen Sie sich doch.«

»Ich hab leider nur ein paar Minuten.«

»Ich wollte Sie gern wiedersehen.« Er trank nervös von seinem Kaffee und behielt den Becher in beiden Händen. »Ich … nun ja … Sally oder Ally hat mir verraten, dass Sie allein mit Ihrem Jungen … Sie wissen schon , was ich meine …«

»Dass ich noch … oder wieder zu haben bin?«

Ihm schoss das Blut ins Gesicht. »Ich wollte nicht aufdringlich sein, Karen. Es ist nur … ich bin ein wenig aus der Übung, was Dates und so was betrifft … aber dürfte ich Sie mal zu einem Ausflug abholen? Übermorgen vielleicht?«

»Mit dem Snowmobil?«

»Mit dem Hundeschlitten«, korrigierte er sie. »Ich weiß, Marla hat sicher auch noch den einen oder anderen Ausflug geplant, und sie ist wahrscheinlich auch die bessere

Musherin, aber ich kenne ein paar geheime Plätze, die ich Ihnen gern zeigen würde.« Er errötete wieder. »Ich meine es ehrlich, Karen.«

Sie brauchte nicht zu überlegen. »Holen Sie mich ab?«

»Übermorgen um acht Uhr früh?«

»Abgemacht«, bestätigte sie.

Noch nie hatte sie sich mit einem Mann nach so kurzer Zeit auf ein Date eingelassen, schon gar nicht nach ihrer missglückten Ehe. Vor allem Jimmy zuliebe, der sich zwar einen Vater wünschte, aber bestimmt nicht wollte, dass sie jede Woche mit einem anderen ausging. Was war bloß in sie gefahren?

»Karen? Kommst du?«, hörte sie Marla rufen.

Sie verabschiedete sich schnell von dem Fallensteller und ging zu den Tischen, an denen Rosalind Roberts und die anderen Mitwirkenden beim Christmas Open Air saßen. Sie setzte sich neben Dana, signalisierte Sally oder Ally, ihr einen Cappuccino zu bringen, und blickte staunend auf Rosalind, die in einem weißen Kostüm, das an ein festliches Brautkleid erinnerte, am Kopfende saß. Ihre dunklen Haare, wahrscheinlich durch Extensions verlängert, waren mit silbernen Sternchen und buntem Glitzerkram verziert. An ihrem Rücken waren zwei übergroße, an Schmetterlinge erinnernde Flügel befestigt.

Sie verschaffte sich Gehör, indem sie mit einem Teelöffel gegen ihren Kaffeebecher schlug. »Guten Morgen, meine Lieben! Es freut mich, dass ihr zu unserer Versammlung erschienen seid. Es gibt Einiges zu besprechen. Lasst uns erst mal hören, was unsere neue Freundin zu sagen hat. Karen ist mit ihrem kleinen Sohn auf Urlaub hier. Sie arbeitet in einer großen PR-Agentur in Anchorage und wollte sich beim Fernsehen für uns einsetzen.«

Karen stand auf und begrüßte die Teilnehmer. »Das stimmt, und ich habe gute Nachrichten. Cindy Troxell von der *Morning Show* hat zugesagt, zur Generalprobe mit einem Team nach Willow Creek kommen. Sie werden einen längeren Bericht über das Christmas Open Air bringen, und wer weiß, vielleicht springt auch noch etwas über die Premiere am Heiligabend raus.«

Einen Atemzug lang herrschte Stille, dann rief irgendjemand »Wow!«, und alle klatschten. Einige erhoben ihre Kaffeebecher und prosteten Karen zu.

»Das ist riesig, das ist großartig!« Auch Rosalind war begeistert. »Ich glaube, ich spreche für alle Anwesenden, ach was, für ganz Willow Creek, wenn ich sage, Sie haben unserer kleinen Stadt einen großen Dienst erwiesen. Der Bericht in der *Morning Show,* immerhin eine der meistgesehenen Sendungen in Alaska, wird unserem Stück die Aufmerksamkeit verschaffen, die es verdient hat. Und nicht nur das. Er wird Willow Creek auf die Landkarte bringen, unser unbedeutendes Nest in ein Touristenziel verwandeln, für dringend benötigten Umsatz sorgen und unseren Wohlstand fördern. Und wenn ich mir diese persönliche Bemerkung erlauben darf, der Bericht wird vielleicht auch meiner Karriere den dringend benötigten Schub geben und mir endlich den internationalen Durchbruch verschaffen, den ich verdient habe.«

Wieder brandete Beifall auf. Die Werbung durch einen Fernsehbeitrag würde nicht nur Rosalind einen Vorteil bringen. Karen unterdrückte ein Schmunzeln, besonders bei der Bemerkung über Rosalinds eigene Karriere. Marla hatte ihr von den Anstrengungen der Salonbesitzerin erzählt. Normalerweise waren nur junge Dinger bekannt dafür, sich in Hollywood als Bedienung oder Kindermädchen zu verdingen, um irgendwann entdeckt zu werden. Von einer Frau in den Dreißigern oder Vierzigern, die im hintersten Alaska wohnte, nahm man so etwas weniger an. Und eine erstklassige Friseurin sollte sie auch sein.

Rosalind war aufgestanden und bat mit einer Handbewegung um Ruhe. »Natürlich verpflichtet eine solche Nachricht auch, meine Lieben. Wir sind noch mehr gefordert als bisher, müssen alles daransetzen, unsere Veranstaltung so professionell aussehen zu lassen, dass selbst die arroganten Großstädter zu uns aufschauen.« Sie fing Karens Blick auf und fügte schnell hinzu: »Anwesende natürlich ausgenommen.« Sie präsentierte ihr Engelskostüm mit einer übertriebenen Handbewegung. »Seht euch mein Kostüm an! Ist es nicht wundervoll? Das haben meine Mitarbeiterin und ich in mühevoller Kleinarbeit genäht.« Wieder brandete Beifall auf. »Ich weiß, wir sollten erst zur Generalprobe am Freitag in voller Montur erscheinen, aber um euch zu zeigen, wie professionell wir arbeiten müssen, wenn unser Stück ein Erfolg werden soll, habe ich mein Kostüm schon heute angezogen. Ich erwarte, dass ihr alle euer Bestes gebt. Laienspiel hin oder her, auch so etwas muss professionell sein.«

»Ich hab eine Idee«, meldete sich eine ältere Dame. Sie trug ein geblümtes Schlabberkleid und als einzigen Schmuck zwei riesige Ohrringe, die bei jeder Bewegung baumelten. Ihre grauen Haare hatte sie zu einem Dutt hochgebunden. »Warum lassen wir unsere Kinder nicht mitmachen? Sie könnten sich nach dem Finale vor der Bühne aufstellen und ›Silent Night‹ singen. Gute Musiker haben wir genug in Willow Creek.« Sie sprach beinahe ohne Punkt und Komma. »Mein Henry, der liebe Gott hab ihn selig, hätte sie sicher auf seinem Banjo begleitet, aber ihr wisst ja, was mit dem Ärmsten passiert ist.«

»Die Witwe Bagley«, flüsterte Marla, »die Besitzerin des Gemischtwarenladens. Wenn man nicht aufpasst, redet sie einen in Grund und Boden. Ihr Mann ist vor vielen Jahren mit seiner Cessna am Mount Denali abgestürzt.«

»Eine tolle Idee«, erwiderte Rosalind an die Witwe gewandt. »Das könnte Ruth übernehmen. Am besten nimmt sie ihren Kirchenchor dazu, dann klingt es noch besser.«

»Ich sage ihr Bescheid«, versprach die Witwe Bagley.

»Auch beim Weihnachtsschmuck hapert es noch ein wenig. Ich hab die Beleuchtung ganz einschalten lassen, um euch zu zeigen, woran es noch fehlt. Laura, vor allem du bist da gefordert. An deinem Laden hängen zu wenige Lichter, und das Schaufenster hast du auch nicht geschmückt. Nimm dir eine Leiter und bring vor allem am Dach noch einige Lichter an. Rot, Grün, Gold, in allen Weihnachtsfarben muss es leuchten. Hast du noch genug Lämpchen?«

»Wenn nicht, besorge ich mir welche.«

»Laura King«, flüsterte Marla. »Ihr gehört der Souvenirladen. Du hast sicher schon gehört, dass sie einem Heiratsschwindler auf den Leim gegangen ist. Seitdem traut sie Männern nicht mehr über den Weg. Alles Bösewichte.«

»Bis der Richtige kommt«, flüsterte Karen zurück.

Rosalind trank einen Schluck und griff nach dem Drehbuch. »Okay, jetzt aber zu unserem Stück. Wie ihr wisst, geht es darin um Santa Claus. Er will gerade seine Geschenke in Willow Creek verteilen, als Rudolph einen Niesanfall bekommt und auf der Main Street notlanden muss. Der Schlitten geht zu Bruch, Rudolph muss zur Tierärztin und sich eine Spritze geben lassen.«

»Armer Rudolph«, sagte jemand, und alle lachten.

»Marla«, fuhr Rosalind fort und suchte nach der fliegenden Tierärztin, »du spielst dich selbst, fliegst im Tiefflug über die Main Street hinweg und lässt den kleinen Fallschirm mit dem Medizinkoffer fallen. Schaffst du das?«

»Solange ich meinen Notfallkoffer nicht opfern muss.«

»Unsinn, eine mit Lumpen gefüllte Plastiktüte, die niemanden verletzen kann, auch wenn sie in den Zuschauern landet. In der Tüte liegt eine übergroße Spritze, die wir aus Pappe gebastelt haben. Mit einer stumpfen Nadel.«

»Okay. Ich hoffe, wir proben das ein paar Mal.«

»Klar doch.« Rosalind hielt ihren Kaffeebecher in beiden Händen. »So wie alles andere. Wie Santa Claus bei den Kowalskis vorbeigeht und sie überredet, ihre Rockmusik aus den Sechzigern durch stimmungsvolle Weihnachtsmusik zu ersetzen; wie er die Engel Sally und Ally zu Hilfe ruft und sie ständig verwechselt; wie ihm unser Indianer mit einem Mustang aushelfen will, Santa Claus aber auf seinem Rentier besteht; und wie Jerry in seinem Hubschrauber über die Dächer fliegt und die Geschenkpakete neben die Kamine wirft.«

Obwohl alle das Drehbuch kannten, kicherten viele. Rosalind hatte die Story selbst entwickelt, das Drehbuch aber von einem angehenden Drehbuchschreiber, der wie sie auf seinen Durchbruch wartete, gegenlesen lassen.

»Wo ist eigentlich Charly? Wo ist unser Santa Claus?«

Alle suchten nach ihm, konnten ihn aber nirgendwo entdecken. Auch Sally und Ally und einige andere Gäste, die sie fragten, hatten ihn nicht gesehen.

»Der faule Hund hat bestimmt verschlafen«, lästerte Jerry. »Soweit ich weiß, war er nie bei den Soldaten, sonst wäre er bestimmt nicht so nachlässig. Ich wette, er hat gestern Abend einen über den Durst getrunken und schläft seinen Rausch aus. Zuzutrauen wäre es dem alten Schlawiner, stimmt's?«

»Oder er läuft mal wieder vor seiner Hexe davon«, rief ein anderer.

»Glaubt er noch immer an dieses Fabelwesen?«, wunderte sich Laura. »Dass er eine unglückliche Indianerin mit ihrem Kind sitzen ließ, glaube ich ihm aufs Wort, auch wenn das schon eine Weile her sein muss. Aber dass eine Hexe im schwarzen Mantel mit einem Wolfshund durch die Wälder läuft und ihm an den Kragen will, das nehme ich ihm nicht ab. Nie und nimmer!«

»Ihm? Ganz Willow Creek soll sie verflucht haben!«

»Ein Märchen!«, schimpfte Jerry. »Er hat zu viel Whiskey erwischt, das ist alles. Soweit ich weiß, lebt er von seinen Ersparnissen und irgendwelchen Gelegenheitsjobs und hängt jede Nacht betrunken in seiner Blockhütte rum.«

»Das stimmt nicht«, widersprach ihm die Witwe Bagley. »Wenn er was bei mir kauft, dann Schokokekse und Schokolade. Er ist einsam, das ist alles. Ein alter Mann, der in seiner Jugend tüchtig über die Stränge geschlagen hat und mit dem Leben nicht mehr zurechtkommt. Wir müssen ihm helfen und nicht dauernd auf ihm rumhacken. Deshalb haben wir ihm die Rolle doch gegeben.«

»Die Witwe hat recht«, sagte jemand. »Gebt ihm eine Chance.«

»Jerry, geh mal bei ihm vorbei!«, sagte Rosalind. »Aber keine Strafpredigt bitte, sonst schneide ich dir nächstes Mal eine Glatze. Sag ihm, dass wir ihn brauchen und Einiges mit ihm zu besprechen haben. Wir würden ihm auch einen Cheeseburger ausgeben, mit Pommes frites, versteht sich, und einen Kaffee.«

»Schon gut«, sagte Jerry und verschwand.

Rosalind ließ sich einen frischen Kaffee bringen. »Okay, bis er kommt, sollten wir übers Drehbuch sprechen. Hat jemand Fragen zu seiner Rolle?«

Brian und Susan Kowalski meldeten sich beide, aber nur Brian sprach. »Was für einen Song aus den Sechzigern sollen wir denn spielen? *Whole Lotta Love* von Led Zeppelin wäre eine gute Wahl. Oder was von den Stones.«

»Die Stones sind gut, die kennen auch die meisten Kids.«

»Und dann kommt Weihnachtsgedudel wie in der Mall?«

»Stimmungsvolle Hintergrundmusik«, verbesserte ihn die Salonbesitzerin. »Wir können schlecht *Rockin' Around the Christmas Tree* spielen, dann hört man ja nicht mehr, was wir sagen. Euer VW-Bus ist noch gut in Schuss?«

»Bis vor die Bühne schaffen wir es gerade noch.«

»Ich hab auch eine Frage«, meldete sich Sally, die gerade mit einem Cheeseburger vorbeikam. Oder war es doch

Ally? »Was passiert, wenn wir unseren Text vergessen und stecken bleiben? Hilft uns dann jemand weiter?«

»Ich«, erwiderte Rosalind. »Ich bin die Erzählerin und halte die ganze Zeit das Drehbuch in den Händen. Also keine Angst, ich hab den Text im Auge.«

Die Tür ging auf, Jerry kehrte allein zurück. »Ich kann ihn nicht finden«, sagte er. »In seiner Hütte ist er nicht. Wenn ihr mich fragt, treibt er sich wieder in den Wäldern rum. Manchmal läuft er bis zum Roadhouse runter.«

»Okay«, entschied Rosalind, »dann machen wir erst mal ohne ihn weiter.«

9

Vor dem Pioneer Cafe wartete ein Schneemann. Er trug eine Wollmütze mit einem dicken Bommel und hielt einen Strohbesen, wie man ihn zum Ausfegen eines Stalls benutzt. Augen, Nase und Mund bestanden aus Steinen.

»Gefällt er dir?«, fragte Jimmy. Seine Wangen waren vom langen Spielen in der Kälte und der Anstrengung gerötet. »Wir haben ihn Archie getauft.«

»Archie wie Archibald? Klingt nicht übel.«

»Und das ist Mike«, stellte Jimmy seinen neuen Freund vor. Mike war etwas größer und kräftiger als Jimmy und ein fröhlicher Bursche, wenn man nach dem übermütigen Funkeln in seinen Augen ging. »Sein Dad ist Ranger im Denali National Park, aber diesen Winter arbeitet er nur, wenn er gerufen wird, und sie wohnen in Willow Creek. Dürfen wir noch einen Schneemann bauen?«

»Meinetwegen«, erwiderte Karen. »Wenn Mikes Vater nichts dagegen hat. Aber ihr werdet auch bald für das Open Air üben müssen. Beim Finale sollen alle Kinder ›Silent Night‹ singen, zusammen mit dem Kirchenchor. Das Fernsehen wird bei der Generalprobe dabei sein. Na, ist das eine Überraschung?«

»Echt? Dann müssen wir uns aber anstrengen.«

»Und ihr könnt froh sein, dass ich nicht im Kirchenchor bin.« Mikes Vater war aus dem Lokal gekommen, ein durchtrainierter Mann mit militärischer Kurzhaarfrisur, der auch als Marinesoldat durchgegangen wäre, aber genauso übermütig lächelte wie sein Sohn. »Russ Arnold«, stellte sich vor. »Sieht so aus, als hätten unsere Söhne schnell Freundschaft geschlossen.« Er drehte sich um, sah Sally oder Ally am Fenster stehen und lächelte. »Was dagegen, wenn ich mir noch einen Kaffee gönne? Beim Theater bin ich nicht dabei.«

»Kein Problem, Ranger. Ich behalte die beiden im Blick.«

Karen beeilte sich, zu den Teilnehmern des Open Air zu kommen, die sich vor der provisorischen Bühne bei der Kirche versammelt hatten. Zwei Männer waren gerade dabei, ein rotnasiges Rentier aus Pappmaché und einen alten Hundeschlitten aufzustellen. Vom Motel steuerten Brian und Susan ihren betagten VW-Bus über die Main Street und parkten gegenüber dem Rentier.

Rosalind hatte ihre Flügel abgelegt und einen Anorak übergezogen. »Alle mal herhören!«, rief sie von der Bühne herunter. Als Frau, die gern im Mittelpunkt stand, war sie in der Funktion einer Regisseurin ganz in ihrem Element. »Charly wäre zwar der ideale Santa Claus, allein schon wegen seines Bartes, aber wie wir gerade feststellen mussten, ist es alles andere als sicher, dass er zur Premiere hier sein wird. Wir brauchen deshalb unbedingt eine Zweitbesetzung für ihn, einen Mann, der seine Rolle jederzeit übernehmen kann.« Sie suchte nach einem alten Bekannten. »Du wolltest doch für ihn einspringen, Jeremiah.«

Der Saloonbesitzer erschrak. »Ich? Ich tauge nicht zum Santa Claus.«

»Du bist ein Mann und hast einige Jahre auf dem Buckel«, konterte Rosalind. »Du klingst besser als James Earl

Jones. Du weißt schon, der Schauspieler mit der tiefen Stimme. Und du hast genau so einen dicken Bauch wie Santa Claus.«

»Na, das sind ja tolle Komplimente.«

»Du hast doch das Drehbuch gelesen …«

»Meinetwegen«, ließ er sich breitschlagen, »für einen doppelten Cheeseburger im Pioneer Cafe bin ich dabei. Aber nur, wenn Charly wirklich nicht will.«

Rosalind lächelte siegesgewiss. »Ich wusste doch, dass ich mich auf dich verlassen kann. Dann lass uns gleich mal die Eröffnungsszene üben.« Ihr Blick wanderte zu Marla. »Und du machst inzwischen deine Cessna startklar. Hier!« Sie griff nach einer mit Lumpen gefüllten Plastiktüte und reichte sie ihr. An der Tüte hing ein kleiner Fallschirm. »Sobald ich dich auf dem Handy anrufe, drehst du eine Runde über der Main Street und wirfst die Tüte mit dem Fallschirm ab. So wie die Rettungsflieger in den Katastrophenfilmen.«

»Aye, Chefin!«, erwiderte Marla.

Rosalind wartete, bis sie gegangen war, und wollte schon weiterreden, als sie Laura mit einer Leiter aus ihrem Laden kommen sah. »Wird auch langsam Zeit!«, rief sie ihr zu. »Kann doch nicht so schwer sein, ein paar Lichterketten an das Dach zu nageln. Bunte Lichter kommen immer gut im Fernsehen.«

»Nur keine Hektik!«, lästerte Laura zurück.

»Soll dir einer der Männer helfen?«

»Das fehlte noch! Ich komme auch ohne Mann zurecht.«

»Dachte ich mir.« Rosalind zog das Drehbuch aus einer

Anoraktasche und winkte den Saloonbesitzer zu sich. »Und nun zu dir. Du weißt, was du zu tun hast? Sobald du das Krachen vom Band hörst, schleppst du dich mit dem Schlitten bis zur Bühne vor. Text hast du kaum, aber erschöpft musst du sein. Du hast mit deinem Schlitten einen Handymast gestreift und bist völlig fertig. Vor der Bühne sinkst du zu Boden und bleibst keuchend liegen.«

Jeremiah schnappte sich den alten Schlitten, dem ein paar Streben fehlten, und postierte sich vor dem Pioneer Cafe. Er war nicht gerade begeistert von seiner Rolle und spähte hoffnungsvoll in die Ferne, aber Charly ließ sich nicht blicken. »Ausgerechnet ich!«, schimpfte er. »Ich hab Weihnachten genauso gefressen wie Charly. An einem Weihnachtstag, keine Ahnung mehr, in welchem Jahr, hat mir ein Kanadier den besten Claim weggeschnappt. Der Kerl hatte keine Ahnung vom Goldsuchen. Er hatte Glück, mehr nicht!«

»Und du hast nie eine Goldmine gefunden? Von deinem Saloon kannst du nicht leben, das weißt du selbst, und doch lässt du dir alle paar Tage ein fettes Steak schmecken. Ich wette, du hast das Gold beutelweise zu Hause liegen.«

»Schön wär's«, erwiderte er. Es klang nicht besonders überzeugend.

Rosalind lachte nur. »Es geht los, Leute! Action!«

Einer der älteren Schüler, der ihr bei den technischen Vorbereitungen geholfen hatte, drückte einen Befehl auf seinem Laptop, und »Jingle Bells« tönte in voller Laustärke über die Main Street. »Jingle Bells, Jingle Bells, jingle all the way …« Zu dem Lied von der Schlittenfahrt erklangen helle Glöckchen.

Dann wurde die Musik leiser, und Rosalind griff nach ihrem Mikro. Auch ohne Flügel wurde sie zu dem Engel, der dem Publikum die Geschichte von »Santa Claus in Willow Creek« erzählte: »Ich will euch vom Besuch des Weihnachtsmannes in Willow Creek berichten. Es geschah am Heiligabend, einem Wintertag, so kalt und frostig, wie man ihn nur in Alaska erleben kann. Tiefe Dunkelheit hing über Willow Creek, nur unterbrochen vom flackernden Nordlicht, als Santa Claus auf seinem Rentierschlitten am Mount Denali vorbeiflog und auf die winzige Siedlung zuhielt. Nur noch dort hatte er Geschenke abzuliefern. Doch wie ihr alle wisst, hatte Rudolph, eines der Rentiere, das seinen Schlitten zog, an diesem Abend einen heftigen Schnupfen, und weil Rudolph zudem ein ausgemachter Pechvogel war, nieste er genau in dem Augenblick, als Santa Claus einem Mast ausweichen wollte.« Sie nieste so laut, dass beinahe die Lautsprecher streikten. »Er verlor die Kontrolle über seinen Schlitten, rammte den Mast und steuerte die Main Street an.« Ein pfeifender Ton, wie bei einem Granatangriff, und dann ohrenbetäubender Lärm.

Das Signal für Jeremiah, sich mit seinem lädierten Schlitten durch den Schnee zu schleppen. Er ließ sich ein paar Mal fallen, kam stöhnend wieder hoch und ließ den Schlitten vor der Bühne los. »Wie durch ein Wunder blieb Santa Claus unverletzt, aber Rudolph war benommen, und seine Erkältung war noch schlimmer geworden.« Jeremiah torkelte zu dem Rudolph aus Pappmaché und umarmte ihn liebevoll. »Gibt's hier einen Tierarzt?«, rief er.

»Das klappt doch schon ganz gut«, zeigte sich Rosalind einigermaßen zufrieden. »Aber du könntest noch etwas mehr Gefühl zeigen, Jeremiah, okay?«

»Ich komm mir so schon affig vor.«

»Das wird schon, Jeremiah.« Sie schlug die nächste Seite ihres Drehbuchs auf und kramte ihr Handy hervor. »Dann wollen wir doch mal sehen, wie Marla die erste Actionszene meistert. Marla? Hörst du mich? Es geht los!«

Rosalind wartete, bis das Rattern des Flugzeugmotors von der Piste heraufdrang, und sprach wieder in ihr Mikrofon. »Leider war Marla, die fliegende Tierärztin, gerade unterwegs und musste über Funk um Hilfe gebeten werden. In ihrem Buschflugzeug steuerte sie die Landepiste der Siedlung an.«

Alle Blicke richteten sich zum Himmel. Auch Karen beobachtete mit Herzklopfen, wie Marla eine weite Kurve flog und dann steil nach unten ging und die Main Street wie eine Kampffliegerin ansteuerte. Ängstliche Rufe erklangen, und einige Zuschauer flohen an den Straßenrand aus Angst, die Maschine könnte eine Bruchlandung hinlegen. Doch Marla fing die Cessna dicht über der Hauptstraße ab und trieb sie erneut in den dunklen Himmel hinauf.

»Landung unmöglich! Zu starke Fallwinde!«, funkte sie aus ihrem Cockpit. »Ich werfe Medikament und Spritze für Rudolph mit dem Fallschirm ab.«

Wieder flog Marla eine Wende und hielt erneut auf die Stadt zu. Gebannt verfolgte Karen, wie ihre neue Freundin in einiger Entfernung den Motor drosselte und über der Straße die Plastiktüte aus dem Fenster warf. Der kleine

Fallschirm öffnete sich, und die Ladung landete nur wenige Schritte vor der Bühne im Schnee. Die Zuschauer klatschten begeistert Beifall und empfingen Marla wie eine Heldin, als sie wenig später zu ihnen zurückkehrte.

»Kein Wunder, dass dein Mann eine Superfrau aus dir gemacht hat«, sagte Karen. »Iditarod-Musherin, Kunstfliegerin, was kannst du eigentlich nicht?«

»Kochen zum Beispiel«, antwortete Marla lachend.

Um die Mittagszeit entließ Rosalind alle Teilnehmer in eine Pause. »Eine Stunde«, rief sie, »dann machen wir weiter. Ihr wisst, was auf dem Spiel steht. Der Fernsehbericht kann unserer Stadt einen riesigen Aufschwung bringen.« Nur widerwillig unterbrach sie und ging mit den anderen ins Pioneer Cafe.

»Rosalind will's jetzt aber echt wissen«, sagte Karen, als sie mit Marla beim Mittagessen saß. Jimmy hatte sich ein Sandwich geholt und war gleich wieder nach draußen zu Mike gerannt, und Marla und sie begnügten sich mit einem Salat und Cappuccino. »Und sie hat Ahnung von ihrem Job, das muss man ihr lassen.«

Marla suchte nach einer Kirschtomate und spießte sie auf. »Sie träumt immer noch davon, ein großer Hollywoodstar zu werden. Über den roten Teppich laufen und im Blitzlichtgewitter baden, das wäre ihr Ding. Leider ist sie schon ein wenig über das Verfallsdatum hinaus. In Hollywood lassen sie Frauen über dreißig nur selten ran, egal, wie gut oder schlecht sie sind. Eine winzige Rolle in einem Werbefilm und Auftritte in Reality Shows, mehr war bisher nicht für sie drin. Obwohl ich es ihr wünschen würde. Sie kann was.«

»Und du könntest als Stuntfrau durchgehen, dein Flug war einsame Klasse. Ich glaube, ich muss mir noch mal überlegen, ob ich morgen früh mitfliege.«

»Sag bloß, du hast was gegen Loopings?«

Beim Rausgehen waren sie hinter Rosalind und Laura und hörte die Salonbesitzerin sagen: »Komm endlich in die Gänge, Laura! Seit wann brauchst du einen halben Tag, um die paar Lichterketten auf dein Dach zu nageln.«

»Als Handwerkerin hab ich noch nie getaugt.«

»Dann lass dir doch endlich helfen. Hier gibt's genug Männer, die am liebsten jedes Wochenende im Baumarkt verbringen und sich darum reißen würden, einer hübschen Frau wie dir helfen zu können. Gib dir einen Ruck!«

Laura schüttelte heftig den Kopf. »Ich kann Männer nicht ausstehen!«

»Unsinn! Nicht alle Männer sind Heiratsschwindler!«

»Ach, lass mich doch in Ruhe!«

Obwohl sie am Nachmittag nur noch die beiden Actionszenen proben wollten, versammelten sich fast alle Teilnehmer und auch etliche andere Bürger vor der provisorischen Bühne. Ruth, die Leiterin des Kirchenchors, hatte die Kinder eingesammelt und übte mit ihnen »Silent Night« in der Kirche. Jimmy und sein Freund Mike hatten begeistert zugesagt, auch wegen der Schokolade, die Ruth ihnen versprochen hatte. Eine Tafel aus ihrem Privatvorrat für jeden Sänger.

»Okay«, lenkte Rosalind die Aufmerksamkeit auf sich. »Jetzt zu der Szene, in der ein Indianer dem Weihnachtsmann helfen und ihm seinen besten Mustang anbieten will, als Ersatz für den verschnupften Rudolph. Diesen Part wird natürlich unser Comanche übernehmen. Joe Running Deer ist bereits unterwegs und taucht sicher gleich mit einem seiner Mustangs hier auf.«

»Joe Running Deer?«, fragte Karen leise.

»Unser Comanche«, erklärte Marla. »Ihm und seiner Frau gehört der Campingplatz am Ende der Stadt. Sie kommen aus dem Texas Panhandle. Wusstest du, dass man die Comanchen früher die ›Kosaken der Prärie‹ nannte? Weil sie so gut reiten konnten, besser als alle anderen Indianer. Joe wird es uns zeigen.«

Joe Running Deer bot ein eindrucksvolles Bild, als er im vollen Galopp über die Main Street geritten kam und seinen schwarzen Mustang vor der Bühne zügelte. Er trug trotz der Kälte keinen Anorak, sondern nur ein rotes Flanellhemd zur Jeans und abgetragene Cowboystiefel. Seine Haare, schwarz wie Ebenholz, hatte er zu einem Zopf gebunden, der bis auf seinen Rücken herabhing.

»Er züchtet auch Pferde«, sagte Marla.

Rosalind blickte in ihr Drehbuch. »Du weißt, was du zu tun hast«, sagte sie zu Joe. »Sobald die Musik von *Die glorreichen Sieben* einsetzt, reitest du wie der Teufel über die Main Street und springst vor der Bühne aus dem Sattel. Dort palaverst du mit Santa Claus und versuchst, ihm dein Pferd zu verkaufen, bis du genug von der Feilscherei hast und wieder im Galopp davonreitest.«

»Das ist einfach«, sagte Joe. »Können wir?«

»Okay«, erwiderte sie. »Jeremiah? Zum Rentier mit dir!«

Sie wartete, bis Santa Claus seine Position eingenommen hatte und der Comanche ans andere Ende der gesperrten Straße geritten war. »Und während Santa Claus verzweifelt überlegte, wie er nun seine Geschenke verteilen könnte, ritt ein Indianer aus dem tiefen Forst heran. Reitet-wie-der-Teufel, der Häuptling der Athabasken, kam auf seinem schnellsten Mustang in die Stadt.«

Die rasante Filmmusik aus *Die glorreichen Sieben* setzte ein. Joe stieß den Kriegsruf seiner Vorfahren aus und ritt wie von hundert Skalpjägern gehetzt über die verschneite Main Street. Unter den Hufen seines Mustangs wirbelte Schnee hoch und hüllte ihn und sein Pferd in weiße Gischt. Das Echo seiner schrillen Kriegsrufe brach sich an den Häuserwänden und erschreckte auch Laura, die immer noch auf ihrer Leiter stand und mit ihren Lichterketten beschäftigt war. Nur wenige Schritte von der Bühne entfernt, so nahe, dass die Leute es schon mit der Angst zu tun bekamen, sprang er aus dem Sattel. Mit seinem Mustang an den Zügeln ging er auf Jeremiah zu und rief: »Sei gegrüßt, mein weißer Bruder! Wie ich sehe, fehlt dir ein Zugtier. Nimm meinen besten Mustang für, sagen wir tausend Dollar, und du bist alle Sorgen los. Mit meinem Rappen bist du doppelt so schnell, und besser als Rudolph sieht er auch aus.«

»Tausend Dollar?« Entweder hatte Jeremiah schauspielerisches Talent, oder er war tatsächlich entsetzt. »Dafür kriege ich woanders eine ganze Herde! Außerdem brauche ich deinen Klepper nicht. Ohne Rudolph geht gar nichts.«

»Okay. Fünfhundert Dollar.«

»Hast du sie noch alle? Wir sind doch nicht im Wilden Westen!«

»Also gut, weil du's bist, hundert schlanke Dollar.«

»Nein, danke. Ich warte auf Rudolph. Dennoch … Merry Christmas!«

»Merry Christmas, weißer Bruder!«

»Großartig!«, lobte Rosalind die beiden. »Aber übertreibt es nicht.« Sie blickte Joe an. »Komm bloß nicht auf die Idee, Santa Claus zu skalpieren.«

Joe wollte wohl ebenfalls mit einem Scherz antworten, als ein lauter Schrei erklang, der seinem Kriegsruf in nichts nachstand. Nur dass dieser echt war.

Die Blicke aller Versammelten richteten sich auf Laura, die das Gleichgewicht verloren hatte, sich an einer der gerade installierten Lichterketten festhielt, sie aus ihrer Verankerung riss, sich zuerst ans Dach und dann an die kippende Leiter klammerte und unter einem verzweifelten Schrei in den Schnee stürzte. Die Leiter polterte neben ihr zu Boden und mit Wucht auf ihren linken Arm.

Marla, als Tierärztin an Notfälle gewöhnt, wenn auch nur mit Vierbeinern, rannte zu ihr, dicht gefolgt von Karen, und brauchte sie nicht lange zu untersuchen, um festzustellen, dass sie sich den Arm gebrochen hatte. »Kein Problem!«, beruhigte sie die Verletzte. »Ich bringe dich nach Healy in die Klinik.«

»Ich fahre euch«, sagte Karen. »Ich hol den Wagen und bin gleich zurück.«

Sie rannte zur Huskyzucht und rief Dana zu, was geschehen war. »Marla und ich bringen Laura in die Klinik. Jimmy ist bei den anderen Kindern in der Kirche. Sie üben für das Open Air.« Sie startete den Motor ihres Wagens und fuhr zur Unfallstelle zurück, schnallte den Kindersitz von der Rückbank und half Marla, die verletzte Laura in den Wagen zu verfrachten. »Kümmern Sie sich um Jimmy?«, rief sie dem Ranger zu. »Es dauert bestimmt nicht lange.«

Wenige Minuten später waren sie unterwegs. Karen wusste selbst nicht, warum sie so eifrig bei der Sache war. Vielleicht, weil sie Mitleid mit Laura hatte. Wer so über Männer lästerte, musste Einiges mitgemacht haben. Und wie es aussah, musste sich die arme Frau deswegen einigen Spott gefallen lassen. Einem Heiratsschwindler auf den Leim zu gehen, nagte sicher am Selbstwertgefühl.

Nach Healy, einem winzigen Ort neben dem Eingang zum Denali National Park, waren es nur ein paar Meilen. Die Canyon Clinic lag wenige Schritte vom Highway entfernt, ein zweistöckiges Holzgebäude, in dem zu dieser Jahreszeit kaum etwas los war. Ein junger Arzt kümmerte sich um Laura, ein gewisser Dr. Alex Swindell, der einem Schauspieler aus *Grey's Anatomy* erstaunlich ähnlich sah und die gleichen Grübchen um den Mund hatte, wenn er lächelte. Er errötete leicht, als er Laura beim Untersuchen am nackten Arm berührte, und erntete einen verwunderten Blick der älteren Krankenschwester.

»Jetzt tut es gar nicht mehr weh«, sagte Laura strahlend, als er ihr eine Spritze gegeben hatte. »Ich wusste gar nicht, dass es hier so nette Ärzte gibt.«

Dr. Alex war genauso beeindruckt wie sie. »Ein glatter Bruch«, sagte er, »aber wir sehen uns das besser auf einem Röntgenbild an, bevor wir loslegen. Ich hoffe, Sie haben nichts dagegen, wenn wir Sie ein, zwei Tage hierbehalten.« Er wandte sich an Karen und Marla. »Wir geben Ihnen Bescheid, okay?«

»Okay«, sagte Marla.

Sie verabschiedeten sich von Laura und kehrten zu ihrem Wagen zurück. Über das Wagendach hinweg blickten sie sich verwundert in die Augen.

»Oha«, sagte Marla amüsiert.

10

Auch am nächsten Morgen war Jimmy seiner Mutter wieder voraus. Als sie die Hütte verließ, stand er mit Marla bei den Huskys, sah aber lange nicht so glücklich aus wie am vergangenen Morgen. »Mom! Ich hab Mist gebaut!«, empfing er sie. »Ich hab geholfen, Blue zu füttern, und jetzt ist Skipper sauer, weil ich erst danach zu ihm kam. Dabei ist Skipper doch gar kein Leithund!«

»Blue ist unser Leithund«, gab Marla ihm recht, »nur er hat gewisse Vorrechte bei der Fütterung. Dafür muss er auch mehr arbeiten.« Sie sah Karen kommen und begrüßte sie fröhlich. »Alles klar für unseren Ausflug, Karen?«

»Solange du nicht den Stunt von der Probe wiederholst?«

Dana hatte ein leichtes Frühstück vorbereitet, servierte überbackene Spiegeleier auf Toast, dazu selbst gemachten Obstsalat mit etwas Sahne. Genau das Richtige für einen Flug über die Berge. Als Proviant packte sie ihnen kräftigere Kost ein: Sandwiches mit Thunfischsalat, einen Hühnerschenkel, einen Apfel und einen kleinen Schokoriegel. Karen wusste schon jetzt, wer sich ihren Schokoriegel schnappen würde.

»Das Wetter sieht gut aus«, klärte Marla ihre Passagiere auf. »Über der Alaska Range werden wir stärkeren Wind haben, und es könnte ein wenig ungemütlich werden, aber darauf bin ich vorbereitet. Wir sehen uns die Berge auf dem Hinflug an und werden so gegen elf Uhr in Diamond sein. So heißt die Geisterstadt, in der Yukon Jack und seine Leute leben. Sie besitzen keine Snowmobile, eine Tankstelle gibt's da draußen sowieso nicht, und holen mich jedes Jahr, damit ich nach ihren Huskys sehe. Sie besitzen über dreißig Hunde.«

»So viele wie ihr«, sagte Karen. »Wieso leben sie da draußen?«

»Yukon Jack ist Dreiviertelindianer, das behauptet er jedenfalls. Seine Großeltern und sein Vater waren Athabasken, seine Mutter eine Italienerin. Von ihr hat er wohl sein Temperament geerbt. Warum er da draußen lebt, fragst du ihn besser selbst. Ich weiß nur, dass er nicht besonders gut auf die Zivilisation zu sprechen ist. Schon Fairbanks kommt ihm wie die Hölle vor.«

Karen löffelte ihren Obstsalat. »Ich bin gespannt.«

»Auf dem Rückflug steuern wir Willow Creek direkt an«, fuhr Marla fort. »Wenn mit den Hunden nichts ist, werden wir wohl zum Abendessen wieder zu Hause sein. Obwohl man in den Bergen nie weiß. Da ändert sich das Wetter besonders schnell, und man ist öfter mal zu Umwegen gezwungen.« Sie lächelte. »Aber keine Angst, die Strecke über die Alaska Range kenne ich wie meine Westentasche. Die würde ich sogar mit verbundenen Augen finden.«

»Das musst du uns zeigen«, sagte Jimmy.

»Lieber nicht!«, erwiderte Karen rasch.

Nach dem Frühstück brachen sie auf. Marla hatte ihren Rucksack mit der Notausrüstung dabei, für alle Fälle, wie sie sagte, und Karen und Jimmy hatten ihren Proviant in den kleinen Rucksack gepackt, den der Junge trug. Ihren Feldstecher hatte Karen um den Hals gehängt. Sie war genauso aufgeregt wie ihr Sohn; schließlich war sie zwar schon öfter mit einem Buschflugzeug geflogen, aber noch nie über die Alaska Range und den Mount Denali, mit über sechstausend Metern der höchste Berg der USA. Und beinahe noch neugieriger war sie auf die Geisterstadt, in der Yukon Jack und seine Leute lebten. Sie erinnerte sich an eine Sendung über eine Familie, die in der Wildnis von Alaska lebte, abseits der Zivilisation und in der Nachbarschaft von wilden Bären und Wölfen.

Jerry Lambert hatte die Cessna bereits startklar gemacht und freute sich anscheinend, Karen wiederzusehen. Obwohl sie ihm deutlich zu verstehen gegeben hatte, dass er bei ihr nicht landen konnte, versuchte er es ein zweites Mal. »Nun, Karen … haben Sie sich gut eingelebt? Ich bin begeistert. Eine Frau, die in Anorak und Skihosen so elegant aussieht, begegnet mir zum ersten Mal. Warum geben Sie sich nicht einen Ruck? Gehen Sie mit mir essen, Karen!«

»Tut mir leid, Jerry. Ich bin das falsche Opfer.«

»Was ist mit deinen Therapeutinnen?«, fragte Marla, während sie ihren Rucksack im Cockpit unterbrachte. »Reichen dir zwei Frauen nicht mehr?«

»Ich bin wieder Single«, gab Jerry kleinlaut zu.

Marla konnte sich ein schadenfrohes Grinsen nicht verkneifen. »Ach nee! Sag bloß, die Ärmsten haben herausgefunden, dass du ein doppeltes Spiel treibst? Hast du die Daten verwechselst? Den falschen Namen im Schlaf gemurmelt? Oder hast du sie mit einer Dritten betrogen, du alter Schwerenöter?«

»Schlimmer«, gab er zu. »Eliza aus Cantwell hat mich in Hypnose versetzt, das ist Teil ihrer Therapie, und ich hab ihr mein ganzes Liebesleben gebeichtet. Alles, von der ersten Freundin in der High School bis zu ihr und Monica.«

»Und sie hat dich nicht erschlagen?«

»Sie war wohl kurz davor. Ich bin rechtzeitig davongelaufen.«

»Dann würde ich mich erst mal zurückhalten, Jerry, und nicht schon wieder neues Unheil heraufbeschwören. Mit Karen oder mir kann man solche Spielchen nicht treiben. Um vor uns wegzulaufen, wärst du viel zu langsam.«

»War ja nur so eine Idee.«

Karen und ihr Sohn kletterten in die Maschine. Jimmy kroch freiwillig nach hinten, weil er dort aus zwei Fenstern blicken konnte. Karen setzte sich neben Marla und bekam einen Kopfhörer. Über die Mikros klappte die Verständigung auch dann, wenn die Motorengeräusche lauter wurden.

Marla wartete, bis Jerry einen Daumen hob, und startete gegen den Wind. Mit dröhnendem Motor löste sich die Cessna von der verschneiten Piste und stieg in den düsteren Himmel hinauf. In einer weiten Linkskurve brachte Marla sie auf nordwestlichen Kurs. An ihrer entspannten Haltung und der Selbstverständlichkeit, mit der sie die Instrumente kontrollierte und bediente, erkannte Karen, wie erfahren ihre neue Freundin auch in der Luft war und wie sehr ihr die Handgriffe in Fleisch und Blut übergegangen waren.

Unter ihnen flogen die Ausläufer der Berge vorbei. Karen blickte staunend auf die schroffen Berggipfel, die im morgendlichen Dämmer glänzten und sich dem helleren Tageslicht entgegenzurecken schienen. Selbst im zentralen Alaska gab es noch Gegenden, die vollkommen von der Außenwelt abgeschottet und noch genauso wild und unnahbar schienen wie zur Zeit der ersten Besiedlung. Ein weites und wildes Land, das einen mit seiner großartigen Natur verzaubern, mit seiner Einsamkeit aber auch erschrecken konnte.

Ihr Blick wanderte über die verschneiten Täler direkt unter ihr und blieben an einem Mann auf seinem Hundeschlitten hängen. »Matt! Das ist doch Matt!«, flüsterte sie. Sie griff nach ihrem Feldstecher, brauchte einige Zeit, um ihn vor die Linse zu bekommen, und glaubte ihn deutlich zu erkennen. »Das ist Matt Stuart, der Fallensteller! Der Einsiedler!«, sagte sie zu Marla.

Marla blickte sie zweifelnd an. »Bist du sicher? Es ist noch ziemlich dunkel, da kann man sich schon mal täuschen.« Sie legte die Maschine etwas schief und blickte selbst nach draußen. »Wenn du willst, sehen wir mal nach.«

Ohne auf eine Antwort zu warten, holte sie zu einer scharfen Rechtskurve aus und flog dem Musher entgegen; dabei ging sie so schnell tiefer, dass Karen vor Schreck erblasste und sich mit beiden Händen am Armaturenbrett abstützte. »Jetzt müsstest du ihn erkennen können!«, rief Marla. Ihre Maschine war keine dreißig Meter über dem Boden. »Dein Fernglas! Nun mach schon!«

Karen blickte in dem Augenblick hindurch, als sie direkt über ihm waren, und vergaß plötzlich ihre Angst. »Das ist Matt! Er ist es tatsächlich, Marla!«

Marla zog die Cessna nach oben und wendete. Auf der Rückbank jauchzte Jimmy vor Vergnügen. »Weißt du, wie Piloten aus ihrem Flugzeug grüßen?«

»Sie wackeln mit den Tragflächen. Du willst doch nicht …«

Doch Marla war bereits über dem Fallensteller und tat genau das; erst dann trieb sie die Cessna wieder nach oben und kehrte auf ihren eingestellten Kurs zurück. Karen beruhigte sich langsam. »Alles okay?«, rief sie nach hinten. Jimmy antwortete mit einem breiten Grinsen, als kehrte er gerade von einer abenteuerlichen Achterbahnfahrt in einem Vergnügungspark zurück. »Das war cool!«, rief er begeistert. »Das musst du später noch mal machen, Marla!«

Karen entspannte sich. Inzwischen war es ihr beinahe peinlich, Marla auf den Fallensteller hingewiesen und damit ihr halsbrecherisches Manöver eingeleitet zu haben, und sie vermied jeden Blickkontakt. Was war nur in sie gefahren? Bei einem Mann, den sie erst zwei Mal getroffen hatte?

»Entspann dich«, sagte Marla. Über die Kopfhörer konnte der Junge sie nicht hören. »Du hast was übrig für den einsamen Mann aus den Bergen, was? Und ich dachte, du wolltest hier draußen auf Tauchstation gehen.«

»Das dachte ich auch. Will ich immer noch.«

»Sieht aber nicht so aus.«

Karen lächelte schwach. »Gegensätze ziehen sich eben an … der einsame Waldschrat und das smarte City Girl, da ließe sich was draus machen. In einer PR-Meldung, meine ich, oder einem Kitschfilm. Mit der Wirklichkeit hätte so was nichts zu tun, oder wie sollte eine Beziehung zwischen einem Einsiedler und einer Städterin funktionieren? Er besucht mich in Anchorage, und ich sehe alle vierzehn Tage bei ihm in der Wildnis vorbei und lege Fallen aus?«

»Die Liebe ist zu allem fähig.«

»Wer spricht denn von Liebe? Ich hab Matt zwei Mal getroffen und keine zehn Worte mit ihm gewechselt. Er ist nicht der gesprächigste, wie du weißt. Zugegeben, er gefällt mir, aber das ist auch alles. Ich käme nie auf die Idee, etwas mit ihm anzufangen, schon wegen Jimmy. Für einen Urlaub finde ich Willow Creek toll, da wohnen nette Leute, die Natur ist beeindruckend, und die Huskys gefallen mir genauso gut wie meinem Sohn. Aber auf die Dauer wäre das nichts für uns. Weder mit einem Mann wie Matt Stuart, noch ohne ihn.«

»Wir werden sehen, Karen.«

Sie hatten den Parks Highway zwischen Anchorage und Fairbanks bereits überflogen und hielten auf den Mount Denali zu. Unter ihnen erkannten sie den Eingang zum Denali National Park und die sechzig Meilen lange Park Road, die im Winter nur teilweise geräumt und nur für die Ranger mit ihren Geländewagen, Snowmobilen und Hundeschlitten befahrbar war. Im Sommer fuhren dort die Shuttle-Busse des Nationalparks die Touristen zum Wonder Lake und so dicht an Grizzlys und Elche heran, dass man sie mit bloßen Augen sehen konnte. Für den privaten Autoverkehr war die Straße auch dann gesperrt.

»Weißt du noch?«, rief Karen ihrem Sohn zu. »Wir waren vor zwei Jahren schon mal hier. Damals sind wir mit dem Bus über die Straße dort unten gefahren. Sieben Bären haben wir damals gesehen, fünf Schwarzbären und eine Grizzly-Mutter mit ihrem Jungen. Das war nach deinem dritten Geburtstag.«

»Sehen wir diesmal wieder Bären?«, fragte Jimmy.

»Nein, die Bären halten jetzt Winterschlaf. Die verkriechen sich irgendwo vor der Kälte und wachen erst wieder auf, wenn es draußen wärmer wird.«

»Die Bären sind schlau.«

Die Park Road verschwand unter ihnen, sie hielten jetzt direkt auf den Mount Denali zu. Wie ein König in einem weißen Mantel, behaupten die Indianer, herrscht er über sein riesiges Reich. Zu beiden Seiten wuchsen noch andere, fast ebenso hohe Berge aus dem Dunst, der sich in den Tälern ausgebreitet hatte. Gigantische Riesen mit steilen Felshängen und schroffen Gipfeln. Der späte Morgen überzog den unberührten Schnee mit mattem Licht.

Obwohl die Berge zum Greifen nah wirkten, schienen sie sich ihnen nur langsam zu nähern. In sanften Blautönen schimmernde Gletscher und verschneite Täler, nur getrennt durch gefrorene Flüsse und Bäche und lichte Wälder aus Schwarzfichten und vereinzelten Laubbäumen zogen unter ihnen vorbei. Es gab keine Anzeichen für Menschen, nicht einmal Tiere ließen sich blicken, abgesehen von einem Hasen, der für einen winzigen Augenblick zwischen den dunklen Bäumen zu sehen war. Obwohl der Motor ihrer Cessna auch mit aufgesetzten Kopfhörern zu spüren war, konnte Karen sich vorstellen, wie andächtig still und einsam es in der Wildnis dort unten sein musste.

»Ich fliege nicht ganz so nah an den Denali heran«, sagte Marla. »Dort ist die Luft meist sehr unruhig, und das Risiko ist mir zu groß. Haltet euch trotzdem gut fest!« Sie drehte sich zu dem Jungen um. »Halt dich gut fest, Jimmy! Okay?«

»Okay. Spielen wir wieder Achterbahn?«

»Nur ein bisschen«, antwortete Marla.

Erst als sie sich dem Mount Denali weiter näherten, erkannte Karen, wie mächtig und monumental der König der Berge war. »Der Große« bedeutete sein indianischer Name, und groß war er, gigantisch groß und dunkel und furchteinflößend, aber auch erhaben und schön. Der Wind wurde böiger und schüttelte die Maschine durch, auch als Marla längst abgedreht hatte und nach Westen flog, doch Karen hatte keine Angst mehr. Marla beherrschte ihr Handwerk, lächelte jedes Mal, wenn sich ihre Blicke kreuzten, und Jimmys fröhliches Lachen tat ein Übriges, ihr die Angst zu nehmen. Dennoch war sie froh, als sie den Berg hinter sich hatten und wieder Ruhe einkehrte.

»Jetzt haben wir es nicht mehr weit«, tröstete Marla sie.

Sie erreichten Diamond um die Mittagszeit, landeten auf einer Piste, die kaum als solche zu erkennen war, und hörten das Jaulkonzert der Huskys schon, bevor sie ausstiegen. Marla schnallte ihren Rucksack um und verankerte die Maschine vor einer baufälligen Hütte. Aus der Siedlung, die lediglich aus zwei Blockhäusern und den Überresten einiger anderer Häuser bestand, kamen ihnen alle zwölf Bewohner entgegen: Yukon Jack und seine beiden Freunde, ihre Frauen und sechs Kinder zwischen vier und dreizehn Jahren. Die Ankunft eines Flugzeugs war etwas Besonderes in Diamond.

»Holy Smoke, die Frau Doktor!«, begrüßte sie Yukon Jack, ein hünenhafter Mann in einem Pelzmantel, für den ihn militante Tierfreunde in Anchorage und erst recht weiter südlich gesteinigt hätten. Sein Gesicht wies zahlreiche Narben auf und war von Wind und Wetter gegerbt. »Sie kommen gerade recht zum Mittagessen. Geben Sie zu, Sie wollten meinen Eintopf probieren!«

Marla ließ sich von dem Mann umarmen und stellte Karen und Jimmy vor. »Karen und Jimmy machen Urlaub bei uns. Jimmy ist ein großer Husky-Fan.«

»Dann kommt er bei uns auf seine Kosten.« Er blickte den Jungen freundlich an. »Aber zuerst wollen wir was essen. Elcheintopf mit Kartoffeln und Waldkräutern, ein Rezept meiner Großmutter, der liebe Gott hab sie selig.« Er wandte sich an seine Frau, eine eher zierliche Indianerin, die so gar nicht in diese Einöde passen wollte, sich aber wohlzufühlen schien. »Stell noch drei Teller auf den Tisch, Frau! Die guten mit den Blümchen. Und gib ihnen ordentlich Fleisch mit auf den Teller! Wir haben sowieso zu viele Elche geschossen.«

Von Marla erfuhr Karen später, dass Yukon Jack ein hervorragender Jäger war, sich aber nicht immer an die Schonzeiten hielt und deshalb stets einen ausreichenden Vorrat in seiner Kammer hatte. »Das Geschirr hab ich auch von meiner Großmutter«, verriet er beim Essen. »Davon dürfen nur Gäste essen.«

Der Eintopf schmeckte hervorragend, und Karen erkannte, dass sie ihre Sandwiches wohl wieder mitnehmen würden. »Warum wohnen Sie denn hier draußen in einer Geisterstadt?«, fragte sie nach einigen Bissen. »Ich hab im

Internet gelesen, dass es schon lange kein Gold mehr in der Gegend gibt.«

»Im Internet …« Yukon Jack verzog geringschätzig die Lippen. »Was weiß schon das Internet? Ich hab ein Näschen für Gold, immer gehabt, und dieses Näschen sagt mir, dass hier noch genug Gold rumliegt.« Er zog einen Lederbeutel aus seiner Tasche und ließ Goldkörner auf den Tisch kullern. »Oder was ist das hier? Okay, hier liegen keine Millionen, aber für uns reicht es.«

»Ist das echtes Gold?«, fragte Jimmy und berührte die Goldkörner ehrfürchtig.

»Und ob, mein Junge. Wollen wir jetzt zu den Hunden gehen?«

Jimmy folgte dem Goldsucher ohne Scheu, schon bald gefolgt von Marla und Karen. Auch die indianische Ehefrau und einer seiner Söhne, ungefähr in Jimmys Alter, folgten ihm hinters Haus. Die Huskys waren an Holzpflöcke gebunden und benahmen sich so laut und lebhaft, als hätte Yukon Jack vor, mit ihnen auf große Tour zu gehen. Sie beruhigten sich erst, als seine Frau von einem zum anderen ging und kleine Leckerli verteilte. »Wenn das so weitergeht, muss ich die Biester zwei Mal am Tag füttern«, sagte Yukon Jack.

Seine Frau ging zu einem der Huskys. »Er humpelt seit vorgestern.«

Marla untersuchte diesen Hund zuerst, tastete ihn behutsam ab und nickte nach einer Weile erleichtert. »Es ist nichts gebrochen. Eine starke Prellung, weiter nichts, aber es wird einige Zeit dauern, bis er wieder voll einsatzfähig ist.«

»Hast du gehört, Anuk?«, sagte Yukon Jack. Er beugte sich zu dem verletzten Husky hinab und kraulte ihm liebevoll den Nacken. »Das wird schon. In ein paar Tagen bist du wieder auf dem Damm. Die Frau Doktor hat bestimmt eine Salbe für dich. Ruh dich aus, und lass die anderen die Arbeit machen.« Er richtete sich auf. »Ein guter Hund, der Anuk. Besser als der Rest.«

Marla war schon dabei, ihn zu verarzten. »Warum bleiben Sie eigentlich auch im Winter hier draußen? In einer größeren Stadt wäre es viel bequemer. Im Winter kommen Sie doch sowieso nicht an das Gold ran, oder?«

Yukon Jack grinste breit. »Eigentlich geht es uns gar nicht um das Gold. Wir brauchen nicht viel zum Leben. Uns geht's mehr um die Freiheit, so zu leben, wie wir wollen. Sehen Sie sich doch um! Gibt's was Schöneres als diese Wildnis? Hier fühlst du dich noch wirklich frei, hier draußen.«

»Da ist was dran«, sagte Marla.

Und Karen war nahe daran, ihm ebenfalls rechtzugeben.

11

Über den Bergen hingen graue Wolken, als sie sich von Yukon Jack und seinen Leuten verabschiedeten und wieder in die Cessna stiegen. Marla startete über die kurze Piste, trieb die Maschine sofort steil nach oben, um den Bäumen auszuweichen, und hatte einige Mühe, sie in dem böigen Wind ruhig zu halten. Erst in mehreren Tausend Fuß Höhe ließen die Turbulenzen nach.

Außer Anuk waren alle Huskys gesund gewesen. Yukon Jack war ein fürsorglicher Mann, auch seinen Hunden gegenüber, und passte höllisch auf, dass es ihnen an nichts fehlte. Die Kosten für die Untersuchungen und Impfungen reuten ihn nicht. Marla nahm an, dass er und seine Leute mehr Gold fanden, als sie zugaben, und über alle lachten, die dachten, sie würden wie mittellose Obdachlose in den Wäldern lebten. Seine Huskys waren besser gepflegt als die mancher Hundezüchter, die Marla besucht hatte.

Jimmy war lange bei Marla geblieben und hatte ihr geholfen, zu den Huskys aber Abstand gehalten. Auf Fremde waren die Hunde nicht gut zu sprechen. Danach hatte er sich von den Kindern die nähere Gegend zeigen lassen und mit ihnen einen großen Schneemann gebaut, noch größer und schöner als der in Willow Creek. Karen war von Yukon Jacks Frau zum Tee eingeladen worden und eine aufmerksame Zuhörerin gewesen, als sie von ihrem Leben in der Wildnis berichtet hatte. Sie war in einem entlegenen

Indianerdorf aufgewachsen und Yukon Jack während eines Pow-wows begegnet. Sie hatte beim traditionellen Tanz gewonnen und war von Yukon Jack ausgezeichnet worden. Seitdem sei sie ihrem Mann gefolgt, nur bei ihm sei sie zu Hause, sagte sie.

Sie flogen in respektvollem Abstand am Mount Denali vorbei, weit genug, um dem heftigen Wind in der Nähe des Bergmassivs zu entgehen. Südlich des Berges war das Wetter besser, es gab nicht mehr so viele Wolken und war noch so hell, dass Karen von einem ruhigen Weiterflug ausging. Doch als der Motor der Cessna mehrmals aussetzte und erst nach einigen Versuchen wieder ansprang, wurde sie nervös. »Keine Sorge«, beruhigte sie Marla, »das haben wir gleich.« Sie zog an einem Hebel, und der Motor lief wieder ruhiger.

Karen entspannte sich. Ein rascher Blick auf Jimmy zeigte ihr, dass der Junge eingeschlafen war, ein Segen, falls der Motor noch einmal aussetzen würde. Nur wenige Minuten später war es wieder soweit. Der Motor fing an zu stottern, als bekäme er nicht genug Sprit, und verstummte schließlich ganz.

»Keine Angst!«, rief Marla ihr zu, doch ihre besorgte Miene sagte etwas anderes. »Die Maschine bleibt auch ohne laufenden Motor in der Luft. Könnte nur ein bisschen holprig werden.« Sie hantierte mit allerlei Hebeln, um die Cessna vor dem Abkippen zu bewahren, ging dabei stetig tiefer und steuerte zwischen zwei Felsmassiven hindurch auf die Ausläufer der Berge zu.

Karen war blass geworden. Die Lage war ernst; um das

zu erkennen, brauchte man keine Pilotin zu sein. Sie sanken so schnell ab, dass sie dringend landen mussten, doch um sie herum waren Felsen, es gab kein Eisfeld und kein verschneites Tal, wo sie genug Platz zum Aufsetzen hatten.

»Wir müssen aus den Bergen raus!«, sagte Marla. Ihre Stimme klang erstaunlich gefasst, war nur ein bisschen höher als sonst. Ihre Bewegungen wirkten so kontrolliert, wie man es von einer erfahrenen Pilotin erwartete. »Weiter unten gibt es mehr Platz, da kann ich die Maschine locker landen.«

Karen beugte sich nach vorn und stützte sich mit beiden Händen ab. Die Cessna ratterte und klapperte, als hielte sie ein Riese mit seiner Faust umklammert. Einige Unterlagen, die auf dem Armaturenbrett gelegen hatten, wurden nach hinten geschleudert und weckten den Jungen, der gar nicht zu kapieren schien, in welcher Gefahr sie sich befanden. »Hier ist es aber windig, Marla! Warum läuft denn der Motor nicht mehr?« Am angespannten Gesicht seiner Mutter erkannte er, dass etwas nicht stimmte. »Was ist denn los, Mom? Ich hab Angst, Mom!« Seine Stimme klang immer nervöser.

»Nur ein paar Luftlöcher!«, beruhigte Karen ihn. Sie hatte Mühe, sich ihre eigene Angst nicht anmerken zu lassen. »So ist das öfter in kleinen Flugzeugen. Wir haben es gleich überstanden, Jimmy! Nur noch ein paar Minuten.«

Die Maschine sackte weiter ab. Marla versuchte mit Händen und Füßen, die Cessna unter Kontrolle zu behalten und auf Kurs zu bleiben. Der Wind zerrte wütend an ihnen, ließ sie holpern und taumeln und schien alles daranzusetzen, sie an den Felsen zerschellen zu lassen. Es war, als hätte er eine persönliche Rechnung mit ihnen zu begleichen. Einmal setzte der Motor wieder ein und führte sie sicher über einige Felsen hinweg, dann verstummte er erneut, und ihr Flugzeug wurde zu einem bockenden Pferd, das wütend ausschlug.

»Da vorn!«, rief Karen aufgeregt. »Ein See … da müsste es gehen!«

»Schon gesehen«, antwortete Marla.

Karen griff mit der linken Hand nach ihrem Sohn, bekam sein Handgelenk zu fassen und drückte es aufmunternd. Mit der anderen Hand klammerte sie sich an ihren Sitz. Ihr Blick war starr nach vorn gerichtet, auf den lang gestreckten See, der sich unter einer dicken Schneeschicht versteckt hatte und zur rettenden Landepiste werden konnte. Der Wind hielt die Maschine immer noch in seinen Klauen, schien sie nicht mehr herzugeben wollen, doch Marla gewann zunehmend die Kontrolle zurück und hielt weiter auf den See zu. Nur an ihren zusammengepressten Lippen und den Fingerknöcheln, die beim Halten des Ruders weiß hervortraten, erkannte man die gefährliche Lage und ihre Anspannung in diesem Moment.

Über die felsigen Hügel, die den See umgaben, trieb Marla die Maschine auf den See. Karen hatte keine Ahnung, wie gefährlich die Landung war; sie würde erst später von Marla hören, welches Risiko sie eingegangen waren. Eine erfahrene Pilotin würde erst einmal über eine verschneite und nicht von Menschenhand angelegte Landepiste hinwegfliegen, um mögliche Hindernisse auszumachen. Manchmal entschied sie sogar durch einen probeweisen Touchdown, ob Schnee und Eis für eine Landung geeignet waren. Und sie landete möglichst in den Wind und beschleunigte kurz vor dem Aufsetzen noch einmal, um eine allzu harte Landung zu vermeiden. Alles Vorsichtsmaßnahmen, die Marla ohne Motor nicht mehr einhalten konnte. Sie waren auf ihr Glück angewiesen.

Die Cessna setzte auf und holperte über den zugefrorenen See. Zu beiden Seiten spritzte der Neuschnee unter den Skiern empor und hüllte die Maschine in weiße Gischt. Marla war voll konzentriert, hatte die Klappen hochgefahren und kämpfte darum, die Cessna zum Stehen zu bringen, doch obwohl sie alles tat, um sie zu bremsen, glitt sie bis auf wenige Schritte an das Ufer heran. Dann war endlich Ruhe.

»Alles okay?«, fragte Marla. »So ein Pech hatte ich schon lange nicht mehr.«

»Pech? Das war lebensgefährlich!«

»In der Wildnis ist jeder Schritt mit einem Risiko verbunden«, erwiderte Marla, »aber in der Großstadt auch, oder nicht?« Sie lächelte ein wenig spöttisch, wurde aber gleich wieder ernst, als sie in die bedrückten Gesichter ihrer Passagiere blickte. »Aber ihr habt euch wacker gehalten. Respekt, Karen!«

»Und ich?«, begehrte Jimmy auf.

»Du? Du hast das Zeug zu einem mutigen Piloten.«

Sie kletterten aus der Maschine und schlugen die Kapuzen ihrer Anoraks hoch. Lichter Fichtenwald reichte bis zum Eis, nah genug, um den Wind abzuhalten und sie mit Brennmaterial zu versorgen. Marla hatte während ihrer Pilotenausbildung und noch mehr durch eigene Erfahrungen in der Wildnis viel gelernt. Wie man ein Lagerfeuer entzündet, hatte sie schon bei den Girl Scouts erfahren, relativ einfach bei trockenem Wetter, eine Kunst, wenn der Schnee so hoch lag wie hier. Mit einigen trockenen Zweigen und etwas Brennholz, das auf Winterflügen zu ihrer Notausrüstung gehörte, brachte sie ein Feuer in Gang. Die Standheizung der Cessna hätte zu viel Strom aus der Batterie gezogen.

Karen entspannte sich allmählich und konnte schon wieder lächeln. »Das war die Janet in dir, was? Cool wie eine Hundeschnauze, egal was passiert.«

»Das sieht nur so aus«, sagte Marla. Noch während sie sprach, sicherte sie die Maschine mit Seilen; die Fichten am Ufer boten genügend Halt. Unter die Skier schob sie Plastiktüten, damit sie nicht am Eis festfroren. Sie öffnete die Motorhaube, schien bereits einen Verdacht zu haben und sah sich bestätigt, nachdem sie im Licht ihrer Taschenlampe nach dem Fehler gesucht hatte. »Die Benzinleitung ist verstopft«, sagte sie, »keine große Sache. Ich reinige den Schlauch, dann geht es weiter.«

»Wie konnte das passieren?«, fragte Karen.

»Keine Ahnung. Jerry ist sehr gründlich beim Überprüfen.«

»Können wir dir helfen?«

»Danke, aber lass nur. Ich komme zurecht, Karen.«

Obwohl Marla angestrengt daran arbeitete, den Schaden zu beheben, dauerte es doch länger, als sie erwartet hatte. Nach einer Stunde war sie immer noch am Arbeiten. Es war kälter und auch dunkler geworden, und Karen und ihr Sohn drängten näher an das Feuer heran und veränderten ständig ihre Sitzhaltung, um von allen Seiten gewärmt zu werden. Rechtzeitig, bevor das Feuer herunterbrannte, legte Karen einen oder zwei Holzscheite aus dem Flugzeug nach. Der See lag einsam und leer vor ihnen, dahinter wuchsen die schroffen Bergriesen empor. Der Mount Denali und mehrere seiner benachbarten Gipfel waren nur teilweise im Zwielicht zu sehen. Unheimliche Stille lastete über dem Land, nur unterbrochen vom Rauschen des Windes und den Geräuschen, die Marla bei der Reparatur verursachte. »Es dauert nicht mehr lange«, sagte sie, »tut mir wirklich leid, dass wir heute solches Pech haben.«

Nach einer Weile verließen Karen und Jimmy ihren Platz am Feuer und sahen Marla beim Reparieren zu. »Können wir denn gar nicht helfen, Marla?«

Marla hielt einen Moment inne. »Ihr könnt mir meinen Tee bringen.«

Karen kramte im Rucksack der Pilotin nach der Thermosflasche. Marla trank einige Schlucke und reichte sie ihr zurück. »Ihr seid sehr mutig«, sagte sie. »Ich hatte schon Besucher, die es bei schönstem Sommerwetter mit der Angst zu tun bekamen, wenn ich eine Zwischenlandung eingelegt habe.«

»Im Sommer gibt es Grizzlys.«

»Und im Winter ist es kalt und dunkel.«

»Aber auch irgendwie eindrucksvoll«, musste Karen zugeben. »So eine wilde Landschaft bekommen doch selbst Einheimische nur selten zu sehen.«

»Bist du in Anchorage aufgewachsen?«

»In einem Vorort. Während der Highschool und des Colleges hab ich bei meinen Eltern im Restaurant geholfen. Ihnen gehörte ein Steakhaus am Lake Hood, direkt am Wasser. Ich sollte eigentlich Business oder so was studieren und später das Restaurant übernehmen, hatte aber mit Buchhaltung und Zahlen wenig im Sinn und wollte lieber was mit Schreiben versuchen. Als Journalistin bei einer Zeitung oder dem Fernsehen. Ich hab auch ein paar Artikel geschrieben, nichts Besonders, aber ich kam dadurch mit dem Chef einer PR-Agentur in Kontakt, der gute Schreiberlinge suchte und mir ein ansprechendes Gehalt anbot. Public Relations, warum nicht, dachte ich mir und fing schon ein paar Tage später an. Mit einer Kampagne für eine Pizza-Restaurantkette sammelte ich erste Pluspunkte und, nun ja, bin immer noch dabei.«

»Auf der *Corporate Ladder* nach oben. Klingt gut.«

»Dafür lief es privat nicht.« Jimmy war schon wieder beim Feuer und fütterte es mit neuen Holzscheiten. »Meine Ehe war ein Reinfall, bis auf Jimmy natürlich, er ist mein Ein und Alles. Ohne ihn wäre alles nur halb so schön.«

»Er ist ein aufgeweckter Junge. Und er versteht was von Huskys.«

»Seine große Liebe.«

Marla machte sich wieder an die Arbeit. Sie war gerade fertig und wollte zufrieden in die Hände klatschen, als das Scharren von Schlittenkufen und leises Hundejaulen aus den Hügeln herüberdrang. Sie wischte ihre Hände an einem Lappen ab und blickte über die Böschung, sah ein Husky-Team mit einem herrenlosen Schlitten in Richtung Seeufer laufen. »Whoaa! Whoaa!«, bremste sie die Huskys, lief die wenigen Schritte zu ihnen und verankerte den

Schlitten zwischen den Fichten. »Wo kommt ihr denn her?«, fragte sie die Hunde.

Karen und Jimmy waren hochgeschreckt und ebenfalls über die Böschung geklettert, blieben aber in respektvollem Abstand stehen. Die Huskys benahmen sich äußerst nervös und wären am liebsten weitergelaufen, doch der Anker steckte tief genug im Schnee. Der Leithund schnappte sogar nach Marla.

»Kein Grund, gleich aus der Haut zu fahren«, beruhigte sie die Huskys. »Ich bin's, Marla, ich bin eure Freundin.« Ihre sanfte Stimme besänftigte die Hunde, doch es dauerte noch eine Weile, bevor sie sich endgültig beruhigten.

»Ein Ranger«, erkannte Marla, nachdem sie im Schlittensack nach einem Hinweis auf den Musher gesucht hatte. »Der Schlitten gehört dem National Park Service.« Sie blickte Karen und den Jungen sorgenvoll an. »Das kann nur bedeuten, dass der Musher verunglückt ist und irgendwo liegen muss.«

»Dann müssen wir ihn suchen!«, sagte Karen.

»Ihr bleibt hier«, widersprach Marla. »Macht schon mal Platz auf der Rückbank, falls wir ihn transportieren müssen. Ich bleibe höchstens eine Stunde weg. Wenn ich ihn bis dahin nicht gefunden habe, fliegen wir zurück und rufen ›Search & Rescue‹. Wenn irgendwas ist … in der Maschine liegt eine Signalpistole. Sobald ich die Leuchtzeichen sehe, drehe ich sofort um, okay?«

»Okay«, erwiderte Karen.

Marla stieg auf die Kufen des fremden Schlittens und folgte seinen Spuren in die Richtung, aus der er gekommen war. Karen und Jimmy blickten ihr nach, bis sie hinter einem Hügel verschwunden war. Sie kehrten zum Feuer zurück und wärmten sich auf, dann holte Karen die Signalpistole aus der Cessna und behielt sie in ihrer rechten Hand. Die Waffe war einfach zu bedienen und gab ihr etwas Sicherheit, wenn sie ihr gegen ein wildes Tier auch wenig genützt hätte. Sie umarmte ihren Sohn.

»Hoffentlich findet Marla den Ranger«, sagte Jimmy. »Im Fernsehen hat ein Musher erzählt, dass Huskys nie anhalten, wenn jemand vom Schlitten fällt. Nur manchmal, oder wenn sie mit dem leeren Schlitten hängen bleiben.«

»Marla kennt sich aus«, sagte Karen.

Sie war zu nervös, um zu sitzen, und blieb mit Jimmy im Feuerschein stehen. Obwohl sie wusste, dass Marla höchstens ein paar Meilen entfernt sein konnte, kam sie sich verloren vor. Als wären ihr Sohn und sie die einzigen Menschen im weiten Umkreis. Und irgendwie stimmte das ja auch. Natürlich gab es Ranger, die mit ihren Hundeschlitten und Snowmobilen in der Wildnis patrouillierten, und außerhalb der Parkgrenzen lebten Abenteurer und Aussteiger wie Yukon Jack in den Wäldern, aber bis zum Highway waren es ungefähr hundert Meilen. Handys funktionierten in dieser Einöde nicht. Nur mit einem Satellitentelefon erreichte man die Zivilisation.

Zu ihrem eigenen Erstaunen musste sie an Matt Stuart denken, der vor der Zivilisation in die Wildnis geflohen war und ähnlich lebte wie Yukon Jack, nur dass er allein war und zum Reden nur seine Huskys hatte. Wie hielt man das aus? Waren die seltenen Besuche in Willow Creek genug, um ihn vor völliger Vereinsamung zu bewahren?

Wurde man nicht eigenbrötlerisch und sonderbar, wenn man sich auf diese Weise abkapselte?

Und wie kam ausgerechnet sie dazu, eine junge Frau, die mit beiden Beinen im Leben stand und sich in einer von Männern regierten Geschäftswelt behauptete, Sympathie für einen solchen Mann zu empfinden? Oder war es mehr als Sympathie? Waren es nicht gerade moderne und gebildete Frauen, die sich vom aufrichtigen Charakter und scheinbar geheimnisvollen Wesen dieser Männer angezogen fühlten? Waren viele Frauen den Dating Circus mit den immer gleichen Komplimenten nicht leid? War es nicht erfrischend, einem Mann zu begegnen, der sich seiner rauen Männlichkeit nicht schämte?

»Ich glaube, Marla kommt zurück«, sagte Jimmy.

Karen schreckte aus ihren Gedanken hoch und hörte die Anfeuerungsrufe der Musherin jetzt auch. »Lauft! Lauft!«, trieb sie die Hunde an. Nur wenig später tauchte sie mit dem Schlitten zwischen den Hügeln auf und bremste am Seeufer. »Ich hab ihn gefunden«, rief sie. »Es ist Russ Arnold, der Park Ranger.«

»Mikes Vater!«, erschrak Jimmy.

Marla war bereits von den Kufen gestiegen. »Er ist bewusstlos. Ein Elch … das Schlimmste, was einem Musher passieren kann. Huskys haben eine Heidenangst vor Elchen. Die Spuren waren noch deutlich zu sehen. Der Elch muss vor den Huskys aus dem Wald getreten sein und sie so erschreckt haben, dass sie in Panik gerieten und abrupt die Richtung änderten, sodass sich Russ nicht mehr halten konnte. Er muss gegen einen Baum geprallt sein.«

Marla untersuchte ihn flüchtig. »Anscheinend nichts gebrochen. Starke Prellungen und eine Gehirnerschütterung, nehme ich an. Wir müssen ihn so schnell wie möglich in eine Klinik bringen.« Sie trugen den stöhnenden Ranger gemeinsam zum Flugzeug und setzten ihn auf die Rückbank.

»Er kann von Glück sagen, dass du ihn gefunden hast, sonst wäre er wohl erfroren«, bemerkte Karen.

»Wird er wieder gesund?«, fragte Jimmy seine Mutter besorgt.

»Ganz bestimmt«, versprach Karen. »Es ist nicht so schlimm.«

Marla überprüfte noch einmal den Motor, nickte zufrieden und schloss die Haube. Ihr war kaum Nervosität anzumerken, nachdem sie in die Maschine gestiegen war, doch ein wenig erleichtert wirkte sie schon, als der Motor nach einigem Zögern ansprang und sie die Cessna vom Seeufer weg bewegte.

Der Wind war immer noch böig und schien alle paar Minuten aus einer anderen Richtung zu kommen, auch ein Grund dafür, dass Marla etwas länger als sonst mit der Cessna stehen blieb, bevor der Wind von vorn kam und sie problemlos starten konnte. Für Karen war das Armaturenbrett ein Labyrinth von Anzeigen, Hebeln und Knöpfen; sie konnte sich nicht vorstellen, wie man lernen konnte, sie alle abzulesen und zu bedienen. Für Marla war es längst zur Routine geworden, sie fühlte sich in der Cessna genauso wohl wie in einem Auto. Auch wenn die Bedingungen nicht gerade ideal waren wie jetzt und der böige Wind ihr zu schaffen machte, wurde sie nicht nervös. »Alles wieder okay«, sagte sie. »Die Benzinleitung war verstopft. Zum Glück für den Ranger, sonst hätten wir ihn niemals entdeckt.«

Sobald sie eine Funkverbindung zum Nationalpark hatten, berichtete Marla dem diensthabenden Ranger, was geschehen war und wo er und ein Kollege die Huskys einsammeln konnten. »Wir bringen Russ in die Canyon Clinic nach Healy. Nichts Schlimmes. Morgen oder übermorgen ist er wieder okay.«

»Krieg ich ein Sandwich, Mom?«, rief Jimmy von hinten.

Karen reichte es ihm über die Sitzlehne, erleichtert, dass er schon wieder Hunger hatte.

12

»Skipper geht es nicht gut«, sagte Jimmy, als sie sich wie jeden Morgen bei den Huskys trafen. »Er hat sich den Magen verdorben, sagt Marla. Nicht so schlimm, aber er darf heute nichts mehr essen, damit er wieder gesund wird.«

»Das lässt sich manchmal nicht vermeiden«, erklärte Marla, die auch an diesem Morgen die Huskys fütterte. »Irgendwas im Fressen, was ihm nicht bekommen ist, oder er war gestern zu gierig, das kann viele Ursachen haben.«

»Ist es wirklich nichts Ernstes?«

Marla schüttelte den Kopf. »Ich hab ihn schon untersucht. Heute gar kein Fressen und morgen Schonkost, dann ist er wieder auf dem Damm. Solange er einen so guten Krankenpfleger wie Jimmy hat, kann ihm nichts passieren.«

Jimmy strich dem Husky, der auf seinem Strohlager vor der Hütte lag, liebevoll über das Fell. »Ich passe auf dich auf, Skipper. Ich sehe heute Abend vor dem Schlafengehen bei dir vorbei, und morgen früh bekommst du ein leichtes Frühstück. Mir bringt meine Mom immer Hühnerbrühe, wenn ich krank bin. Wenn ich Hühnerbrühe esse und warmen Tee mit Zitrone oder Honig trinke, geht es mir schnell besser. Vielleicht klappt das auch bei dir.«

Auch beim Frühstück der Zweibeiner war nicht alles wie sonst. Zur Feier des Tages, immerhin war es nur noch eine Woche bis Weihnachten, hatte Derek das Frühstück zubereitet, eines seiner verborgenen Talente. »Apfelpfannkuchen mit Schlagsahne«, kündigte er seine Spezialität an. »Die kann ich besonders gut, und mein Kakao ist absolute Weltklasse. Stimmt's, Marla?«

»Wo er recht hat, hat er recht«; bestätigte sie.

Sie und Dana bevorzugten allerdings Cappuccino, und bei der Sahne waren sie eher zurückhaltend. Die Apfelpfannkuchen schmeckten köstlich; Derek freute sich riesig, als Karen und Jimmy sie über den grünen Klee lobten. Aber er hatte noch mehr Überraschungen für sie in petto.

»Ich hab mit dem Comicbuch über den kleinen Jimmy und seinen Husky angefangen«, sagte er nach dem Frühstück. Er griff nach einer Mappe, die er auf einem Sessel abgelegt hatte, und schlug sie auf. Auf dem weißen Zeichenkarton sah man mehrere Skizzen eines Jungen, der Jimmy zum Verwechseln ähnlich sah, vielleicht noch etwas pfiffiger und ungefähr ein Jahr älter, und von einem Husky, der ein Spiegelbild von Skipper hätte sein können. »Na, was haltet ihr von meinen neuen Helden?«

»Das bin ja ich!«, staunte Jimmy. Er sah genauer hin. »Schau mal, Mom! Der Junge sieht genauso aus wie ich, und der Husky … das ist Skipper!«

»Erstaunlich, diese Ähnlichkeit«, sagte Karen. Auch sie war beeindruckt von den Zeichnungen. »Und wie lange dauert es, bis das Buch fertig ist?«

Derek packte die Zeichnungen wieder ein. »Ich hab schon mit meinem Verleger gesprochen, er würde es gern bis Ostern haben. Ist zu schaffen, wenn ich mich ranhalte. Sobald es erscheint, schicke ich Ihnen ein Exemplar. Oder noch besser, ich überrede meinen Verleger, eine Release

Party zu veranstalten, und lade Sie beide ein. Das würde sich bei dem Buch doch anbieten.«

»Was ist eine Release Party, Mom?«

»Ein gemeinsames Fest, wenn das Buch rauskommt.«

»Darf Skipper auch dabei sein?«

»Das ist doch Ehrensache«, antwortete Marla. »Er spielt schließlich eine Hauptrolle in der Geschichte.« Sie blickte Dana an. »Was meinst du, Dana?«

»Dumme Frage! Ich liebe solche Feste!«

Karen half den Frauen, das Geschirr in die Spülmaschine zu räumen, und hatte eigentlich vor, mit ihrem Sohn die Umgebung zu erkunden, als es klopfte, und Mike den Wohnraum betrat. Der Sohn des verletzten Rangers bekam vor lauter Aufregung kaum ein Wort hervor. »Ich bin's, Mike«, rief er und blickte nervös von einem zum anderen. »Mein Daddy liegt im Krankenhaus!«

»Ich weiß … dein Daddy ist gestern mit dem Schlitten verunglückt«, antwortete Marla. »Karen, Jimmy und ich haben ihn in die Klinik nach Healy gebracht. Es geht ihm gut. Er soll … er soll sich nur ein wenig ausruhen und kommt heute oder morgen wieder nach Hause. Willst du ihn besuchen?«

»Ja, aber Tante Nellie kann erst später, und da haben wir Probe.«

»Du wohnst bei deiner Tante?«

»Bei meinem Daddy und meiner Tante Nellie … sie ist die Schwester von meinem Daddy. Sie muss heute früh noch was Wichtiges erledigen und kann erst heute Mittag fahren. Sie hat im Krankenhaus angerufen und sagt auch, dass mein Daddy vielleicht heute schon rauskommt und …« Er senkte betrübt den Kopf. »Aber ich würde ihn so gerne besuchen und dachte, eine von euch fährt vielleicht nach Healy. Ist gar nicht weit mit dem Auto. Zehn Minuten.«

Karen brauchte nicht zu überlegen. »Mike hat recht. Jimmy und ich wollten tatsächlich bei ihm vorbeifahren. Und …« Sie blickte Marla an. »Marla wollte, glaube ich, auch nach ihm sehen. Sie hat ihn schließlich gefunden und bestimmt nichts dagegen, dass du mitkommst. Deine Tante weiß Bescheid?«

»Ich hab ihr gesagt, dass ich vielleicht mit euch fahre.«

»Na, dann wollen wir deinen Dad nicht länger warten lassen.«

Marla lächelte, als sie zum Wagen gingen. »Alle Achtung, Karen«, flüsterte sie. »Du kannst mit Kindern umgehen. Obwohl …« Sie half Jimmy und Mike in den Wagen. »Meine Huskys halten mich auch ganz schön auf Trab.«

Es schneite leicht, als sie zum Highway hinauffuhren. Ein »Winter Wonderland«, wie man es in Anchorage nur sah, wenn man aus der Stadt hinausfuhr. Die Schwarzfichten, so weit nördlich ohnehin nicht besonders groß, bogen sich unter der Last des Schnees. Noch war es dunkel, und die weiße Pracht leuchtete im Scheinwerferlicht von Karens Geländewagen. Wegen des Kindersitzes fuhren sie in ihrem Wagen, einen zweiten Kindersitz für Mike improvisierten sie mit einer gefalteten Decke, die ihm besseren Halt verschaffte und einen besseren Sitz des Sicherheitsgurts garantierte. Ein State Trooper, der es ernst mit den Gesetzen nahm, hätte ihnen dafür trotzdem eine empfindliche Strafe aufbrummen können. Zum Glück waren es nur wenige Meilen.

Dr. Alex Swindell empfing sie in der Eingangshalle. »Guten Morgen«, begrüßte er sie mit sichtlich guter Laune. »Ihren Patienten geht es gut. Laura … Mrs King werden wir wohl bis übermorgen hier behalten müssen, aber der Bruch war glatt, und ich bin sicher, der Arm wird gut verheilen.« Er blickte auf Mike. »Aber ich denke, Sie sind vor allem wegen Russ Arnold gekommen. Er hat schon nach seinem Sohn gefragt. Das Zimmer am Ende des Ganges. Es geht ihm wesentlich besser. Leichte Gehirnerschütterung, schmerzhafte Prellungen, aber sehr viel länger hätte er nicht in der Kälte liegen dürfen.«

»Überraschung, Daddy!«, rief Mike, als sie das Zimmer betraten.

Der Ranger saß auf dem Bettrand und löffelte ein Müsli. Als er seinen Sohn erblickte, legte er den Löffel aufs Tablett und breitete die Arme aus. Mike warf sich so begeistert in die Umarmung, dass sein Vater sicher jede einzelne seiner Prellungen spürte, aber er ließ sich nichts anmerken und strich seinem Sohn beruhigend über den Kopf. »Alles okay, Mike. Mir ist nichts passiert, nur mein Kopf brummt noch ein bisschen. Aber das vergeht bald wieder, sagt der Doc. Lange würde ich es bei diesem Essen auch nicht aushalten. Haferschleim, bah!«

Sie lachten beide und lösten sich nur zögernd voneinander.

»Und meine Lebensretterinnen sind auch gekommen«, freute er sich. »Ich bin Ihnen wirklich sehr dankbar, meine Damen. Dir natürlich auch, Jimmy. Das war wirklich Rettung in letzter Sekunde. So was ist mir noch nie passiert.«

»Sie trifft keine Schuld«, sagte Marla. Karen und sie hatten sich Stühle herangezogen und saßen am Bettende. »Ich habe Elchspuren gefunden. Muss ein kräftiger Bulle gewesen sein, da drehen die mutigsten Huskys durch.«

Russ schob die noch halb volle Schüssel mit Müsli zurück und wischte sich den Mund ab. »Der Bursche kam so plötzlich, dass ich kaum was ausrichten konnte. Wenn die Hunde nicht ausgewichen wären, hätte es einen hitzigen Kampf gegeben, und ich hätte vielleicht einen Teil meines Gespanns verloren. Dass ich auf der steilen Strecke vom Schlitten fiel, war nicht besonders professionell, aber was hätte ich machen sollen? Ich konnte mich nicht mal am Schlitten festhalten und die Hunde am Durchgehen hindern. Wenn Sie nicht gekommen wären, würde ich wahrscheinlich jetzt noch dort oben liegen.« Er zog Mike noch einmal zu sich heran. »Aber das war es nicht allein.«

»Sondern?«, fragte Marla überrascht.

Russ blickte an dem Jungen vorbei und schien nach den richtigen Worten zu suchen. »Ich weiß nicht, wie ich es sagen soll … die Sache klingt ziemlich verrückt … aber hier kursiert ein Gerücht, beinahe schon eine Legende über eine indianische Hexe, die mit ihrem Wolfshund durch die Wälder zieht …«

»… und unseren Santa Claus bestrafen will, weil er sich an ihrer Mutter vergriffen hat. Ich kenne die unheimliche Geschichte. Wer kennt sie nicht?«

»Sogar ich hab sie schon gehört«, sagte Karen. »Angeblich hat sie es auf ganz Willow Creek abgesehen. Ein Fluch, wie in manchen Gruselfilmen.«

Marla lächelte schwach. »Und wir alle wissen, dass sich

der alte Charly die Geschichte aus den Fingern gesogen hat. Mag sein, dass er ein paar Kinder hat, von denen wir nichts wissen, aber eine indianische Hexe, die mit ihrem Wolfshund hinter dem Alten her ist und sich rächen will … nie im Leben!«

»Vielleicht doch«, sagte Russ vorsichtig.

»Wie bitte?«

»Ich bilde mir jedenfalls ein, sie gesehen zu haben«, gestand der Ranger. »Nur ein paar Sekunden, bevor der Elch vor mir auftauchte. Ich weiß schon, man bildet sich vieles ein, wenn man allein auf Patrouille ist, aber ich war der festen Meinung, sie am Waldrand gesehen zu haben. Eine Indianerin in einem langen schwarzen Mantel und einen Wolfshund, der ihr hechelnd folgte.«

»Sind Sie sicher, dass Sie die Hexe vor den Sturz gesehen haben?«, hakte Marla nach. »Nichts für ungut, aber so ein Sturz kann manches auslösen …«

»Sie meinen, ich hatte Halluzinationen?«

»Wäre doch kein Wunder nach so einem Unfall.«

Russ ließ sich Zeit mit der Antwort. »Vielleicht haben Sie recht«, räumte er ein. »Ich sollte dort oben eigentlich nach einem Wolfsrudel sehen und hab alle paar Schritte durch mein Fernglas geblickt, da kann einem so was schon mal passieren. Es ist nur … es kommt mir auch jetzt noch so real vor.«

»Hauptsache, du wirst wieder gesund«, sagte Mike.

»Weiß Nellie denn, dass du hier bist?«

»Klar doch, sie will dich auch noch besuchen, aber ich wollte nicht so lange warten. Außerdem müssen Jimmy und ich nachher zur Probe.«

»Silent Night?«

»Rudolph wär mir lieber.«

Es klopfte erneut, und eine der beiden Besitzerinnen des Pioneer Cafe betrat das Krankenzimmer. Beim Anblick der vielen Leute erschrak sie. »Oh … ich wusste gar nicht … vielleicht komme ich lieber etwas später wieder.«

»Wir sind's doch nur«, erwiderte Marla. »Sally oder Ally?«

»Sally«, sagte Russ, ohne lange zu überlegen.

Sally hielt einen Blumenstrauß in der Hand. »Bist du sicher?«

Er lachte. »Ich würde dich sogar erkennen, wenn du dir das Namensschild deiner Schwester angesteckt hättest. Es gibt nur eine Sally, auch wenn du ihr zum Verwechseln ähnlich siehst. Die Frau, an die ich ständig denken muss.«

»Du bist der Einzige, der uns auseinanderhalten kann«, sagte sie.

»Weil ich der Einzige bin, der dich …« Er bremste sich gerade noch rechtzeitig und wandte sich in gespielter Entrüstung an die anderen. »Wollt ihr nicht mal bei Laura vorbeisehen? Sie liegt auf der anderen Seite des Ganges.« Er umarmte seinen Sohn. »Sag Tante Nellie, dass ich wahrscheinlich heute noch entlassen werde, und dass sie nicht zu kommen braucht. Sally bringt mich nach Hause, und dann gehen wir einen fetten Cheeseburger essen, okay?«

»Klingt gut. Ist Sally deine Freundin?«

»Das hoffe ich doch.« Sally und Russ erröteten leicht.

»Dann kriege ich vielleicht extra Käse auf meinen Cheeseburger.«

»Das lässt sich einrichten«, versprach Sally.

Karen, Marla und die beiden Jungen verabschiedeten sich von dem Ranger und gingen bei Laura vorbei. Nachdem Marla geklopft und die Tür geöffnet hatte, sahen sie gerade noch, wie Dr. Alex Swindell von ihrem Bett zurückfuhr und ihre Hand losließ. »Oh, Verzeihung!«, entschuldigte sich Marla.

Der Arzt war verlegener als ein Teenager. »Es … es geht ihr schon viel … schon sehr viel besser«, stammelte er. »Sie ist eine sehr tapfere junge Frau.«

»Ja, das ist sie.« In Marlas Stimme schwang Ironie mit.

»Wow! Ein ganzes Aufgebot!«, staunte Laura. »Ihr wart sicher bei dem Ranger. Ich hab schon gehört, was passiert ist. Geht es ihm denn besser?«

»Er wird heute entlassen.«

»Glück gehabt. Ich muss noch bleiben.«

»Aber du hast doch sicher nichts dagegen?« Marla konnte es nicht lassen.

»Du meinst … wegen Alex? Dr. Swindell?«

»Er ist ein attraktiver Mann.«

»Ja, das ist er.« Lauras Augen leuchteten.

»Ein schönes Weihnachtsgeschenk.«

Lauras Lächeln wurde unsicher. »Alex … der Doktor und ich kennen uns doch kaum. Außerdem hab ich mir geschworen, so schnell nichts mehr mit einem Mann anzufangen. Ich bin noch bedient vom letzten Mal. Da bemühe ich mich nach langer Zeit, mal wieder an das Gute in Männern zu glauben, und prompt gerate ich an einen Heiratsschwindler. Es gibt keine guten Männer!«

»Doch, die gibt es!«, mischte sich Karen ein. »Ich hatte

auch Pech mit meinem ersten und könnte ihn noch heute auf den Mond schießen, aber den Glauben daran, dass auch auf einen verbogenen Topf wie mich ein Deckel passt, habe ich nicht aufgegeben. Auch wenn ich lieber allein mit meinem Sohn bleiben würde, als ihm einen falschen Dad vorzusetzen.« Sie sah, dass Jimmy mit Mike flüsterte und nicht zuhörte. »Sehen Sie sich Russ an, den Ranger ein paar Zimmer weiter, oder Marlas bessere Hälfte: alles gute Männer, und dieser Dr. Swindell sieht auch nicht gerade wie ein Schwindler aus.«

»Das täuscht meistens. Mein Heiratsschwindler sah auch nicht so aus.«

»Der Doc ist okay. Werden Sie bald gesund, Laura!«

Beim Verlassen der Klinik liefen sie Dr. Swindell noch einmal über den Weg. Wenn er so nett war wie sein Doppelgänger in der Fernsehserie, hatte Laura ein Glückslos gezogen. »Ich habe gehört, Sie veranstalten ein Christmas Open Air in Willow Creek. Vielleicht komme ich zur Premiere vorbei.«

»Am Heiligabend um siebzehn Uhr«, klärte ihn Marla auf.

»Macht Laura auch mit?«

»Die ganze Stadt macht irgendwie mit. Zur Generalprobe kommt sogar die *Morning Show.*« Sie legte Karen eine Hand auf die Schultern. »Wir haben nämlich jetzt eine PR-Beraterin. Karen hat den Deal für uns eingefädelt.«

»Dann werden Sie alle berühmt?«

»Zumindest für einen Abend.«

In Willow Creek konnte Jimmy es gar nicht abwarten, nach Skipper zu sehen. Der junge Husky lag noch immer kraftlos vor seiner Hütte. Dana hatte ihn mit Babybrei gefüttert, vermischt mit Haferflocken und zerdrückter Banane, aber es würde wohl noch einen Tag dauern, bis er wieder herumspringen konnte. »Sei vorsichtig beim Fressen!«, ermahnte Jimmy den Husky. »Wenn du wieder auf den Beinen bist, gibt es wieder Lachs und Reis oder was anderes Leckeres.«

Mike mahnte zur Eile. »Wir müssen uns ranhalten, Jimmy, unsere Probe geht gleich los. Mrs Armstrong hat gesagt, wir sollen pünktlich sein.« Ruth Armstrong, die Leiterin des Kirchenchors, hatte schon als Musiklehrerin an einer Highschool in Cantwell auf Disziplin geachtet. »Komm, wir müssen gehen!«

Karen wollte sich die Proben für das Christmas Open Air ansehen, nahm die Einladung zu einem Cappuccino aber nur zu gerne an und setzte sich für ein paar Minuten mit Dana und Marla zusammen. »Sally und der Ranger, Laura und der Arzt … bei euch geht's zu wie in einer Soap«, sagte sie.

»Karen und Matt«, ergänzte Marla lachend.

Karen errötete. »Er hat mich zu einer Hundeschlittenfahrt eingeladen, und ich weiß bis jetzt noch nicht, warum ich zugesagt habe. Ich bin bei Männern noch vorsichtiger als Laura, und auf One-Night-Stands stehe ich gar nicht.«

»Du hast dich verknallt. Ist doch nichts Schlimmes.«

»Das City Girl und der Wildnis-Mann?«

»Besser als ›Die Schöne und das Biest‹.«

»Eigentlich passen wir gar nicht zusammen.«

»Er ist ein Netter. Ein bisschen seltsam vielleicht, aber das sind hier viele. Sieh dir Jerry an. Oder die Witwe. Oder den Santa Claus. Und unsere Hippies …«

Karen blickte Dana an. »Und wen hast du dir ausgesucht?«

»Ich?« Dana biss in einen Schokokeks und kaute eine Weile. »Ich hatte noch mehr Pech mit den Männern als Laura und du. Sobald sie sahen, dass ich humpelte, waren die meisten schon über alle Berge. Ich hatte mich eigentlich darauf eingestellt, den Rest meines Lebens als Single zu verbringen, da lief mir Bill über den Weg. Master Sergeant William Travis von der 213th Space Warning Squadron auf der Clear Airforce Base, um genau zu sein.«

»Und warum sieht man ihn so selten?«

»Bill ist mit seiner Einheit unterwegs. Irgendwo im Norden.«

»Ich bin sehr gespannt«, sagte Karen.

»Und wir sind gespannt, was aus dir und Matt wird.« Dana und Marla kicherten. »Nach deinem Ausflug erwarten wir einen detaillierten Bericht.«

»Das könnte euch so passen«, erwiderte Karen.

13

Die Türen der Kirche standen offen, und aus dem Innern tönte »Silent Night«, als Karen die Main Street erreichte. Rosalind, diesmal wieder in Zivil, und einige Darsteller des Weihnachtsstückes standen vor dem Pioneer Cafe und besprachen die nächsten Szenen. Rosalind saß auf einem original Regiestuhl, das aufgeklappte Drehbuch in den Händen, und schüttelte unwillig den Kopf.

»Wo bleibt denn unser Santa Claus?«, fragte sie. »Geht das schon wieder los! Wir wollen heute wichtige Szenen üben. Weiß jemand, wo er sich rumtreibt?«

Keiner hatte eine Ahnung. Weder Ally, die zur Besprechung aus ihrem Lokal gekommen war, noch Jerry, der ihr heimlich zuzwinkerte, die Kowalskis vor ihrem VW-Bus, die Witwe Bagley oder die zahlreichen Schaulustigen.

»Ich frag mal die Kinder«, rief jemand und lief zur Kirche. Als er wenige Minuten später zurückkehrte, zuckte er enttäuscht mit den Schultern. »Keines der Kinder hat ihn gesehen, und alle haben jetzt Angst, dass Santa Claus dieses Jahr nicht nach Willow Creek kommt und sie keine Geschenke bekommen. Die Kinder können den echten und den falschen Santa Claus nicht so gut auseinanderhalten.«

Rosalind blickte vom Drehbuch auf. »Hilft nichts, dann muss eben Jeremiah wieder ran. »Komm bloß nicht auf die Idee, dich zu verstecken, mein Lieber. So läuft das nicht in Hollywood, da ergreift man so eine Chance, okay?«

»Hollywood?«, wunderten sich einige Leute.

»Willow Creek wird das neue Hollywood«, verkündete Rosalind, »dafür werde ich schon sorgen. ›Little Hollywood in der Wildnis Alaskas‹ … Das klingt nach Ruhm und Erfolg. Sobald das Fernsehen hier war, drehen wir richtig auf! Würde mich nicht wundern, wenn Leo hier mal drehen würde.«

»Leonardo de Caprio? Als Santa Claus?«, fragte Jeremiah O'Rourke.

»Da bist du ja!«, erwiderte Rosalind zufrieden. »Ich dachte schon, die zweite Besetzung hätte sich ebenfalls aus dem Staub gemacht. Also, red keinen Unsinn und hör dir an, was ich zu sagen habe. Es betrifft vor allem dich.«

Er war nicht begeistert. »Kann nicht mal ein anderer einspringen?«

»Du hast einen Bart. Nicht so lang wie Charly, aber immerhin.«

»Und das reicht?«

Rosalind blickte ins Drehbuch. »Von einem roten Licht zum nächsten laufen wirst du ja wohl können. Mehr hast du nämlich nicht zu tun. Okay, ein paar Sätze hab ich dir schon geschrieben: ›»Rudolph! Bist du hier? Hab keine Angst, Rudolph! Ist doch nur ein Piekser! Komm endlich raus, Rudolph!‹«

Sie zitierte ihn nach vorne und hielt ihm das Drehbuch hin. »Die Geschichte läuft so: Rudolphs Nase leuchtet, er ist also immer noch erkältet und soll eine zweite Spritze bekommen. Weil er ein Angsthase ist und Spritzen nicht mag, läuft er davon und versteckt sich. Ich hab einen Jungen mit einer Taschenlampe losgeschickt, die rot leuchtet und anzeigen soll, wo sich das Rentier versteckt hält. Du läufst ihm nach und triffst auf die Witwe vor ihrem Laden und dann auf Ally vor dem Lokal hier. Alles klar soweit, Santa Claus?«

»Und bei Ally bekomme ich einen Cheeseburger spendiert?«

Ally stand nur einige Schritte von ihm entfernt und nickte widerwillig. »Weil du's bist, Jeremiah. Und weil ich Santa Claus nichts abschlagen kann.«

»Okay, du kannst loslegen, Jeremiah.«

»Und das rote Licht?«

»Das denkst du dir, genauso wie deinen Mantel und die Zipfelmütze. Bei der Generalprobe und der Premiere leuchtet vor Bagley's Store ein rotes Licht. Den Job könntest eigentlich du übernehmen, falls Charly kommt.«

»Das wird ja immer besser!«

»Nun geh schon! Action!«

Jeremiah überquerte die Straße und traf die Witwe Bagley vor ihrem Laden. Gegen die Kälte trug sie ihren wattierten Wintermantel und eine Pudelmütze. Sie hatte beide Hände in die Hüften gestemmt und wartete neugierig.

»Rudolph! Bist du hier?«, rief der Alte.

»Rudolph ist nicht bei mir«, antwortete die Witwe Bagley. »Ich lass doch kein Rentier in meinen Laden. Die rote Nase gehört zu mir. Ich bin nämlich auch erkältet, und wenn ich nicht bald einen Kamillentee bekomme, muss ich morgen wohl schließen. Wollen Sie nicht einen mittrinken, Santa Claus?«

»Kamillentee? Ich hab gehört, Sie haben leckere Schokokekse.«

Die Witwe hob warnend einen Finger. »Aber nur einen. Und während ich den Tee aufsetze, erzähle ich Ihnen von Henry, meinem lieben Ehemann, möge seine Seele in Frieden ruhen. Er war ein großartiger Mann und ein wunderbarer Pilot. Sie werden es nicht glauben, unser erstes gemeinsames Weihnachten feierten wir in einem Iglu in den Bergen. Er flog damals noch seine Cessna, eine ziemlich baufällige Mühle, die er gebraucht für einen Apfel und ein Ei gekauft hatte. Und so flog die Kiste leider auch. Wir waren in Nome gewesen, Vorräte für die Bewohner abliefern, und wären rechtzeitig bei unseren Eltern in Fairbanks gewesen, aber dann machte die Bellanca über der Alaska Range schlapp, und wir mussten in einem verschneiten Tal notlanden, dessen Namen ich inzwischen vergessen habe. Es gab kaum Bäume, keine Hütte, und uns blieb nichts anderes übrig, als ein Iglu zu bauen, ein Schneehaus, so wie es die Inuit benutzen, und da saßen wir dann und warteten die ganze Nacht auf den Weihnachtsmann. Aber der kam natürlich nicht. Wäre ihm auch nicht gut bekommen. Sie haben ja am eigenen Leib verspürt, was mit einem Santa Claus passiert, der in der Wildnis notlanden muss. Hätte ich meinen Henry nicht an meiner Seite gehabt … er war wirklich ein toller Ehemann. Ich wollte, Sie wären damals gekommen und hätten ihn kennengelernt. Wir hätten einen heißen Tee zusammen getrunken und Weihnachtslieder gesungen …« Sie seufzte. »Nun ja, manchmal kommt eben alles anders.«

Wie immer redete die Witwe ohne Punkt und Komma. »Aber kommen Sie doch rein, hier ist es doch viel zu kalt!« Sie öffnete die Tür zu ihrem Laden und drehte sich gleich wieder um. »War das richtig so, Rosalind? Sie haben mir gesagt, ich soll drauflos plappern, wie mir der Schnabel gewachsen ist.«

»Das war perfekt, Witwe Bagley. Die Geschichte klingt toll«, lobte Jeremiah.

»Das war keine Geschichte, das war die bittere Wahrheit«, korrigierte ihn die Witwe. »Hab ich Ihnen eigentlich schon erzählt, dass wir es spätnachts mit einem Wolfsrudel zu tun bekamen? Sie haben uns nichts getan, aber ...«

»*Cut! Cut!* Genug!«, rief Rosalind beinahe flehentlich. »Denk immer dran, sobald du deine Geschichte erzählt hast, verschwindest du in deinem Laden.«

»Wie? Das war schon alles?«

»Wie wär's mit einem zweiten Schokokeks?«, fragte Jeremiah.

»Okay, meinetwegen. Hol dir deinen Keks, dann geht es weiter.«

Doch Rosalind hatte die Rechnung ohne einen jungen Störenfried gemacht. Kaum waren Jeremiah und die Witwe im Laden verschwunden, kam er auf die Main Street getorkelt, ein Mann um die Zwanzig, offensichtlich sturzbetrunken, und rief: »Hört endlich mit dem Blödsinn auf! Es gibt nichts zu feiern an Weihnachten! Ist doch alles verlogen! Von wegen, Friede auf Erden! Profit wollt ihr machen, das ist alles! Geld machen mit Santa Claus!«

Rosalind nahm ihm sofort den Wind aus den Segeln: »Erstens: Wir spenden den Gewinn, den wir mit dem Stück machen, für einen guten Zweck. Und zweitens bist du betrunken und gibst ein ziemlich armseliges Bild ab, wenn ich ehrlich sein soll. Wie heißt du überhaupt?«

»Doug … ich heiße Doug.«

»Hast du Probleme, Doug?«

»Ich hab die Nase voll«, schimpfte er. »Von allem! Von meiner Mutter, die mich zum Teufel gejagt hat! Von meinem Chef, der mir gekündigt hat, weil ich angeblich keinen Nagel treffe. Von den verdammten Leuten, die behaupten, ich wär auch nicht besser als die besoffenen Indianer in den Reservaten.«

»Du bist Indianer?«

»Halbindianer … ist das vielleicht ein Verbrechen?«

»Natürlich nicht«, kam Rosalind die Witwe Bagley zu Hilfe. »Hier in Willow Creek hat doch fast jeder Indianerblut in den Adern. Wie wär's mit einem ordentlichen Frühstück? Hacksteaks, Rühreier mit Speck, hab ich alles da.«

Doug wusste anscheinend nicht, wie er sich verhalten sollte. Er schwankte immer noch ein wenig, schien aber wesentlich nüchterner geworden zu sein und erwiderte: »Frühstück … für mich? Ich hab einen Bärenhunger, Ma'am!«

»Und Kaffee, damit du wieder nüchtern wirst.«

»Die Witwe hat ein Herz aus Gold«, hörte Karen jemanden in ihrer Nähe sagen. »Das kommt wahrscheinlich davon, dass sie und ihr Henry keine Kinder haben konnten. Jede andere hätte diesen Rüpel den Troopers übergeben.«

Doug schwankte über die Straße und folgte der Witwe in ihren Laden. Sie schien magische Kräfte zu besitzen und hatte den aufbrausenden Trunkenbold mit ein paar Worten zur Vernunft gebracht. Karen war nahe daran, zu klatschen.

Rosalind ließ sich durch den Zwischenfall nicht aus der

Ruhe bringen und machte ungerührt weiter. »Okay, Jeremiah. Hast du deinen Keks bekommen? Dann kann's ja weitergehen. Jetzt leuchtet das Licht hier am Lokal.«

»Rudolphs rote Nase? Ich sehe nichts.«

»Weil wir proben, Jeremiah! Stell dir vor, sie leuchtet!«

Jeremiah kapierte und kehrte über die Main Street zurück. Sein schleppender Gang passte zu einem Santa Claus, der mit seinem Rentierschlitten notgelandet war, vor Müdigkeit gähnte und nach seinem erkälteten Rentier suchte.

Ally empfing ihn vor dem Eingang zum Pioneer Cafe.

»Ich weiß, dass du hier bist, Rudolph!«, rief Santa Claus. »Komm raus und lass dir noch eine Spritze geben, dann wirst du schneller gesund! Stell dich nicht so an! Ist doch nur ein kleiner Piekser, tut nur ein ganz klein bisschen weh!«

»Jeremiah!«, unterbrach Rosalind ihn. »Halte dich gefälligst ans Drehbuch! So spricht Santa Claus doch nicht mit seinem Lieblings-Rentier. Das Ganze noch mal, und diesmal so, wie's im Drehbuch steht. Rudolph ist dein Freund!«

Jeremiah murmelte etwas in seinen Bart und wiederholte die Szene. »Bist du hier, Rudolph? Ich weiß, dir macht die verteufelte Erkältung zu schaffen. Lass dir eine Spritze geben. Ist nur ein winziger Piekser. Hab keine Angst!«

»Tut mir leid«, sagte Ally. »Rudolph ist nicht mehr hier. Er hat sich einen Cheeseburger geschnappt und ist durch die Hintertür davon. Keine Ahnung, wo er abgeblieben ist. Er wird wohl irgendwo in Ruhe den Burger essen, nehme ich an.«

»Ein Cheeseburger, keine schlechte Idee. Hast du noch einen?«

»Ich denke, du hast es eilig.«

»So viel Zeit muss sein, Sally.«

»Ich bin Ally«, verbesserte sie ihn grinsend. »Okay, weil du's bist. Aber dann suchst du weiter. Wäre doch schade, wenn der arme Rudolph seine rote Nase behalten müsste. Warum hat er denn so große Angst vor Spritzen?«

»Kennst du jemanden, der keine Angst vor Spritzen hat?«

»Nicht wirklich.«

»Außerdem glaube ich, dass er seine rote Nase behalten will. Wäre doch möglich, dass wir wieder in Nebel oder einen Schneesturm kommen, und er uns leuchten muss. An einem Rentierschlitten gibt es keine Nebelleuchten.«

Jeremiah verschwand im Lokal.

»Cut!«, beendete Rosalind die Szene wie eine Hollywood-Regisseurin. Obwohl sie es mit lauter Amateuren zu tun hatte, ging sie vollkommen in ihrer Arbeit auf. »Kurze Kaffeepause, bis Jeremiah seinen Cheeseburger verspeist hat.« Sie blickte Ally an. »Wie sieht's aus? Spendierst du eine Runde?«

Karen blieb auf dem Gehsteig und genoss die frische Luft. Sie war warm genug gekleidet, hatte ihren Schal bis über die Nase gezogen und spürte die Kälte kaum. Es hatte zu schneien begonnen. Durch die Flocken sah sie, wie Doug aus dem Laden der Witwe trat, sich einige Minuten die Beine vertrat und ins Warme zurückkehrte. Anscheinend fühlte er sich wohl bei der alten Dame. Karen fand es bewundernswert, wie sehr sich die Witwe um ihn kümmerte. Ihre mütterliche Art kam offenbar bei ihm an. Oder sie hatte ihn mit ihren Geschichten so mürbe geredet, dass er sich ergeben hatte, dachte sie amüsiert.

Die Kirchentüren öffneten sich, die Kinder kehrten auf die Straße zurück. Die Chorleiterin machte einen zufriedenen Eindruck. »Übt noch ein wenig zu Hause!«, rief sie ihnen nach. »Damit das bei der Generalprobe klappt.«

Karen ging den Kindern entgegen. suchte nach ihrem Sohn, konnte ihn aber nirgendwo entdecken. »Mike!«, rief sie den Sohn des Rangers zu sich heran. »Hast du Jimmy gesehen? War er denn nicht mit euch in der Kirche?«

Mike war überrascht. »Ich dachte, er wäre bei dir. Jimmy wollte Santa Claus suchen und ihn überreden, wieder bei dem Stück mitzumachen. Mit seinem Bart würde er viel besser passen als Jeremiah, der hätte doch keine Ahnung von Weihnachten. Vielleicht wäre Charly sogar der richtige Santa Claus, meinte er. Ich musste ihm sagen, wo er wohnt. Soll ich dich hinführen?«

Karen war ungeduldig geworden. »Du meinst, Jimmy ist bei ihm?«

»Dort wollte er zuerst nachsehen.«

Bis zu der Hütte, in der Charly wohnte, waren es nur ein paar Minuten. Ein schmaler, nur notdürftig geräumter Pfad führte zum Eingang. Die Tür war angelehnt, im Inneren brannte Licht. Karen klopfte, wartete ein paar Sekunden und rief: »Charly! Sind Sie zu Hause?« Als keine Antwort kam, drückte sie die Tür nach innen und blickte in die Hütte. »Ich bin's, Charly. Karen Boyd.«

Aber die Hütte, die aus einem einzigen Raum bestand, war leer. Auf dem Holztisch flackerte eine altmodische Öllampe. In ihrem trüben Schein sahen sie einen leeren Kaffeebecher und einen Teller mit Brotresten. Auf der

Matratze, die wohl als Bett diente, lagen Decken. »Charly! Wo stecken Sie?«

»Vielleicht sind sie in dem alten Schuppen«, sagte Mike. »Er ist nicht weit von hier, da hab ich mich beim Versteckspielen oft verkrochen. Wenn Charly nicht will, dass Rosalind ihn findet, ist er sicher dort. Und Jimmy ist wahrscheinlich bei ihm.«

Noch hatte der Neuschnee nicht alle Spuren zugedeckt, und selbst Karen, im Spurenlesen eher ungeübt, erkannte die Stiefelabdrücke der beiden auf dem Trail. Auch in dem windschiefen Schuppen, etwas abseits der Stadt am Waldrand gelegen, flackerte eine Lampe. Jimmys Stimme war deutlich zu hören.

»Charly! Ich bin's, Jimmys Mutter.« Sie öffnete die Schuppentür und sah Jimmy und den alten Mann um eine umgedrehte Kiste im Stroh sitzen. Einige Wolldecken und eine Kiste mit Flaschen und Dosen verrieten ihr, dass sich Charly öfter in dieses Versteck zurückzog. »Keine Angst, Charly! Ich habe nicht vor, Sie zu den Proben zu holen. Ich wusste nur nicht, wo mein Junge war.« Sie blickte Jimmy an. »Du kannst doch nicht die Proben schwänzen! Mach das nicht wieder, Jimmy, verstanden? Ich hab mir Sorgen gemacht.«

»Er hat mir gesagt, Sie wüssten Bescheid«, sagte Charly.

»Ich hab Mike gesagt, dass ich Santa Claus suchen gehe«, entschuldigte sich ihr Sohn. »Ich wollte ihm doch nur sagen, dass er sich nicht verstecken soll. Wir brauchen ihn doch. Wenn er nicht kommt, gibt's keine Geschenke mehr, und alle Leute haben schlechte Laune, weil sie Weihnachten nicht mehr wie früher feiern können. Er soll den

Weihnachtsmann nicht nur spielen, Mom. Er ist es wirklich! Sieh doch!« Er zog Charly an seinem weißen Bart.

»Du bringst da Einiges durcheinander, Jimmy«, sagte Karen. »Die Geschichte mit dem kranken Rentier hat sich Rosalind ausgedacht. Ein Theaterstück, verstehst du? Und Charly spielt den Santa Claus nur. Mit dem richtigen Weihnachtsmann hat er nichts zu tun. Der kommt mit seinem eigenen Schlitten, und selbst wenn Rudolph wieder krank ist, muss er nicht notlanden.«

»Aber Charly *ist* der richtige Weihnachtsmann«, sagte Jimmy.

»Ich hab ihm gesagt, dass ich nur ein nichtsnutziger alter Mann bin«, betonte Charly, »der nichts in einem Christmas Open Air zu suchen hat. Ich hab mit Weihnachten nichts im Sinn, und bevor ich den Santa Claus spiele, könnte ich genauso gut als Osterhase oder angeschossener Grizzly durchgehen. Weihnachtslieder, bunte Lichter und Girlanden … ist doch alles nur Gefühlsduselei. Ich bin über sechzig Jahre ohne Weihnachten ausgekommen und fange nicht jetzt damit an. Schon gar nicht, solange diese Indianerhexe hinter mir her ist.«

»Das bilden Sie sich doch alles nur ein, Charly!«

»Den Teufel tue ich!« Seine Augen funkelten. »Und ich weiß nicht, warum mir dieser Junge ständig nachläuft und mir weismachen will, dass ich Santa Claus bin, aber selbst wenn ich's wäre, würde ich bei dem Stück nicht mitmachen.«

»Aber warum nicht?«

»Ohne Gage? Ich bin doch kein Wohltäter!«

»Santa Claus schon.«

»Lassen Sie mich in Ruhe! Nehmen Sie Ihren Sohn, und verschwinden Sie! Und sagen Sie Rosalind, dass Sie sich einen anderen Dummen suchen soll.«

»Das meinen Sie nicht wirklich.«

»Und wie ich das meine!« Im Lampenschein erkannte sie, wie seine Augen feucht wurden.

»Überlegen Sie es sich noch mal, Charly! Über eine Gage lässt Rosalind sicher mit sich reden. Geben Sie Ihrem Herzen einen Stoß, okay?«

»Verschwinden Sie!«

Karen blieb nichts anderes übrig, als mit Jimmy und Mike den Schuppen zu verlassen. »Störrischer alter Mann!«, schimpfte sie leise vor sich hin.

14

Beim Frühstück war Jimmy wieder bester Laune. Skipper hatte sich von seinen Magenschmerzen erholt und ihn freudig begrüßt, als er mit dem Futtereimer bei ihm erschienen war. »Jetzt darf er wieder Eintopf fressen, Mom«, sagte er, »den guten mit Lachs und Reis. Er springt wieder rum wie früher.«

»Das freut mich«, erwiderte Karen. Sie hatte bereits mit Marla und Dana ausgemacht, dass Jimmy bei ihnen bleiben würde, solange sie mit Matt unterwegs war. »Heute darfst du den ganzen Tag bei den Huskys bleiben.« Sie blickte ihre neuen Freundinnen an. »Das ist hoffentlich okay?«

»Natürlich.« Dana griff nach einem selbst gebackenen Croissant und tauchte es in ihren Cappuccino. »Marla zeigt ihm alles, was er über die Aufzucht und Pflege von Huskys wissen will.« Sie blickte Marlas Mann an. »Und Derek hat, glaube ich, auch Einiges mit ihm vor. Sag's ihm schon, Derek!«

Derek wandte sich an den Jungen. »Ich möchte, dass ihr mir noch mal Modell steht, du und Skipper. Ich entwerfe gerade einige Skizzen für das Titelbild, und das soll so echt wie möglich aussehen. Am besten ziehst du deinen Anorak dafür an. Wie sich die Pudelmütze macht, finden wir noch heraus.«

»Wow! Das klingt aufregend!«

»Sie machen dem Jungen eine große Freude«, sagte Karen.

»Das mache ich gern. Es macht mir Spaß.«

Sie aßen eine Weile schweigend, zu den Croissants gab es frischen Joghurt mit Früchten, dann fragte Marla: »Wann kommt eigentlich Bill zurück?«

»In ein, zwei Wochen«, antwortete Dana. »Warum?«

»Du gefällst mir besser, wenn er im Lande ist.«

Dana lächelte verlegen. »Mag sein, ich hab mich sehr an ihn gewöhnt. Nichts gegen das Single-Dasein, aber zu zweit lebt es sich besser und glücklicher. Ich könnte mir sogar vorstellen, den Burschen irgendwann … ach, was!«

»Ich dachte, er wäre schon im Lande.«

»Wie kommst du denn darauf?«

Marla lud etwas Rührei auf ihre Gabel. »Laura King wollte mir weismachen, sie hätte ihn vor einigen Tagen in einem Laden in Cantwell gesehen.«

»Dann hätte er doch angerufen. Du glaubst doch nicht …«

»Unsinn!«, sagte Marla. Sie wischte die Bemerkung mit einer Handbewegung weg. »Du kennst doch Laura, die sieht öfter Gespenster. Sie hat wahrscheinlich nur einen Soldaten in Uniform gesehen, und davon gibt es viele.«

Dana schien erleichtert. »Da hast du recht.«

Nach dem Frühstück war Karen gerade dabei, ihren Proviant in den Rucksack zu packen, als die Huskys ein lautes Jaulkonzert anstimmten und Matt Stuart mit seinem Hundeschlitten vorfuhr. Er bremste in ausreichendem Abstand zu den angepflockten Huskys und stieg von den Kufen.

»Viel Spaß!«, wünschte ihr Marla.

»Und mach keinen Unsinn!«, warnte Dana lachend.

Karen umarmte ihren Sohn, wünschte ihm einen tollen Tag mit vielen Abenteuern und ging nach draußen. Sie war nervöser als ein Schulmädchen vor dem ersten Date und spürte, wie sie bei seinem Anblick weiche Knie bekam. Sein kantiges Gesicht, seine dunklen Augen, die vorwitzigen Haarsträhnen, die ihm der Wind in die Stirn geweht hatte, der etwas unsichere Blick, der wohl auch daher rührte, dass Marla und Dana in die offene Tür getreten waren. Er stieg von den Kufen, kam ihr aber nicht entgegen.

»Karen«, sagte er nur.

»Matt … Sie sind pünktlich.«

»Meine Huskys wussten wohl, dass ich verabredet bin.«

Matt hatte ein Lager für sie auf dem Schlitten gebaut, so wie es auch Marla getan hatte, und verstaute ihren Rucksack im Schlittensack. Er winkte Marla, Dana, Derek und Jimmy zu, stieg auf die Kufen und feuerte seine Hunde an. Unter dem eifersüchtigen Geheul der festgepflockten Huskys fuhren sie zur Main Street hinunter. Einige Leute blickten ihnen neugierig nach, als sie durch die Stadt fuhren und über einen der zahlreichen Trails den Bergen entgegenfuhren. Beinahe die Route, die auch Karen und Marla bei ihrer Fahrt genommen hatten.

Matt fuhr langsamer als Marla, vielleicht auch, weil er glaubte, mehr Rücksicht auf sie nehmen zu müssen, und stieg ein paar Mal sogar auf die Bremse. Er trug keine Schutzbrille, ob aus Eitelkeit oder weil er bei diesem Tempo auf sie verzichten konnte, wusste sie nicht, und hatte lediglich seine Stirnlampe über den Kopf gestülpt, um in dem düsteren Zwielicht bessere Sicht zu haben. Der Lichtkegel tanzte über den Schlitten und das Gespann.

Matt sprach erst, als sie weit genug von Willow Creek entfernt und nur noch von Wildnis umgeben waren. »Der Gefleckte an der Spitze heißt Spotty«, sagte er. »Mein Leithund. Nicht besonders originell, der Name, nicht wahr? Aber den hatte er schon, als ich ihn gegen zwei Fallen bei einem Indianer aus den Bergen eingetauscht hab. Vielleicht hatte er auch einen komplizierten indianischen Namen, und der Mann hatte Angst, ich könnte ihn nicht aussprechen.«

»Spotty ist doch schön … und passt zu ihm.«

»Er ist der schlauste Husky, den ich kenne«, erwiderte Matt. »Aber das sagt wohl jeder Musher über seinen Leithund. Die anderen Huskys habe ich von meinen Eltern geerbt.«

»Ein wunderschöner Hund.«

Sie wusste nicht so recht, was sie sonst sagen sollte, aber selbst bei einem so banalen Wortwechsel erfreute sie sich am sanften Klang seiner Stimme und der etwas schüchternen und jungenhaften Art, die sie selbst dann zu spüren glaubte, wenn sie sich nicht nach ihm umdrehte. Sie fühlte sich wohl in seiner Gegenwart, so wohl wie schon lange nicht mehr, und das nicht nur, weil sie ihren Urlaub in Willow Creek verbrachte und sich in die märchenhafte Umgebung verliebt hatte. Matt war nicht der Typ für eine flüchtige Urlaubsbekanntschaft, kein Aufreißer, der auf einen schnellen One-Night-Stand aus war. Und sie hatte alles Mögliche im Sinn gehabt, nur kein Abenteuer mit einem Mann.

Schon nach wenigen Meilen, nahe der Stelle, wo sie sich zum ersten Mal begegnet waren, bog Matt von dem Trail ab, den sie mit Marla gefahren war, und folgte einem vereisten Bach nach Nordwesten. Sie fuhren über einen Jagdtrail, den auch Snowmobilfahrer benutzten, wie man an den Spuren erkannte, bogen dann nach Norden ab und durchquerten einen lichten Mischwald, in dem überhaupt kein Trail mehr zu erkennen war. Die Huskys kannten den Weg und zögerten keinen Augenblick; auffallend gleichmäßig klang das Scharren der Kufen in der eiskalten Luft. Karen hielt sich mit beiden Händen am Schlitten fest und genoss die Fahrt durch die winterliche Natur.

Jenseits des Waldes erreichten sie einen weiteren Pfad, der in zahlreichen Windungen durch ein Felsenlabyrinth in die Ausläufer der Berge führte. Die Bäume wurden seltener, und ab einer bestimmten Höhe gab es überhaupt keinen Wald mehr, nur noch Gestrüpp, das unter dem Neuschnee fast vollkommen verschwand. Der Wind wehte hier böiger und zwang Matt, seine Schutzbrille aufzusetzen. Sie schob ihren Schal über die Nase und senkte den Kopf.

»Sorry«, entschuldigte sich Matt. »Hier oben weht der Wind immer besonders stark. Nur noch ein paar Minuten, dann haben wir es hinter uns.« Er trieb die Huskys an. »Vorwärts, Spotty! Schneller! Raus aus dem Wind, bevor die Lady auf dem Schlitten böse wird. Du weißt doch, was ich Karen zeigen will.«

Kurze Zeit später, nach einer scharfen Biegung, erreichten sie tatsächlich ihr Ziel: eine Verbreiterung des Trails im Windschatten einer schroffen und beinahe senkrecht nach oben ragenden Felswand, die sich dunkel gegen das immer noch trübe Zwielicht abhob. Matt bremste den Schlitten, nahm die Schutzbrille ab und half ihr vom Schlitten. Eine beiläufige Berührung ohne Hintergedanken, die ihr dennoch gefiel und ein Lächeln entlockte. In seiner Verlegenheit ging er nicht darauf ein und führte sie um den Schlitten herum.

»Wow!«, staunte sie.

Jenseits des Trails fiel das Land steil nach Nordwesten ab, ein winterliches Reich wie im Märchen. Das Reich der Eiskönigin, nur urwüchsiger und monumentaler, ein felsiges Paradies, wie sie es bisher nur aus Filmen über den amerikanischen Südwesten kannte, das durch den Schnee aber noch fantastischer wirkte, als würden sie sich auf einem fremden Planeten befinden. Der Wind sang zwischen den Felsen sein melancholisches Lied und wirbelte den Schnee zu Schleiern auf, die im bläulichen Zwielicht zu zerfließen schienen.

»Hier halte ich immer an«, sagte er. Er flüsterte beinahe, als hätte er Angst, die andächtige Stille mit seiner Stimme zu zerstören. »Obwohl ich schon unzählige Male über diesen Trail gefahren bin. Hier fährt sonst kaum jemand, und Urlauber kommen sowieso nicht her. Vielleicht mit dem Buschflieger oder dem Hubschrauber, aber nicht mit dem Hundeschlitten wie wir.«

»Großartig!«, sagte sie. Ihr fiel kein passenderes Wort für den Anblick dieses Zauberreiches ein. Jeder Superlativ wäre zu schwach dafür gewesen. »Ich bin Ihnen sehr dankbar, dass Sie mich auf diesen Trail geführt haben, Matt.«

Er schien erleichtert. »Ich hatte schon Angst, Sie würden sich nichts aus dem Anblick machen. Viele Städter fürchten sich vor der Wildnis, fahren mit dem Bus durch den

Nationalpark und gehen vielleicht wandern, aber in so abgelegene Gegenden verirren sich nur wenige. Ich überlege mir oft, wie die Welt am Schöpfungstag ausgesehen haben muss … vielleicht so wie hier.«

»Bestimmt nicht wie in Anchorage«, räumte Karen ein. »Immer wenn ich aus der Stadt rauskomme, merke ich, dass ich dort eigentlich gar nicht leben möchte. Aber was bleibt mir anderes übrig? Ich muss schließlich Geld verdienen, und PR-Firmen gibt es nur in Städten. Anchorage, Juneau, Valdez …«

»New York, Chicago, L.A.«

»Sie werden lachen, ich habe manchmal sogar daran gedacht, in eine dieser Städte zu ziehen. Um große Karriere zu machen, müsste man eigentlich hin. Ich hatte sogar mal ein Angebot von einer Firma in Los Angeles, da hätte ich PR für Hollywoodfilme machen können, aber ich konnte mich einfach nicht dazu aufraffen, so gern ich meinen Job auch habe. Jimmy wäre todtraurig, wenn wir aus Alaska wegziehen würden. Er liebt die Natur … und Huskys.«

»Ein kluger Junge.«

»Er will Huskyzüchter werden … und Musher.«

»Dann könnte ich ihm Einiges beibringen.«

»Das ist wahr.« Sie griff nach ihrem Fernglas und blickte in die Schlucht hinab. Das leichte Schneetreiben hatte nachgelassen, nur noch wenige Flocken wirbelten durch die Luft. Der Schnee reflektierte die Helligkeit, die sich am Himmel zeigte, und glänzte jungfräulich im schwachen Tageslicht.

Eine Bewegung, die sie zufällig beim Schwenken ihres Fernglases sah, ließ sie zusammenzucken. Eine dunkle Gestalt hob sich gegen den Schnee ab. Eine Gestalt in einem langen schwarzen Mantel, die sich auf Schneeschuhen durch das Felsental bewegte, begleitet von einem kräftigen Hund, der wie ein Wolf aussah. »Die Indianerhexe!«, flüsterte sie entsetzt.

Matt hob sein eigenes Fernglas an die Augen und suchte vergeblich nach der Indianerin. »Ich sehe nichts, Karen. Sie bilden sich das bestimmt nur ein.«

»Sie ist zwischen den Felsen verschwunden.«

»Eine Frau im langen Mantel? Mit einem Wolfshund?«

»Ich hab sie gesehen, Matt. Ehrlich!«

Matt setzte das Fernglas ab und lächelte schwach. »Sie müssen sich getäuscht haben. Ich weiß, was man sich in Willow Creek erzählt. Dass der alte Charly vor einer Indianerin davonläuft, die er vor vielen Jahren im Stich gelassen hat. Die Willow Creek mit einem Fluch belegt hat. Eine Legende, Karen. Eine dieser Schauergeschichten, die an vielen Stellen in Alaska kursieren. Wenn es diese Hexe tatsächlich gäbe, wäre sie mir doch längst über den Weg gelaufen. Und wenn sie sich an Charly rächen wollte, hätte sie längst mit ihm gesprochen.«

»Ich hab sie schon einmal gesehen«, sagte Karen. »Jedenfalls bilde ich mir das ein.« Sie sah Matts zweifelnde Miene und griff sich an die Wollmütze. »Nun ja, vielleicht bilde ich mir die Indianerin ja wirklich ein. Dass es sich um eine Hexe handeln könnte, habe ich Charly sowieso nicht abgenommen.«

Nach einer kurzen Pause fuhren sie weiter. Die Huskys waren froh, endlich weiterlaufen zu können, und legten sich kräftig in die Geschirre. Sie genossen den langen Ausflug noch mehr als Karen und Matt. Inzwischen ging es bergab. Auf einem Trail, der jenseits der Felswand in Serpentinen ins Tal hinabführte, erreichten sie einen zugefrorenen Bach, an dessen Ufer sie durch ein langgestrecktes Tal fuhren, bis sie schließlich in einen Wald kamen. Karen hatte keine Ahnung, wie weit sie vom Highway und der nächsten Siedlung entfernt waren. Sie hatte das Gefühl, sich fernab der Zivilisation in endloser Wildnis zu befinden, in einem Land, das noch nie ein Mensch betreten hatte.

Um die Mittagszeit lagerten sie auf einer windgeschützten Lichtung. Matt nahm sich die Zeit, ein Feuer zu entzünden, und sie setzten sich auf die Ladefläche des Schlittens, natürlich erst, nachdem er seine Huskys mit einigen Leckerli verwöhnt und Spotty freundschaftlich hinter den Ohren gekrault hatte.

Karen gab Matt eins von ihren Sandwiches ab und teilte den Schokoriegel mit ihm, den Dana in ihr Lunchpaket gepackt hatte. Beide tranken heißen Tee aus ihren Thermosflaschen. Die Flammen fraßen sich zischend in die Äste, die Matt in der Umgebung gesammelt hatte. Viel trockenes Holz gab es nicht.

»Wohnen Sie hier in der Nähe?«, fragte Karen.

»Ungefähr eine Stunde von hier«, antwortete er.

»Dann haben Sie es aber ziemlich weit nach Willow Creek. Fühlen Sie sich denn nicht einsam in Ihrer Hütte? Was tun Sie, wenn Sie nicht gerade auf der Jagd oder mit Ihren Fallen unterwegs sind? Vermissen Sie denn nichts?«

»Ich hab alles, was ich brauche. Zu essen, zu trinken, meine Bücher. Die meisten Leute lachen, wenn ich ihnen erzähle, dass ich viel lese; sie halten mich für einen seltsamen Waldschrat, der wie ein Fallensteller vor hundert Jahren lebt. Aber ich mag Romane mit Happy End.« Er lachte. »Manche würden vielleicht sagen, ich hab was für Schnulzen übrig. Warum auch nicht?«

»Liebesgeschichten? Die eigentlich nur Frauen kaufen?«

»Deswegen bin ich noch lange kein Weichei.«

»Das hat auch niemand behauptet«, sagte sie, immer noch verwundert. Alles hätte sie ihm zugetraut, nur nicht die Lektüre von Liebesromanen. »Ich mag harte Krimis. Auch nicht gerade damenhaft, wenn ich's mir überlege, aber ich habe auch nie behauptet, dass ich eine Lady bin. Im Job vielleicht, aber sonst?« Sie erwiderte sein Lachen. »Kein Fernsehen? Kein Computer?«

»Brauche ich nicht.«

»Und andere Menschen? Wird man so allein nicht trübsinnig?«

»Manchmal schon. Dann spiel ich auf meiner Gitarre.«

»Sie spielen Gitarre?« Sie hob überrascht die Augenbrauen.

»Drei Akkorde, die reichen für die meisten Countrysongs.«

»Niemand, der Ihnen zuhört?«

»Meine Huskys und ein paar Elche vielleicht«, sagte er. »Von den Menschen halte ich mich fern, abgesehen von meinen Besuchen in Willow Creek und ...« Er wagte nicht, ihr in die Augen zu blicken. »Und seitdem ich Sie kenne.«

»Ich fühle mich sehr geehrt. Ich mag Sie sehr, Matt.«

»Ich ... ich bin es nicht gewohnt, mit einer Frau allein zu sein. Ich weiß, das klingt töricht für einen ausgewachsenen Mann, aber … aber bisher war ich zufrieden damit, mich in meiner Hütte zu verkriechen, und bin den Frauen immer aus dem Weg gegangen. Ich weiß nicht mal mehr, was ich sagen soll.«

Karen glaubte, er suche nach einem Weg, ihr seine Zuneigung zu gestehen, und wollte ihm schon eine Hand auf die Schulter legen und ihn ermutigen, als er aufstand und aus dem Lichtschein des Feuers lief. »Matt!«, rief sie sanft.

Matt blieb mit dem Rücken zu ihr stehen und starrte in die Ferne. Es dauerte eine ganze Weile, bis er reagierte. »Tut mir leid«, sagte er, ohne sich nach ihr umzudrehen. »Ich kann mir vorstellen, wie mein Benehmen auf Sie wirken muss. Wahrscheinlich würden Sie am liebsten in die Stadt zurückfahren.«

»Sie bedrückt doch etwas«, erkannte sie.

»Ich hab bisher noch mit niemandem darüber gesprochen und weiß auch nicht, warum ich mit Ihnen darüber rede. Vielleicht, weil ich glaube, endlich jemanden gefunden zu haben, der mich versteht. Ich weiß, wir kennen uns kaum, und ich hab auch keine Ahnung, was mich treibt, aber irgendwie sind Sie mir vertrauter als alle anderen Menschen, die ich bisher getroffen habe.«

»Ich bin eine gute Zuhörerin, Matt.«

»Ich kam vor fünf Jahren in diese Gegend, und die Leute in Willow Creek hielten mich für einen dieser verrückten Fallensteller, die wie einst im Wilden Westen durch die Wälder streifen und ihre Fallen auslegen. Aber bis vor fünf Jahren war die Fallenstellerei nur ein Hobby. Ich war bei einem Sägewerk angestellt und lebte mit meiner Frau und meiner kleinen Tochter in Seward.«

Karen spürte, dass er im Begriff war, ihr eine Tragödie zu schildern. Obwohl sie sein Gesicht nicht sehen konnte, glaubte sie zu wissen, dass er Tränen in den Augen hatte. Sie wartete geduldig, bis er sich wieder in der Gewalt hatte und ihr erzählte, was mit seiner Frau und seinem Kind geschehen war.

Ein Geräusch ließ sie herumfahren. Hinter ihnen trat eine Indianerin in einem langen Mantel aus dem Wald. Ihr Wolfshund begann wütend zu bellen.

15

Die Huskys sprangen auf und zerrten so heftig an ihren Geschirren, dass sie beinahe den Anker aus dem Schnee gerissen hätten. Fauchend und mit gefletschten Zähnen rannte der Wolfshund auf Matt zu. Karen war vor Schreck erstarrt und unfähig, irgendetwas zu unternehmen. Sie brachte es nicht einmal fertig, einen Schrei auszustoßen. Verzweifelte Panik ergriff sie.

Doch Matt ließ sich nicht einschüchtern. Mit ausgestreckten Armen, die Handflächen nach außen, empfing er den Wolfshund, einen rhythmischen Singsang auf den Lippen, der an indianische Laute erinnerte. Immer lauter sang er, mit Worten, die den Wolfshund zu beschwichtigen schienen, sodass er seinen Angriff abbrach. Er blieb stehen und blickte Matt an, zuerst misstrauisch, dann nur noch verwundert, und trat zögernd ein paar Schritte nach vorn.

Staunend beobachtete Karen, wie Matt den Hund berührte und sogar sanft unter dem Kinn kraulte, als hätte er einen zutraulichen Schoßhund vor sich. Sogar die Huskys schienen seine Worte gehört zu haben und wurden leiser.

»*Drin Gwiinzih*«, sagte die Indianerin.

»*Drin Gwiinzih*«, erwiderte Matt.

Karen verstand kein Wort, nahm aber an, dass es »Guten Tag« oder »Hallo« hieß. Es überraschte sie nicht, dass Matt die Sprache der Indianer verstand. In den Wäldern hatte er sicher mehr Indianer als Weiße getroffen.

Die Hexe, dachte sie, *ich hatte also doch recht.*

Dabei sah die Frau gar nicht wie eine Hexe aus. Ihr Mantel war teilweise zerrissen, und ihre Stiefel hatten sicher schon bessere Tage gesehen, aber ihre dunklen Augen waren frei von Hass und Rachsucht, ihre Lippen voll wie bei einer jungen Frau, und die vielen Tage im Freien hatten weniger Spuren hinterlassen, als man einer vermuten konnte. Sie musste um die Fünfzig sein, vielleicht etwas älter, wenn man sich ihre abgearbeiteten Hände genauer ansah. Unter ihrer Pelzmütze floss schwarzes Haar bis über ihre Schultern.

Sie rief ihren Wolfshund zurück und legte eine Hand auf seinen Rücken. »Ich bin Dolly«, sagte sie. Ihre Stimme klang rau, als wäre sie erkältet. »Ich bin müde vom vielen Wandern und möchte mich zu Ihnen setzen.« Ihr Englisch war korrekt und akzentfrei. »Mein Hund wird Ihnen nichts tun.«

Matt nahm eine Wolldecke vom Schlitten und legte sie auf einen Felsbrocken. »Ich bin Matt Stuart. Ich wohne eine Stunde von hier und arbeite als Fallensteller. Das ist Karen. Sie verbringt ihren Urlaub in Willow Springs.«

»Ich weiß, wer Sie sind«, erwiderte Dolly.

»Und ich habe Sie schon gesehen«, sagte Karen.

Dolly zog ihre Handschuhe aus. Sie kramte einen Beutel mit Rauchzeug aus ihrer Manteltasche und begann, sich eine Zigarette zu drehen. Trotz der Kälte zitterten ihre Hände nicht. »Ich weiß, was die Leute über mich erzählen«, sagte sie ruhig. »Dass ich eine Hexe wäre und Charly in den Wahnsinn treiben würde. Dass ich ganz Willow Creek verflucht hätte. Aber das stimmt nicht. Ich bin keine

Hexe. Ich bin eine Vuntut Gwichin aus einem Dorf am Porcupine River. So nennen wir uns selbst. Die Weißen sagen ›Athabasken‹ zu uns, egal, aus welchem Dorf wir kommen. Die Ältesten haben mich aus dem Stamm verbannt, weil es heißt, ich hätte Unglück über mein Dorf gebracht.«

Karen hatte jegliche Angst vor der vermeintlichen Hexe verloren. Die Frau benahm sich nicht wie eine Hexe, wirkte eher gebildet und sprach so ruhig, als würde sie über ein belangloses Thema sprechen. Warum sie ausgerechnet zu Matt und ihr gekommen war und warum sie überhaupt ihr Herz ausschütten wollte, vermochte Karen nicht zu erkennen. »Was wollen Sie uns sagen, Dolly?«

»Es geschah vor ungefähr zwanzig Jahren«, fuhr Dolly fort, ohne direkt auf ihre Frage einzugehen. »Ich war beim Beerensammeln am Yukon River und sah Charly in seinem Kanu über den Fluss paddeln. Charly Walton, einen Fallensteller. Sein Kanu hatte ein Loch, und er musste es an Land ziehen und reparieren. Ich half ihm dabei. Er gehörte zu den wenigen Weißen, die uns Indianer respektvoll behandeln. Zu der Zeit war das noch schlimmer als heute. Obwohl ich damals noch kein Englisch sprach, haben wir uns irgendwie unterhalten, und weil wir uns mochten, blieb er bei uns im Dorf, und wir heirateten. Alles war gut. Wir liebten uns, und auch die Männer des Dorfes mochten ihn. Er war ein guter Jäger. Bis er eine Flasche Whiskey von einem seiner Jagdausflüge mitbrachte, und eines der Kinder davon trank. Es starb wenige Tage darauf. Niemand konnte sagen, ob der Alkohol schuld war, aber die Männer machten Charly dafür verantwortlich, und er konnte froh sein, ohne Strafe davonzukommen. Als ich sein Kind zur Welt brachte, glaubten viele Bewohner, es wäre von den bösen Geistern besessen, die er gerufen hatte, und verbannten mich ebenfalls. Ich machte mir nicht die Mühe, nach ihm zu suchen. Er hatte längst genug von mir, und es hätte sowieso nicht geklappt. Ich zog mit meinem Sohn nach Nome und begann dort ein neues Leben.«

Matt war ebenso überrascht wie Karen. »Und jetzt sind Sie hier, um sich an Ihrem Mann zu rächen? Für das Unglück, das er über Sie und Ihren Stamm gebracht hat? Warum haben Sie so lange gewartet? Ich hätte verstanden, wenn Sie gleich auf ihn losgegangen wären, aber nach zwanzig Jahren? Sie waren ihm doch dicht auf den Fersen. Warum haben Sie ihn verschont?«

»Ich war oft kurz davor«, sagte Dolly, »war etliche Male so dicht bei ihm, dass er meinen Atem hätte spüren müssen. Aber ich brachte es nicht fertig, ihm etwas anzutun. Ich bin keine Kriegerin. Ich will niemanden töten.«

»Sie haben viele Menschen erschreckt, nicht nur Charly.«

»Das weiß ich, und ich muss zugeben, ich hatte manchmal sogar Freude daran. Die Weißen haben uns großes Unrecht angetan. Sie haben uns um unser Land betrogen, sie haben Wälder abgeholzt, Gold aus der Erde gegraben und das Öl, das sie unter unserer Erde gefunden haben, durch Pipelines bis nach Valdez an die Küste gepumpt. Sie wollen uns vorschreiben, wo wir wohnen und wann wir jagen und fischen dürfen. Sie haben verdient, dass ihnen eine indianische Hexe erscheint und sie bis in ihre Träume verfolgt.«

»So wie bei Charly?«

»Er hätte noch was ganz anderes verdient! Am liebsten

hätte ich meinen Wolfshund auf ihn gehetzt und ihn in Stücke reißen lassen.« Sie seufzte leise. »Aber seit jenen Tagen in unserem Dorf sind zu viele Jahre vergangen.«

»Sie lieben ihn noch?« Dolly beantwortete die Frage nicht, aber ihr Blick sagte mehr als tausend Worte. »Nach allem, was er Ihnen angetan hat?«

Dolly hatte ihre Zigarette fertig gerollt und entzündete sie mit einem Billigfeuerzeug. Den Rauch sog sie tief in die Lungen; ein ungewohnter Anblick für Karen, in ihrer Firma rauchte nur noch der Chef, und auch nur Zigarren.

»Warum sprechen Sie ausgerechnet mit uns darüber?«, fragte Matt. »Und warum haben Sie so lange geschwiegen? Karen und ich, wir sind beide weiß. Haben Sie keine Verwandten oder Freunde, an die Sie sich wenden können?«

Dolly blickte in den Rauch, der von ihrer Zigarette aufstieg. »Ich habe es mehrfach versucht. Schon vor vielen Jahren wollte ich mit meinen Eltern darüber reden, doch dann starb meine Mutter, und mein Vater zeigte mit dem Finger auf mich. Die bösen Geister, die ich beschworen hätte, wären schuld. Meine Freunde hatten sich schon früher von mir abgewandt, und wenn es welche gab, die mich noch mochten, durften sie es nicht zeigen. Ich war heimatlos. Mir blieb nichts anderes übrig, als ziellos durch die Wälder zu wandern. Und so wurde ich zur Legende. Zu einer Hexe, die es auf den Vater ihres Sohnes abgesehen hat und eine ganze Stadt verflucht. Es gab keinen mehr, dem ich mich anvertrauen konnte. Es gab keine Zukunft mehr für mich.«

»Und jetzt beichten Sie uns?«

Dolly zog an ihrer Zigarette und blies den Rauch in die

Luft. »Ich hatte einen Traum«, sagte sie. »Träume haben eine große Bedeutung bei unserem Volk, wir nennen sie auch ›zweite Wahrheit‹. In meinem Traum habe ich eine weiße Frau und einen weißen Mann gesehen, die meinen Weg kreuzen und anders sind als andere Weiße. Das klingt wie indianischer Zauber …« Sie erlaubte sich ein schwaches Lächeln. »… und vielleicht war ich auch nur zu müde vom vielen Wandern und wollte keine rachsüchtige Hexe mehr sein.«

»Warum haben Sie so lange gewartet? Zwanzig Jahre?«

»Anfangs wollte ich nur vergessen«, antwortete Dolly. »In Nome kam ich bei einem Pfarrer unter. Ich führte den Haushalt für ihn, und er sorgte für mich und meinen Sohn. Von ihm habe ich auch Englisch gelernt. Wir hatten ein Zimmer, genug zu essen und sogar ein bisschen Geld. In Nome waren damals viele Inuit dem Alkohol verfallen, und es gab Männer, die mich damit gefügig machen wollten, doch ich ließ mich nicht darauf ein. Ich war mit meinem neuen Leben zufrieden und wollte es nicht leichtfertig aufs Spiel setzen.« Sie vermied es, Karen und Matt anzublicken. »Bis zu jenem Tag im Sommer.«

Weder Karen noch Matt drängten die Indianerin.

»In den vielen Jahren, die ich bei ihm war, hatte mich der Pfarrer gelehrt, wie hinterlistig und gemein der Teufel sein kann. Leder verriet er mir nicht, dass er auch selbst von ihm befallen war. Als mein Sohn ungefähr acht war, erwischte ich den Pfarrer, wie er sich an ihm vergriff. Es war …« Sie drückte ihre Zigarette auf dem Felsbrocken aus und blickte minutenlang ins Leere. »Es war furchtbar. Wir verließen ihn noch am selben Tag, und ich schlug mich jahrelang mit Gelegenheitsarbeiten durch. Als Wäscherin, Näherin, Haushälterin und in Jobs, über die ich nicht reden möchte. Ich tat alles für meinen Sohn, doch er war schwächer als ich und verfiel dem Alkohol. Er verließ mich wenige Jahre später und geriet auf die schiefe Bahn. Erst vor Kurzem habe ich ihn wiedergefunden. Er treibt sich hier in der Nähe herum.«

»Er heißt Doug, nicht wahr?«, riet Karen.

»Sie haben ihn getroffen?« Dolly zog ihre Handschuhe an. »Dann wissen Sie, was aus ihm geworden ist. Auch ich habe mit ihm gesprochen. Ich wollte, dass er sich besinnt und den Alkohol sein lässt, aber er hat mich nur beschimpft und sagte, die Leute hätten recht, ich wäre eine verdammte Hexe.«

»Sie sind keine Hexe«, erwiderte Karen, »und vielleicht gibt es ja doch eine Zukunft für Sie und Ihren Sohn. Ich kenne freundliche Menschen in Willow Creek, die Ihnen sicher helfen würden, wieder auf die Beine zu kommen. An Weihnachten führen die Bewohner ein Theaterstück auf der Main Street auf. Warum kommen Sie nicht, und ich stelle Sie den Leuten vor? Sie können doch nicht Ihr ganzes Leben als grimmige Hexe durch die Wildnis laufen!«

Dolly reagierte nicht auf ihren versöhnlichen Vorschlag. »Weihnachten? Ich feiere kein Weihnachten. Die bunten Lichter, die Weihnachtslieder, das ganze Getue vom ›Frieden auf Erden‹, das ist doch alles nur Zuckerguss, der die bittere Wahrheit verdecken soll.« Sie stand auf und gab ihrem Wolfshund ein Zeichen. »Vielleicht war es doch falsch, meinen Träumen zu vertrauen und zu Ihnen zu kommen.« Sie blickte verächtlich auf sie herab. »Ein weißer Fallensteller, der in unseren Jagdgründen räubert, und eine weiße Frau aus der Stadt. Ich brauche Sie nicht. Ich brauche überhaupt niemanden. Und an Weihnachten werde ich das tun, was ich seit vielen Jahren tue: in der Wildnis an einem Feuer sitzen und mich an meine wenigen guten Jahre erinnern.«

»Seien sie nicht so streng mit sich, Dolly!«, rief Karen.

Aber die Indianerin war schon aufgestanden und verschwand mit ihrem Wolfshund zwischen den Bäumen. So plötzlich, wie sie auf der Lichtung erschienen war, tauchte sie im Halbdunkel des Waldes unter. Die Huskys verabschiedeten sie mit ihrem Jaulen, bis sie keine Witterung mehr wahrnahmen.

»Eine seltsame Frau«, sagte Karen.

»Wie so viele Menschen, die in der Wildnis leben«, erwiderte Matt.

»So wie Sie, Matt?«

Matt blieb ihr die Antwort schuldig. »Wir sollten auch aufbrechen. Es ist schon Mittag, und ich würde Ihnen gern noch etwas zeigen. Ein verstecktes Tal, nicht weit von hier. Die Indianer nennen es das ›Tal der singenden Winde‹. Was es damit auf sich hat, merken Sie, wenn wir dort sind. Einverstanden?«

»Das klingt spannend«, antwortete sie. Jetzt war nicht die Zeit, um weiter über seine persönlichen Probleme zu sprechen. Er würde selbst entscheiden, wann es soweit war.

Wenige Minuten später waren sie wieder unterwegs. In den Decken auf der Ladefläche war sie hautnah dabei, als sich die Huskys in die Geschirre stemmten und den Schlitten über den Trail zogen. Im Schnee gab es keine anderen Spuren. Sie waren allein in der Wildnis, meilenweit von den Menschen und der Zivilisation entfernt. Das einzige Lebewesen, das sie erblickten, war ein Fuchs, der beim Anblick der Huskys gleich wieder davonrannte.

Das »Tal der singenden Winde« lag in den östlichen Ausläufern des Sugar Loaf Mountain, jenseits einiger schroffer Hügel, die es selbst langjährigen Mushern erschwerten, das Tal zu erreichen. Der Trail wand sich in steilen Serpentinen durch die Felsen, bis er ganz verschwand und man sich auf den Instinkt seiner Huskys und seine eigene Erfahrung verlassen musste, um nicht mit den Kufen gegen ein Hindernis zu prallen. Matt meisterte die Anfahrt mit Bravour und hielt auf einem Felsvorsprung oberhalb des Tales die Huskys an.

Nachdem er den Schlitten gesichert hatte, stieg er von den Kufen und half Karen vom Schlitten. »Das Tal der singenden Winde«, verkündete er so stolz, als hätte er es selbst entdeckt. Tatsächlich kannten dieses Naturwunder nur wenige Weiße. Bei den Indianern war es längst zur Legende geworden.

Karen zog den Schal vom Gesicht und blickte in das Tal hinab. Die Aussicht war nicht so spektakulär wie am Morgen, ein Durchfluss des Moody River zwischen steilen und teilweise zerklüfteten Felswänden, die nur wenig Licht durchließen, aber sie verstand schon bald, was es mit dem geheimnisvollen Namen des Tales auf sich hatte. Der Wind sang in den Felsen, er sang tatsächlich, ein melancholisches Lied, das zu der Stimmung im Halbdunkel passte und sich in den verwinkelten Felsen verfing. Die Geister verstorbener Indianer, die sich aus dem Jenseits meldeten? Sie konnte sich gut vorstellen, welche Bilder der Singsang bei den Indianern vor mehr als hundert Jahren geweckt haben musste. Solche Laute konnte kein Instrument hervorzaubern.

»Hören Sie es?«, fragte Matt.

»Faszinierend, würde Spock sagen.«

»Spock?«

Karen lächelte. »Der Außerirdische mit den spitzen Ohren aus ›Star Trek‹. Das sagte er, wenn er etwas erstaunlich fand. Seine Spezies hielt nicht viel von Emotionen, und wenn er es sagte, war das schon beinahe euphorisch.«

»*Aldzoo*. Ich tanze. Das habe ich einen Indianer sagen hören.«

Karen ließ die gespenstische Kulisse des Tals und den melancholischen Gesang des Windes lange auf sich wirken. Die geflüsterten Lieder kamen ihr wie ein Gegenentwurf zum Verkehrslärm in Anchorage vor, zur Hektik ihres täglichen Lebens in der Großstadt. Unwillkürlich verglich sie die Männer, die sie in Anchorage kennengelernt hatte, mit Matt. Um wie viel ruhiger und ausgeglichener wirkte er doch, selbst in außergewöhnlichen Situationen wie der Begegnung mit der angeblichen Indianerhexe. Ihre Firma hatte einmal Workshops angeboten, in denen man diese Ausgeglichenheit angeblich lernte.

Hier draußen spürte sie, dass man sich dieses Gefühl nicht in einem Kurs aneignen konnte. »Entschleunigung« war nichts weiter als ein Modewort, begriff sie, das bedeutungslos blieb, solange man dem täglichen Wahnsinn nicht wirklich den Rücken gekehrt hatte. So wie Matt und sicher noch andere Menschen, die sich der Zivilisation zumindest teilweise entzogen und Umsatz und Profit nicht als allein glücklich machende Errungenschaften betrachteten. Sie lebte zu lange in der Stadt, um sich ganz davon lösen zu können. Für ein paar Monate vielleicht oder auch ein ganzes Jahr, aber nicht für immer. Du darfst dich nicht mit ihm einlassen, warnte eine innere Stimme sie, *du könntest deinen Job nicht aufgeben und hier draußen leben. Das kann niemals gutgehen, Karen!*

Und doch spürte sie, wie sie leicht erschauerte, als er sie an der Schulter berührte. Wahrscheinlich nur, um sie zum Aufbruch zu bewegen und zum Schlitten zurückzuführen, frei von Hintergedanken und so schüchtern wie jemand, der es nicht mehr gewohnt war, mit einer begehrenswerten Frau allein zu sein. Sie zögerten beide, als sich ihre Augen trafen, und einen Sekundenbruchteil lang sah es so aus, als würde er sie oder sie ihn küssen, doch der Moment verging, und sie kehrten zum Schlitten zurück. Dort blieben sie erneut stehen, und weder setzte sie sich auf die Ladefläche noch stieg er auf die Kufen.

»Karen«, sagte er.

Sie blieben stehen, die Hände auf den Oberarmen des anderen, sodass keiner merkte, wer die Initiative ergriff. Es passierte einfach. Ihre Lippen trafen sich zu einem zärtlichen Kuss, den sie beide gar nicht so richtig spürten, weil ihre Lippen kalt waren und der Wind ihnen ins Gesicht blies. Dennoch lächelten sie, denn beide hatten diesen Kuss herbeigesehnt. Vergessen alle Vorbehalte, alles Zögern, die Angst vor einer Liebe, die keine Erfüllung finden konnte. Nur der Augenblick zählte. Dieses unbeschreibliche Gefühl, einen Menschen gefunden zu haben, der einem das Gefühl gab, das auszufüllen, nach dem man, vielleicht ohne es zu wissen, die ganze Zeit gesucht hatte.

»Matt!«, sagte sie, immer noch in seinen Armen.

»Ich weiß nicht, was ich sagen soll, Karen.«

»Gar nichts. Halt mich einfach fest!«

Sie küssten sich erneut und lösten sich erst voneinander, als ein kühler Windstoß zwischen sie fuhr. Matt blickte besorgt zum Himmel und sah dunkle Wolken über dem Tal aufziehen. »Wir müssen weiter!«, drängte er nervös.

16

»Sieht nach einem Blizzard aus«, sagte Matt. »Die kommen ziemlich plötzlich in diesen Bergen. Bis nach Willow Creek bräuchten wir über zwei Stunden. Wir fahren besser zu meiner Hütte, die liegt nur ein paar Meilen von hier entfernt.« Er half ihr auf den Schlitten und packte sie in Wolldecken. »Alles andere wäre viel zu riskant. Natürlich nur, wenn du nichts dagegen hast.«

»Hast du Cappuccino zu Hause?«, fragte sie lächelnd.

»Das nicht, aber heißen Tee mit Honig.«

»Auch gut. Alles besser, als hier draußen zu erfrieren.«

Ihre flapsigen Antworten täuschten nicht über ihre Nervosität hinweg. Sie hatte schon einige Schneestürme erlebt, aber das war in der Stadt gewesen, wo man schnell zu Hause oder in einem warmen Restaurant oder Laden war. Hier draußen konnte so ein Blizzard viel Unheil anrichten und auch Menschen gefährlich werden, wenn sie nicht schnell genug einen Unterschlupf fanden. Sie konnte von Glück sagen, mit einem so erfahrenen Musher wie Matt unterwegs zu sein.

Mit beiden Händen klammerte sie sich an den Schlitten, als er auf die Kufen stieg. Die Huskys waren längst munter und witterten ebenfalls die Gefahr, rannten schon los, bevor Matt sie anfeuerte. »Vorwärts! Lauft! Wir haben es eilig, Spotty! Warum muss dieser Blizzard auch ausgerechnet heute kommen!« So schnell, dass sie in jeder Kurve befürchtete, vom Schlitten zu fallen, trieb er die Huskys ins Tal hinab, und auch die Hunde ließen erkennen, dass Gefahr drohte. Sie stemmten sich mit aller Macht in die Geschirre und machten den Eindruck, als könnte sie nicht mal ein ausgewachsener Elch aufhalten.

Auf dem Grund des Tales erreichten sie den Trail, der am Ufer des Moody Creek entlang nach Südosten führte. Vereinzelte Schwarzfichten ragten aus dem Schnee und schienen unter der schweren Schneelast auf ihren Ästen zu stöhnen. Der schmale Fluss war von einer Eisschicht bedeckt, die teilweise aufgebrochen war und den Blick auf das Wasser freigab. Ein bleifarbener Himmel wölbte sich über dem Tal und schien bei jedem Blick, den sie nach oben richtete, noch dunkler zu werden. Die Kufen scharrten über Schnee und Eis.

»Lauft! Lauft! Nicht nachlassen, Spotty!« Obwohl die Huskys so schnell liefen, dass es den Schlitten bei jedem Hindernis vom Boden hob, feuerte Matt sie immer wieder an. Karen drehte sich besorgt zu ihm um und sah, wie er nervös zum Himmel blickte. Der Blizzard konnte jeden Augenblick losbrechen, schätzte sie, und er hatte Angst, es nicht mehr bis zur Hütte zu schaffen. »Halt dich gut fest!«, versuchte er, sie zu beruhigen. »Wir haben es nicht mehr weit!« Er erhob seine Stimme. »Habt ihr gehört, Spotty? Wir sind gleich da!«

Ein heftiger Windstoß fegte vom nahen Dora Peak herab und drängte den Schlitten aus der Spur. Matt verlagerte sein Gewicht und lenkte ihn zurück. Überall wirbelten plötzlich Schneeflocken. »Beeil dich, Spotty! Es geht los!«

Eine Warnung, auf die sein Leithund nicht angewiesen

war. Mit seinem sechsten Sinn hatte er längst gespürt, wie nahe ihnen der Blizzard schon war. Durch seine Körpersprache zeigte er den anderen Hunden, dass es jetzt auch auf sie ankam. Die Huskys reagierten, wie man es von einem eingespielten Team erwarten konnte. Keiner jaulte oder bellte, alle waren voll konzentriert und taten das, was sie am besten konnten. Die Schwergewichte vor dem Schlitten zogen noch kräftiger, die anderen sorgten dafür, dass sie in der Spur blieben, und nahmen das Tempo auf, das Spotty ihnen vorgab. Es lag in ihrer Natur, die Gefahren der winterlichen Wildnis frühzeitig zu erkennen und ihnen aus dem Weg zu gehen. Denn selbst die Huskys, die auch gegen einen stürmischen Blizzard gewappnet waren, gerieten ernsthaft in Gefahr, falls der Schlitten umkippte und sie sich mit ihren Leinen in den Bäumen verhakten.

Karen hatte längst die Schutzbrille angelegt, die Matt ihr gegeben hatte, und ihren Schal bis über die Nase gezogen. Dennoch spürte sie den Schnee auf ihrem Gesicht, als der Wind stärker wurde und mit bedrohlicher Wucht von den Hängen herabfuhr. Mit ihm kam eisige Kälte, die selbst durch ihre gefütterte Winterkleidung bis auf die Haut drang. Der Flockenwirbel war inzwischen so dicht, dass sie Spotty überhaupt nicht mehr und die Hunde direkt vor dem Schlitten nur als dunkle Schatten wahrnahm. Wie sich Matt in diesem Sturm orientieren konnte, was ihr ein Rätsel, aber sie erkannte auch, wie zielsicher die Huskys auf dem Trail blieben und genau zu wissen schienen, in welche Richtung sie laufen mussten. »Wie weit noch?«, rief sie.

Matt hörte sie nicht, dazu war der Blizzard viel zu laut. Das Dröhnen des Windes erstickte jedes andere Geräusch.

Matt stand leicht geduckt auf den Kufen, rief irgendetwas in den Wind, was Karen nicht verstand, und hatte alle Hände voll zu tun, als er einem abgebrochenen Ast ausweichen musste. Dann wurden die Hunde langsamer, und aus dem Flockenwirbel tauchte die Hütte des Fallenstellers auf. Eine einfache Blockhütte, solide gebaut und so weit vom Ufer entfernt, dass ihr der Fluss auch bei Hochwasser nichts anhaben konnte. Der Schuppen und die wegen der wilden Tiere auf Stelzen gebaute Vorratskammer waren in dem Schneesturm kaum zu erkennen. Einige Felsen und Bäume, die dahinter emporragten, schützten sie gegen Wind und Wetter.

»Whoaa! Whoaa!« Matt bremste so plötzlich, dass Karen beinahe von der Ladefläche fiel. Sie schälte sich aus den Decken, wollte ihm beim Ausspannen der Huskys helfen, gehorchte aber, als er ihr zurief, sie solle sofort in die Hütte gehen. Sie musste sich mit ihrer ganzen Kraft gegen den Wind stemmen, um nicht umgerissen zu werden, und betrat die Hütte. Durch das einzige Fenster beobachtete sie, wie er den Schlitten in den Windschatten der Hütte stellte und die Hunde sich im Schnee einrollten. Wie alle Huskys fühlten sie sich in einem solchen Wetter im wahrsten Sinne des Wortes pudelwohl: Die Kälte machte ihnen nichts aus.

Matt kam in die Hütte, legte den Schlittensack auf den Boden neben der Tür und klopfte sich den Schnee aus den Kleidern. »Das ist gerade noch mal gutgegangen«, sagte er erleichtert. »Sieht so aus, als hätten wir es mit einem besonders gemeinen Sturm zu tun.« Er zog die Handschuhe aus. »Tut mir leid, das konnte ich nicht ahnen. Diese Blizzards sind manchmal unberechenbar.«

»Die Huskys haben sich wacker gehalten«, sagte sie. »Und du auch.«

»Ist nicht unser erster Blizzard.« Er ging zu dem altmodischen Ofen in der Mitte des Raumes und öffnete die Klappe. »Du kannst ja schon mal nachsehen, ob meine Vorräte für ein festliches Dinner taugen.« Er deutete auf die selbst gebauten Schränke und Regale an der Wand. »Ich kümmere mich inzwischen um den Ofen. Ich hab immer etwas Holz im Haus … für alle Fälle.«

Karen zog ihren Anorak aus und hängte ihn über einen der beiden Stühle vor dem einfachen Holztisch. Außer den Schränken und Regalen gab es noch einen Propangasherd, eine alte Couch, zwei Kisten mit Hundefutter, daneben einen Eimer und ein paar andere Geräte sowie ein Bücherregal mit Liebesromanen, einigen Krimis und etlichen Büchern über Musher und Huskys. An der Couch lehnte eine Gitarre, auf dem Tisch davor lag ein Stapel Reisemagazine.

Während Matt ein Feuer im Ofen entfachte, fand Karen in einem der Schränke eine Packung Spaghetti und eine Konservendose mit geschälten Tomaten und Fleischklößchen. Ideal für ein schnelles und unkompliziertes Mittagessen. Oder war es schon Abend? Draußen war es dunkel, und der Wind heulte wütend um das Haus und wirbelte den Neuschnee auf. Die Hütte war so solide gebaut, dass man sich selbst bei einem solchen Sturm sicher fühlte, wenn sich ein ängstliches Kribbeln in der Magengegend auch nicht unterdrücken ließ. Immer wenn der Wind den Schnee gegen das Fenster klatschen ließ, zuckte sie zusammen und sah in ihrer Vorstellung schon, wie die Scheibe zerbrach und der eisige Wind die Schneemassen in den Wohnraum trieb.

Matt las ihre Gedanken. »Keine Angst! Hier sind wir sicher.«

»Der Sturm klingt unheimlich«, erwiderte sie. Sie hielt die Nudeln und die Dose hoch. »Spaghetti und Meatballs? Eines von Jimmys Lieblingsgerichten.«

»Okay, ich hole Wasser.« Er nahm einen Kochtopf aus einem der Schränke und holte Schnee von draußen herein. »Frisches Wasser hab ich leider nicht«, entschuldigte er sich grinsend. »Ich zweige etwas Wasser für den Tee ab.«

Über den Gasflammen schmolz der Schnee innerhalb weniger Minuten, und kurz darauf saßen sie zum Essen am Holztisch. Die Spaghetti schmeckten besser, als Karen befürchtet hatte, und mit Dosenmilch und Honig war auch der Tee zu genießen. Die Flamme der betagten Petroleumlampe, die Matt auf dem Tisch entzündet hatte, verbreitete ein warmes Licht.

»Schön hast du's hier«, sagte Karen nach einigen Bissen.

»Geht so.«

»Kein Fernseher? Kein Computer?«

»Brauche ich nicht, das habe ich dir schon gesagt. Mit einer Satellitenverbindung und einem Generator oder Sonnenenergie wäre das vielleicht zu machen, aber erstens hab ich nicht so viel Geld und zweitens: Was soll ich damit? Ich komme alle paar Wochen nach Willow Creek, und manchmal fahre ich nach Fairbanks und gehe in eine Shopping Mall oder ins Kino. Aber besonders aufregend finde ich das nicht.«

»Und es wird dir hier nicht zu einsam?«

»Manchmal schon«, erwiderte er ehrlich.

»Vor fünf Jahren warst du in Seward und hast in einem Sägewerk gearbeitet? Was hat dich in die Wildnis getrieben? Der Wunsch, auszusteigen? Hattest du genug von deinem Alltagsjob und wolltest zurück zur Natur?«

»Ich hab meine Familie verloren.«

Sein Geständnis kam so überraschend, dass sie sekundenlang nicht wusste, wie sie reagieren sollte. »Tut mir leid«, sagte sie dann. »Ich wollte nicht …« Sie trank einen Schluck und blickte verlegen in ihren Tee. Draußen tobte der Wind und ließ die Schuppentür klappern, ein nervtötendes Geräusch, dass sie an Gruselfilme erinnerte. Dazu das laute und unheimliche Heulen des Windes.

Er schien es nicht zu hören. »Meine Frau und meine kleine Tochter«, sagte er. Seine Stimme war leise geworden. »Die beiden waren auf dem Weg zu meinen Schwiegereltern in Anchorage. Eigentlich sollte ich mitkommen, war aber erkältet und eigentlich auch froh, dass ich mich drücken konnte.« Seine Augen füllten sich mit Tränen; er musste eine längere Pause einlegen, bevor er weitersprechen konnte. »Wäre ich doch mitgefahren, dann hätte ich den Unfall vielleicht verhindern können. Ein Betrunkener in einem Pick-up. Fuhr mit voller Wucht in ihren Chevy. Mein einziger Trost war, dass … dass sie kaum … kaum etwas gemerkt haben können. Sagte jedenfalls der Arzt.«

Sie griff nach seiner Hand und drückte sie sanft. »Das ist schlimm. Ich glaube, wenn man so etwas nicht selbst erlebt hat, kann man es nicht nachempfinden. Es tut mir sehr leid, Matt.«

Er griff hinter sich in eines der Regale und zeigte ihr das

gerahmte Foto einer jungen Frau: hübsches Gesicht, dunkle Haare, liebevoller Blick. Neben ihr stand ein ungefähr vierjähriges Mädchens mit großen Augen und spitzer Nase. »Debbie und Katie«, erklärte er, »meine Frau und meine Tochter. Wir waren eine glückliche Familie, bevor dieser furchtbare Typ ihr Leben beendete.«

»Was ist mit ihm passiert? Kam er ins Gefängnis?«

»Fünfzehn Jahre. Aber das macht sie nicht wieder lebendig.«

»Debbie und Katie bekommen einen Ehrenplatz im Himmel, da bin ich ganz sicher«, tröstete Karen ihn. »Ich weiß auch nicht, was sich Gott dabei denkt, liebe Menschen wie deine Frau und deine kleine Tochter auf so grausame Weise aus dem Leben zu reißen, aber es muss etwas besonders Schönes auf die Betroffenen warten, sonst würde es doch gar keinen Sinn ergeben.«

Er blickte eine Weile auf das Foto und stellte es zurück. Ohne zu fragen, schenkte er Tee nach und schob ihr Milchdose und Honigglas hin. Sie bediente sich, rührte länger als nötig mit dem Löffel um und hörte dem Lärmen des Windes zu. Alle paar Minuten schwoll es zu einem unangenehmen Dröhnen an. Sie war froh, dass sie in einer warmen Hütte und nicht allein war.

»Macht denn die Einsamkeit hier draußen nicht alles noch viel schwerer?«, fragte sie, nachdem sie einen Schluck von dem heißen Tee getrunken hatte.

»Ich lebe nicht nur deswegen hier.«

»Ich weiß, du liebst die Natur und fühlst dich wohl in den Bergen. Nach dem, was ich heute gesehen habe, kann ich das sogar nachempfinden, aber länger als ein paar Tage könnte ich die Einsamkeit sicher nicht ertragen.«

»Das dachte ich anfangs auch«, sagte er. »Mein Vater war Fischer und Jäger und entweder auf dem Meer oder in den Wäldern unterwegs. Er hätte wohl nichts dagegen gehabt, wenn ich in seine Fußstapfen getreten wäre, aber meine Mutter wollte, dass ich aufs College gehe und es ›zu etwas bringe‹. Sie ahnte, dass es mit der Fischerei bergab ging und man nur mit einer guten Ausbildung Chancen auf einen guten Arbeitsplatz hatte. Also machte ich beides, studierte am College und lernte dort auch meine Frau kennen, heuerte anschließend in der Verwaltung eines Sägewerks an und ging am Wochenende mit meinem Vater auf die Jagd. Wenn der Unfall nicht passiert wäre, hätte man mich wahrscheinlich befördert und ich hätte gutes Geld verdient, aber nach dem Unfall konnte ich nicht mehr so weitermachen wie bisher, und da ich weder mit meinen Eltern noch mit meinen Schwiegereltern mehr auskam, beschloss ich, als Fallensteller in die Wildnis zu gehen. Hier draußen kann mir niemand etwas anhaben.«

Du bist davongelaufen, dachte sie, sprach es aber nicht aus.

Er schien ihre Gedanken zu lesen. »Wir sind alle davongelaufen. Meine Schwiegereltern flohen nach Juneau und eröffneten einen Laden, meine Eltern sprachen mich ständig auf den Unfall an. Meine Mutter überschüttete mich mit Mitleid, und mein Vater hätte den Fahrer des Unfallwagens am liebsten umgebracht und schimpfte nur herum. Zum Glück sitzt der Kerl hinter Gittern, sonst hätte er ihn wohl tatsächlich getötet und wäre selbst ins Gefängnis gekommen. Ich hatte genug von dem Trubel, ich wollte nur noch allein sein.«

»Fünf Jahre ist das jetzt her?«

»Fünf Jahre, elf Monate und dreizehn Tage«, bestätigte er. Ein vorsichtiges Lächeln glomm in seinen Augen auf, ließ sie sogar den tosenden Blizzard vergessen. »Nein, ich werde Debbie und Katie nie vergessen, aber bei dir spüre ich zum ersten Mal, dass es eine Zukunft geben könnte. Und wenn ich die Augen schließe, höre ich die beiden sogar sagen, dass ich auch an mich denken sollte und dass du eine Frau bist, mit der beide einverstanden wären.« Er wurde rot. »Versteh mich nicht falsch, ich will mich nicht aufdrängen ...«

Sie stand auf und ging lächelnd um den Tisch herum und legte die Arme um ihn. »Ich freue mich aber, wenn wir uns nahe sind, Matt. Und ich wünsche mir sehr, dass es noch lange so bleibt.« Sie küsste ihn zärtlich. »Ich habe meinen Mann nicht verloren, ich habe ihn verlassen. Die Heirat war ein Fehler, den ich leider erst hinterher bemerkt habe. Er hatte mich nur geheiratet, um mich auszunützen, und an Jimmy war er so wenig interessiert, dass er mich nach der Geburt nicht mal besucht hat. Ich habe mir geschworen, mich nie mehr ernsthaft mit einem Mann einzulassen und mich vor allem um meinen Sohn zu kümmern. Auch deshalb bin ich mit ihm nach Willow Creek gefahren, aber dann kamst du und ...« Sie ließ den Satz unvollendet und küsste ihn stattdessen noch einmal, diesmal leidenschaftlich und intensiv, und es wäre sicher mehr daraus geworden, wenn in diesem Augenblick nicht die Huskys zu jaulen begonnen hätten.

Sie übertönten sogar den immer noch stürmischen Wind. Karen und Matt ließen sofort voneinander und liefen zum Fenster. Heiseres Bellen mischte sich in das Heulen, und in dem Flockenwirbel sahen sie zwei dunkle Schatten auf die Hütte zukommen. Eine Frau, die sich gebückt durch den Schnee schleppte, immer wieder stolperte und offensichtlich verletzt war, und einen Wolfshund, der abwartend vor der Hütte stehen blieb und verzweifelt bellte.

Matt erschrak. »Dolly und ihr Wolfshund! Sie ist verletzt!«

Sie schlüpften in ihre Anoraks und traten in den Sturm hinaus. Der Wind erfasste sie schon nach dem ersten Schritt und zerrte wütend an ihnen. Karen fiel, stützte sich mit beiden Händen ab und stemmte sich wieder hoch. Eisiger Schnee und winzige Eissplitter trafen sie im Gesicht. Nach der angenehmen Wärme in der Hütte war es doppelt kalt und ungemütlich. Mit aller Kraft kämpften sie gegen die starken Böen an. Matt hatte seine Taschenlampe eingeschaltet und folgte dem Wolfshund, der zu Dolly zurücklief und sie gerade erreichte, als sie erneut das Gleichgewicht verlor und in den Schnee stürzte.

»Dolly!«, rief Matt. »Dolly! Wir bringen dich in meine Hütte!«

Sie halfen ihr vom Boden hoch und sahen erst jetzt, dass sie an der rechten Schläfe verletzt war. Blutige Schrammen, glücklicherweise keine Platzwunde. Anscheinend war sie vom Wind gegen einen Baum geschleudert worden.

Vorsichtig führten sie die Verletzte in die Hütte und legten sie auf das Bett, das hinter einem Vorhang versteckt lag, der das Schlaflager vom Wohnbereich trennte. Während Matt die Tür schloss und seinen Erste-Hilfe-Kasten aus dem Schlittensack holte, befreite Karen die Indianerin von ihrer Winterkleidung und breitete Decken und Felle über sie. Mit einem feuchten Lappen, den sie in das noch warme Teewasser getaucht hatte, säuberte sie ihre Wunden. »Nicht schlimm«, sagte sie, »nur ein paar Schrammen. Aber Sie waren weggetreten und haben vielleicht eine leichte Gehirnerschütterung.«

»Danke …«, brachte Dolly mühsam hervor. »So was … so was ist mir noch nie … noch nie passiert. Ich …«

»Still«, erwiderte Karen. »Alles wird gut.«

Matt war zurück und bedeckte die Schrammen mit zwei Pflastern. »Wir bleiben bis morgen«, entschied er. »Bis der Blizzard nachlässt, ist es sicher Abend, und die Rückfahrt wäre viel zu anstrengend. Mach dir keine Sorgen um deinen Sohn, Karen. Dana und Marla rechnen bestimmt damit, dass wir den Sturm in einer Hütte abwarten, und machen sich keine Sorgen. Würde es dir was ausmachen, mit Dolly in einem Bett zu schlafen? Nur zur Sicherheit.«

»Kein Problem«, erwiderte Karen und ging mit ihm in den Wohnraum. Außer Sichtweite der Indianerin legte sie die Arme um seinen Hals und küsste ihn.

17

Karen fand nur schwer in den Schlaf. Die Indianerin schnarchte bereits leise, als sie neben ihr unter die Decken kroch, und der stürmische Wind, der etwas nachgelassen hatte, aber immer noch in den Bäumen sang, beunruhigte sie. Am liebsten wäre sie in Matts Arme geflüchtet. Er schlief nur wenige Schritte von ihr entfernt hinter dem Vorhang, und obwohl sie ihn nicht sehen konnte, glaubte sie zu spüren, dass er ebenfalls wach lag und nur wegen der Indianerin darauf verzichtete, ihren Namen auszusprechen. Das Gefühl, mit ihm unter einer Decke zu liegen und seinen Körper zu spüren, ließ sie vor Erregung erröten.

Sie hatte geahnt, dass ihn nicht nur seine Verbundenheit mit der Natur in die Wildnis getrieben hatte. Hinter dem Entschluss, in die Wälder zu ziehen und fast vollkommen auf die Zivilisation zu verzichten, musste ein ernsthaftes Motiv stecken. Sie hatte noch nie einen nahestehenden Menschen durch Tod verloren und konnte nicht nachempfinden, wie sehr sich der Verlust einer Familie auf das Leben eines Menschen auswirken konnte, vermutete jedoch, dass ein Rückzug in die Einsamkeit eine der erträglichsten Lösungen war.

Widersprüchliche Gefühle, die sie bis in ihre Träume verfolgten, wirbelten ihr durch den Kopf. Spät nachts, es musste schon nach Mitternacht sein, schreckte sie einmal aus dem Schlaf hoch und brauchte ungewöhnlich lange, um sich zurechtzufinden. Erst nach einigem Nachdenken erkannte sie, was so verstörend war. Der Blizzard war zum Erliegen gekommen, der Wind hatte aufgehört zu pfeifen. Nur das leise Stöhnen der Indianerin, die wohl ebenfalls träumte, und das laute Schnarchen des Fallenstellers durchbrachen die Stille. Von fern hörte sie klagende Heulen eines Wolfs, der irgendwo in den Bergen nach seinen Artgenossen rief.

Als sie am nächsten Morgen erwachte, war Dolly verschwunden. Durch einen Spalt im Vorhang war das Flackern einer Lampe zu sehen. Die Geräusche, feste Schritte, das Klappern der Ofentür und das Knistern des Feuers ließen darauf schließen, dass Matt bereits aufgestanden war. Der Duft von frischem Kaffee und Rührei mit Schinken zog vom Wohnraum zu ihr herüber.

»Karen?«, rief er. »Ich hab warmes Wasser für dich. Darf ich?«

»Sicher. Warum weckst du mich denn nicht?«

»Vielleicht wollte ich einen guten Eindruck machen.« Er brachte die halbvolle Schüssel und stellte sie auf den Hocker an der Wand. Einen Augenblick zögerte er, als hätte er vor, sich zu ihr aufs Bett zu setzen und sie zu umarmen. »Dolly ist schon gegangen«, sagte er stattdessen. »Ich hab sie gehört.«

»Warum denn bloß? Sie hätte doch zum Frühstück bleiben können.«

»Sie ist das Alleinsein noch mehr gewöhnt als ich.«

Matt kehrte, ohne sie zu umarmen, in den Wohnraum zurück. Auch er schien noch etwas Scheu vor menschlicher Nähe zu haben, und wenn sie ehrlich war, schreckte auch sie noch ein wenig davor zurück, sich einem Mann vollkommen auszuliefern. Sie war selbst erstaunt, wie schnell sie sich in den Fallensteller verliebt hatte, doch mit ihrer Verliebtheit wuchs auch die Befürchtung, etwas falsch zu machen, vor allem, wenn sie dabei an Jimmy dachte.

Sie wusch sich flüchtig mit dem warmen Wasser und zog sich an. Als sie in den Spiegel über dem Hocker blickte, erschrak sie, berührte ihr Gesicht und griff sich an die wirren Haare. Auch wenn sie nur wenig Make-up benutzte, hätte sie es gern ein wenig aufgefrischt, und ihre Frisur war nur mit einem braven Pferdeschwanz zu retten. Zumindest vor der Generalprobe sollte sie sich bei Rosalind Roberts etwas verschönern und die Haare richten lassen. Wenn die Leute von der *Morning Show* sie so sahen …

Matt saß bereits am Tisch und erwartete sie mit dem Frühstück. »Cappuccino hab ich leider keinen hier, aber ich hab ihn nicht allzu stark gemacht.«

»Vielen Dank. So bin ich schon lange nicht mehr verwöhnt worden.«

Sie trank einen Schluck und bemühte sich um ein Lächeln. Sie hatte schon besseren Kaffee getrunken, doch das Rührei schmeckte herrlich, und die Biskuits waren zwar aufgewärmt, aber genießbar. Erst beim Essen merkte sie, wie hungrig sie war. Freudig griff sie zu, als Matt ihr die Schüssel mit dem Rührei hinschob, und bestrich ein zweites Biskuit mit Butter und Marmelade.

»Und die Huskys?«, fragte sie.

»Die bekommen ihr Fressen immer zuerst«, antwortete er.

Es war noch dunkel, als sie die Rückfahrt antraten. Zwischen den Bäumen waren sie auf den zitternden Lichtkegel von Matts Stirnlampe und den wachen Instinkt der Huskys angewiesen; nur außerhalb der Wälder glänzte der Schnee in dem wenigen Licht, das vom Himmel fiel. Der Blizzard hatte seine Spuren hinterlassen. Der Trail lag teilweise unter Schneewehen verborgen, und alle paar Schritte entdeckten sie abgebrochene Äste oder Zweige. Die Temperatur war gesunken, zumindest kam es Karen so vor, und der eisige Fahrtwind zwang sie, die Schutzbrille aufzusetzen und den Schal bis über die Nase zu schieben. Nach der behaglichen Wärme in der Hütte dauerte es eine ganze Weile, bis sie sich wieder an die unwirtlichen Bedingungen gewöhnt hatte.

Matt nahm eine Abkürzung, die am Tal der flüsternden Winde vorbeiführte und ihnen den mühsamen Anstieg in die Ausläufer der Berge ersparte. Wie Karen schien er in Gedanken versunken. Sie waren keine Highschoolkids mehr, die sich Hals über Kopf verliebten und dabei die Welt um sich herum vergaßen. Beide hatten sie eine Bürde und Verantwortung zu tragen. *Ich muss an Jimmy denken,* sagte sich Karen. Bevor sie sich in einer neuen Beziehung verlor, musste sie sicher sein, dass auch ihr Sohn den neuen Mann mochte. Selbst wenn er sich nichts sehnlicher wünschte als einen Vater, würde er nicht jeden Mann akzeptieren. Als alleinerziehende Mutter hatte sie eine besondere Verantwortung; das Scheitern einer weiteren Beziehung konnte ihrem Sohn mehr schaden als ein Leben, wie sie es in Anchorage geführt hatten.

Trotz der ernsthaften Gedanken, die in ihrem Kopf herumgeisterten, musste sie lächeln. Monatelang hatte sie nicht mal über eine neue Beziehung nachgedacht, nur um sich in dieser Wildnis in einen Mann zu verlieben, den viele in Anchorage als einsamen Hinterwäldler belächeln würde. Woher sollten sie auch wissen, dass Matt alles andere war als ein ungebildeter Waldläufer?

Unterwegs hielten sie nur einmal. Sie blieben neben dem Schlitten stehen und blickten in die ersten hellen Streifen am östlichen Horizont, tauschten verlegene Blicke, bis sie beide ihrer Zuneigung nachgaben und sich an den Händen fassten, dann die Arme umeinander schlangen und sich küssten. Beide vergaßen vor Aufregung, ihre Schutzbrillen abzunehmen, und mussten lachen, als sie vor ihnen in den Schnee fielen. Sie kümmerten sich nicht darum und küssten sich weiter, genossen die Nähe, vor der sie in der Hütte noch zurückgeschreckt waren, und schienen alles nachholen zu wollen, was sie – auch wegen des unerwarteten Besuchs der Indianerin – verpasst hatten.

»Ich hätte nicht gedacht, dass mir so was noch mal passiert«, sagte er, ohne sich um das nervöse Geheul der Huskys zu kümmern. »Du bist … du bist …«

Sie blickte ihn lächelnd an. »Eine dumme Städterin?«

»Die Richtige, du bist die Richtige.«

Ihre Antwort bestand aus einem innigen Kuss, der sie sogar die eisige Kälte vergessen ließ und ihr sagte, dass dies auch von ihr hätte kommen können. Er war der Richtige, ungeachtet der zahlreichen Probleme, die gegen ihre Beziehung sprachen. Er war der Richtige, und wenn sie sich wirklich liebten, würden sie einen Weg finden, diese Probleme zu bewältigen. Vielleicht würde sie bei ihrer Ankunft in Willow Creek, wenn sie Jimmy trafen, wieder anders darüber denken, aber in diesem Augenblick war Matt der Richtige, und sie würde alles daransetzen, dass sich das nicht änderte.

»Ich hätte nicht gedacht, dass ich dich hier finde«, sagte sie.

»Vielleicht habe ich auf dich gewartet.«

»Oder es gibt doch einen Santa Claus, der uns wohlgesinnt ist und uns eine Freude bereiten wollte. Der in Willow Creek mit seinem Rentierschlitten parkt und sich bei Rudolph bedankt, dass er geholfen hat, dich aufzuspüren.«

»Dieser Charly?«

»Santa Claus! Der echte Santa Claus!«

Während der Weiterfahrt lächelte Karen. Dass ihr die manchmal holprige Fahrt einige blaue Flecken bescheren würde, machte ihr nichts aus. Sie erfreute sich an dem wunderbaren Gefühl, einen Mann kennengelernt zu haben, der sich so grundlegend wie kein anderer von ihrem Exmann und allen Männern unterschied, die sie bisher getroffen hatte. Keine übertriebene Anmache, keine albernen Komplimente, keine Angeberei, keine modische Kleidung und sündhaft teure Wässerchen, die angeblich die Frauen betören sollten. Ein Mann, der mit beiden Beinen auf der Erde stand und dennoch sexier als alle anderen wirkte. Was wohl ihre Freundin Alexa zu ihm sagen würde?

Jimmy und Marla waren bei den Huskys, als sie Willow Creek erreichten und vor dem Haus der Huskyzüchterinnen hielten. Sofort setzte ein vielstimmiges Heulkonzert ein. Huck sprang hoch, zerrte an seiner Kette und wollte sich unbedingt mit Spotty anlegen, doch Matt hatte in ausreichender Entfernung angehalten, und der aufgebrachte Huck lief ins Leere. »Huck! Lass das!«, wies Marla ihn zurecht. »Wann wirst du bloß endlich vernünftig?«

Jimmy lief seiner Mutter entgegen und umarmte sie. »Mom! Da bist du ja! Stell dir vor, ich durfte bei Dana im Zimmer schlafen. Sie hat gesagt, ihr wärt sicher in einen Sturm gekommen und hättet in einer Blockhütte übernachtet.«

»Ein Blizzard. Zum Glück war Matts Hütte nicht weit.«

»Wie wär's mit Cappuccino und einem Sandwich?«, fragte Marla.

»Eine gute Idee, ich zieh mir nur schnell was Frisches an.« Sie blickte Matt an. »Du bleibst doch noch? Wir müssen Marla und Dana unbedingt erzählen, was es mit der Hexe auf sich hat. Und wir könnten uns die Probe für das Weihnachtsstück ansehen. Soweit ich weiß, will Joe Running Deer heute einen neuen Stunt vorführen. Der Comanche, dem der Campingplatz gehört.«

»Ich hab von ihm gehört«, erwiderte Matt.

Karen verzichtete darauf, ihn vor Marla und ihrem Sohn zu küssen, und beließ es bei einem liebevollen Lächeln. »Zehn Minuten, okay?« Sie lief zu ihrer Hütte, überlegte kurz, ob sie duschen sollte, begnügte sich dann aber mit einer Katzenwäsche, schlüpfte in frische Unterwäsche und zog ein neues T-Shirt und ihren zweiten Pullover an. Der Schneeanzug blieb derselbe. Noch wichtiger war es ihr, notdürftig ihre Haare zu richten und ihr Make-up zu erneuern. Nur ein paar wenige Korrekturen, die sie wieder menschlicher aussehen ließen.

Etwas steif von der langen Fahrt kehrte sie zum Haupthaus zurück und blieb für einen Augenblick verwundert stehen. Matts Schlitten war verschwunden. Sie betrat den Wohnraum und erkannte schon an den Mienen von Marla und Dana, dass er gefahren war. »Wir sollen dir einen lieben Gruß ausrichten, Karen. Matt musste leider wieder fahren. Seine Huskys waren sehr unruhig, außerdem glaubte er, einen weiteren Blizzard in der Luft zu spüren.«

»Das ist doch eine faule Ausrede! Konnte er denn nicht warten?«

»Es war ihm nicht wohl dabei … bestimmt nicht.«

Sie setzte sich und kämpfte gegen die Tränen an. »Aber es war doch alles okay! Wir haben uns wunderbar verstanden, und er hat mir sogar gesagt … er sei froh, mich kennengelernt zu haben. Ich hätte nie gedacht, dass er … dass er davonläuft. Wie kommt er dazu, mich einfach stehen zu lassen?«

»Er meint es nicht bös«, sagte Marla. Sie reichte ihr den Becher mit dem Cappuccino und deutete auf den Teller mit den Mini-Sandwiches, aber Karen lehnte ab. »So wie ich ihn kenne, ist er vor seinen eigenen Gefühlen erschrocken. Er hat sich in dich verliebt, Karen. Aber er lebt schon lange in der Wildnis und ist die meiste Zeit allein, da wird man etwas sonderbar und, wie soll ich sagen, schrullig. Ich bin sicher, es wurde einfach zu viel für ihn. Seine Gefühle für dich, der freundliche Empfang, die vielen Leute in der Stadt …«

Dana schob ihr eines der Sandwiches hin. »Komm … iss eines von den Sandwiches, die sind wirklich gut. Deinem Sohn schmecken sie, stimmt's?«

»Und wie!«, antwortete Jimmy kauend.

»Matt braucht nur ein wenig Zeit«, fuhr Dana fort. »Sobald er merkt, was er an dir hat, kehrt er wieder um. Er braucht etwas länger, das ist alles.« Sie lächelte, hatte wohl vor, noch mehr zu sagen, verkniff es sich aber. »Was hat er da von der Indianerhexe erzählt? Ihr hättet sie in den Bergen getroffen?«

»Ich hab sogar in einem Bett mit ihr geschlafen.« Karen amüsierte sich über die erstaunten Gesichter von Dana und Marla und berichtete von der seltsamen Begegnung mit Dolly. »Doug ist ihr Sohn, hättet ihr das gedacht?«

»Doug ist verschwunden«, sagte Dana.

»Ich dachte, die Witwe kümmert sich um ihn.«

»Hat sie auch getan. Ich war heute Morgen bei ihr und hab erfahren, dass er mit einer Tüte von ihren guten Schokokeksen verschwunden ist. Und einen Zwanziger hat er auch noch mitgehen lassen. Immerhin nur ein Zwanziger, in der Kasse waren über hundert Dollar, sagt die Witwe. Anscheinend steckt doch noch ein Funken Anstand in ihm. Niemand weiß, wohin er verschwunden ist.«

»Wahrscheinlich in die nächste Bar«, sagte Karen.

Dana gönnte sich einen zweiten Cappuccino und nippte daran. »Hat die Hexe … die Indianerin gesagt, warum sie sich nicht um Doug kümmert?«

»Sie hat es versucht … mehrmals, aber er hat sie wüst beschimpft und sie eine Hexe genannt. Vielleicht ist er ja wirklich von bösen Geistern besessen. Er sei auf die schiefe Bahn geraten und denke nicht daran, zu ihr zurückzukehren, meinte sie. Ich glaube, mit Doug kommt selbst die Witwe Bagley nicht klar.«

»Nicht jede Geschichte hat ein Happy End.«

»Können die Troopers sich ihn nicht vornehmen?«

»Das hat die Witwe schon versucht«, antwortete Dana. »Sie hat bei Jenny Lind angerufen, die kommt öfter mit ihrem Streifenwagen hier vorbei, vor allem wegen der guten Donuts in unserer Vorratskammer, aber die Troopers sagen, sie könnten erst eingreifen, wenn das Kind in den Brunnen gefallen ist. Doug ist über einundzwanzig und muss auf sich selbst aufpassen.«

»Ist er oft in der Stadt?«

»Alle paar Wochen.« Dana griff nach einem zweiten Sandwich, zog ihre Hand aber wieder zurück. »Während des Sommers ist er auf dem Campground des Comanchen unterkrochen. Joe ließ ihn in einem der verlassenen Wohnanhänger schlafen, und er half ihm bei der Arbeit. Als Doug wieder mal betrunken war und Joes Frau beschimpfte, warf er ihn raus, und bei der Werkstatt in Fairbanks, wo er seitdem war, ging es ihm wohl genauso. Eine verkrachte Existenz, da kann man wohl nichts machen. Irgendwann landet er im Knast.«

»Übrigens«, wechselte Dana das Thema, »Rosalind hat nach dir gefragt.«

»Okay, ich wollte sowieso bei den Proben vorbeischauen.«

Marla amüsierte sich. »Und ich dachte, du machst Urlaub!«

»Kommst du mit?«, fragte Karen ihren Sohn.

Jimmy schüttelte den Kopf. »Ich bleibe lieber bei Marla. Sie wollte mir zeigen, wie man die Huskys anspannt und vielleicht sogar eine kleine Runde mit mir drehen.« Er war bereits aufgestanden und warf erst Marla, dann seiner Mutter einen bittenden Blick zu. »Okay?«

»Okay«, war Karen einverstanden.

»Jimmy kann mit Hunden umgehen«, erklärte Marla. »Wir hatten selten einen Gast hier, der sich so gut mit Huskys auskennt und so gut mit ihnen auskommt. Schon gar keinen so jungen. Du kannst stolz auf ihn sein, Karen.«

»Das bin ich auch. Das bin ich wirklich.«

Sie drückte ihren Sohn und versprach ihm, am frühen Nachmittag wieder zu Hause zu sein. Sein Mittagessen würde er von Dana und Marla bekommen, ein Lunchpaket, das er während seines Ausflugs verspeisen konnte. Mit einigen Keksen, wie ihm Dana versprach, und einem Schokoriegel.

Karen stapfte durch den Neuschnee zur Main Street hinab. Schon von Weitem hörte sie ungewohnte Klänge, als eines der Weihnachtslieder, die über Lautsprecher liefen, unsanft abgewürgt und durch einen rockigen Song der Rolling Stones abgelöst wurde. Nicht besonders weihnachtlich, dachte sie, und wahrscheinlich Teil der Szene, in der Brian und Susan Kowalski ihren Auftritt hatten. Hatten die Hippies vom Motel nicht die Stones erwähnt?

Doch kaum waren die ersten Takte verklungen, wurde es wieder weihnachtlich. Die fröhlichen Klänge von »Winter Wonderland« passten auch besser zu den Schneeflocken, die seit einigen Minuten auf Willow Creek herabrieselten. Die bunten Lichter der Main Street verschwammen in den leichten Nebelschwaden, die von dem kleinen See beim Campground heraufzogen.

»Ho, ho, ho!«, erklang es etwas mürrisch hinter ihr.

Sie drehte sich erschrocken um und glaubte ihren Augen nicht zu trauen, als sie den »echten« Santa Claus hinter sich auftauchen sah. Charly in voller Montur, das knallrote Kostüm sorgfältig geschnürt, die Mütze mit dem weißen Bommel vorschriftsmäßig auf den weißen Haaren. Nur mit seiner Laune haperte es ein wenig. »Glauben Sie bloß nicht, dass mir das Spaß macht. Ich tu's nur wegen der Cheeseburger, die Sie mir versprochen haben, okay?«

»Schon klar«, erwiderte sie grinsend. »Na, dann mal los!«

18

»Sieh mal einer an«, begrüßte Rosalind den lange vermissten Santa Claus. »Und ich dachte schon, du wärst mit deinen gesunden Rentieren in die Berge geflohen.« Sie kletterte von ihrem Regiestuhl und packte ihn an den Oberarmen. »Lass dich mal ansehen! Optisch bist du die perfekte Besetzung, das muss dir der Neid lassen, und deshalb sitzt Jeremiah auch nur auf der Bank, aber ich hoffe, du hast deinen Text gelernt. Zeig uns, was du kannst!«

»Und was ist mit meinen Cheeseburgern? Mit reichlich Pommes?«

»Die gibt's in der Mittagspause«, versprach Karen.

»Okay, dann mach dich mal für die Hippie-Szene bereit.« Sie wartete, bis Charly gegangen war, und begrüßte Karen. »Gut, dass Sie hier sind, Karen. Als PR-Lady wissen Sie doch, wie bestimmte Szenen oder Sätze auf das Publikum wirken. Jetzt, wo das Fernsehen dabei ist, hab ich mir gedacht, wir müssten vielleicht den Schluss unseres Stückes ändern. Bisher endet es damit, dass Santa Claus mit Jerry im Hubschrauber über die Häuser fliegt und die Geschenke von dort in den Kamin wirft. Aber das ist mir zu wenig weihnachtlich. Santa Claus sollte es beim Versuch belassen, nachdem er einige Male vorbeigeworfen hat, und irgendetwas anderes tun. Was würde Santa Claus tun?«

»Sie haben recht«, erwiderte Karen. »In jedem Hollywoodfilm würde er zu seinen Wurzeln zurückkehren.« Sie brauchte nicht lange zu überlegen. »Wie wäre es damit: Er findet den verschnupften Rudolph hinter dem Haus, verfolgt ihn bis auf das flache Dach des Pioneer Cafe und jagt ihm dort die Spritze in den Hintern. Rudolph fühlt sich bald besser und lässt sich vor den Schlitten spannen, den die anderen Rentiere aufs Dach gezogen haben, und er fliegt zur Freude der Zuschauer über die Kamine und lädt die Geschenke ab.«

»Sehr witzig«, meldete sich Charly. »In Hollywood kriegen sie das vielleicht hin, da geben sie Millionen für Computerkram aus. Aber wie soll das in Willow Creek gehen? Wie komme ich aufs Dach? Und wie, zum Teufel, soll ich den Schlitten über die Häuser steuern? Seh ich aus wie Superman?«

»Nicht unbedingt«, sagte Rosalind. Doch auch sie wusste nicht weiter.

»Aufs Dach kommst du über die Treppe«, erklärte Karen. »Und auf dem Dach montieren wir einen Schlitten und Rentiere aus Holz und Pappmaché. Charly ist während der vorletzten Szene schon oben; niemand kann ihn und sein Gespann sehen, bis Rudolphs rote Nase aufleuchtet. Wir strahlen Santa Claus und seinen Schlitten mit einem Scheinwerfer an, zünden ein kleines Feuerwerk auf dem Dach und lassen dann alles wieder dunkel werden.«

Einen Augenblick herrschte gespannte Stille. Mit Rosalind und Santa Claus stellten sich auch Jerry, Jeremiah, der Comanche und zahlreiche andere Mitwirkende und Schaulustige das Spektakel vor und grinsten dann breit.

»Perfekt«, lobte Rosalind. »Ich schreibe das Drehbuch heute noch um. Um die Arbeiten auf dem Dach können sich unsere Handwerker kümmern.« Sie blickte sich um und gab entsprechende Anweisungen. »So, jetzt aber zur ersten Szene heute Morgen.« Sie griff nach dem Megaphon, das sie sich inzwischen besorgt hatte. »Susan! Brian! Fahrt eure Musik ab! Action!«

Die Kaminskis standen vor ihrem VW-Bus auf der anderen Straßenseite und ließen die Rolling Stones über die Lautsprecher dröhnen. »I can't get no … satisfaction!«, dröhnte es so laut, dass man es bis nach Fairbanks hörte.

»Stopp! Stopp! Stopp!«, schrie Rosalind in ihr Megafon. Die Musik verstummte, und die Kaminskis blickten sie fragend an. »So was können wir nicht bringen. Ihr wisst, dass ich alles andere als prüde bin, aber die vom Fernsehen sind sehr empfindlich, wenn es um so was geht. Wie wär's mit …«

»Let's Spend the Night Together?«

»Nein, nein, nein!«

»Jumping Jack Flash?«, schlug Brian vor. »Das kapiert sowieso keiner. Außerdem lassen wir es nur so lange laufen, bis Santa Claus bei uns ist und entsetzt mit den Armen herumfuchtelt.« Er drückte auf eine Taste seines Smartphones und grinste zufrieden, als Mick Jagger seinen Hit anstimmte.

Der Song war nicht minder laut und nicht minder zweideutig, und zum hektischen Rhythmus schien die Straße zu beben. Karen war nie ein großer Stones-Fan gewesen, sie hielt es mehr mit Jazz, wippte aber unwillkürlich mit.

»Charly! Worauf wartest du noch?«, rief Rosalind.

Santa Claus überquerte die Straße und hielt sich die Ohren zu. »Hey! Was ist denn das für ein Lärm? So was spielt man doch nicht an Weihnachten!« Die Musik verstummte, gespenstische Stille legte sich über die Straße.

»Hast du was gesagt, Santa?«, fragte Brian.

»Ihr sollt diesen Lärm abstellen. An Weihnachten spielt man ›White Christmas‹ oder ›I'll Be Home for Christmas‹. Habt ihr Rudolph gesehen?«

»Das Rentier mit der roten Nase? In unserem Bus ist er nicht.«

»Ich hab eine Spritze für ihn. Damit er wieder gesund wird.«

»Hast du ihm nicht schon eine verpasst?«

»Sicher, aber braucht eine zweite, sonst leuchtet seine Nase noch an Ostern. Habt ihr in wirklich nicht versteckt? Ohne ihn komme ich nicht weiter.«

»Sorry, Santa. Hier ist er nicht.«

»Okay … und jetzt spielt was Anständiges!«

»Geht klar, Santa. Peace!« Brian formte die Finger seiner rechten Hand zum Friedenszeichen und drückte wieder eine Taste auf seinem Smartphone.

Unter den Klängen von »Little Drummer Boy« kam Charly zurück.

»Cut!«, rief Rosalind. »Das war nicht übel, Charly. Aber ein bisschen lebhafter könntest du schon sein. Ich weiß, dass du eine künstliche Hüfte hast, aber deswegen muss man doch nicht reglos wie ein Schneemann rumstehen.«

»Nach den Cheeseburgern werde ich lockerer«, versprach er.

»In einer Stunde, Charly. Hast du denn nicht gefrühstückt?«

Der dumpfe Hufschlag eines Pferdes näherte sich dem Pioneer Cafe. Aller Augen richteten sich nach Norden und weiteten sich bewundernd, als Joe Running Deer auf einem rabenschwarzen Hengst über die Main Street geritten kam. Er war nackt bis auf einen Lendenschurz und seine Mokassins und trug eine prächtige Federhaube aus bunten Federn. Nicht ganz authentisch, aber beeindruckend und sehr farbenprächtig. Der schrille Kriegsruf seines Volkes hallte über die Straße, als er vor Rosalind aus dem Sattel sprang.

»Joe!«, staunte die Salonbesitzerin. »Du bist doch heute gar nicht dran.«

»Ich wollte euch nur mein neues Kostüm vorstellen«, erwiderte der Comanche. »Und euch zeigen, wie mein Auftritt noch spektakulärer wirken könnte. Immerhin haben wir das Fernsehen dabei. Wollt ihr mal sehen?«

»Ich bin gespannt.«

Joe schwang sich in den Sattel. »Alles wie gehabt, Rosalind. Ich reite mit Vollgas die Main Street rauf und springe vor Santa Claus in den Schnee. Aber nicht wie ursprünglich mit einem Satz, sondern … Ich zeig euch das mal.«

Er trieb seinen Hengst mit den Fersen an und ritt bis ans andere Ende der Straße. Dort verharrte er für einen Moment, als wollte er sichergehen, dass ihm auch alle zusahen, und ritt los. Mit ohrenbetäubendem Kriegsgeheul preschte er seinen Zuschauern entgegen. Karen kam sich wie in die Zeit des Wilden Westens versetzt vor, so echt wirkte der federgeschmückte Indianer auf seinem Pferd, als er, in eine aufwallende Schneewolke gehüllt, auf sie zuritt.

Einige Schritte vor dem Pioneer Cafe stoppte der Comanche das trainierte Quarter Horse und sprang mit einem doppelten Salto und viel Geschrei aus dem Sattel.

Seine Federhaube flatterte im Wind, als er zur Landung ansetzte.

Als er wieder stand, lachte er. »Na, wie war ich?«

»Zirkusreif«, antwortete Rosalind.

»Ist das alles?«

»Phänomenal! Grandios! Supertoll! Reicht das?«

»Ich will es mal durchgehen lassen, aber ihr wisst natürlich, dass ich damit im Fernsehen die meisten Punkte sammeln werde. Vielleicht beleben sie eine der alten Westernserien und lassen mich Sitting Bull oder Geronimo spielen.«

»Und wer soll sich dann um den Campground kümmern?«, fragte Jerry.

In der Mittagspause saß Karen mit Charly an einem Tisch. Jerry Lambert hatte wohl aufgegeben, sich um sie zu bemühen, und ertränkte seinen Kummer am Tresen mit Kaffee. Er hatte noch an seinen amourösen Pleiten zu knabbern.

»Ich hab die Hexe getroffen«, sagte Karen leise.

Santa Claus war beim zweiten Cheeseburger angelangt und kapierte erst nach einigem Zögern. »Sie haben *was?«* Der Bissen blieb ihm beinahe im Hals stecken. »Die Hexe, die hinter mir her ist? Die mich vernichten will?«

»Dolly … Ihre Exfrau«, antwortete sie. »Ich habe lange mit ihr gesprochen. Sie hat mir alles erzählt. Wie Sie sich kennengelernt haben. Wie die Indianer Sie beinahe getötet hätten, als Sie mit der Flasche Whiskey im Dorf erschienen und ein Junge davon trank und daran starb. Dass sie Angst gehabt hätten, Dolly und ihr Sohn wäre von bösen

Geistern besessen, und sie ebenfalls aus dem Dorf verbannt wurden. Warum haben Sie denn nicht nach den beiden gesucht und mit ihnen geredet? Vielleicht wäre alles gut geworden.«

Charly schien wie vor den Kopf geschlagen. »Meine Exfrau … das heißt, eigentlich bin ich ja noch immer noch mit ihr verheiratet … Wer hätte das gedacht. « Er hatte aufgehört zu kauen und legte den Cheeseburger auf den Teller zurück. »Ich hätte nach ihr suchen sollen, das stimmt. Aber ich wollte nicht mehr. Ich hatte die Nase voll von Indianern und wollte nur meine Ruhe haben. Und als mir zu Ohren kam, dass sie nach Nome gezogen war und dort angeblich mit einem Inuit zusammenlebte …« Er winkte mürrisch ab. »Ach was … das sind alte Geschichten, die interessieren doch keinen Menschen mehr.«

»Dolly schon«, widersprach Karen. »Ich hab keine Ahnung, was in Nome mit ihr passiert ist, aber aus irgendeinem Grund muss sie zurückgekommen sein und gehört haben, dass Sie hier leben. Angeblich kommen in fortgeschrittenen Jahren die alten Geschichten wieder hoch. Da muss Einiges passiert sein, dass sie wie ein Racheengel hinter Ihnen her war. Und Sie haben sich hier in Willow Creek auch keine Freunde gemacht. Was ist passiert?«

»Das geht Sie nichts an.«

»Das stimmt.«

Er trank einen Schluck Kaffee und schwieg eine Weile, dann sagte er: »Ich war nicht besonders nett zu ihr, schon bevor ich mit der verdammten Whiskeyflasche im Dorf auftauchte. Mehr sage ich nicht. Aber ihren Auftritt als Racheengel hätte sie sich trotzdem sparen können. Wie kann man nur so nachtragend sein! Ich kann doch nichts dafür, dass sie in Nome auf keinen grünen Zweig gekommen ist. Keine Ahnung, was dort passiert ist, aber nach zwanzig Jahren hier aufzutauchen und mir die die bösen Geister auf den Hals zu hetzen … das ist nicht fair!« Er sah Karens verwunderten Blick. »Sie meinen, es gibt keine bösen Geister?« Er lachte kurz. »Die Indianer wissen Einiges, von dem wir keine Ahnung haben, Ma'am. Die sind nicht so dumm, wie manche glauben.«

»Ich weiß«, räumte Karen ein, »aber ich denke, der Spuk ist jetzt vorbei. Ich hab sogar die Hoffnung, dass Dolly zu unserem Christmas Open Air kommt, dann könnten Sie sich endlich mit ihr aussöhnen. Mit ihr und Doug.«

»Doug? Der betrunkene Rowdy?«

»Ihr Sohn. Doug ist Ihr Sohn.«

Charly wusste nicht, ob er lachen oder weinen sollte. »Ich hätte es mir ja denken können. Einer wie der konnte nur auf meinem Mist wachsen.«

»Die Witwe kümmert sich um ihn. Der wird wieder.«

»Wer's glaubt.«

Karen war gerade dabei, die Rechnung zu bezahlen, als laute Stimmen von der Straße hereindrangen. Sie trat auf den überdachten Gehsteig vor dem Lokal, wo Rosalind bereits auf ihrem Regiestuhl saß und die meisten Mitwirkenden und Schaulustigen warteten. In diesem Augenblick blickten aber alle auf die andere Straßenseite. Laura King war aus einem SUV gestiegen und vor dem heruntergelassenen Fenster des Fahrers stehen geblieben.

Dr. Alex Swindell. Karen erkannte ihn sofort.

»Und ich dachte, du wärst anders!«, beschimpfte Laura

den Arzt. »Warum hast du mir nicht früher gesagt, dass du verlobt bist? Warum reibst du mir das erst während der Rückfahrt unter die Nase? Meinst du vielleicht, ich spiele die zweite Geige? Deine Nebenfrau, oder wie immer man das inzwischen nennt?«

»Das mit der Verlobung, das war vielleicht etwas voreilig.«

»Ach ja? Wolltest du ihr den Laufpass geben? Tut mir leid, Schätzchen, ich hab eine andere kennengelernt, aus der Hochzeit wird nichts? Oder wolltest du mich als Gespielin für besondere Stunden verstecken? Das Dummchen vom Dorf, das froh sein sollte, wenn sich der Herr Doktor in seinem weißen Kittel überhaupt für sie interessiert? So haben wir nicht gewettet, mein Lieber! Wenn ich meinen Arm nicht in der Schlinge tragen würde, hätte ich dir schon längst eine geknallt! Was sagst du?« Sie hob den Kopf und schien die Zuhörer auf der anderen Straßenseite erst jetzt zu sehen. »Es ist mir egal, ob uns jemand zuhört. Meinetwegen kann die ganze Stadt zuhören!«

»Sei doch vernünftig, Laura-Baby«, hörte man den Arzt.

»Ich bin nicht dein Baby.«

»Ich werde die Verlobung lösen. Wie gesagt, ich war wohl etwas voreilig mit dem Ring. Ich hab mich von Mary-Beth überreden lassen und … eigentlich habe ich der Verlobung nur zugestimmt, weil ich Angst vor einem ihrer Anfälle hatte. Sie kann sehr impulsiv sein, weißt du, und ich wollte nicht …«

»Und deshalb hast du ihr den Ring gegeben?«, fragte Laura.

»Dumm von mir, ich weiß.«

Laura beruhigte sich nicht. »Ach was, so oder ähnlich reden sich doch alle Männer raus, sobald man ihnen auf die Schliche kommt. In unserer Ehe ist sowieso nichts mehr los, mein Schatz, ich wollte schon längst mit ihr Schluss machen, aber ich muss auf den richtigen Zeitpunkt warten, du bist die einzige Frau, die ich jemals geliebt habe, gib mir etwas Zeit, dann wird alles gut …«

»Du bist ungerecht, Laura.«

»Bullshit! Geh zu Mary-Beth. *Schwester* Mary-Beth, nehme ich an.«

»Woher weißt du das?«

»Weil du auch nur einer von diesen Angeber-Ärzten bist, die sich für die Größten halten und glauben, dass ihnen jede Schwester zu Füßen liegt. Geh mir aus den Augen, Alex! Lass mich in Ruhe und fahr in dein Krankenhaus zurück!« Sie verschwand in ihrem Laden und schlug die Tür hinter sich zu.

Dr. Swindell warf einen kurzen Blick auf sein Publikum und machte, dass er davonkam. In einer Schneewolke brauste er zum Highway hinauf. So schnell hatte man selten einen Wagen aus Willow Creek fahren sehen.

»Heilige Makrele!«, staunte Rosalind. »Das war oscarverdächtig.«

»Sie hat einfach kein Glück mit den Männern«, sagte Ally.

»Und die fehlenden Lichter hat sie noch immer nicht angebracht.«

»Mit einem gebrochenen Arm?« Jerry hatte den Streit aufmerksam verfolgt und wahrscheinlich entschieden, es noch einmal bei Laura zu versuchen. Selbst Karen, die ihn bisher nur flüchtig kannte, sah das verräterische Funkeln in seinen Augen. Anscheinend glaubte er, nach Lauras Enttäuschung wieder größere Chancen bei ihr zu haben. »Das kann ich doch übernehmen.«

»Sehr nobel«, lobte Rosalind, »aber ich will nichts hören.«

»Ich verstehe nicht …«

»Du verstehst mich ganz genau! Ich weiß, dass du dich bei ihr einschleimen willst, aber das würde ich an deiner Stelle lieber lassen. Laura hat harte Zeiten hinter sich. Wenn du der dumm kommst, haut sie dir das Nudelholz über den Schädel. Geh zu der Therapeutin oder der Bedienung zurück … ist besser.«

»Die wollen mich nicht mehr.«

»Dann lass deinen Charme spielen.«

»Was ist eigentlich mit dir?«

Rosalind lachte schallend. »Du machst Witze! Wenn ich einen heirate, dann nur einen Hollywoodstar. Leonardo di Caprio, Matt Damon, so einen.«

»*All in* … drunter machst du's nicht, stimmt's?«

»Die Monroe war genauso … und hatte den Präsidenten im Bett.«

»Und wurde ermordet.«

»Auch wieder wahr. Nun ja, den jetzigen Präsidenten möchte ich nicht mal auf der Bettkante sitzen haben, also bleibe ich wohl lieber allein.« Sie klatschte in die Hände. »Was ist? Nicht schlappmachen, Leute! Wenn wir in der *Morning Show* gut aussehen wollen, liegt noch viel Arbeit vor uns. Wie wär's mit der ersten Szene? Charly, du hast Einiges aufzuholen.«

»Aye, Ma'am. Ich komme ja schon.«

Karen hatte genug von den Proben; sie wollte auch nach ihrem Sohn sehen und winkte Rosalind zum Abschied zu. Den Kopf gegen den beginnenden Schneefall gesenkt, überquerte sie die Straße. Sie hielt es für eine gute Idee, den Daheimgebliebenen eine Tüte mit den guten Schokokeksen mitzubringen, und betrat den Laden der Witwe. Das Glöckchen über der Tür klingelte.

»Dana!«, rief sie erstaunt, als sie die Huskyzüchterin am Tresen stehen sah. »Ich schätze fast, wir hatten die gleiche Idee. Die guten Schokoladenkekse?«

Dana nickte. »Aber die Witwe ist nicht hier. Ist sie bei Ihnen drüben?«

»Ich hab sie nicht gesehen.«

»Ich mache mir, ehrlich gesagt, Sorgen. Hier im Laden ist sie nicht, und im Büro nebenan oder in ihrer Wohnung auch nicht, da habe ich gerade nachgesehen. Das sieht ihr gar nicht ähnlich. Wo mag sie nur sein?«

»Weg«, kam die Antwort aus dem Halbdunkel. Jeremiah O'Rourke kehrte aus der Toilette zurück und blieb zwischen den Regalen mit dem Hundefutter stehen. »Sie hat ein Taxi gerufen und ist nach Fairbanks gefahren. Zum Flughafen. Ich durfte niemandem etwas sagen und soll auf den Laden aufpassen.«

»Zum Flughafen? Wie lange ist das her?«

»Ungefähr zwei Stunden.«

»Hat sie gesagt, was sie dort will?«

»Ich hab sie mal von Hawaii reden hören.«

»Das klingt nicht gut«, sagte Dana.

19

Marla und Jimmy waren mit dem Schlitten unterwegs, als Karen und Dana das Haus erreichten. Dana erwischte ihre Partnerin über ihr Handy und sagte ihr, dass sie und Karen nach Fairbanks fahren würden, um dort nach der Witwe Bagley zu sehen und gleich für die nächsten Tage einzukaufen. Im Gemischtwarenladen der Witwe war die Auswahl doch recht begrenzt.

Karen ließ sich das Handy geben und sprach mit ihrem Sohn. »Hallo, Jimmy! Macht ihr gerade Pause? Dana und ich fahren in die Stadt und kaufen ein. Bis heute Abend sind wir wieder zurück. Gefällt dir euer Ausflug?«

»Obercool, Mom! Du glaubst nicht, wie schnell die Huskys rennen können, dagegen bin ich ein lahmer Esel mit meinem Fahrrad.« Seine Stimme überschlug sich bei dem Versuch, möglichst viel in möglichst kurzer Zeit zu erzählen. »Stell dir vor, Marla hat mich wieder auf den Kufen mitfahren lassen, und in dem Wald dort drüben wollen wir nach Tieren Ausschau halten. Vielleicht sehen wir einen Fuchs oder einen Hasen, sagt Marla. Ist das nicht toll?«

»Klingt gut. Ich bring dir was Schönes mit, okay?«

»Ein paar Leckerli für Skipper wären gut.«

»Geht in Ordnung. Sei schön brav und hör auf Marla!«

»Geht klar, Mom.«

Dana erkundigte sich bei Derek, der in seinem Arbeitszimmer saß, ob er etwas aus dem Supermarkt brauchte, dann stiegen sie in Karens Geländewagen und brachen auf. Auf dem Highway war wenig los. Die üblichen Trucks, ein Räumfahrzeug des Winterdienstes, ein paar Einheimische in ihren Pick-ups oder Geländewagen. Der Himmel war grau, es schneite leicht.

»Ich möchte wissen, was in die Witwe gefahren ist«, sagte Dana. »Die fährt sonst nur nach Fairbanks, wenn es gar nicht mehr anders geht. Selbst in Healy oder Cantwell sieht man sie selten. Sie fühlt sich wohl in Willow Creek, und solange Kunden zu ihr kommen, denen sie von ihrem Henry erzählen kann, ist alles in Ordnung. Dachte ich jedenfalls. Es muss irgendwas passiert sein.«

»Verwandte oder Freunde, die sie besuchen kommen?«

»Die Bagleys hatten keine Kinder. Und ihre Freunde leben alle in Willow Creek und Umgebung.« Sie blickte eine Weile aus dem Fenster. »Vielleicht will sie ja tatsächlich wegfliegen? Hawaii, Kalifornien … weg von allem?«

»Wenn sie in Urlaub fliegen würde, hätte sie doch was gesagt.«

Dana nickte gedankenvoll. »Das stimmt. Sie ist sehr korrekt, vor allem, wenn es um ihren Laden geht, und hätte uns sicher rechtzeitig informiert. Und selbst wenn sie auf die wahnwitzige Idee gekommen wäre, Jeremiah O'Rourke als Vertretung einzustellen, hätte sie ihm doch gesagt, wo sie hinfliegt und wann sie zurückkommt. Da muss was anderes dahinterstecken.«

»Hat sie kein Handy?«

Dana lachte. »Nicht mal eins von diesen altmodischen Dingern, mit denen man nur telefonieren kann. Sie lebt in der Vergangenheit. Hast du ihre Registrierkasse im Laden gesehen? Die stammt noch aus den Fünfzigern. Und ihren Laptop hat sie nur, weil sie sonst keine Waren mehr bestellen könnte.«

»Egal. Wenn wir uns beeilen, erwischen wir sie vielleicht noch.«

Karen beschleunigte unwillkürlich, ging aber gleich wieder vom Gas, als sie merkte, wie glatt die Straße war. Besonders in schattigen Kurven musste sie höllisch aufpassen, um nicht die Gewalt über ihren Wagen zu verlieren. Nicht mal ihre neuen Winterreifen waren gegen vereiste Stellen gefeit. Sie war eine passable Autofahrerin, aber hauptsächlich in der Stadt und nur selten auf den Highways abseits von Anchorage unterwegs. Obwohl es noch früh am Nachmittag war, hingen bereits düstere Schleier über der Alaska Range.

Als sie einige Meilen südlich von Nenana an einem einsamen Blockhaus vorbeikamen, wischte Dana mit dem Ärmel über die angelaufene Seitenscheibe und blickte zuerst neugierig und dann verstört hinaus. »Seltsam!«

»Was gibt's?«

»Da wohnt Bill Travis, mein Freund.«

»Der Sergeant, von dem du erzählt hast?«

»Bei ihm brennt Licht! Ich dachte, er wäre in der Gegend von Nome.« Nome lag ungefähr achthundert Meilen weiter nordöstlich an der Beringsee.

»Sollen wir nachsehen?«

»Auf der Rückfahrt vielleicht, sonst verpassen wir noch die Witwe.«

»Bist du sicher?«

»Ich glaube schon«, antwortete Dana.

Am Tonfall merkte Karen, dass Dana sich alles andere als sicher war. Ihre Gastgeberin brachte vor lauter Schreck kaum einen Ton heraus und war merklich blass geworden. Hatte sie nicht von ihrem Pech mit Männern berichtet? Dass einige das Weite gesucht hätten, sobald sie mitbekamen, wie sie humpelte? Sie hatte sicher Angst vor einer neuen Enttäuschung.

»Da sieht sicher jemand nach dem rechten«, versuchte Karen sie aufzumuntern. »Ein Freund, ein Nachbar, eine Putzfrau. Oder er ist früher nach Hause gekommen und will dich überraschen. Warum rufst du ihn nicht an?«

»Hab ich schon ... heute Morgen. Hab nur seine Mailbox erwischt.« Sie überlegte wohl, ob sie es noch mal versuchen sollte, ließ es aber. »Wenn er im Einsatz ist, hat er sein Handy meist ausgeschaltet. So sind die Vorschriften.«

»Was ist er für einer? Einer zum Heiraten?«

Dana hatte Tränen in den Augen und vermied es, sie anzublicken. »Bill ist ein ganz Lieber. Als ich ihn zum ersten Mal sah, dachte ich, ich hätte einen dieser typischen Soldaten vor mir. Mir reichte schon die Mecki-Frisur.«

»Aber?«

Ein schüchternes Lächeln vertrieb die Tränen. »Er ist ganz anders. Einfühlsam, liebevoll, und stell dir vor, er mag Cupcakes. Die himmelblauen.«

»Sergeant Cupcake?«

»Du glaubst doch nicht ...« Dana vollendete den Satz nicht.

»Jetzt sehen wir erst mal zu, dass wir die Witwe Bagley wieder auf Kurs bekommen«, lenkte Karen sie ab. »Obwohl ich verstehen könnte, wenn sie nach Hawaii unterwegs wäre. Wusstest du, dass meine Eltern dort leben?«

»Auf Hawaii? Und du und Jimmy, ihr fahrt nach Willow Creek?«

»Weil es dort Huskys gibt und ich Jimmy noch nie so glücklich gesehen habe. Die Weihnachtszeit mit Huskys zu verbringen, ist das Allerhöchste für ihn. Besser geht es nicht. Danke, dass ihr euch seiner so angenommen habt.«

»Er ist ein cleverer Junge. Und er weiß mehr über Huskys als viele Erwachsene. Wenn er größer ist, kann er gern mal ein Praktikum bei uns machen.«

Karen freute sich über das Angebot. »Aber das wird wohl noch einige Jahre dauern. Elementary School, High School, der Weg ist noch lang, und wer weiß, ob es die Happy Husky Kennels dann immer noch gibt? Aber wir werden wohl noch öfter Ferien bei euch buchen. Wenn ihr einverstanden seid.«

»Natürlich. Ihr bekommt sogar einen Sonderrabatt.«

Karen war froh, die Huskyzüchterin auf andere Gedanken gebracht zu haben. Sie erzählte ihr von Jimmy, wie er sich im Kindergarten schlug und wie er gebannt vor dem Fernseher saß, wenn etwas über Tiere und besonders über Huskys kam. Eine Doku über das Iditarod-Rennen, die vor einigen Monaten auf Netflix freigeschaltet worden war, hatte er sich gleich mehrere Male angesehen. »Seltsam«, sagte sie, »ich hatte es als kleines Mädchen immer mit Ponys.«

Der Flughafen von Fairbanks lag am westlichen Stadtrand, nur wenige Minuten vom Highway entfernt. Sie parkten vor dem Main Terminal und hasteten in die Eingangshalle, suchten auf einem der Monitore nach einem Flug, den die Witwe gebucht haben könnte. »Nach Honolulu?«, wiederholte die hübsche Dame am Infostand. »Da müsste sie erst mal nach Anchorage.«

Natürlich rückten die Angestellten der Airlines keine Namen heraus, ein freundlicher Mitarbeiter checkte aber seinen Computer und sagte: »Also, wenn ich nach Honolulu wollte, würde ich die Maschine um halb drei nehmen. Alaska Airlines, Gate zwei. Von Anchorage dann weiter nach Honolulu.«

Sie bedankten sich und fuhren in den ersten Stock hinauf. Vor wenigen Minuten war eine Maschine aus Seattle gelandet, und die vielen Reisenden, die aus einem der Gates strömten, versperrten ihnen die Sicht. Als sie wieder klar sehen konnten, entdeckten sie die Witwe Bagley vor Gate 2; ihr kleiner Rollkoffer stand neben dem Sitz. Sie trug einen pelzbesetzten Poncho über ihren Schlabberkleidern, hatte ihre grauen Haare zu einem Knoten hochgesteckt und die großen Ohrringe angesteckt, ohne die sie nie ihr Schlafzimmer verließ. Ihr Blick war nach unten gerichtet, als würde sie den Boden studieren.

»Witwe Bagley?«, fragte Dana leise, um sie nicht zu erschrecken.

Die Witwe hob den Kopf, und ein leichtes Lächeln überdeckte ihre Tränen. »Dana! Hätte ich mir ja denken können, dass du mir sofort nachfährst.«

»Eigentlich war Karen die treibende Kraft.«

Ihr Blick wanderte zu Karen. »Die Urlauberin, die Matt Stuart aus der Reserve gelockt hat? Den verrückten Fallensteller, der nie mehr was mit einer Frau anfangen wollte?

Dafür, dass Sie erst ein paar Tage in unserer hübschen Gemeinde sind, haben Sie den Laden ganz schön auf den Kopf gestellt.«

»Das war nicht meine Absicht, Witwe Bagley.«

»Es war als Kompliment gemeint, meine Liebe«, sagte die Witwe. »Ich weiß, dass Sie eigentlich nur wegen Ihres Sohnes nach Willow Creek gekommen sind. Ein aufgeweckter Junge übrigens. Ich habe schon immer Alleinerziehende bewundert, die es schaffen, ihren Alltag zu meistern. Und ich denke mal, Sie hatten sicher nicht vor, sich hier draußen zu verlieben? In einen einsamen Fallensteller, der einen Sack voller Probleme mit sich herumschleppt.« Sie bat Dana und Karen mit einem Nicken, sich neben sie zu setzen. »Ich wollte, mir wäre so was passiert. Aber Kinder konnten mein Henry und ich nicht bekommen, einen anderen Mann wollte ich nicht, und mit dem Alleinsein kam ich auch nie zurecht. Aber ich rede schon wieder zu viel.«

»Du bist nicht allein«, erwiderte Dana, als sie sich gesetzt hatte. »Du hast ganz Willow Creek zum Freund. Ohne dich und deinen Laden würde uns allen was fehlen. Du bist so was wie der gute Geist unserer kleinen Stadt.«

»Musst du gleich übertreiben?«

»Warum wolltest du wegfliegen, Witwe Bagley?«

Die Witwe blickte auf einen Hund, der an ihrem Koffer schnüffelte und seinen Besitzer, einen älteren Herrn, zum nächsten Opfer zog. Ihre Augen füllten sich wieder mit Tränen. »Henrys Tod jährt sich diesen Monat zum dreißigsten Mal«, sagte sie nach längerem Zögern. »Vor genau dreißig Jahren stürzte er mit seiner Maschine am Mount

Denali ab und brach sich das Genick. Beim Aufräumen bekam ich die Zeitungsausschnitte von damals in die Hände, und plötzlich war alles wieder da. Der ganze Rummel, der nach seinem Tod einsetzte, die Verdächtigungen der Troopers, er hätte seinen Tod selbst verschuldet, die Ausreden seiner Firma, weil sie keine Lust hatten, mir eine Entschädigung zu zahlen. Als ob ich es darauf angelegt hätte. Wenn der Versicherungsdetektiv nicht gewesen wäre, hätten sie wohl nie zugegeben, dass sie ihn gezwungen hatten weiterzufliegen.« Sie blickte eine Weile ins Leere. »Ich hatte plötzlich alles satt, wollte nur noch weg und dachte, in Hawaii würde ich auf andere Gedanken kommen, aber dann …« Sie blickte Dana und Karen nacheinander an. »Dann wurde mir klar, dass so eine Flucht nichts bringt und ich die viele Sonne auf Hawaii sowieso nicht gewöhnt wäre. Ich komme ohne Schnee und Dunkelheit nicht aus. Und außerdem …«

»Du kannst ohne uns nicht leben.«

Die Witwe blieb ernst. »Außerdem mache ich mir Sorgen um Doug.«

»Sie wissen, dass er Charlys Sohn ist?«

»Er hat es mir erzählt. Und heute Morgen habe ich erfahren, dass Sie seine Mutter getroffen haben, die angebliche Hexe. In Willow Creek spricht sich so was schnell herum, und ich erfahre es in meinem Laden meist als eine der Ersten.« Ein flüchtiges Lächeln stahl sich auf ihr Gesicht. »Aber weder die Indianerin noch Charly kümmern sich um ihn, und ich fühle mich für Doug verantwortlich.«

»Du schuldest ihm nichts«, sagte Dana.

»Einer muss sich um ihn kümmern. Ich weiß, er ist über zwanzig und müsste längst auf eigenen Beinen stehen, aber er bekommt sein Leben nicht in den Griff. Seine Ausraster haben ihn bereits seinen Job gekostet. Er trinkt zu viel, er randaliert, und wenn er nicht aufpasst, landet er hinter Gittern.«

»Du bist nicht seine Mutter.«

»Ich mache mir trotzdem Sorgen. Als er diesmal in Willow Creek war, ist er zum ersten Mal mit mir gekommen, vielleicht nur, weil er Hunger hatte, aber immerhin. Und als er wieder einigermaßen nüchtern war, kam es mir beinahe so vor, als wäre doch noch was zu retten. Aber dann begann er wieder auf Gott und die Welt zu schimpfen und rannte davon. Er würde seinem Chef schon zeigen, wo der Hammer hängt, hat er gesagt.« Sie seufzte müde. »Es war ein Fehler, nur an mich zu denken und nach Hawaii durchbrennen zu wollen. Ich hätte ihn gar nicht gehen lassen dürfen. Schlimm genug, dass ich so lange gebraucht habe, mich überhaupt um ihn zu kümmern. Ich dachte, es wäre alles einigermaßen okay, als er nach Fairbanks ging. Ein Job in einem Handwerksbetrieb, ein billiges Zimmer … meinst du, wir sollten mal nach ihm sehen?«

»Eher gäbst du ja sowieso keine Ruhe«, sagte Dana, sichtlich froh darüber, dass sich die Witwe einigermaßen gefangen hatte. Sie blickte auf die Uhr. »Zeit haben wir noch genug. Und danach müssen wir in den Supermarkt.«

»In den Supermarkt? Ihr wollt mir untreu werden?«

»Nur die Sachen, die wir bei dir nicht bekommen«, sagte

Dana rasch. »Das weißt du doch. Weißt du denn, wo Doug wohnt? Hast du seine Adresse?«

»Nur die von dem Handwerksbetrieb. Nicht weit von hier.«

Die Firma lag nur wenige Häuserblocks vom Flughafen entfernt. Während der kurzen Fahrt rief Dana zu Hause an und erwischte Marla, die gerade mit Jimmy von ihrem Ausflug zurückgekehrt war. »Wir haben die Witwe gefunden«, berichtete sie, »erledigen aber noch Einiges hier in Fairbanks. Ich denke, wir sind gegen sieben zurück. Wie war euer Ausflug? Alles gut gelaufen?«

Dana hörte eine Weile zu und reichte ihr Handy an Karen weiter.

»Mom?«, hörte Karen die Stimme ihres Sohnes. »Du glaubst nicht, was wir alles erlebt haben. Wir waren ganz allein in den Bergen, so einsam, wie man es manchmal im Fernsehen sieht, und haben sogar einen Elch gesehen. Leider nur eine Elchkuh ohne Geweih, aber sie war trotzdem ziemlich groß. Und einmal durfte ich ganz allein fahren, ohne Marla, wie bei einem Rennen.«

»Wow! Dann wird wohl mal ein berühmter Musher aus dir.«

»Ich gewinne das Iditarod, wäre das nicht obercool?«

»Dann hat's dir gefallen?«

»Und wie, Mom! Und wie!«

Sie hatten die Werkstatt erreicht und parkten direkt vor der Tür. Der Chef war unterwegs, aber unter einem der Wagen, die zur Reparatur bereitstanden, rollte eine Frau in einem ölverschmierten Overall hervor. »Anne«, stellte sie sich vor. »Mein Mann ist mit dem Abschlepper unterwegs. Ein Glück, dass ich den Job auch gelernt habe.« Sie lachte. »Kummer mit dem Wagen?«

»Wir suchen Doug«, sagte Dana.

Die Miene der Frau verfinsterte sich. »Der arbeitet nicht mehr hier.«

»Ich weiß, Ihr Mann hat ihm gekündigt und wahrscheinlich völlig zu Recht. Der Junge hatte einige Probleme in letzter Zeit.« Dana deutete zum Wagen zurück. »Die ältere Dame kümmert sich um ihn und würde gern nach ihm sehen, aber wir haben leider keine Adresse. Könnten Sie uns vielleicht aushelfen?«

»Schon mal was von Datenschutz gehört?«

»Wir wollen ihm helfen, Anne.«

»Na, schön«, gab die Frau nach und ging mit ihnen ins Büro nebenan. Sie wischte sich ihre schmutzigen Hände an einem Lappen ab und tippte etwas in den Computer. »Doug Walton.« Sie nannte eine Adresse. »Eine halbe Stunde mit dem Wagen. Aber viel wird das nicht nützen. Der Junge ist völlig daneben.«

»Gab es Ärger?«

»Er hat zwanzig Dollar aus der Portokasse geklaut.«

»Haben Sie ihn angezeigt?«

»Nein, aber Pete … mein Mann hat ihm sofort gekündigt und gesagt, er soll sich nicht mehr blicken lassen, sonst würde er ihn windelweich prügeln.«

»Dann war der Diebstahl nicht alles?«

»Nein, aber der brachte das Fass zum Überlaufen. Er kam ständig zu spät, soff während der Arbeit und unternahm eine heimliche Spritztour mit einem teuren Lexus, den wir zur Reparatur hier hatten. Wenn er nicht getrunken hatte, was selten genug vorkam, war er ein guter Mechaniker, ein extrem guter sogar, sonst hätte ihn Pete noch früher rausgeworfen. Na, viel Glück mit ihm!«

Dana ersetzte der Werkstattbesitzerin die zwanzig Dollar, die Doug gestohlen hatte, und bedankte sich. »Danke, Anne, das können wir brauchen.«

Nachdenklich kehrten sie zum Wagen zurück.

20

Doug Walton wohnte im Erdgeschoss eines achtstöckigen Wohnblocks nahe der Innenstadt. Sie klingelten vergeblich und wollten schon wieder zu der Witwe in den Wagen steigen, als ein Mann in Jeans und Anorak, anscheinend der Hausmeister, von den Abfallcontainern zurückkehrte. »Sie wollen zu …«

»Doug Walton«, sagte Karen. »Kennen Sie ihn?«

Der Mann lachte abfällig. »Ob ich ihn kenne? Den kennt doch jeder hier. Ein Rumtreiber … macht ständig Ärger. Neulich lag er die halbe Nacht betrunken im Hausflur. Wenn ich nicht nach der Heizung gesehen und ihn zufällig gefunden hätte, wäre er glatt erfroren. Ich bin der Hausmeister hier, wissen Sie?« Er schloss die Tür auf und lehnte sich dagegen. »Wahrscheinlich ist er im Liquor Store dort drüben und holt sich Nachschub.«

Dana sagte der Witwe, dass sie gleich wiederkommen würden, und sie überquerten die Straße zu den Läden auf der anderen Seite. Sie hatten ihn noch nicht erreicht, als Doug ihnen mit einer Papiertüte entgegenkam. Er war nicht betrunken, aber unsicher auf den Beinen. »Was wollen Sie denn hier?«

»Hallo, Doug«, begrüßte Dana ihn. »Wir haben uns Sorgen um dich gemacht. Die Witwe Bagley, Karen, ich … wir alle. So ein Leben, wie du es hier führst, bringt doch nichts. Such dir einen Job und fang ein neues Leben an!«

»Warum lauern Sie mir hier auf? Lassen Sie mich in Ruhe!«

»Wir lauern dir nicht auf«, meldete sich Karen. »Aber ich habe mit deinem Vater und deiner Mutter gesprochen. Der Indianerin, die viele für eine Hexe gehalten haben. Ich glaube, sie bedauern längst, dass ihr nicht mehr zusammen seid. Warum gibst du ihnen nicht eine Chance und sprichst mit ihnen?«

»Sie haben mit meiner Mutter gesprochen?«

»Ich hab sie zufällig in den Bergen getroffen.«

Doug verzog abfällig den Mund. »Die Verrückte hat mich doch davongejagt. Wie einen kranken Köter, den man auf irgendeinem Parkplatz stehen lässt. Ich hab auf der Straße gelebt, zwei Jahre in einem blöden Heim verbracht und bin einer angeblichen Wohltäterin auf den Leim gegangen, die mir ihren verrückten Bruder auf den Hals hetzte. Dann kam dieser Pfaffe und wollte mir weismachen, dass Gott keinen Unterschied zwischen den Menschen macht. Dass ich nicht lache!«

»Das tut mir leid.«

»Und kaum hab ich diesen Job, nervt mich mein Chef, nur weil ich mir mal einen Schein aus der Portokasse geliehen hatte. Er war eifersüchtig, das war er! Der hatte doch keine Ahnung von Autos! Nee, da saufe ich mir lieber die Hucke voll und leg mich auf die faule Haut. Alles andere bringt nichts.«

»Und … willst du ewig so weitermachen?«, fragte Dana.

»Was geht das euch an?«

»In Willow Creek halten wir zusammen. Du bist einer von uns.«

»Mir kommen gleich die Tränen!«

Dana blickte sich zum Wagen um. »Die Witwe Bagley ist auch mitgekommen. Mit der bist du doch gut ausgekommen. Sprich mit ihr, Doug!«

Doug blickte in ihre Richtung und überlegte wohl einen Augenblick, schüttelte dann aber genervt den Kopf. »Lasst mich in Ruhe! Wie oft soll ich's denn noch sagen? Lasst mich zufrieden, fahrt in euer Kaff zurück!«

»Und dein Vater? Deine Mutter?«

»Die können mich mal!«

»Doug …«

»Ich muss weiter.« Er ging an ihnen vorbei, blickte nur kurz auf Karens Wagen und überquerte die Straße. »Lasst mich alle in Ruhe!«, rief er wütend.

Dana blieb hartnäckig. »Dann komm wenigstens zu Weihnachten! Am Heiligabend führen wir das Stück auf, das wäre doch ein gutes Datum. Okay?«

»Scheiß auf Weihnachten!«

Die Witwe Bagley war ausgestiegen und hatte den letzten Teil der Auseinandersetzung mitgehört. Sie sagte nichts, wirkte nur traurig und enttäuscht, als sie in den Wagen stiegen und zum Highway fuhren. Es war dunkel geworden, an zahlreichen Häusern und Läden leuchtete es weihnachtlich; sogar ein überdimensionaler Santa Claus, in dessen Sprechblase ständig ein »Ho! Ho! Ho!« aufleuchtete, war dabei. Vor einem der Häuser blinkte die rote Nase eines Rentiers mit den goldenen Sternen an den Fenstern um die Wette.

»So einen darf man nicht aufgeben«, sagte die Witwe.

»Doug ist kein kleiner Junge mehr«, erwiderte Dana.

»Auch wenn er während seiner Jugend schlimme Zeiten durchmachen musste, darf man ihm nicht alles durchgehen lassen. Irgendwann muss er erkennen, worauf es ankommt.«

»So geht er vor die Hunde.«

Dana blickte nach hinten. »Vielleicht kommt er zu Weihnachten. Halte sicherheitshalber mal eine Tüte mit deinen guten Schokokeksen bereit, die haben ihm geschmeckt. Wenn er nicht kommt, opfere ich mich gern dafür.«

»Das könnte dir so passen.«

Wie geplant, hielten sie am Supermarkt und arbeiteten die Einkaufsliste ab, die Dana unterwegs notiert hatte. Sogar die Witwe Bagley kam mit, obwohl sie bereits todmüde war und ständig gähnte. Auch für sie gab es dort einige Sachen zu kaufen, die man in ihrem eigenen Laden nicht bekam, weil es sich nicht lohnte, ein Sortiment dafür anzulegen. Mit Honig verfeinerte Putenbrust, die italienische Salami mit den besonderen Gewürzen, der mit Senf angereicherte Kartoffelsalat und das Duschgel aus der Drogerieabteilung.

In der Abteilung für Tierfutter kaufte Karen eine große Tüte mit Leckerli für die Huskys, und an der Kasse waren einige Schokoriegel für Jimmy und sie fällig. Man konnte nicht immer gesund leben. Die Witwe Bagley und Dana überraschte Karen mit jeweils einer Schachtel erlesener Pralinen, »weil ihr mich und meinen Sohn mich so nett in Willow Creek empfangen habt.«

Sie fuhren auf den Highway nach Südosten und ließen die Stadt hinter sich. Die Lichter zu beiden Seiten der

Straße wurden weniger und verblassten schließlich ganz. Der Himmel war verhangen, wie fast immer während der letzten Tage, und ließ selbst für den Mond kaum Lücken. Böiger Wind fegte von den Bergen herab und schüttelte den Neuschnee von den Schwarzfichten, die sich daraufhin dunkel und wie Scherenschnitte gegen den Schnee abhoben. Das Land wirkte kalt und unwirtlich, aber auch weit und geheimnisvoll.

Auf der Rückbank schlief die Witwe Bagley ein und schnarchte schon bald so laut, dass der Motor kaum noch zu hören war. Dana blickte gedankenverloren in die Ferne. Karen konnte sich denken, woran sie dachte. Die Sorge um ihren Sergeant machte ihr sicher schon die ganze Zeit zu schaffen, auch wenn sie sich zwischenzeitlich um Doug bemüht hatte. Warum brannten die Lichter in seinem Haus, wenn er doch angeblich in Nome war, eine halbe Weltreise von Willow Creek entfernt? Warum ging er nicht an sein Handy?

In Nenana empfing sie ein leuchtender Santa Claus mit seinem Schlitten am Straßenrand. Leider brannten mehrere Glühbirnen nicht, und Rudolph musste ohne seine rote Nase auskommen. Auf den Straßen waren keine Menschen zu sehen. Auch auf der Brücke über den Tanana River waren sie allein, und der Wald lag dunkel und unheilvoll vor ihnen. Inzwischen hatte sich der Mond durch die Wolken gekämpft und stand blass über den nahen Bergen.

»Da vorne links«, sagte Dana, als das Haus des Sergeants am Straßenrand auftauchte. In ihren Augen spiegelten sich das Mondlicht und die Angst. »Ich brauche nur ein paar Minuten. Will nur schnell sehen, ob er zu Hause ist.«

Karen hielt an und beobachtete, wie Dana die Stufen zu dem Blockhaus hinaufstieg. Eines der beiden Fenster war hell erleuchtet. Die Huskyzüchterin drehte sich zu ihr um, bevor sie klopfte, versuchte es noch einmal, als niemand öffnete, und merkte erst dann, dass die Tür nur angelehnt war. Sie rief: »Bill! Bill! Bist du zu Hause? Ich komme rein, okay?«, und betrat das Haus.

Karen wurde nervös, überzeugte sich mit einem schnellen Blick davon, dass die Witwe Bagley noch schlief, und stieg aus dem Wagen. Irgendetwas stimmte nicht. So nah am Highway ließ niemand das Licht brennen und die Tür offen stehen, wenn er das Haus verließ. »Dana?«, rief sie, als sie hineinging. »Was ist passiert?«

Dana saß in einem der Sessel beim Fernseher und schüttelte den Kopf. »Ich verstehe das nicht. Eigentlich sollte Bill in Nome sein, aber in seinem Haus brennt Licht, die Tür steht offen, als wäre er nur mal kurz aus dem Haus ... was, zum Teufel, ist hier los? Haben wir einen Einbrecher überrascht?«

»Warum sollte ein Einbrecher das Licht brennen lassen? Selbst wenn er wüsste, dass Bill nicht zu Hause ist, müsste er doch befürchten, dass einer seiner Bekannten oder Nachbarn nachsieht. Außerdem sieht es hier nicht so aus, als hätte jemand nach etwas Wertvollem gesucht.« Sie berührte den halbvollen Kaffeebecher auf dem Tisch. Er war noch warm. »Und er würde sich erst recht keinen Kaffee brauen. Das war Bill. Er ist früher nach Hause gekommen. Er ist nur mal kurz weg und hat vergessen, die Tür abzuschließen.«

Karen merkte selbst, wie albern das klang, aber was hätte

sie sonst sagen sollen? Dass Bill vielleicht Schluss machen wollte und deshalb auf Tauchstation gegangen war? Viele Männer waren feige, wenn es um so etwas ging, und er gehörte vielleicht dazu, auch wenn sie Dana alles Glück dieser Erde wünschte. Sie suchte angestrengt nach einem Hinweis, der ihr bei der Lösung des Rätsels helfen könnte, fand aber nichts. »Hier im Haus ist er jedenfalls nicht.«

Dana stand auf und ging nach draußen; Karen folgte ihr. »Weit kann er nicht sein.« Sie deutete auf den Pick-up neben dem Haus. »Das ist sein Wagen. Vielleicht hat er kalte Füße bekommen, als er mich sah, und ist in den Wald gelaufen. Hat er doch bei der Armee gelernt: Bei Gefahr in Deckung gehen.«

»Unsinn! Ich kenne ihn zwar nicht, aber …«

»Er wäre nicht der Erste, der mich im Regen stehen lässt. Und besonders fair ging es dabei nie zu.« Dana stützte sich an der Hauswand ab. »Komm!«

Sie zog ihre Taschenlampe aus dem Anorak und lief an dem Pick-up vorbei. Karen hatte Mühe, mit ihr Schritt zu halten. Weil es immer noch schneite, sah man kaum Spuren, und die Huskyzüchterin lief wohl auf Verdacht in den Wald hinein. »Bill!«, rief sie. In ihrer Stimme mischten sich Angst und auch ein wenig Wut. »Bist du hier irgendwo? Ich will wissen, was los ist!«

»Hier ist er nicht«, sagte Karen. »Er versteckt sich doch nicht im Wald.«

»Und warum nicht? Ich hab schon ganz andere Sachen erlebt.«

»Bill liebt dich. Hast du selbst gesagt.«

»Ich hab Reinfälle abonniert. Selbst Laura hat mehr Glück.«

Ohne sich von den schneebedeckten Fichten aufhalten zu lassen, ging Dana tiefer in den Wald hinein. Karen blieb dicht hinter ihr und machte sich nicht mehr die Mühe, sie aufhalten zu wollen. Erst als ihr ein schneebedeckter Fichtenzweig ins Gesicht schlug, sagte sie: »Das bringt doch nichts!«

Dana blieb stehen. »Du bist hier irgendwo, Bill! Zeig dich endlich!«

Eine Weile geschah gar nichts. Karen glaubte beinahe, den Schnee fallen zu hören, so still war es. Nur ihr angestrengter Atem war zu hören. Dana war querfeldein gelaufen, als wüsste sie genau, wo sich ihr Sergeant versteckte.

Karen bezweifelte, dass er so tief in den Wald gelaufen war, wurde aber schon im nächsten Augenblick eines Besseren belehrt. Ungläubig beobachtete sie, wie wenige Schritte vor ihr ein Mann zwischen den Bäumen hervortrat. Ein kräftiger Mann mit kantigem Gesicht und militärischer Kurzhaarfrisur, in einem Jogginganzug und Hausschuhen. Ohne Stiefel, Anorak und Mütze.

»Bill!«, rief Dana entsetzt. »Was soll das? Was ist los mit dir?«

Er hielt die Arme schützend vor seiner Brust gekreuzt. Sein Gesicht und seine Hände waren von der Kälte gerötet. »Tut mir leid, Dana. Ich wollte …«

»Wieso bist du denn vor mir weggelaufen? Hattest du Angst vor mir?«

Er wirkte gehetzt. »Ich wollte nicht, dass du … dass du …«

»Warst du nicht in Nome?«

»Doch … doch … ich war dabei, aber … aber sie haben

mich früher zurückgeschickt, und ich wollte nicht, dass du es erfährst. Als ich dich aus dem Wagen steigen sah, bin ich durch die Hintertür raus und in den Wald gerannt … Ich weiß, das war ziemlich dumm von mir, und wenn die Jungs auf dem Stützpunkt jemals davon erfahren, bin ich geliefert, aber …« Er suchte immer noch nach den richtigen Worten. »Sie haben mich zurückgeschickt, weil ich … wegen meiner fehlenden Zehen und weil es Komplikationen wegen meiner Schussnarben gab … sie haben mich ausrangiert, Dana! Ich werde wohl in der Schreibstube enden und Formulare tippen. Ich wollte nicht, dass du das erfährst … jedenfalls jetzt noch nicht … deshalb bin ich einfach weggerannt, ich Idiot!«

Dana war längst auf ihn zu gehumpelt und schloss ihn in die Arme. »Und deshalb veranstaltest du so einen Wirbel? Mir ist doch vollkommen egal, ob du irgendwo in der Welt rumreist oder in einer Schreibstube arbeitest. Du hast dir deine Wunden im Einsatz geholt. Du hast genug geleistet! Was soll ich denn sagen? Ich humpele wie eine alte Frau.« Sie legte einen Arm um seine Schultern. »Komm, wir gehen ins Haus und du braust mir einen heißen Cappuccino! Das ist übrigens Karen. Sie verbringt ihre Ferien bei uns.«

»Freut mich, Karen«, sagte der Sergeant zu ihr. »Und entschuldigen Sie mein Verhalten.«

Dana drehte sich zu Karen um. »Was dagegen, dass ich über Nacht hierbleibe? Bill kann mich morgen früh mit seinem Wagen nach Hause bringen.« Sie lächelte ihn liebevoll an. »Ich will ihn auf gar keinen Fall allein lassen.«

»Kein Problem«, stimmte Karen zu.

»Und vergessen Sie bitte, was vorgefallen ist«, sagte der Sergeant.

»Ich habe nichts gesehen oder gehört und freue mich für Sie beide.«

Die Witwe Bagley schlief noch, als Karen in den Wagen stieg. Immerhin war ihr Schnarchen etwas leiser geworden. Karen lenkte den Wagen auf den Highway zurück und fuhr weiter nach Süden. Sie lächelte, als die Bilder aus dem Wald noch einmal an ihr vorbeizogen. Bill musste eine Heidenangst davor gehabt haben, dass Dana ihn verließ. Ohne auch nur zu ahnen, dass sie dieselbe Angst vor dem vorzeitigen Ende ihrer Beziehung hatte. Durch ihre Behinderungen, die eigentlich kaum ins Gewicht fielen, waren sie wohl beide stärker verunsichert, als sie dachten. Sie mussten Einiges erlebt haben.

Erst als Karen auf die Zufahrtstraße nach Willow Creek abbog, schreckte die Witwe Bagley hoch. »Sind wir schon da? Wo ist denn Dana geblieben?«

Karen erzählte es ihr, jedoch ohne Bills Weglaufen zu erwähnen, und fuhr sie nach Hause. Anschließend kehrte sie zum Haus von Happy Husky Kennels zurück. Die Hunde empfingen sie mit dem vielstimmigen Jaulkonzert, an das sie sich inzwischen gewöhnt hatte. Sie trug die beiden Tüten mit den Lebensmitteln ins Haus, stellte sie auf der Arbeitsfläche in der Küche ab und fischte die Leckerlis für die Huskys und die Schokoriegel heraus. »Hallo, Jimmy!«, begrüßte sie ihren Sohn, der bereits aufgesprungen war und sie heftig umarmte. »Hallo, Marla und Derek!«

Die beiden hatten Karten mit Jimmy gespielt und waren

bester Laune. Als Karen ihnen verriet, dass sie die Witwe nach Hause gebracht hatte und Dana über Nacht bei ihrem Sergeant blieb, atmeten sie erleichtert auf. »Wir haben uns schon Sorgen gemacht«, sagte Marla. »Dana hat viel Pech gehabt; eine weitere Pleite hätte ihr wahrscheinlich den Rest gegeben.«

»Alles bestens mit unseren Problemkindern.«

»Was sind Problemkinder?«, fragte Jimmy.

Karen lachte. »Erzähl ich dir später mal. Wie war denn dein Ausflug?«

»Obercool«, antwortete der Junge. »Beim nächsten Mal musst du unbedingt mitkommen. So was Tolles hast du noch nicht erlebt. Das ist viel besser, als mit dem Fahrrad einen Berg runterzufahren. Okay, mit Marla über die Berge zu fliegen, ist auch nicht übel, aber mit dem Hundeschlitten zu fahren, ist das Höchste. Stell dir vor, vielleicht darf Skipper das nächste Mal dabei sein.«

»Ich will es mal mit ihm versuchen«, erklärte Marla. »Wer weiß, vielleicht gehört er in einigen Monaten zu den Aufrechten Sieben. Talent hat er genug. Er ist schnell und intelligent, und Jimmy kümmert sich vorbildlich um ihn.«

»Skipper wird ein Star!«, war Jimmy sicher.

Karen half Marla beim Einräumen der Lebensmittel und schenkte ihr und Derek zwei von den Schokoriegeln. Sie blieb noch auf einen Cappuccino, erzählte Marla und ihrem Mann, was sie am Nachmittag erlebt hatte, und verabschiedete sich dann. Jimmy wäre gern noch etwas geblieben, aber der Tag war lang und anstrengend gewesen, und Karen war hundemüde. Sie war froh, als Jimmy endlich eingeschlafen war und sie auf ihr Bett sinken konnte.

Seltsamerweise fiel ihr das Einschlafen schwer. Am fernen Heulen der Wölfe konnte es nicht liegen, daran hatte sie sich inzwischen gewöhnt; auch das Rauschen des Windes, der in den nahen Schwarzfichten blies und gelegentlich einen Ast gegen das Hüttendach trieb, war ihr vertraut. Es lag wohl eher an dem Bild, das alle anderen Eindrücke dieses Tages überdeckte: das Bild eines einsamen Fallenstellers, der sich ebenfalls in seiner Hütte befand, vielleicht am Fenster stand und auf die verschneite Lichtung hinausblickte.

Sie setzte sich auf, überlegte eine Weile und trat ans Fenster, das leichte Schneegestöber dicht vor Augen. In ihren Gedanken berührte der Fallensteller das teilweise vereiste Fensterglas mit den Fingerspitzen und flüsterte ihren Namen: »Karen!« Und nicht einmal die heulenden Wölfe und seine jaulenden Huskys konnten das vielstimmige Echo ihres Namens übertönen.

Sie legte die Fingerspitzen gegen ihr Fenster. »Matt!«

21

Skipper war am nächsten Morgen besonders nervös. Selbst nachdem er gefressen hatte, zerrte er ungeduldig an seiner Leine. Als gehörte er schon jetzt zu den Aufrechten Sieben und es ginge in wenigen Minuten auf große Fahrt.

»Marla und ich machen morgen früh eine Probefahrt mit Skipper«, sagte Jimmy aufgeregt, »damit er sich langsam an seinen neuen Job gewöhnen kann. Heute repariert sie irgendwas an ihrem Flugzeug. Ich darf ihr dabei helfen.«

»Aber zuerst frühstücken wir«, sagte Marla, die bereits die anderen Huskys gefüttert hatte und mit einem leeren Eimer zurückkam. »Es gibt Rührei mit Speck und für dich ein paar Pfannkuchen mit Himbeersirup.« Sie blickte Karen an. »Guten Morgen. Dana hat angerufen. Sie kommt heute Nachmittag.«

Karen ging mit den beiden ins Haus. »Die beiden haben sich lange nicht gesehen und haben sich bestimmt Einiges zu erzählen. Sie müssen viel mitgemacht haben.«

Marla hatte die Eier schon aufgeschlagen und brauchte sie nur noch in die Pfanne zu geben. Karen kümmerte sich um die Pfannkuchen, der Einfachheit halber aus dem Plastikbehälter mit dem fertigen Teig. So weit reichten ihre Kochkünste. Bei komplizierteren Gerichten kam sie nicht ohne genaues Rezept aus, oder sie strich gleich die Segel und ging mit Jimmy in ein Lokal.

»Es soll einen Arzt geben, der auf Operationen, wie

Dana eine bräuchte, spezialisiert ist und ihr Bein vielleicht richten könnte. Eigentlich fällt ihr Humpeln kaum auf, aber mit dem Hundeschlitten schafft sie nur kurze Strecken. Hartes Brot für eine Musherin, die am Iditarod teilgenommen hat.«

»Meinst du, sie lässt sich operieren?«

»Ich hoffe es«, erwiderte Marla, während sie das Rührei in eine Schüssel füllte und den Frühstücksspeck in der Pfanne brutzeln ließ. »Sie leidet mehr unter ihrem Handicap, als sie zugeben will, obwohl ich ihr immer wieder sage, dass ihr Humpeln kaum auffällt. Aber die Männer, mit denen sie sich verabredet hat, solange ich hier bin, haben sie alle ziemlich übel behandelt. Außer Bill.«

»Und der hatte es auch nicht viel besser.« Karen erzählte ihr, aus welchen Gründen er aus Nome abgezogen worden war. »Die Schusswunden, die er sich im Einsatz zugezogen hat, haben sich wohl entzündet.« Sie gab die Pfannkuchen auf einen Teller, bestrich sie mit etwas Butter und goss Sirup darüber. Nicht gerade die kalorienarme Variante, aber Jimmy steckte so was locker weg. »Eigentlich haben sich die beiden gesucht und gefunden. Seltsam. Beide sind extrem stark und selbstbewusst und plötzlich so unsicher.«

Sie brachten das Frühstück zum Tisch und unterhielten sich mit Jimmy, der nur die Huskys und seinen Skipper im Kopf hatte. Er fragte Marla ein regelrechtes Loch in den Bauch, wollte auch wissen, wie die Hunde behandelt wurden, wenn sie krank waren. Vor lauter Fragen kam er kaum zum Essen.

»Übermorgen hab ich Sprechstunde«, antwortete Marla, die sich in der Gegenwart von Jimmy sehr wohlfühlte und anscheinend gut mit Kindern zurechtkam. »Dann kümmere ich mich auch um unsere Huskys. Wenn du willst, kannst du mir helfen. Ich zeige dir, wie man einen Verband anlegt, okay?«

»Obercool!«, freute sich der Junge.

Nach dem Frühstück sahen Marla und Jimmy bei Derek vorbei, der wieder an seinem Buch über Jimmy und Skipper arbeitete und sein Frühstück wie so oft verschoben hatte. Er hatte gleich nach dem Aufstehen zu arbeiten angefangen und wollte etwas »wegschaffen«, bevor er sich einen Toast gönnte. Karen räumte inzwischen den Tisch ab; sie fühlte sich schon beinahe zur Familie gehörig und nicht wie ein zahlender Gast, der sich ständig bedienen lassen durfte. Als wäre sie Teil einer Wohngemeinschaft wie zu Collegezeiten.

Karen lief zur Main Street hinab, um nach der Witwe Bagley zu sehen, und traf sie in ihrem Laden an. Sie saß auf dem Hocker hinter dem Tresen und blätterte in einem Klatschblatt. Außer den beiden alten Männern, die im Halbdunkel über einem Schachbrett brüteten, war niemand im Laden. Der eine war Jeremiah O'Rourke, der andere Charly in seinem Santa-Claus-Kostüm.

»Sieh an, unsere Weihnachtsmänner«, sagte Karen, nachdem sie erst mal die Witwe begrüßt hatte. »Ich wusste gar nicht, dass Sie Schach spielen. Wer gewinnt?«

»Charly«, antwortete Jeremiah, »aber er schummelt.«

»Gar nicht wahr«, widersprach Charly. »Jeremiah kann nicht verlieren, das ist alles. Beim Mensch-ärgere-dich-nicht hab ich auch gewonnen.«

»Weil du nur Sechser würfelst. Ist doch komisch.«

»Hast du noch nen Kaffee für uns, Witwe?«, fragte Charly.

»Du weißt, wo die Kanne steht. Und gib Karen auch einen.«

»Danke«, wehrte Karen ab, »ich komme gerade vom Frühstück. Aber einen von den Schokokeksen könnte ich vertragen.« Die Witwe schob ihr den Teller mit den Keksen hin, und sie bediente sich lächelnd. »Wenn ich so weiteresse, erkennen sie mich zu Hause nicht wieder. Alles okay bei Ihnen?«

Die Witwe wirkte betrübt. »Ich hab Angst um Doug. Wenn er so weitermacht, landet er früher oder später im Gefängnis, und man weiß ja, wie es dort zugeht. Ist er erst mal hinter Gittern, kommt er nie mehr auf einen grünen Zweig. Vielleicht hätten wir ihn doch nach Willow Creek mitnehmen sollen.«

»Dann hätten wir ihn mit vorgehaltener Waffe zwingen oder vorher bewusstlos schlagen müssen. Er ist volljährig und kann machen, was er will. Aber er mag Sie, er hat mehr Vertrauen zu Ihnen als zu seinen Eltern; die hat er ja auch nur ein paarmal gesehen. Und ich hab die Hoffnung, dass er spätestens an Weihnachten bei Ihnen auftaucht. Solange Sie ihn nicht überfordern …«

Die Witwe trank einen Schluck und winkte ab. »Sie meinen, ich würde ihn wie eine Bärenmama bemuttern und nicht mehr loslassen? Weil mein Henry und ich keine Kinder haben konnten? So eine bin ich nicht, Karen. Ich würde ihm helfen, wieder auf die Beine zu kommen, vor allem aber würde ich versuchen, ihn mit seinen Eltern zusammenzubringen.« Sie blickte auf die beiden Schachspieler. »Hey, Charly! Hast du gehört? Wir wollen, dass du dich um deinen Sohn kümmerst. Ich hab dir doch erzählt, wie es um Doug steht.«

»Doug kann mich nicht leiden«, antwortete Charly grimmig. »Außerdem reichen die wenigen Kröten, die ich in meinem Sparschwein habe, gerade mal für mich. Wenn ihm einer helfen kann, dann du.« Er hielt den Springer in der Hand, überlegte kurz und setzte ihn nah an den König heran. »Obwohl … ich gehe jede Wette ein, dass selbst du nach einem Tag die Schnauze voll hast.«

»Spricht so ein Santa Claus?«

Jeremiah überlegte, wie er das drohende Schachmatt verhindern konnte; eine gute Gelegenheit für Charly, zum Tresen zu kommen und zwei Schokokekse zu stibitzen. »Du bist eine gute Seele, Witwe Bagley, und wir sind alle heilfroh, dass du nicht nach Hawaii durchgebrannt bist, aber an einem wie Doug würdest selbst du dir die Zähne ausbeißen. Aus dem wird nichts mehr.«

»Und wenn du mit ihm sprichst?«

»Das bringt noch viel weniger. Wir sind zwei Sturköpfe. Wir passen nicht zusammen. Außerdem würde er mich bestimmt nicht an sich ranlassen.«

Von draußen drangen Hammerschläge herein. Karen und die Witwe traten gemeinsam auf den überdachten Gehsteig hinaus und sahen Russ Arnold auf einer Leiter stehen. Er balancierte auf einer der obersten Sprossen und befestigte die fehlenden Lichterketten über dem Schaufenster von Lauras Laden.

»Ranger! Ich dachte, Sie müssen noch liegen!«, rief Karen erstaunt.

Russ blickte grinsend von der Leiter herab. »Hier sind meine Fähigkeiten als Ranger gefragt, sonst kommt der Weihnachtsschmuck nie an die Wand.«

»Auftrag von Laura King?«

»Auftrag von Sally.«

»Und was sagt Laura dazu?«

»Die hat noch gar nichts gemerkt. Soweit ich weiß, hat sie ihren Laden heute nicht aufgesperrt und sitzt schmollend zu Hause. Aus der Lovestory mit ihrem Arzt ist wohl nichts geworden, aber das scheint hier niemanden zu wundern. Sally sagt, der Mann, der zu Laura passt, muss erst geboren werden.«

Wenn man vom Teufel spricht, dachte Karen, als die Ladentür aufging und Laura auf den Gehsteig trat. Sie trug Jeans und Pullover und ihre Haare zu einem Pferdeschwanz gebunden. Ohne ihr Make-up sah sie noch strenger aus.

Sie blickte an der Leiter empor. »Was tun Sie denn da oben?«

»Ich tue Ihnen einen Gefallen, das sehen Sie doch.«

»Ich hab Sie nicht darum gebeten.«

»Bin schon fertig«, sagte er und kletterte von der Leiter. Karen kam es so vor, als würde er sich über Laura amüsieren. »Und seien Sie bitte etwas freundlicher zu mir, Miss, sonst beschwere ich mich bei Santa Claus und Sie kommen in sein schwarzes Buch. Dann fliegt er an Ihrem Kamin vorbei.«

»Ich brauch keine Geschenke.«

»Leckere Schokolade? Die teure aus der Schweiz?«

Anscheinend hatte Russ gehört, wie versessen die Ladenbesitzerin auf die gefüllte Schokolade war, und einen wunden Punkt getroffen. Laura wurde für einen winzigen Moment unsicher; dann verzog sich ihre Miene wieder, und sie sagte: »Mir kann das ganze Weihnachten gestohlen bleiben, Mister! Dieses Gerede von Liebe unter allen Menschen geht mir sowieso auf den Geist.«

»Zumindest leuchtet es jetzt wieder bei Ihnen«, sagte Russ.

Karens Handy klingelte. Sie verabschiedete sich von der Witwe, Laura und Russ mit Handzeichen und entfernte sich einige Schritte, bevor sie dranging. Auf dem Display war das Foto ihrer Freundin in Anchorage zu sehen. »Alexa?«

»Hey, Karen. Ich dachte, du meldest dich mal, du treulose Tomate.«

»Wenig Zeit. Du glaubst nicht, was hier los ist.«

»Ich dachte, du bist in diesem abgelegenen Kaff?«

Karen blieb unter einem Vordach stehen. »Bin ich auch. Das reinste Paradies für Jimmy.« Sie berichtete, wie begeistert Jimmy sich um Skipper und die anderen Huskys kümmerte, von ihrem abenteuerlichen Flug und ihrer Tour mit dem Hundeschlitten. »Ganz zu schweigen von dem Christmas Open Air, das sie an Weihnachten aufführen werden. Ich hab mich natürlich wieder eingemischt und die *Morning Show* überredet, von der Aufführung zu berichten.«

»Karen, wie sie leibt und lebt. Und die Männer?«

»Keine Zeit.«

»Ich dachte, im Norden gibt's noch richtige Kerle!«

»Nicht für mich.«

»Wie heißt er?« Alexa kannte sie besser, als sie vermutet hatte.

»Matt, aber er ist nicht mein Lover. Eher ein lieber Freund.«

Alexa lachte. »Lügen kannst du von mir aus in deinen PR-Texten. Da steckt doch mehr dahinter, das spüre ich selbst durchs Telefon. Gib's zu, du hast dich in einen dieser kernigen Waldläufer verliebt. Sag schon, du weißt doch, wie neugierig ich bin. Verrätst du mir dein Geheimnis, dann erfährst du meins.«

»Du hast wieder einen Neuen?«

»Erst du.«

Karen wurde ernst. »Ich hab mich tatsächlich ein wenig verliebt. Ein Fallensteller, aber es ist anders, als du denkst.« Sie berichtete, warum Matt sich in die Wälder zurückgezogen hatte und dass er nicht der primitive Waldläufer war, für den ihn viele auf den ersten Blick hielten. »Ich wollte mich nicht in ihn verlieben, Alexa; auch er wollte das eigentlich nicht. Es ist einfach passiert.«

»Und ich dachte schon, du willst als eiserne Jungfrau weiterleben.«

»Aus der Sache wird aber nichts. Jedenfalls nichts Ernstes. Was soll ich in einer Blockhütte in den Bergen? Es ist wunderschön dort, aber arbeiten könnte ich dort nicht, und zur Hausfrau, die Felle säubert und gerbt, kocht und wäscht und die Hütte sauber hält, tauge ich erst recht nicht. Er ist kein Macho, aber was sollte ich sonst dort tun? Und er käme in Anchorage nicht zurecht. Er fühlt sich viel zu sehr mit der Natur verbunden, um es in der Stadt auszuhalten.«

Alexa sah die Probleme nicht. »Wer sagt denn, dass du ihn morgen heiraten sollst? Sieh ihn als Urlaubsflirt. So wie sich andere Frauen bei den braun gebrannten Strandjungs in Kalifornien und Hawaii bedienen. Hab Spaß!«

»Ich bin nicht der Spaßtyp. Nicht, wenn's um Liebe geht.«

»Dann gib dir einen Ruck und versuch's!«

»Wir werden sehen, Alexa. Und du? Schon wieder ein neuer Lover?«

»Klar doch, und der darf gerne länger bleiben.«

»Der Traum deiner schlaflosen Nächte? The Sexiest Man Alive? Der Bachelor mit der roten Rose? Brad Pitt, als er noch jung und knackig war?«

»Also, du machst doch jetzt in Hundefutter.«

»Unser neuer Kunde? Was hat der denn damit zu tun?«

»Der Verkaufsleiter«, erklärte Alexa, »ein gewisser Brad Manning. Einer dieser vornehmen Anzugtypen, auf die ich manchmal so stehe. Maßarbeit, versteht sich, und auch sonst gepflegt bis in die letzte Pore. Ich mag diese herben Männerdüfte, wenn es zur Sache geht. Und wo wir schon dabei sind … wenn ich ihn mit einem Tiger vergleichen würde, wäre das zu tief gegriffen.«

Karen musste kichern. »Klingt gut. Und reich ist er auch?«

»Sagen wir, er kennt sich an der Börse aus.«

Also genau der Typ, auf den Karen nicht so flog. Mit Äußerlichkeiten hatte sie nie viel im Sinn gehabt. Solche Männer waren für ein paar Stunden ganz interessant, vielleicht sogar für eine Nacht, aber dann kam meist der wahre Charakter zum Vorschein, und es ging bergab. Ein Vorurteil, das wusste sie, aber nach ihrem Ex John wollte sie kein Risiko eingehen.

Alexa schien ihre Gedanken zu lesen. »Da fällt mir ein … dein Ex hat gestern angerufen und nach dir gefragt. Hab ich nur durch Zufall mitbekommen.«

»Und warum ruft er mich nicht selbst an? Nicht dass ich scharf darauf wäre, mit ihm zu sprechen. Hast du eine Ahnung, was er wollte?« Ihr kam eine schreckliche Idee. »Ihr habt ihm doch nicht verraten, wo ich bin, oder doch?«

»Leider doch«, räumte Alexa ein. »Kim ist rausgerutscht, dass du bei Huskyzüchtern irgendwo beim Denali National Park bist.« Kim war die Rezeptionistin ihrer PR-Firma. »Keine Angst, der fährt dir nicht nach. Warum auch? Er hat ständig neue Freundinnen, wie du sagst, und mit Jimmy hat er doch auch nicht viel im Sinn. Also mach dir keine Sorgen. Oder war er jemals gewalttätig? Hat er dich gestalkt oder sonst irgendwelchen Blödsinn gemacht?«

»Er war ein dummer Junge, der neidisch auf mich und meinen Job war. Was ihn nicht daran hinderte, auf meine Kosten zu leben und von meinem Geld mit seinen Freunden um die Häuser zu ziehen. Als es ernst wurde, ließ er mich stehen.«

»Vielleicht hatte er bloß deine Nummer verlegt.«

»Zuzutrauen wär's ihm«, sagte Karen. Sie sah Jimmy und Mike die Main Street heraufkommen. »Ich muss aufhören, Alexa. Mach's gut, ich melde mich.«

»Mom! Mom!«, rief Jimmy atemlos.

»Dad!«, rief Mike und rannte zu seinem Vater.

»Marla hat ihr Flugzeug repariert und will ein paar Runden mit uns drehen! Du sollst mitkommen, Mom! Heute ist das Wetter besonders schön, sagt Marla.«

Karen fiel erst jetzt auf, dass es hell geworden war, und

die Sonne am Horizont emporstieg. Nicht so wie im Hochsommer, eher als leuchtender Schimmer, der selbst die Main Street von Willow Creek zu verzaubern schien. Besseres Wetter für einen Rundflug konnte man sich nicht vorstellen.

Russ arbeitete den ganzen Tag in der Natur, wenn er seine Rangeruniform anzog, und nutzte die Zeit wohl lieber für einen ausgedehnten Flirt mit Sally, aber Mike durfte mit und rannte mit Jimmy zur Flugpiste. Die beiden Jungen verstanden sich prächtig und freuten sich riesig auf den Rundflug.

»Da seid ihr ja!«, lachte Marla. »Ich dachte, wir drehen ein paar Runden über den Bergen. So schönes Wetter haben wir hier selten.« Sie öffnete die Seitentür und half den Jungen beim Einsteigen. »Jerry kriecht anscheinend bei seiner Therapeutin zu Kreuze. Oder bei der Bedienung, wer weiß? Aber ich habe Verbindung zu dem Kollegen in Cantwell. *All aboard, Miss!*«

Wenige Minuten später waren sie in der Luft. Marla lenkte ihre Cessna über den Highway hinweg und hielt auf den Mount Denali zu, der bei diesem Wetter in seiner ganzen Pracht zu sehen war und selbst die hohen Gipfel an seiner Seite dominierte. Plastisch und so klar wie selten breiteten sich die Ausläufer der Alaska Range unter ihnen aus. Jimmy und Mike suchten nach Tieren, glaubten Elche zwischen den Bäumen zu sehen, und obwohl sie in Alaska aufgewachsen waren und nicht zum ersten Mal über die winterlichen Berge flogen, erfreuten sie sich am Anblick der eisigen Felsen und Gletscher.

»Da unten arbeitet mein Dad«, sagte Mike stolz. »Er fährt mit dem Snowmobil oder dem Hundeschlitten rum und hat sogar schon Wölfe gesehen.«

»Ich hab keinen Dad«, erwiderte Jimmy traurig.

»Aber eine tolle Mom«, sagte Marla schnell. Sie hatten alle Kopfhörer auf und konnten sich untereinander verständigen. »Wenn sie so weitermacht, wird sie noch eine echte Wildnisfrau. Und du musst immer fleißig in der Schule sein, dann kannst du später auch mal eine Huskyzucht aufmachen.«

»Ich freu mich schon auf die Schule.«

Marla ging in eine weite Linkskurve und flog über einen der riesigen Gletscher abseits des Mount Denali zum Highway zurück. Ihr hintergründiges Lächeln verriet zumindest Karen, dass sie etwas ganz Besonderes vorhatte.

Sie blickte Karen an. »Überraschung! Wir fliegen noch nicht nach Hause. Wir fliegen bei Matt Stuart vorbei und bauen einen Schneemann mit ihm.« Sie drehte sich zu den Jungen um. »Was meint ihr? Wollen wir bei dem Fallensteller in der Wildnis landen und einen Schneemann mit ihm bauen?«

»Jaaa!«, kam es einstimmig von der Rückbank.

Karen sagte gar nichts, griff sich lediglich in einem Reflex an die Haare, obwohl sie ihre Wollmütze übergezogen hatte, und strich zweifelnd über ihre Jeans, als Marla den Motor drosselte und die Maschine nach unten drückte.

22

Ein vielstimmiges Jaulkonzert empfing sie beim Aussteigen. Die Hunde des Fallenstellers machten ordentlich Lärm und beruhigten sich erst, als Matt aus der Hütte kam und rief: »Kein Grund, sich aufzuregen, Spotty!«

»Hey, Matt!«, begrüßte Marla ihn. »Karen und Jimmy kennen Sie ja schon. Der andere Junge ist Mike, der der Sohn von Ranger Arnold. Ich hab Ihre Blockhütte von oben gesehen und dachte, schau doch mal bei Matt Stuart vorbei.«

Falls Matt ahnte, dass sie schwindelte, ließ er sich nichts anmerken. Im Gegenteil, er freute sich riesig, sah dabei aber fast ausschließlich Karen an. »Hey«, erwiderte er. »Hey, Karen. Ich wollte dich sowieso bald besuchen.«

»Bist du ein *echter* Fallensteller?«, fragte Jimmy. Er spürte wohl die unsichtbare Verbindung zwischen Matt und seiner Mutter und zeigte wenig Scheu. »Lebst du mit deinen Huskys hier draußen und fährst jeden Tag mit dem Hundeschlitten durch die Wildnis?« Er näherte sich vorsichtig den Hunden und betrachtete sie. »Der gefleckte Husky ist dein Leithund, stimmt's?«

Matt blickte den Jungen erstaunt an. »Du kennst dich anscheinend mit Huskys aus. Und wie kommst du darauf, dass Spotty mein Leithund ist?«

»Er sieht stark aus. Und seine Augen sind so … so wach.«

»Das stimmt. Ein Leithund muss hellwach sein.«

»Vor allem, wenn der Trail schwierig ist. Oder wenn es stürmt.«

Matt beugte sich zu dem Jungen hinab und legte ihm eine Hand auf die Schulter. »Was hältst du davon, wenn wir uns Spotty mal aus der Nähe ansehen? Siehst du, wie unruhig er ist? Er will dich bestimmt gern kennenlernen.«

Sie gingen zusammen auf die Huskys zu, die sofort wieder zu jaulen anfingen und an ihren Leinen zerrten. Nur Spotty verhielt sich diesmal einigermaßen ruhig und schnaubte nur ein paar Mal, als Matt und Jimmy näher kamen. Er drehte sich einmal im Kreis und wieder zurück und jaulte leise.

»Ich glaube, er mag mich«, freute sich Jimmy.

»Auf jeden Fall«, stimmte Matt ihm zu, »sonst hätte er dir bestimmt schon seine Zähne gezeigt. Ist doch so, Spotty?« Er ging zu dem Husky und kraulte ihn ausgiebig unterm Kinn. »Das magst du, nicht wahr? Was meinst du? Darf Jimmy dich auch mal kraulen? Du magst keine Fremden, das weiß ich, aber Jimmy ist mein Freund. Er und seine Mutter verbringen ihre Ferien in Willow Creek. Jimmy kennt sich mit Huskys aus wie kein anderer Junge.«

Matt winkte den Jungen heran und redete dem Husky noch einmal leise zu, bevor Jimmy ihn kraulen durfte. Spotty gefiel es sichtlich. Er bog den Kopf nach oben, damit Jimmy besser an sein Kinn kam, und seufzte zufrieden.

»Siehst du? Er mag es, wenn du ihn kraulst.«

»Er ist fast so lieb wie Skipper«, sagte Jimmy.

»Einer unserer jungen Huskys«, erklärte Marla. »Jimmy kümmert sich um ihn.«

»Das macht dir bestimmt Spaß.« Matt erhob sich und wandte sich an die Erwachsenen. »Wie wär's mit Kaffee? Jimmy und Mike könnten inzwischen einen Schneemann bauen. Was meint ihr? Aber baut ihn so, damit er mir nicht den Eingang versperrt. Eine Mohrrübe und Kohlen hab ich leider nicht.«

»Zur Not muss er ohne Augen und Nase leben«, sagte Mike.

Karen und Marla folgten dem Fallensteller in die Blockhütte. Auf dem bullernden Ofen stand bereits ein Kessel mit heißem Wasser, und der Kaffee kam aus der Dose und war nach zweimaligem Umrühren fertig. Auch die Milch gab es in Pulverform und den Zucker als Würfel in einem ehemaligen Marmeladenglas. Kein Vergleich mit dem leckeren Cappuccino aus der Kaffeemaschine bei Dana und Marla, aber trotzdem eine gute Sache. »Ich hab leider keinen Kuchen«, entschuldigte sich Matt.

»Hast du Dolly noch mal getroffen?«, fragte Karen.

»Nein, aber sie ist sicher noch in der Nähe. Warum?«

»Wegen Doug«, antwortete sie und erzählte von ihrer Begegnung mit dem Sohn der Indianerin. »Vielleicht finden sie ja doch irgendwie zusammen.«

»Das wird nicht einfach.«

Eigentlich hatte Karen nur gefragt, um irgendetwas zu sagen und ihre Verlegenheit zu überspielen, aber lange kam sie damit nicht durch. Marla half ihr, indem sie das schöne Wetter lobte und davon schwärmte, wie schön es sei, bei diesem klaren Winterwetter über die Berge zu fliegen. Anschließend erzählte sie von den Proben zu dem Christmas Open Air, brachte mehrmals die Rollen durcheinander und gab dann seufzend auf. Sie griff nach ihrem Kaffeebecher.

In der folgenden Stille war das Knistern des Feuers deutlich zu hören. Von draußen drangen die aufgeregten Stimmen der Jungen herein. Ein Blick aus dem Fenster zeigte Karen, dass sie noch am dicken Bauch des Schneemanns arbeiteten.

»Ich glaube, ich lasse euch besser mal allein und helfe den Kindern beim Schneemannbauen«, entschied Marla. Sie schnappte sich einen Tannenzapfen beim gestapelten Brennholz, »die Nase«, und verließ die Blockhütte.

Zurück blieb erneute Stille.

Karen griff nach den Händen des Fallenstellers. »Matt.«

»Karen?«

»Marla wollte mich mit dem Umweg überraschen. Ich brauchte ihr nicht mal zu sagen, dass ich mich in dich verliebt habe … sie wusste es auch so.«

Er errötete, war plötzlich wieder der schüchterne Junge, der vor ihrem leidenschaftlichen Kuss nach ihrer gemeinsamen Nacht in der Hütte kaum den Mut gefunden hatte, sie zu berühren. Sicher war seine Befangenheit auch durch die jahrelange Einsamkeit in der Wildnis bedingt, die glücklosen Nächte nach dem schmerzhaften Verlust seiner Frau und seiner Tochter. Er hatte kein Bild von ihnen in der Hütte stehen, trug es aber sicher im Herzen. »Ich bin froh, dass du gekommen bist, auch wenn wir kaum allein sein können. Ich habe mich auch verliebt.«

Einem Mann wie ihm, der so lange ohne Liebe gelebt hatte und fast nur in der Wildnis gewesen war, fielen solche Worte sicher besonders schwer. Sie half ihm, indem sie aufstand, um den Tisch herumging und ihn sanft von seinem Stuhl hochzog. Zu dem langen Kuss, der ihrer Aufforderung folgte, brauchte sie ihn nicht zu überreden.

Wenn sie sich so nahe waren, dass sie den Atem des anderen spüren konnten, fanden sich ihre Lippen wie von selbst. Sie schloss die Augen und spürte, wie sie weiche Knie bekam und sein Griff umso fester wurde, wie für einen Augenblick alles andere unwichtig schien. Es gab nur sie beide und die Erkenntnis, dass sich wahre Liebe nicht aufhalten lässt, selbst wenn eine gemeinsame Zukunft unmöglich scheint.

»Ich hätte nicht gedacht, dass mir so was noch mal passiert«, sagte er.

»Ich bin gern bei dir«, erwiderte Karen.

Von draußen stürmte Jimmy herein, gefolgt von einem eisigen Windschwall, der ihnen aufgewirbelten Schnee ins Gesicht trieb. Beide lachten.

»Mom! Matt! Unser Schneemann ist fertig!«

Sie gingen mit dem Jungen nach draußen und sahen Marla und Mike im Schnee knien und letzte Hand an den Schneemann legen. Ein dickbäuchiger Bursche, nicht so biegsam und elegant wie die Schneemänner in den Disneyfilmen, dafür mit einer alten Pudelmütze, die Marla im Cockpit gefunden hatte, auf der eisigen Glatze. Augen, Mund und Knöpfe bestanden aus Steinen, die Nase aus dem Tannenzapfen, den Marla mitgenommen hatte. Er hielt einen feuchten Fichtenzweig im Arm, als wollte er den Boden damit kehren.

Der Himmel wurde bereits dunkler, als sie sich von Matt verabschiedeten. »Ich bleibe noch bis nach Weihnachten in Willow Creek«, flüsterte Karen dem Fallensteller ins Ohr. »Komm mich mal besuchen, okay?« Und Matt antwortete, indem er sie flüchtig küsste und sagte: »Jimmy ist ein guter Junge.«

Marla startete gegen den Wind und nahm Kurs auf Willow Creek. Obwohl wieder leichte Wolken am Himmel aufgezogen waren, hielt sich der Wind in Grenzen, und die Maschine lag sicher in der Luft. Jimmy und Mike hatten auf Kopfhörer verzichtet und hingen müde auf der Rückbank, Karen schwelgte in Gedanken und war froh, dass Marla sie nicht mit Fragen nervte. Auf einige dieser Fragen hätte sie nicht mal selbst eine Antwort gewusst.

Nur weil sie aus dem Seitenfenster blickte und sich von der verschneiten Landschaft beruhigen ließ, sah sie die dunkle Gestalt auf einer Lichtung. Ihr erster Gedanke war die Indianerin, doch als sie Marlas Feldstecher zu Hilfe nahm, erkannte sie einen Weihnachtsmann, der mühsam durch den Schnee stapfte und neugierig den Kopf hob, als sie über ihn hinwegflogen. »Santa Claus!«, rief sie erstaunt. »Ein Weihnachtsmann! Was tut der denn hier?«

»Charly? Jeremiah? Ein Fremder?«, fragte Marla.

Karen schüttelte ungläubig den Kopf. »Keine Ahnung. Es ist schon zu dunkel, um was Genaues zu erkennen. Aber er trägt ein Santa-Claus-Kostüm. In der leichten Kleidung erfriert er doch. Wie weit ist es bis zum Highway?«

»Ungefähr eine Meile«, schätzte Marla. »Wir sehen besser mal nach.«

Noch während sie das sagte, lenkte sie die Cessna in eine Linkskurve und über die Bäume zur Lichtung zurück. Im Tiefflug flog sie über den Schnee, fand keine Hindernisse, die eine Landung behindern könnten, und setzte nach einer erneuten Wende zur Landung an. Der Weihnachtsmann blieb stehen und schien nicht zu wissen, was er von ihrem Manöver halten sollte.

Marla landete sicher im Schatten der Bäume. Karen schärfte den Jungen ein, in der Maschine zu bleiben, und folgte Marla, die bereits ausgestiegen war und durch den knietiefen Schnee zu dem Weihnachtsmann stapfte.

Als sie den Mann erkannte, glaubte sie ihren Augen nicht zu trauen. »Das ist der Santa Claus aus der Mall in Anchorage. Vor einem der Kaufhäuser. Einer dieser Weihnachtsmänner, die sich mit Kindern fotografieren lassen.«

Marla beugte sich zu dem erschöpften Mann hinab. Er schien am Ende seiner Kräfte zu sein und kam im tiefen Schnee kaum noch voran. Marla und Karen nahm er gar nicht richtig wahr. Sein Gesicht war von der Kälte gerötet, in seinem verklebten Bart glänzten Eiskristalle.

»Haben Sie sich verirrt?«, fragte Marla, während sie ihm auf die Beine half. Er blieb schwankend stehen. »Der Highway ist dort drüben.« Sie deutete nach Westen. »Hier ist nur Wildnis. Sie hätten sich den Tod holen können!«

Santa Claus brummte leise vor sich hin.

»Wir sind mit dem Flugzeug hier«, sagte Marla. »Wir bringen Sie zum Arzt nach Healy, dort wird man Sie untersuchen. Obwohl ich nicht glaube, dass Sie ernsthaft verletzt sind. Sie brauchen vor allem Wärme und Ruhe.«

»Lassen Sie mich!«, protestierte er heiser. Er wehrte sich gegen eine Berührung, war aber viel zu schwach, um gegen die beiden Frauen anzukommen. Sie stützten ihn auf beiden Seiten und führten ihn zum Flugzeug. Er half ihnen nur wenig, schaffte es kaum, seine Füße zu heben, und hätte sich wohl am liebsten fallen lassen. »Ich will nicht! Ich will nicht ins Krankenhaus!«

»Nun seien Sie doch nicht so störrisch!«, erwiderte Karen. »Oder haben Sie Angst vor Spritzen? Der Arzt untersucht Sie doch nur. Eine Infusion, vielleicht ein paar Schmerztabletten, mehr haben Sie doch nicht zu befürchten.«

»Hey, das ist Santa Claus!«, rief Mike, als Marla die Tür öffnete.

»Der Santa Claus aus Anchorage!« Jimmy war ebenfalls wieder munter und nicht minder überrascht. »Mom! Den haben wir in der Mall getroffen!«

Sie ließen die Kinder nach außen rutschen und packten den Santa Claus in die Maschine. Jimmy half ihm, sich anzuschnallen. »Was machst du denn hier draußen?«, fragte er. »Warum bist du nicht mehr im Einkaufszentrum? Musst du denn vor Weihnachten nicht unterwegs sein? Und wo ist dein Schlitten?«

»Ich hab keinen Schlitten.«

»Nicht mal ein Auto?«

»Ich bin per Anhalter gefahren.«

»Und dann hast du dich verirrt?«

Der Motor der Cessna heulte auf, als Marla sie drehte und gegen den Wind nach Norden startete. Einige Nebelfetzen flogen an den Fenstern vorbei, dann hob die Maschine ab und stieg über die Bäume hinauf. Wie schon beim letzten Mal, als Karen mit Marla geflogen war, bewunderte sie deren Ruhe und Umsicht. Sie konnte sich kaum vorstellen, dass die Pilotin jemals in Panik geriet. Buschpilotin, Tierärztin, Musherin … da konnte Karen nicht mithalten.

Marla ging nicht besonders hoch. Bis nach Healy waren es nur wenige Meilen, ein Katzensprung mit der Cessna; sie würde schon nach kurzer Zeit zur Landung ansetzen. Kaum waren sie gestartet, tauchte schon der Highway unter ihnen auf. Sie folgten ihm nach Norden und landeten auf der Piste hinter dem Krankenhaus. Aufgewirbelter Schnee hing in der Luft.

»Ich mach das schon«, sagte Karen. »Wartet hier auf mich!« Sie half Santa Claus aus der Maschine und führte ihn zum Krankenhaus. Er sträubte sich ein wenig und wollte umkehren, aber sie ließ nicht locker. »Ist besser, wenn Sie ein Arzt untersucht. Auch Weihnachtsmänner werden mal krank.«

»Ich hab nichts!«, protestierte er. »Ich bin nur ein bisschen durchgefroren.«

»Sicher ist sicher.«

»Aber ich bin nicht versichert!«

»Ich kriege das schon hin.«

Karen griff nach dem Arm von Santa Claus und betrat mit ihm den bescheiden eingerichteten Empfangsraum. »Ist Dr. Alex Swindell im Haus?«, fragte sie die ältere Empfangsdame. »Ich würde ihn gern kurz sprechen.«

Glücklicherweise hatte der Arzt gerade Zeit. »Karen, nicht wahr? Ich dachte schon, Sie kämen wegen … na, egal.« Er betrachtete den Weihnachtsmann. »Santa Claus höchstpersönlich? Krank … wenige Tage vor Weihnachten?«

Karen schilderte dem Arzt, wie sie Santa Claus gefunden hatten und wie erschöpft und unterkühlt er gewesen war. »Ich wäre Ihnen sehr dankbar, wenn Sie ihn untersuchen könnten, nur um sicherzugehen.« Und als sie den fragenden Blick des Arztes bemerkte: »Ich kenne Santa Claus aus der Mall in Anchorage. Mein Sohn hat sich mit ihm fotografieren lassen. Er war sehr nett zu Jimmy. Ich denke, ich bin ihm was schuldig. Er ist leider nicht versichert.«

»Dann lösen wir das wohl besser unbürokratisch«, erwiderte er und verzichtete darauf, den Mann registrieren zu lassen. »Wie heißen Sie wirklich, Santa?«

»Sam Cookston, aber ich hab mich an Santa gewöhnt. Solange ich die Klamotten anhabe, nennt mich sowieso jeder so. Aber ich hab wirklich nichts. Mich friert nur ein bisschen. Sie müssen mich nicht untersuchen, Doktor.«

»Es dauert nicht lange, Santa«, erwiderte der Arzt. »Wär doch schade, wenn Sie kurz vor Weihnachten schlappmachen würden. Was sollen denn die Kinder denken?« Er bedeutete Karen, sich in den Wartebereich zu setzen, und führte seinen Patienten in den Untersuchungsraum. »Das haben wir gleich.«

Drei Weihnachtsmänner und drei Sorgenkinder, dachte Karen betrübt. Charly, der mit seinem Leben nicht klarkam, Jeremiah, auch nicht besonders zugänglich, und Sam Cookston, der vielleicht am ärmsten von allen dreien dran war. Warum war er sonst aus Anchorage davongelaufen? Warum war er in die Wildnis geflohen und hatte dort sein Leben aufs Spiel gesetzt? Irgendetwas nagte an dem armen Kerl, so freundlich er in Anchorage gewesen war.

Nach ungefähr zwanzig Minuten kehrte Dr. Swindell zurück. Während eine Schwester den Weihnachtsmann zum Aufzug führte, blieb er bei Karen stehen. »Nichts Auffälliges«, erklärte er. »Wir behalten ihn bis morgen hier, dann dürfte er sich von der Kälte und Anstrengung erholt haben. Ich habe ihm ein Beruhigungsmittel gegeben. Vielleicht reden Sie morgen früh mal mit ihm, Sie haben anscheinend einen guten Draht zu ihm. Natürlich nur, wenn Sie wollen.«

»Mache ich«, sagte sie. »Ich bin auf Weihnachtsmänner spezialisiert.«

»Na, dann«, erwiderte Dr. Swindell, um sich gleich darauf verlegen zu räuspern. »Was ich noch sagen wollte … wegen gestern … der Streit mit Laura, meine ich … es ist mir furchtbar peinlich … ich habe mich wohl vor ganz Willow Creek unmöglich gemacht. Laura hat recht. Ich hab ihr verschwiegen, dass ich verlobt bin … kein Wunder, dass sie ausgerastet ist. Aber es ist so, wie ich gesagt habe … eigentlich haben wir die Verlobung schon gelöst.«

»Eigentlich?«

»Mary Beth … meine Verlobte … sie hofft immer noch. Ich war wohl nicht deutlich genug … vielleicht war ich auch zu feige, ihr reinen Wein einzuschenken. Ich hätte ihr sagen müssen, dass ich mich geirrt habe. Dass es sinnlos ist, sich noch Hoffnungen zu machen.« Er schüttelte den Kopf, schien gar nicht daran zu denken, dass er mit einer Frau sprach, die er kaum kannte. »Ich hätte ihr gar nicht erst einen Antrag machen dürfen, aber wir waren beide guter Stimmung, ich war auf Wolke sieben, weil sie wirklich …« Er unterbrach sich wieder. »Es ging alles viel zu schnell, auch ihr übrigens, sonst hätten wir die Hochzeit nicht ständig verschoben. Ich wollte es ausklingen lassen …«

»Tja, und dann kam Laura.«

Ein Lächeln erschien auf seinem Gesicht. »Laura ist anders als alle Frauen, die ich bisher kennengelernt habe. Sie liegt mir nicht zu Füßen, weil ich einen weißen Kittel trage, und hat ihren eigenen Willen. Sie ist eine starke Frau.«

»Das stimmt … aber warum erzählen Sie mir das alles?«

»Das weiß ich auch nicht«, erwiderte er. »Vielleicht, weil ich sonst niemanden habe, mit dem ich über so was reden kann.« Er blickte auf einen Ärmel seines weißen Kittels und entfernte einen Fussel. »Meinen Sie, ich habe bei Laura noch eine Chance? Wenn ich die Verlobung mit Mary Beth endgültig löse und wieder ein reines Gewissen haben kann? Ich will sie nicht verlieren.«

»Dafür bin ich die falsche Ansprechpartnerin«, sagte Karen. »Ich verbringe nur meine Ferien in Willow Creek und kenne Laura kaum. Und selbst wenn, würde ich mir nicht anmaßen, Ihnen einen Rat zu geben. Das müssen Sie schon selbst mit ihr ausmachen. Aber damit würde ich noch etwas warten. Mit Laura ist zur Zeit nicht gut Kirschen essen. Bis morgen, Dr. Swindell.«

»Sorry«, sagte er nur.

23

Santa Claus saß auf dem Bettrand und frühstückte, als Karen am nächsten Tag das Krankenzimmer betrat. Sie war mit ihrem Sohn aufgestanden, der jeden Morgen beim Füttern der Huskys half, und mit ihrem Wagen nach Healy gefahren. Aus irgendeinem Grund fühlte sie sich für den Weihnachtsmann aus Anchorage verantwortlich. Obwohl sein Job im Einkaufszentrum reine Routine war, hatte er sich erstaunlich viel Zeit für Jimmy genommen und ihm für wenige Minuten beinahe so etwas wie väterliche Gefühle entgegengebracht.

»Tut mir leid, dass ich hier so reinplatze«, entschuldigte sie sich. Santa Claus war lediglich mit einem gemusterten Krankenhaus-Nachthemd bekleidet und ließ seine nackten Beine vom Bett baumeln. »Wie geht es Ihnen?«

Santa Claus zog die Decke über seine nackten Knie und blickte sie verstört an. Anscheinend hatte er nicht mit ihrem Kommen gerechnet. »Sie sind die Frau, die mich hierhergebracht hat. Die Mutter dieses Jungen, der sich einen Husky und einen neuen Vater zu Weihnachten wünscht. Aber was tun Sie hier?«

»Das frage ich Sie. Gilt Ihr Vertrag nicht bis Weihnachten?«

»Ich hab gekündigt.«

»Wieso das denn? Sie waren ein großartiger Santa Claus.«

»Darum ging es nicht.« Er deutete auf den Besucherstuhl und schob den drehbaren Tisch mit seinem Frühstück zur Seite. Vom Rührei waren nur noch Reste übrig. »Ich glaube, ich bin Ihnen eine Erklärung schuldig, Ma'am.«

»Karen.«

»Karen.« Er trank einen Schluck von dem inzwischen nur noch lauwarmen Kaffee und verzog das Gesicht. »Ich hab die Nerven verloren. Gestern, meine ich. Nachdem mich der Fahrer des Lieferwagens, mit dem ich unterwegs war, abgesetzt hatte, lief ich ohne Ziel und Verstand in den Wald hinein. Ohne daran zu denken, dass ich in dem tiefen Schnee kaum vorankommen und in der Kälte bald erfrieren würde. Wie ein Mann auf der Flucht, und irgendwie war ich das ja auch.« Er überlegte eine Weile und zuckte mit den Schultern. »Ich hab wegen meiner Enkelin gekündigt. Sie lebt in Fairbanks und hat sich gerade von ihrem Freund getrennt. Wie sagt man heute? Von ihrem Lebensgefährten.«

»Das tut mir leid. Geht es ihr denn so schlecht?

»Im Gegenteil. Sie ist froh, ihn endlich los zu sein.«

»Und deswegen geben Sie Ihren Job auf? Nicht dass es mich was angeht, aber wenn sie selbst Schluss gemacht hat, braucht sie doch keinen Trost. Sie hätten sie an Weihnachten doch sicher sowieso besucht und hätten dann …«

»Ich habe Doreen seit drei Jahren nicht gesehen«, unterbrach er sie. »Alle paar Monate haben wir mal telefoniert … ich langweile Sie hoffentlich nicht?«

Karen lächelte nachsichtig. »Sie können mir alles sagen, Santa. Ich bin eine gute Zuhörerin und erzähle bestimmt nichts weiter.« In Gedanken fragte sie sich, wieso sie einen großen Teil ihrer Ferien damit zu verbringen schien, sich um die Schicksale anderer Menschen zu kümmern. Sie spendete gelegentlich für wohltätige Zwecke, war aber nie wegen eines Helfersyndroms aufgefallen.

»Meine Enkelin ist alles, was ich noch an Familie habe, zumindest hier in Alaska«, sagte er. »Meine Tochter und mein Schwiegersohn arbeiten für die NATO und leben in Europa. Doreen ist ihr einziges Kind und mein Ein und Alles, spätestens seit vor ein paar Jahren meine Frau starb.« Er seufzte leise. »Sie ist vor einem Monat zweiunddreißig geworden und mir immer noch böse, weil ich den Mann ihrer Träume vergrault habe. Er passte einfach nicht zu ihr, ein aalglatter Bursche, der sie spätestens nach dem ersten Kind im Regen hätte stehen lassen.« Er blickte an ihr vorbei. »Ich nehme ihr nicht übel, dass sie mir das nicht verzeihen kann. Ich war alles andere als nett zu ihr, hab dem Kerl eine Lügengeschichte über einen angeblichen geheimen Liebhaber meiner Enkelin aufgetischt und bin ihm so lange auf die Nerven gegangen, bis er sie zur Rede stellte. Es kam zu einem Riesenstreit, und er ging. Später rief er noch ein paar Mal an, aber da war schon zu viel Porzellan zerschlagen.«

»Das war ziemlich schäbig von Ihnen«, sagte Karen. »Aber wenn die Liebe zwischen den beiden wirklich so groß gewesen wäre, wie Sie sagen, hätte sie auch einer solchen Herausforderung standgehalten. Warum haben Sie das getan, Santa? Man stellt sich doch nicht dem Glück seiner Enkeltochter in den Weg.«

Er schluckte trocken. »Ich war nicht bei mir. Ich war ein selbstsüchtiger Idiot, der seine Enkelin nicht an einen anderen Mann verlieren wollte. Ein Egoist der ganz üblen

Sorte.« Er war kurz davor, auf den Boden zu spucken. »Was meinen Sie, wie oft ich mich später vor mir selbst geekelt habe. Der widerliche Bursche, der seiner Enkelin die Hochzeit kaputt gemacht hat, kann nicht ich gewesen sein. Das war ein schlechter Mensch, der keine liebe Enkelin verdient hatte. Ich brauchte ein paar Wochen, um das zu erkennen, aber da war es schon zu spät. Und wenn Sie wüssten, was für ein Sturkopf meine Enkelin sein kann, würden Sie sich auch nicht wundern, dass sie danach nichts mehr mit mir zu tun haben wollte. ›Ich hab keinen Großvater mehr‹, sagte sie zu mir, und seitdem herrscht absolute Funkstille zwischen uns. Nur über Dritte habe ich erfahren, dass sie vor ein paar Wochen einen neuen Mann kennengelernt hat und wieder ans Heiraten denkt oder zumindest mit ihm zusammenziehen will.«

»Und jetzt möchten Sie sich mit Ihrer Enkelin versöhnen?«

»Verrückt, nicht wahr? Und das alles nur, weil ich als Santa Claus in der Mall aufgetreten bin. Mir wurde auf einmal klar, wie wertvoll Kinder sind und dass man alles tun sollte, um ihnen gute Zukunftsaussichten zu bieten. Ich konnte plötzlich nicht mehr warten, warf meinen Job hin und fuhr per Anhalter nach Norden. Eigentlich wollte ich nach Fairbanks, aber der Kerl mit dem Lieferwagen hatte in der Nähe zu tun und setzte mich am Straßenrand ab.«

»Und dann sind Sie einfach losgelaufen?«

»Ich war plötzlich regelrecht lebensmüde, wollte endlich den Schmerz loswerden, den ich mir selbst eingebrockt hatte. Keine Ahnung, ob ich es bewusst darauf anlegte, in der Wildnis zu erfrieren oder von Wölfen gefressen zu werden. Ich wollte einfach nur weg, und wenn Sie mich nicht gefunden hätten … Sie hätten mich liegen lassen sollen, Karen. Doreen will mich sowieso nicht mehr.«

»Wer weiß, Santa. Wer weiß.«

»Ich war wohl eine Fehlbesetzung«, sagte er, »als Santa Claus, meine ich. Wie soll ich den Kindern gute Ratschläge geben, wenn ich nicht mal mit meinem eigenen Leben zurechtkomme? Am besten, ich fahre nach Anchorage zurück und verkrieche mich in meinem Apartment. Meine Enkelin ist die letzten Jahre ohne Großvater ausgekommen, das schafft sie auch weiterhin.«

»Geben Sie nicht auf, Santa! Sie haben über die Hälfte des Weges geschafft, also schaffen Sie auch die restlichen Meilen. Der Bus hält nur ein paar Schritte von hier entfernt am Highway. Reden Sie mit Ihrer Enkelin! Ich wette, sie wartet darauf, dass Sie den ersten Schritt tun.« Sie erhob sich langsam und stellte den Stuhl weg. »Und verraten Sie ihr, was für einen Erfolg Sie als Santa Claus hatten. Mein Sohn war ganz begeistert von Ihnen. Ich hab ihm zwar keinen Husky, aber einen Aufenthalt bei zwei Huskyzüchterinnen zu Weihnachten geschenkt. Daran haben auch Sie Ihren Anteil, Santa.«

Karen winkte ihm zum Abschied zu und verließ die Klinik. Sie sah Dr. Swindell an einem der Fenster stehen, mied aber seinen Blick und stieg in ihren Wagen. Es wurde höchste Zeit, dass sie sich wieder um ihre eigenen Angelegenheiten kümmerte. Durch den leichten Flockenwirbel, der während ihres Besuchs im Krankenhaus eingesetzt hatte, fuhr sie nach Willow Creek zurück, fest entschlossen, diesen Tag vor allem mit ihrem Sohn zu verbringen.

Jimmy und Marla waren bei den Huskys. Einige der Hunde waren mit der Impfung gegen Staupe und Hepatitis dran, und die Tierärztin hatte alle Hände voll zu tun. Jimmy bürstete Skippers Fell und holte kräftige Haarbüschel aus seinem Winterfell. Der Hund hatte längst Zutrauen zu dem Jungen gefasst und ließ es ohne Protest geschehen. Sein Jaulen klang eher fröhlich und zufrieden.

Jimmy winkte ihr zu, als sie aus dem Wagen stieg. »Hey, Mom! Marla und ich verarzten die Huskys. Du glaubst nicht, was für ein dickes Fell sie haben.«

»Hi, Karen«, rief Marla ihr zu. Sie hielt eine bedrohlich aussehende Spritze in der Hand. »Es ist genug Kaffee für einen Cappuccino in der Maschine, und auf dem Tisch stehen Cupcakes. Kommst du mit auf Tour? Wir wollen ein Picknick in der Wildnis veranstalten, mit Lagerfeuer wie früher die Indianer und Fallensteller. In ungefähr einer Stunde sind wir fertig, dann kann es losgehen. Dana ist schon dabei, unseren Rucksack mit Proviant vollzupacken. Würstchen, gebackene Bohnen, Schokokekse …« Die Vorfreude stand ihr ins Gesicht geschrieben. »Sie fährt mit Bill nach Fairbanks. Er hat sie ins Steakhaus zum Essen eingeladen. Wer weiß, vielleicht gibt's bald was zu feiern.«

»Klar komme ich mit«, sagte Karen. »Ich helfe Dana beim Packen.«

Sie ging ins Haus und gönnte sich erst einen Cappuccino, als der Rucksack prall gefüllt auf dem Tresen vor der Küche stand. Obwohl sie zum Frühstück selten etwas Süßes aß, griff sie nach einem der hellblauen Cupcakes, die Bill angeblich so gerne aß. Sie waren so süß, dass man den

Zucker im Cappuccino nicht schmeckte. »Und dein Bill mag die süßen Dinger wirklich?«

Dana grinste. »Er ist ein Süßer. Sweet Sergeant Bill Travis.«

Karen erzählte ihr von dem Santa Claus, den sie besucht hatte, und seinen Problemen, und seufzte bei dem Gedanken, welche seelische Anstrengung vor ihm lag. Hoffentlich hatte er zivile Kleidung dabei und tauchte nicht im Santa-Claus-Kostüm bei seiner Enkelin auf. Die Gefahr, dass Doreen ihn auslachte und aus dem Haus jagte, war zu groß. Wenn sie nur ein bisschen Grips im Kopf hatte, würde sie erkennen, wie ehrlich er es meinte, und ihm verzeihen.

Mit Streit hatte Karen nie viel im Sinn gehabt. Schon während ihrer missglückten Ehe war sie jeder Auseinandersetzung möglichst aus dem Weg gegangen. Sie war keine Draufgängerin wie Alexa, allerdings galt das nur privat. In ihrem Beruf war sie durchaus bereit, ihre Ellbogen einzusetzen und ihre Meinung entschieden zu vertreten. Das gehört zur Show, sagte sie sich. Auch in ihrem Business ging es vor allem um Profit, und wenn man etwas erreichen wollte, musste man sich an dem rüden Spiel beteiligen. So waren die Regeln.

Privat setzte sie jedoch auf Harmonie, schon ihrem Sohn zuliebe. Jimmy war ein sensibles Kerlchen, das für seine Entwicklung ein harmonisches Umfeld benötigte und selbst im Kindergarten versuchte, mit allen gut auszukommen. Er litt wesentlich stärker als andere Kinder unter der Trennung seiner Eltern, und sein Wunschzettel war keine Überraschung für sie gewesen. Er sehnte sich nach einem Vater, nach einer intakten Familie, obwohl sie sich alle

Mühe gab und er sich auch im Kindergarten sehr wohlfühlte.

Marla und Jimmy waren schon dabei, die Hunde anzuspannen, als sie mit dem Rucksack ins Freie trat. Sie legte ihn in den Schlittensack, in dem bereits Marlas Schneeschuhe und einige andere Dinge lagen, die Musher auf eine Tour mitnehmen. Jimmy hatte Skipper ein Geschirr angelegt und führte ihn an seinen Platz, ließ sich von Marla zeigen, wie man ihn am leichtesten an die lange Laufleine klinkte und darauf achtete, dass er sich nicht verhedderte.

»Skipper darf mit!«, rief Jimmy stolz. »Er darf für Anya laufen.«

»Ist er denn schon so weit?«, fragte sie.

»Ein erster Testlauf«, antwortete Marla. »Er muss sich langsam an den Job gewöhnen, auch für ihn ist das eine große Umstellung. Aber neben Cleo kann ihm nicht viel passieren, die Lady wird ihm schon zeigen, wo es langgeht.«

»Und Blue passt auch auf.« Jimmy breitete die Wolldecken auf der Ladefläche aus. »Skipper braucht einige Touren, bis er fit ist. Aber er ist kräftig und schlau, und es dauert bestimmt nicht lange, bis er zum Team gehört.«

»Ich bin sehr gespannt«, sagte Karen.

Die Schneeflocken waren verschwunden, als sie auf dem Hundeschlitten durch die Stadt und auf den Trail nach Nordosten fuhren. Arktisches Zwielicht überzog die verschneiten Hänge und Täler mit bläulichem Glanz. Karen und ihr Sohn saßen unter ihren Wolldecken auf der Ladefläche und spürten den kalten Fahrtwind trotz der Schals, die sie sich vor Mund und Nase gebunden hatten. Sie hielten sich gegenseitig und am Schlitten fest, wenn es über holprige Bodenwellen ging. Jimmy jauchzte jedes Mal vor Vergnügen.

Skipper hielt sich hervorragend, das erkannte sogar Karen. Er brauchte etwas länger als die anderen, um seinen Rhythmus zu finden und sich dem Laufstil seiner Artgenossen anzupassen, lernte aber schnell und war schon bald kaum von den erfahrenen Huskys zu unterscheiden. Auch er schien wie geschaffen für den Job: ein starker und ausdauernder Hund, der nicht nur von seiner Kraft lebte, sondern es auch verstand, mit anderen Huskys im Team zu arbeiten und die allein durch die Körpersprache und einen gelegentlichen Blick übermittelten Befehle seines Leithundes zu befolgen. Seine Muskeln drückten gegen sein graues Fell, als er mit den anderen Hunden in eine weite Linkskurve ging und etwas Mühe hatte, einer Schneewehe auszuweichen.

»Macht Skipper das nicht toll?«, rief Jimmy in den eisigen Fahrtwind. »Sieh nur! Als wäre er schon immer dabei! Beinahe so gut wie die anderen.«

»Großartig!«, freute sich Karen.

Jimmy hielt es kaum auf seinem Sitz. »Lauf, Skipper! Das machst du riesig! Ich wusste gleich, dass du gut genug für Marlas Team bist. Obercool!«

Sie fuhren zwei Stunden, ohne anzuhalten, und stoppten den Schlitten erst am Rand einer weiten Lichtung, die auf beiden Seiten von dunklem Wald begrenzt wurde. Weiter nördlich ragten die schneebedeckten Gipfel empor. Es war hell geworden, auch wenn die Wolke hinter trüben Schleiern verborgen blieb.

»Wie wär's, Jimmy?«, rief Marla. »Willst du eine Weile bei mir auf den Kufen mitfahren? Skipper freut sich bestimmt, wenn du die Befehle gibst.« Sie wartete, bis der Junge bei ihr war. »Und Blue kennt dich inzwischen auch. Aber halt dich gut fest. Du weißt, wie leicht man runterfallen kann, okay?«

»Du wolltest doch nicht verraten, dass ich gestürzt bin!«

»Deine Mutter hat nichts gehört. Du weißt, was du rufen musst?«

Jimmy hatte nur auf diesen Moment gewartet. »Vorwärts, Blue! Es geht los! Lauft! Hörst du mich, Skipper? Ich bin's, Jimmy! Zeig, was du kannst!«

Die Huskys gehorchten und rannten so plötzlich los, dass Jimmy beinahe schon wieder von den Kufen gefallen wäre, doch Marla hielt ihn rechtzeitig fest und sorgte dafür, dass er sicher stand. Einen Hundeschlitten zu steuern war nicht so einfach, wie viele dachten, nicht einmal auf ebenen Strecken. Selbst Erwachsene verloren sehr oft das Gleichgewicht und landeten im Schnee. Und wenn sie Pech hatten, rannten die Huskys mit dem Schlitten davon und sie mussten zu Fuß nach Hause zurückkehren. Kein Vergnügen und auch gefährlich, wenn sie wie der Ranger vor einigen Tagen in der Wildnis verunglückten. Blue war bereits an Urlauber gewöhnt und würde normalerweise geduldig warten, bis der Musher wieder aufstieg, aber eine Garantie gab es dafür nicht.

»Bleib locker in den Knien!«, rief Marla dem Jungen zu.

Jimmy hielt sich wacker, federte über den Bodenwellen erfolgreich ab und klammerte sich mit den Händen fest an die Haltestange. Marla half ihm natürlich, denn um einen

Schlitten allein zu lenken, war Jimmy viel zu klein und noch nicht kräftig genug. »Mit Skipper haben wir einen guten Fang gemacht«, lobte Marla den Husky. »Aus dem wird mal einer. Der weiß sich zu bewegen.«

Vor der Überquerung des gefrorenen Moody Creek kehrte Jimmy zu seiner Mutter zurück, und Marla lenkte den Schlitten über den Fluss. Sie fuhren die wenigen Meilen bis zum Cripple Creek und folgten seinem Lauf nach Norden, bis sie eine Ansammlung von Felsen erreichten, die genügend Schutz für ein Lagerfeuer boten. »Picknick Time!«, rief Marla Karen und Jimmy zu. »Seht mal zu, ob ihr einigermaßen trockenes Holz für ein Feuer findet.« Sie zog eine kleine Axt aus dem Schlittensack und reichte sie Karen. »Nur für alle Fälle.«

Während sie den Schlitten verankerte und die Feuerstelle vom Schnee säuberte, suchten Karen und ihr Sohn nach Holz. Sie fanden abgebrochene Zweige, die aber zu nass waren, und schlugen ein paar Äste von einem Laubbaum. Jimmy sammelte etwas Reisig und riss einige Zweige ab. Schon auf der letzten Tour hatte er von Marla gelernt, wie man ein Lagerfeuer entzündet. »Zuerst den Reisig oder Papier und dann die größeren Zweige und Äste.«

Mit ihrer Beute kehrten sie zum Lagerplatz zurück. Jimmy durfte pusten, als sich die Flamme in den Reisig fraß, und war mächtig stolz, als wenige Minuten später ein respektables Feuer brannte. Karen holte den Rucksack mit den Köstlichkeiten, die Dana für sie gepackt hatte. Die gebackenen Bohnen erhitzte sie in dem Topf, den sie mitgenommen hatten, und verteilte sie auf drei Blechteller; die Würstchen steckten sie auf Äste und hielten sie ins Feuer.

Dazu gab es Biskuits und Weißbrot. Wie Arbeiter auf einer Ranch saßen sie um das Feuer herum und ließen es sich schmecken, auch wenn sich Karen an ihrem ersten Würstchen beinahe die Lippen verbrannte. Zum Trinken gab es heißen Tee oder kaltes Wasser, für den Nachtisch lagen Schokokekse bereit.

Karen hatte ihren Sohn selten so zufrieden gesehen. Hier draußen fühlte er sich wohl, umgeben von einer grandiosen Natur, die sich mit jedem Sonnenstrahl, der sie traf, noch eindrucksvoller präsentierte, und in unmittelbarer Nähe seiner geliebten Huskys, die sich im Schnee eingerollt hatten und sicher schon begierig darauf warteten, dass es nach der Pause weiterging. Das perfekte Geschenk für ihren Jungen, der an Weihnachten noch Süßigkeiten und ein spannendes Buch bekommen würde und nach dem Christmas Open Air vor einem ganzen Dorf und seinen Besuchern im Chor singen durfte. »Hey«, fiel ihr ein, »ich wollte meiner Freundin ein Foto schicken.« Sie zog ihr Handy heraus, knipste ein Selfie von Marla, Jimmy und sich und schickte es an Alexa.

»Schaut mal, da ist was!«, sagte Jimmy plötzlich und deutete zum Waldrand.

24

Marla erhob sich langsam und beruhigte Karen und den Jungen mit einer bedächtigen Geste. »Wölfe!«, flüsterte sie. »Keine Angst! Sie werden uns nichts tun!« Sie beruhigte Karen und den Jungen, indem sie beiden mit der flachen Hand bedeutete, ruhig sitzen zu bleiben. »Vor allem nicht weglaufen, sonst wecken wir ihren Jagdinstinkt. Wölfe greifen Menschen nur ganz selten an.«

Auch die Huskys hatten die Wölfe bemerkt und benahmen sich nervös. Blue war aufgesprungen und blickte den Wölfen tapfer entgegen, die anderen blieben im Schnee liegen und verharrten in unterwürfiger Stellung. Sie wirkten genauso angespannt und nervös wie Karen und Jimmy, die sich an den Händen festhielten und wie gebannt auf die Wölfe bei den Bäumen starrten.

Es waren sechs oder sieben. Karen war viel zu nervös, um sie zu zählen. Sie waren genauso überrascht wie die Menschen und Huskys, blickten neugierig zu ihnen herüber und schienen für einen kurzen Moment nicht zu wissen, was sie tun sollten. Dann wandte sich der Anführer ab und führte sein Rudel am Waldrand entlang aus ihrem Blickfeld. Das leise Heulen des Windes, der zwischenzeitlich aufgefrischt war und zwischen den Felsen sang, begleitete sie auf ihrer Wanderung. Blue lief ein paar Schritte, bis sich die Leinen strafften, und jaulte ihnen hinterher, als beneidete er sie um ihre Freiheit.

»Wow! Mom, das waren Wölfe!«, rief Jimmy begeistert.

»Und darauf könnt ihr euch was einbilden«, sagte Marla. »Ein Wolfsrudel bekommt man nur alle paar Monate mal zu sehen. Wölfe gehen uns Menschen aus dem Weg. Meist machen sie einen großen Bogen um uns, wenn sie uns wittern. Die Schauergeschichten, die man über sie liest, sind Märchen.«

»Ich hatte auch keine Angst«, schwindelte Jimmy.

Ich schon, dachte Karen, sagte aber nichts. Sie löste ihren Blick nur zögernd vom Waldrand, immer damit rechnend, dass die Wölfe umdrehen und sie noch einmal besuchen könnten. Aber sie ließen sich nicht mehr blicken.

»Wunderschöne Tiere!«, schwärmte Marla.

Auch die Huskys hatten sich inzwischen von der Begegnung erholt und waren wieder so lebhaft wie vorher. Erleichtert wirkten sie, glaubte Karen zu erkennen, und begierig darauf, endlich aufzubrechen und sich wieder den Wind um die Nase wehen zu lassen. Skipper unterschied sich nicht von den anderen, er hatte sich gut eingelebt und wurde anscheinend von den anderen Huskys respektiert, trotz seiner Jugend und seiner mangelnden Erfahrung auf dem Trail.

Nachdem sie die Feuerstelle aufgeräumt und den Abfall eingepackt hatten, wie es in der Wildnis vorgeschrieben war, wenn der gefrorene Boden zu hart zum Graben war, fuhren sie nach Willow Creek zurück. Auf der weiten Lichtung durfte Jimmy noch einmal auf den Kufen mitfahren, schien aber froh zu sein, sich wieder zu seiner Mutter auf die Ladefläche setzen und sich ausruhen zu dürfen. Karen schloss ihn fest in die Arme und küsste ihn sanft.

Zu Hause halfen Karen und ihr Sohn der Musherin, die

Huskys auszuspannen und den Schlitten aufrecht gegen die Schuppenwand zu lehnen. Die zu Hause gebliebenen Huskys jaulten wütend, weil sie nicht zu den Auserwählten gehört hatten, und die Heimkehrer beklagten sich, dass der Ausflug schon am frühen Nachmittag beendet war. Marla versprach den Hunden, dass sie sich mit allen beschäftigen und vielleicht sogar eine Runde mit dem zweiten Team drehen würde. Die Hunde schienen sie zu verstehen und zerrten an den Leinen; sie schienen zu hoffen, dass es in wenigen Minuten auf Tour ging.

Im Haus trafen sie Derek. Er hatte sich gerade einen Kakao gebraut und blätterte am Küchentresen in einer Zeitschrift. »Hey«, begrüßte er sie, »schon zurück?«

»Stell dir vor, wir haben Wölfe gesehen!«, sagte Jimmy.

»Ehrlich?«

»Ein ganzes Rudel«, bestätigte Marla, »an unserem Picknickplatz.«

Derek zapfte einen Becher Kakao aus dem Automaten und reichte ihn Jimmy. »Das musst du mir genau erzählen, Jimmy, dann bauen wir die Wölfe in unser Buch ein. Was meinst du, wie wollen wir den Anführer nennen?«

»Ghost … weil er wie ein Geist aufgetaucht ist.«

»Kein schlechter Name. Wie sah er denn aus?«

Während Jimmy den Wolf beschrieb und dabei stark übertrieb, zapften sich Marla und Karen einen Cappuccino. Dana war noch nicht zurück. Sie hörten amüsiert zu, wie Jimmy aus den Wölfen gefährliche Raubtiere machte, die sich erst zurückzogen, als Skipper warnend fauchte. Als Derek ihn zweifelnd anblickte, errötete er. »Okay, okay, nur Blue hatte keine Angst. Skipper und die anderen blieben im Schnee liegen und sahen nicht besonders mutig aus.«

»Im Buch kann Skipper ruhig mutig sein«, erklärte Derek dem Jungen. »Ich zeichne eine Geschichte, die nicht überall was mit der Wirklichkeit zu tun hatte. Das ist ja der Reiz. Ich kann lügen, dass sich die Balken biegen.«

Es klopfte, und Mike streckte den Kopf zur Tür herein. »Hey, Jimmy«, rief er, »ich hab gesehen, dass ihr wieder zu Hause seid. In einer Stunde beginnen die Proben auf der Main Street, und wir sollen noch mal in die Kirche kommen und das Lied üben. Übermorgen ist Generalprobe, da muss es sitzen.«

»In einer Stunde?« Derek war bereits aufgestanden. »Dann hast du ja sicher noch Zeit für einen Kakao. Ein paar Schokokekse habe ich auch hier.«

Mike nahm die Einladung bereitwillig an und setzte sich zu Derek und Jimmy.

»Und ich rufe inzwischen beim Fernsehen an«, sagte Karen. »Besser, ich erinnere sie noch einmal daran, was übermorgen auf ihrem Kalender steht.«

Sie ging in ihre Blockhütte, zog ihren Anorak aus und setzte sich mit ihrem Handy auf den Bettrand. »Cindy?«, rief sie gut gelaunt, als sich die Moderatorin meldete. »Ich wollte dich nur noch mal an unsere Abmachung erinnern. Übermorgen, die Generalprobe von ›Santa Claus in Willow Creek‹.«

»Klar doch, so was vergesse ich nicht. Aber wehe, das Stück taugt nichts und unsere Einschaltquoten rutschen in den Keller! Dann gibt es Ärger.«

Karen kicherte. »Keine Bange. Ich war ein paar Mal bei

den Proben dabei und bin selbst überrascht. Das ist wirklich mal was anderes als dieser rührselige Engelkram in vielen anderen Städten. Vertrau mir, das wird ein Hit!«

»Schon gut.« Cindy war solche Übertreibungen gewöhnt. »Wir sind übermorgen pünktlich zur Stelle. Ein Kameramann, der Tonfritze und ich. Wir kommen schon morgens, dann kannst du mir ein wenig die Gegend zeigen.«

»Bäume, Berge und viel Schnee.«

»Ich hab gehört, da soll's erstklassige Cheeseburger geben.«

»Woher weißt du denn das nun wieder?«

Cindy lachte. »Hab ich gegoogelt. Du bist mir einen schuldig.«

»Und eine Cola light, kein Problem.«

Karen empfahl ihrer Bekannten, sich nach ihrer Ankunft übers Handy zu melden, legte auf und nahm einen Schluck aus ihrer Wasserflasche, bevor sie zum Haupthaus zurücklief. Es schneite immer noch aus einem inzwischen wieder dunklen Himmel, und die Huskys heulten, wohl in der Gewissheit, dass das Wetter umschlagen würde. Die Flocken wirbelten wild durcheinander, als sie Marla und Derek im Haus besuchte.

»Jimmy und Mike sind schon in der Kirche unten«, sagte Derek.

»Immer in Action, die beiden.«

Sie bedankte sich und beeilte sich, ebenfalls in die Stadt zu kommen. Es dämmerte bereits, die Main Street erstrahlte im weihnachtlichen Glanz. Überall leuchteten rote, grüne und weiße Lichter; auch ein Santa Claus, der einen Daumen nach oben reckte, und ein Rudolph mit leuchtender Nase waren dabei, und die Banner über der Straße wurden von Scheinwerfern angestrahlt. Rosalind wollte zwei Tage vor der Generalprobe wohl noch einmal die Kulisse überprüfen. Auch die Lichter über Lauras Laden leuchteten hell.

Im Pioneer Cafe hatte Rosalind den größten Teil der Teilnehmer versammelt. Marla war mit den Huskys beschäftigt und wurde erst bei der Generalprobe wieder gebraucht, Jerry Lambert saß in seinem Hubschrauber und wartete auf seinen Einsatz, und Sammy und Jeremiah, die beiden Santas, saßen vor ihrem Schachspiel im Laden der Witwe Bagley. »Wäre ja auch zu viel verlangt, wenn einer der beiden mal pünktlich kommen könnte«, jammerte Rosalind nicht ganz ernst. »Der Osterhase kommt doch auch nicht zu Pfingsten!«

Karen wurde herzlich wie eine Einheimische empfangen. Es kam ihr selbst so vor, als würde sie schon ewig in Willow Creek wohnen, so sympathisch und vertraut waren ihr die Leute bereits. Sie grüßte freundlich zurück, winkte Russ Arnold zu, der es sich in seiner Lieblingsecke bequem gemacht hatte und mit Sally flirtete, und setzte sich zu den Darstellern. Ally brachte ihr unaufgefordert einen Cappuccino. »Der geht aufs Haus«, sagte sie. Wie die Vögel auf der Stange saßen sechs junge Frauen in braunen Fellmänteln und mit roten Clownsnasen im Gesicht an der Wand: der Rudolph-Chor, erfuhr sie.

Rosalind war in Zivil oder was sie dafür hielt, trug einen weißen Mantel aus Kunstpelz, eine russische Fellmütze und einen knallroten Schal. Und beeindruckte mit einem üppigen Make-up, das jeden Regisseur begeistert hätte. »Einen wunderschönen guten Morgen«, wünschte sie in ihrer überschwänglichen Art. »Ich wollte euch noch mal ermutigen, unser Stück ernst zu nehmen und euer ganzes Können in die Aufführung zu investieren. ›Santa Claus in Willow Creek‹ könnte mehr für unser Städtchen bringen als jede teure Werbekampagne, die wir uns sowieso nicht leisten können. Also geht das Drehbuch bitte noch mal durch und prägt euch euren Text ein. So viel ist es ja nicht, und einige von euch wie die Witwe können relativ frei reden. Hauptsache, die Handlung gerät nicht ins Stocken. Wir alle sind übermorgen gefragt!«

Alle klatschten und machten mit dem Beifall auch sich selbst Mut.

Rosalind stellte die sechs kostümierten Frauen vor. »Das sind unsere Rudettes. Normalerweise singen sie Folksongs und so was, aber in unserem Stück stimmen sie natürlich ›Rudolph the Red-Nosed Reindeer‹ an. Kurz vor dem Finale. Zuerst fliegt Santa Claus bei Jerry im Hubschrauber mit und versucht, seine Geschenke von dort aus in die Kamine zu werfen, aber er trifft nur daneben und fliegt wieder davon. Dann kommen unsere Rudettes und stimmen den Song an, soll heißen, Santa Claus hat seinen geliebten Rudolph doch noch gefunden. Er hatte sich auf dem Dach des Pioneer Cafes versteckt. Wie er da hochkommt? Er kann doch fliegen! Santa Claus verpasst ihm die zweite Spritze, spannt ihn vor seinen Schlitten und kann endlich die Geschenke verteilen. Dann das Feuerwerk und der Kinderchor mit dem Weihnachtslied.«

»Das klingt großartig!«, rief die Witwe Bagley. »Hab ich

euch eigentlich schon erzählt, wie mein Henry und ich unseren ersten Heiligabend in der Luft verbrachten? Also, wir waren damals zu einem Dorf am Yukon unterwegs ...«

»Später, Witwe Bagley!«, bat Rosalind. »Wir sollten langsam anfangen, sonst wird es zu spät! Wo stecken die verflixten Weihnachtsmänner?« Sie gingen nach draußen und stellten sich unter das Vordach, das aber kaum gegen die vom Wind getriebenen Flocken schützte. »Charly! Jeremiah!« Und als niemand kam, noch einmal: »Charly! Jeremiah! Kommt endlich raus!«

Eine weitere Minute verging, bis die beiden Weihnachtsmänner aus dem Laden der Witwe kamen. Beide trugen ihr Santa-Claus-Kostüm. »Warum so eilig?«, rief Charly. »Ich hatte Jeremiah kurz vor der Aufgabe. Was gibt's?«

»Dumme Frage!«, erwiderte Rosalind ärgerlich. »Du solltest längst bei Jerry in seinem Hubschrauber sitzen, also mach dich gefälligst auf den Weg!«

»Ich? Im Hubschrauber? Da wird mir schwindlig!«

Rosalind verlor allmählich die Geduld. »Und wenn du nicht gleich gehst, versohle ich dir den Hintern, bis du nicht mehr sitzen kannst! Mach schon!«

Charly rannte entsetzt davon.

»Und ich?«, fragte Jeremiah.

»Du hältst dich bereit, falls Charly aus dem Hubschrauber fällt, und wir die Szene wiederholen müssen.« Die Antwort war natürlich nicht ernst gemeint, aber als sie seine ängstliche Miene sah, fügte sie schnell hinzu: »Du mischst dich bei der Premiere unters Publikum und verteilst kleine Geschenke an die Kinder. Einige Vereine haben bereits eifrig gespendet und eingekauft.«

Karen schob ihren Schal bis zur Nase hoch und kniff die Augen gegen den Flockenwirbel und die flackernden Lichter zusammen. Aus der Kirche drangen die Stimmen der Kinder herüber. Eine heile Welt, zumindest in diesen Tagen, und ein willkommenes Kontrastprogramm zu ihrem Alltag in Anchorage, der von dem geschäftigen Treiben in ihrer Firma und der Hektik der Großstadt bestimmt wurde. Kein Vergleich mit dem Trubel in einer Metropole wie New York oder Chicago, aber eben auch nicht mit der beschaulichen Ruhe in Willow Creek zu vergleichen. Aber das sollte sich ändern. Spätestens am Tag der Generalprobe sollte auch in Willow Creek ordentlich was los sein.

Rosalind griff nach ihrem Handy und wählte eine Nummer. »Jerry? Ist Charly schon bei dir? Okay, dann kann es losgehen! Du weißt, was du zu tun hast! Und sag Charly, er soll nur zwei oder drei von den Päckchen werfen.«

Sie steckte das Handy weg und wartete gespannt. Die Augen aller Teilnehmer und Neugierigen waren nach Nordwesten gerichtet. Mit ratternden Rotoren und blinkenden Positionslampen stieg der Hubschrauber hinter den Häusern empor und flog über die Stadt hinweg. Über dem Friseurladen von Rosalind blieb er in der Luft stehen. Die Zuschauer beobachteten, wie Santa Claus ein Päckchen aus der geöffneten Tür warf und den Kamin natürlich um ein gutes Stück verfehlte. Das Gleiche passierte beim nächsten und übernächsten Haus. Wahrscheinlich hätte er auch vorbeigeworfen, wenn er sorgfältig gezielt hätte. »Ho! Ho! Ho!«, rief er bei jedem Wurf. Dann landete Jerry den Hubschrauber vor dem Pioneer Cafe, vor allem zur Freude der Kinder, die längst aus der Kirche gerannt waren und die ungewöhnliche Ankunft von Santa Claus bestaunten. Er kletterte aus der Kabine und winkte erleichtert.

»War das so okay?«, rief Jerry über den Motorenlärm hinweg.

»Alles okay, Jerry!«, antwortete Rosalind.

Jerry startete erneut und flog zur Flugpiste zurück, nicht ohne eine elegante Kurve über der Stadt zu drehen. Minuten später erstarb das Motorengeräusch.

»Und jetzt die Rudettes«, kündigte Rosalind an. »Das Signal für dich, Charly, heimlich im Pioneer Cafe zu verschwinden und aufs Dach zu steigen. Dort setzt du dich in den Schlitten, den unsere Leute gezimmert haben, und wartest, bis sich die Scheinwerfer auf dich richten. So weit alles klar?«

»Wer bringt eigentlich dem Weihnachtsmann die Geschenke?«, fragte er.

»Mach bloß, dass du wegkommst!«, rief Rosalind ihm lachend nach.

Die Rudettes hatten fleißig geprobt, nachdem Rosalind sie in die Story eingebaut hatte, und sangen das Lied von Rudolph, dem rotnasigen Rentier, das Santa Claus sicher durch den Nebel führt, so mitreißend, dass selbst Jeremiah vor dem Laden der Witwe dazu wippte. Karen hatte immer ein Faible für die Songs der Fünfziger gehabt und musste unwillkürlich lächeln, so sehr erinnerte sie die Version der Rudettes an alte Aufnahmen aus dieser Zeit.

In den Beifall, der nach ihrem Auftritt erklang, rief Rosalind: »Und die Rudettes haben recht: Santa Claus hat Rudolph wiedergefunden. Wo er sich versteckt hatte? Auf dem Dach des Pioneer Cafes. Nach seiner zweiten Spritze ist er wieder fit und kann Santa Claus helfen, seine Geschenke auf gewohnte Weise zu verteilen. Merry Christmas, Folks! Frohe Weihnachten euch allen!«

Zwei flackernde Scheinwerfer richteten sich auf das Dach des Pioneer Cafes, und es sah fast so aus, als würde Santa Claus mit seinem Schlitten davonfliegen. Rudolphs rote Nase leuchtete. »Ho Ho! Ho!«, rief Charly den Leuten zu.

Als hätten Laura und ihr Doktor nur auf das Ende der Probe gewartet, sprang plötzlich die Tür von ihrem Laden auf, und Dr. Alex Swindell stolperte auf den Gehsteig hinaus. Ein Blumenstrauß flog im hohen Bogen hinter ihm her und landete im Schnee. »Lass dich hier bloß nicht mehr blicken!«, schallte Lauras wütende Stimme über die Straße. »Ich will dich nicht mehr sehen!«

Der Arzt schien gar nicht zu merken, dass die Straße voller Menschen war und ihm halb Willow Creek zuhörte. »Aber ich hab mich doch entschuldigt, Schatz! Ich wollte dich nicht verletzen, wirklich nicht! Ich hab großen Mist gebaut und schäme mich dafür, aber ich hab es ernst gemeint. Ich liebe dich wirklich! Das musst du mir glauben! Du bist meine absolute Traumfrau!«

»Hast du das deiner Verlobten auch erzählt?«, rief Laura aus dem dunklen Laden. Im Schein der bunten Lichter an der Hauswand sah man ihren Schatten hinter dem Schaufenster. »Hast du ihr auch diese Lügen aufgetischt?«

»Die Verlobung war ein Irrtum, Schatz!«

»Nenn mich nicht Schatz!!«

»Die Verlobung war ein Irrtum! Nicht nur für mich, auch für Mary-Beth. Glaub mir doch endlich, Laura! Ich habe heute Nachmittag mit ihr gesprochen und die Verlobung gelöst. Okay, sie hat sich ein bisschen aufgeregt, das ist ja auch verständlich, aber ich musste ihr reinen Wein einschenken. Ich hab ihr gesagt, dass ich mich geirrt habe und nur dich liebe! Sei mir nicht mehr böse, mein Schatz!«

»Du sollst das blödsinnige Schatz weglassen! Und deine Märchen kannst du dir für die nächste Frau aufheben. Ich habe schon genug Lügen von Männern gehört und denke gar nicht daran, mit dir weiterzumachen. Nimm deinen blöden Blumenstrauß und geh in dein Krankenhaus zurück! Ich bin mit dir fertig, ein für alle Mal! Leb wohl, Doktor Alex! Auf Nimmerwiedersehen!«

Erst jetzt erkannte der Arzt, wie viele Zuhörer er wieder hatte, und lief puterrot an. Er hob den Blumenstrauß auf und ging zu seinem Wagen. »Tut mir leid, Leute«, sagte er so leise, dass ihn nur Jeremiah verstand, und fuhr aus der Stadt.

25

Den Tag vor der Generalprobe wollte Jimmy mit seinem neuen Freund verbringen. Mikes Vater hatte die beiden Jungen zu einem Ausflug in den Denali National Park eingeladen. Er hatte seinen freien Tag und bereits eine Erlaubnis für den Ausflug bekommen. Jimmy hatte begeistert zugesagt. Welcher Junge bekam schon die Gelegenheit, das Naturschutzgebiet mit einem Park Ranger zu besuchen und mit dem Hundeschlitten ins Hinterland zu fahren?

Russ Arnold und sein Sohn holten Jimmy nach dem Frühstück mit einem Geländewagen des Nationalparks ab. Jimmy war voller Vorfreude, als er sich seinen Rucksack schnappte. »Und das Wetter wird heute so schön, dass wir den Gipfel des Mount Denali sehen können.« Sie umarmte ihn und sagte: »Pass schön auf, und hör auf Russ!« Sie blickte Russ an. »Viel Spaß und … danke.«

Karen nützte die Zeit nach dem Frühstück, um sich in ihre Hütte zurückzuziehen und Alexa anzurufen. Es war noch keine acht Uhr, und ihre Freundin saß sicher gerade vor ihren Frühstücksflocken.

Alexa war sofort am Apparat. »Karen! Ich fass es nicht. Stehst du immer so früh auf?«

»Hier draußen schon«, antwortete Karen. »länger lassen dich die Huskys sowieso nicht schlafen. Hörst du sie?« Sie richtete ihr Handy für einen Augenblick auf die Hunde, die ungeduldig und lautstark darauf warteten, dass sich

Dana oder Marla um sie kümmerte. Sie lachte. »So geht das jeden Morgen.«

»Die sind ja schlimmer als zwitschernde Vögel!«

»Du wirst lachen, ich gewöhne mich langsam daran«, sagte Karen. »Gehört irgendwie zu einem Urlaub in der Wildnis dazu. So wie die Wölfe, die mich nachts manchmal mit ihrem Heulen wecken. Neulich sind wir sogar welchen begegnet.« Sie berichtete von ihrem denkwürdigen Zusammentreffen mit dem Wolfsrudel. »Ich hätte nie geglaubt, dass man sich abseits der Zivilisation so wohlfühlen kann. Hier draußen merkst du erst, wie mächtig die Natur ist.«

»Nichts gegen die Wildnis, aber ich würde lieber nach Hawaii fliegen.«

»Das dachte ich anfangs auch, aber jeden Tag, den ich in Willow Creek bin, gefällt es mir hier besser. Nichts gegen Hawaii oder Kalifornien, am Strand lässt es sich sicher aushalten, aber so richtig durchatmen kannst du nur hier. Und die Leute sind Spitze. Jeder hat hier eine sympathische Macke.«

»Na, dann passt du ja dazu.« Alexa kicherte.

»Jimmy lebt hier richtig auf.«

»Und was macht dein Märchenprinz?«

»Du meinst …«

»Du weißt ganz genau, wen ich meine.«

Karen spürte, wie sie errötete, und war froh, dass sie allein war. »Matt … Matt ist nicht hier. Vielleicht kommt er heute noch … oder morgen zur Generalprobe. Wir haben nichts fest verabredet, aber … aber ich hoffe, dass wir Weihnachten zusammen verbringen. Ich weiß, das hört sich seltsam an. Vor ein paar Tagen habe ich noch geschworen, so schnell keinen Mann mehr anzusehen, und jetzt … Ich kann es kaum erwarten, ihn wiederzusehen, Alexa. Wie die romantischen Mädels in den Kitschfilmen, wenn sie sich nach ihrem Lover sehnen. Geht das überhaupt, Frau mitten im Leben und Prinzessin zugleich?«

Alexa lachte. »Dir traue ich alles zu. Nach der Pleite mit John hast du was Besseres verdient. Bringst du ihn mit nach Anchorage, oder was machst du?«

»Darüber denke ich die ganze Zeit nach.«

»Und hast noch immer keine Lösung gefunden?«

»Bis jetzt nicht. Ist vielleicht auch gar nicht nötig. Dass wir uns lieben, heißt ja nicht, dass wir gleich zusammenziehen oder heiraten müssen. In diesem Fernsehfilm neulich gab's einen Arzt und eine Ärztin, die alle paar Minuten ›Ich liebe dich!‹ sagten, doch dann bekam sie eine Superstelle in Philadelphia angeboten und ließ ihn in L.A. zurück. *That's life*, sagt meine Mutter, so ist das Leben. Manchmal ist es besser, der Vernunft zu gehorchen.«

»Und zu viel Vernunft schadet den wahren Gefühlen.«

»Stimmt auch wieder.«

»Mach's wie ich! Nimm das Leben, wie es kommt.«

»Und die Männer?«, fragte Karen. »Was macht dein Manager?«

»Brad? Du wirst lachen, den gibt es noch. Ich kann auch seriös.«

»Mehr als ein One-Night-Stand?«

»Mal sehen. Es sieht gut aus.«

Karen schüttelte erstaunt den Kopf. »Alexa und ein

Manager in dreiteiligem Anzug und Krawatte. Sag bloß, du wechselst ins bürgerliche Lager.«

»So bieder ist er nun auch wieder nicht.«

»Und meiner ist kein Hinterwäldler.«

»Apropos … hat sich dein Ex gemeldet?«

»Mal den Teufel nicht an die Wand!«

»Ich hoffe, er bleibt dir erspart.«

Doch nur eine halbe Stunde später, als Karen einen Friseurtermin bei Rosalind verabreden und ihren Salon betreten wollte, heulte der Motor eines Motorrads auf, und sie erkannte sofort, dass es ihr Exmann auf seiner Maschine war. Der Klang seines Motors war unverwechselbar. In den Jahren, in denen sie verheiratet gewesen waren, hatte sie das Knattern oft genug gehört.

Er kam die Zufahrtstraße entlanggefahren und hielt vor dem Pioneer Cafe. Allein für die überhebliche Art, wie er seinen Helm auszog und auf den Sattel legte, hätte sie ihn ohrfeigen können. Vielleicht lag es aber auch nur daran, dass er es gewagt hatte, sie hier aufzuspüren und in den Ferien zu belästigen.

Sie überquerte die Straße und blieb vor ihm stehen. »Was willst du denn hier?«, fauchte sie. »Das ist doch kein Zufall, dass du ausgerechnet hier auftauchst.«

»Karen!«, erwiderte er, sanft wie ein Lamm.

»Wir haben uns nichts zu sagen, John.«

Er zog einen Rosenstrauß aus der Tasche auf seinem Gepäckträger und reichte ihn ihr. »Ich wollte mich bei dir entschuldigen, Karen. Für alles, was ich dir angetan habe. Ich weiß, ich hab mich nicht immer korrekt benommen, als wir verheiratet waren, und es tut mir leid.« Er reichte ihr die Blumen.

In einem Reflex griff sie nach dem Rosenstrauß und betrachtete ihn in einer Mischung aus Verachtung und Verwunderung. »Und deswegen bist du von Anchorage hierhergefahren? Um mir die Rosen zu bringen und mir das zu sagen? Was ist los mit dir? Ist dir deine junge Freundin weggelaufen?«

»Sie war sowieso nichts für mich.«

»Und jetzt glaubst du, bei mir … das ist doch nicht dein Ernst!«

»Nein … so hab ich das nicht gemeint.« Sie hatte ihn selten so in der Defensive gesehen. »Können wir das nicht woanders besprechen, Karen?« Er deutete auf den Eingang zum Pioneer Cafe. »Bei einem Kaffee vielleicht?«

»So viel Zeit hab ich nicht.«

»Sei nicht albern. Zehn Minuten, okay?«

Karen ließ sich breitschlagen und ging mit ihm ins Lokal. Sally führte sie an einen der Fenstertische und brachte ihnen Kaffee. Ihrer Miene war anzusehen, wie unsympathisch ihr John Bolton war. Vielleicht lag es auch an den Rosen, die Karen auf einen freien Stuhl gelegt hatte. Sie versuchte, ihr durch einen Blick mitzuteilen, was sie selbst von ihm hielt, schaffte es aber nicht.

»Warum hast du mich nicht angerufen, wenn du mir was sagen willst?«, fragte sie. »Und wie hast du herausgefunden, dass ich Willow Creek bin?«

»Ich hatte Angst, du würdest gleich wieder auflegen.«

»Womit du recht hattest.«

»Also hab ich in deiner Firma angerufen und erfahren,

dass du bei Huskyzüchtern beim Denali National Park bist. Ich hab einige abgeklappert und bin hier gelandet. Die Husky-Ladys haben mir bestätigt, dass du hier bist.«

»Sie hätten den Mund halten sollen.«

»Dein Wagen stand vor der Tür.«

»Und was willst du?«, drängte sie. »Hinter deinem freundlichen Getue steckt doch eine Absicht. Oder bist du gekommen, um Jimmy wiederzusehen?«

Er ging nicht auf ihre Frage ein. »Tut mir leid, dass ich dich im Urlaub überfalle, aber ich hatte in letzter Zeit wirklich Pech, und damit meine ich nicht, dass ich nicht mehr mit meiner Freundin zusammen bin. Ich hab meinen Job verloren, Karen. Sie haben mir von heute auf morgen gekündigt, und ich stehe praktisch auf der Straße. Ich hab schon einige Ideen, wie ich aus der Misere rauskommen könnte, und vorgestellt hab ich mich auch schon ein paar Mal ...«

Karen würde den nächsten Augenblick niemals vergessen. Matt betrat ausgerechnet in der Sekunde das Lokal, als John sich anschickte, ihr eine Hand auf die Wange zu legen, sah wahrscheinlich, wie er sich nach vorn beugte und lächelte, entdeckte die Rosen auf dem Stuhl und blieb wie versteinert stehen.

Und die Welt hörte auf, sich zu drehen.

Karen und Matt waren beide erstarrt und unfähig, zu reagieren oder etwas zu sagen. Alle Unterhaltungen und das Klappern von Geschirr erstarben. Selbst die Musik aus den Lautsprechern schien für kurze Zeit zu verstummen.

»Karen!«, flüsterte Matt entsetzt.

»Matt!«, rief Karen in Panik.

Matt verließ hastig das Lokal und stand bereits auf seinem Schlitten, als Karen die Tür erreichte. »Matt! Matt! Es ist nicht, wie du denkst!«, rief sie und erkannte sofort, wie albern der Satz klang. Ein Spruch, der in jedem zweiten Liebesfilm über betrogene Partner vorkam. »Matt! Bleib doch bitte da!«

Ihr Exmann kam aus dem Lokal, die Rosen in der Hand. »Tut mir leid, Karen! Tut mir wirklich leid! War das dein neuer Lover? Ein Fallensteller?«

Sein abfälliger Tonfall ging ihr auf die Nerven. »Verschwinde!«

»Ich wollte mir nur ein paar Hundert Dollar von dir leihen«, fuhr er ungerührt fort. »Du bekommst sie wieder, ganz bestimmt, und ich bin sogar bereit, dich an meinem Geschäft zu beteiligen. Lass uns bitte darüber reden, Karen.«

Karen blickte ihn fassungslos an. »Wie bitte? Du willst dir Geld von mir leihen? Du glaubst im Ernst, ich würde dir Geld leihen, ausgerechnet ich?«

»Lass uns das Kriegsbeil begraben, Karen!«

»Den Teufel werde ich tun!«, explodierte sie. Sie nahm ihm die Rosen aus der Hand und warf sie in den Schnee. »Mach, dass du wegkommst, aber schnell!«

Karen wartete, bis er verschwunden war, und kehrte ins Lokal zurück, um ihren Kaffee zu bezahlen. »Mein Ex«, entschuldigte sie sich bei Sally. »Stell dir vor, er wollte mich anpumpen. Es reicht nicht, dass er mich damals beinahe in den Ruin getrieben hätte. Er will tatsächlich Geld von mir!«

Sie ignorierte die neugierigen Blicke einiger Gäste und lief zum Haus zurück. Dana empfing sie vor der Tür. »Dein

Ex war hier. Ich hätte ihm was vorgelogen, aber er kannte dein Auto.« Sie zog die Augenbrauen zusammen. »Du hast ihn getroffen, was? War es so schlimm? Wurde er handgreiflich?«

»Kann ich eins von den Snowmobilen nehmen?«, fragte sie.

»Sicher, aber …«

Karen berichtete ihr in zwei Sätzen, was passiert war. »Keine Angst, ich kann mit dem Ding umgehen. Und Matt kann noch nicht weit sein.«

Wenige Minuten später war sie unterwegs. Die Schutzbrille vor den Augen, die Kapuze tief ins Gesicht gezogen, fuhr sie aus der Stadt. Es dauerte eine Weile, bis sie sich an den Motorschlitten gewöhnt hatte, dann gab sie Vollgas und konnte froh sein, dass der Trail einigermaßen eben war. Bei jeder noch so kleinen Bodenerhebung schlug die Maschine gegen ihren Körper, ließ sie vor Schmerz aufstöhnen, bis sie sich einigermaßen darauf eingestellt hatte und es schaffte, die Hindernisse mit angewinkelten Knien abzufedern.

Zur Hölle mit ihrem Ex! Wie kam der verfluchte Mistkerl dazu, quer durch den Staat zu fahren, um sich ausgerechnet von ihr Geld zu leihen? Wie verzweifelt musste er sein, nur weil ihm seine junge Freundin davonlief und er wieder mal seinen Job verloren hatte? Glaubte er wirklich, sie würde ihm auch nur einen Cent leihen? Dem Mann, der während ihrer Ehe nur an sich gedacht hatte, an die Vergnügungstouren mit seinen Freunden, der sich kaum um sie und ihren gemeinsamen Sohn gekümmert hatte und schon damals ihr Geld verprasst hatte? Und wo hatte er mitten im Winter die roten Rosen her?

Der Motor heulte in ihren Ohren, als sie in eine Kurve fuhr. Es war nicht einfach, Kurven mit einem Snowmobil zu fahren, man war gezwungen, sein Gewicht wesentlich vorsichtiger als auf einem Motorrad zu verlagern, weil man sonst leichter den Halt verlor. Benzingeruch stieg ihr in die Nase. Der Wind war stärker geworden und trieb ihr Schneeschauer ins Gesicht. Warum vor allem viele Männer diese Maschinen toll fanden und sogar Rennen damit fuhren, ging ihr nicht in den Kopf. Sie waren laut und schmutzig und weniger zuverlässig als Hundeschlitten, nur waren Hunde teurer, weil sie auch fraßen, wenn sie nicht im Einsatz waren, und weitaus schwerer zu halten waren.

Wo war Matt?

Obwohl sie ihr Fernglas umgehängt hatte und auf geraden Strecken öfter hindurchblickte, entdeckte sie ihn nicht. Der Trail lag verlassen vor ihr, verlor sich in der Ferne im nebligen Dunst und führte in den Wald. Nicht die geringste Bewegung störte das friedliche Bild. Matt musste heftig aufs Tempo gedrückt haben, um möglichst schnell aus Willow Creek wegzukommen. Die Enttäuschung, sie mit einem angeblichen Liebhaber überrascht zu haben, hatte ihn in Panik versetzt. Zu eindeutig war der Anblick von ihr und ihrem Exmann gewesen. Ihre vermeintliche Nähe, Johns Hand auf ihrer Wange, die roten Rosen auf dem Stuhl … eine Anhäufung von Zufällen, die nur den Schluss zuließen, dass sie Matt nicht für voll genommen und mit ihm gespielt hatte.

»Matt!«, rief sie. »Verdammt! Wo bist du, Matt?«

Sie musste ihn einholen. Ihm die Wahrheit sagen, ihm klarmachen, dass ihr Ex sie bedrängt hatte und sie froh war, ihn wieder los zu sein. Dass sie nur ihn liebte, den einzigen Mann, der sie seit vielen Jahren beeindruckt hatte. Dass sie nur auf ihn gewartet hatte, und dass John längst keine Rolle mehr spielte.

In den Hügeln vor dem Waldrand musste sie besonders aufpassen. Nur auf den Hügelkämmen war sie einigermaßen sicher, nicht in den Tiefschnee abgetrieben zu werden. Sie war gezwungen, das Tempo zu drosseln, und sah, wie wichtig es war, die Füße auf dem Trittbrett zu lassen, um nicht das Gleichgewicht zu verlieren. Der Motor wehrte sich heulend, wenn sich das Snowmobil zur Seite neigte und das Laufband keinen Halt mehr fand.

Ein heftiger Windstoß führte dazu, dass sie auf einem der Hügelkämme vom Trail abkam und nach links rutschte. Fluchend versuchte sie, wieder in die Spur zu kommen, doch der Wind war zu stark, und sie stürzte mit ihrem Snowmobil den Hang hinunter. Sie überschlug sich ein paar Mal, die schwere Maschine bei jeder Drehung über sich, und landete im Tiefschnee, wurde fast von ihm verschluckt. Das Snowmobil landete auf ihrem Körper. Glücklicherweise war der Schnee so tief, dass es zwar schwer auf ihre Beine drückte, sie aber nicht gefährdete und keine bleibenden Schäden hinterlassen konnte.

Dennoch war sie gefangen. Sie lag hilflos wie ein Käfer auf dem Rücken und hatte kaum Spielraum, sich zu bewegen. Auch ihre Arme waren durch die schwere Maschine blockiert, und sie kam nicht an ihr Handy in einer ihrer Anoraktaschen heran, das ihr wegen des mangelhaften Empfangs aber auch wenig genützt hätte. Sie kam weder vor noch zurück und war der eisigen Kälte ausgeliefert, die nach einigen Stunden selbst durch ihre Winterkleidung dringen würde. Der Motor war längst abgewürgt, der Scheinwerfer erloschen.

Minutenlang reagierte sie überhaupt nicht. Der Schock schnürte ihr beinahe den Atem ab und ließ sie mit starren Augen in das Schneetreiben blicken. Mit keinem Muskel antwortete sie auf den Druck des schweren Snowmobils. Erst nachdem das Echo des Motors aus ihren Ohren verschwunden war, reagierte sie auf den Sturz. Sie begann zu stöhnen, versuchte krampfhaft, ihre Arme und Beine zu bewegen, und spürte heftigen Widerstand. Sie lag fest, konnte froh sein, nicht völlig im Tiefschnee versunken zu sein, und war auf fremde Hilfe angewiesen, um sich aus ihrer Zwangslage befreien zu können.

»Hilfe!«, rief sie in ihrer Verzweiflung. »Hört mich jemand?«

Niemand antwortete. Sie lag abseits des Trails im Schnee, von dem Hügel verdeckt, sodass man sie nur aus nächster Nähe sehen konnte, und selbst wenn sie schrie, verhallten ihre Hilferufe als sinnloses Echo in der Winterluft.

Dennoch versuchte sie es: »Hilfe! Hilfe! Hier bin ich!«

Sie wartete lange anderthalb Stunden, war nahe daran, aufzugeben, als der Motor eines Snowmobils aus der Ferne herüberklang und lauter wurde. Sie glaubte an Einbildung, eine Halluzination nach der langen Zeit im Schnee, doch sie witterte ihre Chance und rief weiter: »Hilfe! Hier bin ich!«

Auf dem Hügelkamm über ihr stellte jemand den Motor seines Snowmobils ab und löschte den Scheinwerfer. Kurz darauf flammte eine Taschenlampe auf, und jemand kämpfte sich den Hang hinab. »Karen! Bist du okay?«

»Marla! Bist du das? Gott sei Dank!«

»Karen! Ich dachte mir schon, dass dir was passiert ist!«

»Ich bin okay! Keine Verletzungen! Außer blauen Flecken, schätze ich.«

Marla schaffte es mit einiger Anstrengung, die Maschine zur Seite zu schieben und sie aus ihrer Zwangslage zu befreien. »Das Snowmobil holen wir morgen«, sagte sie. »Was du jetzt brauchst, ist ein heißes Bad und was Ordentliches zu essen. Jimmy ist auch schon zu Hause und wartet auf dich.«

»Du hast ihm doch nicht …«

»… verraten, dass du Matt zurückholen wolltest?« Marla lächelte. »Nein. Ich hab ihm gesagt, du hättest eine Verabredung mit Santa Claus.«

»Oder mit den Engeln. Danke, Marla.«

26

Nach einem ausgiebigen Bad schlief Karen so fest, dass nicht einmal das Fauchen eines aufgebrachten Wolfes sie geweckt hätte. Jimmy war wie jeden Morgen bei den Huskys, als sie aufstand, und kümmerte sich um den munteren Skipper, der nach seinem ersten Ausflug viel Lob geerntet hatte und hoffen durfte, auch auf der nächsten Tour unter den Aufrechten Sieben zu sein.

»Warum bist du denn so eine Schlafmütze?«, rief Jimmy, als er seine Mutter sah. Er war bester Laune. »Ich glaube, du brauchst einen Cappuccino.«

Karen musste lachen. »Da magst du recht haben.«

»Mike kommt mich heute wieder besuchen«, fuhr Jimmy fort. »Wir wollen Marla bei den Huskys helfen und dann einen neuen Schneemann bauen. Einen, der wie Santa Claus aussieht. Mit der Zipfelmütze, die Marla in der Vorratskiste gefunden hat. Und eine Mohrrübe will sie uns auch besorgen.«

»Na, das sind doch gute Aussichten.«

Ihr Sohn hatte recht, sie brauchte tatsächlich dringend einen Cappuccino, um munter zu werden. Dana hatte sie kommen gehört und hielt ihn schon bereit. »Du bist ein Engel«, sagte Karen. »Hast du von Matt gehört? Er ist nicht mehr zurückgekommen, was? Nein, er hat sich verkrochen und denkt gar nicht daran, nach Willow Creek zurückzukommen. Würde ich auch so machen, wenn ich meine Angebetete mit einem anderen herumturteln sehen würde.«

»Das hast du doch gar nicht getan«, widersprach ihr Dana. »Soweit ich gehört habe, hast du ihn sogar beschimpft und die Rosen in den Schnee geworfen. Dich trifft keine Schuld. Matt hat etwas gesehen, dass es gar nicht gab.«

»Ich war kurz davor, meinem Ex eine runterzuhauen!«

»Matt hätte mehr Vertrauen zu dir haben sollen. Er hätte sich doch denken können, dass du nichts mit einem anderen anfängst. Okay, er hat Einiges durchgemacht und lebt so lange da draußen, dass er vielleicht schneller was in den falschen Hals kriegst, aber er hätte dich wenigstens fragen können.«

Karen trank einen kräftigen Schluck und wärmte ihre Hände an dem Kaffeebecher. »Hätte ich den Mistkerl doch gleich zum Teufel geschickt! Stell dir vor, er wollte sich Geld von mir leihen. Ein paar Hunderter! Weil er seinen Job geschmissen und seine junge Freundin vergrault hat. Ausgerechnet bei mir! Reicht es denn nicht, dass ich ihn über ein Jahr durchgefüttert habe?«

»Vergiss ihn«, empfahl ihr Dana. Der Frühstückstisch war gedeckt, und sie war bereits dabei, die Eier zu braten. »Und mach dir keine Sorgen wegen Matt. Wie ich den Burschen kenne, besinnt er sich wieder und taucht heute Abend zur Generalprobe auf. Er liebt dich, das konnte man sehen.«

»Ich hoffe, du hast recht.« Karen setzte sich. »Was macht dein Sergeant?«

»Alles bestens.«

»Wie war's in Fairbanks?«

Sie verteilte die gebratenen Eier auf die Teller. »Himmlisch! Um ehrlich zu sein, war ich bisher ein bisschen unsicher. Ich habe so viele Pleiten mit Männern erlebt, dass ich mir gar nicht vorstellen konnte, es würde tatsächlich einer ehrlich mit mir meinen. Ich weiß doch, was viele Leute dachten. Ein Sergeant der Armee, der macht alle Frauen an und hat in jeder Stadt eine andere sitzen. Aber Bill ist anders. Er meint es wirklich ehrlich mit mir, und wenn du wüsstest, was er mir alles ins Ohr geflüstert hat …« Sie stellte die leere Pfanne auf den Herd zurück, dachte aber nicht daran, Einzelheiten preiszugeben. »Marla! Jimmy! Das Frühstück ist fertig!«, rief sie stattdessen.

Nach dem Frühstück ging Karen in die Stadt hinunter. Sie hatte jetzt wirklich einen Friseurtermin mit Rosalind verabredet und erschien pünktlich im Salon. Die Einrichtung war moderner, als sie erwartet hatte; alles blinkte und blitzte, und an den Wänden hingen Fotos der Besitzerin in zwei Werbefilmen und einer Reality Show. In den Werbefilmen waren allerdings nur ihre Hände zu sehen. »Die Regisseure waren begeistert von ihnen«, sagte Rosalind, als sie die neugierigen Blicke ihrer Besucherin bemerkte. »Der Absatz der Hautcreme stieg fast um die Hälfte, nachdem sie den Spot ausgestrahlt hatten. Und als sie mich mit meinen zarten Händen beim Gemüseschnippeln sahen, wurden viele zu Vegetariern. Ich hab was Magisches an mir, eine bestimmte Aura oder so was, sonst hätten mich die Produzenten nicht gebucht.« Sie deutete auf ein beinahe lebensgroßes Foto, das sie als Marilyn Monroe und daneben die echte Monroe zeigte. Die beiden waren kaum zu unterscheiden. »Als Monroe-Doppelgängerin war ich besonders erfolgreich.« Sie griff nach einem Umhang und deutete auf einen freien Stuhl. »Aber ich gerate schon wieder ins Schwelgen. Nehmen Sie doch Platz! Einen Cappuccino zum Aufwärmen?«

»Nein, danke. Nur Waschen und ein wenig in Form bringen.«

Rosalind, wie immer auffällig geschminkt und an diesem Morgen mit einer pinkfarbenen Tüllschleife an ihrem Kittel, ließ die Finger einer Hand durch ihre Haare gleiten. »Da lässt sich Einiges daraus machen, Ma'am.«

»Karen.«

Rosalind legte ihr ein flauschiges Handtuch um die Schultern und drehte den Wasserhahn auf. »Aber ich glaube, da müssen wir ein wenig mit der Schere ran.«

»Nicht zu viel!«

»Keine Sorge!« Rosalind kannte den Spruch wohl zu Genüge. »Aber selbst die Monroe ließ ihren Friseur mit der Schere ran. Es kommt nicht so sehr auf die Länge als auf Dichte und Form an. Vertrauen Sie mir, Karen!«

»Sonst wäre ich nicht hier.«

Rosalind gehörte nicht zu den Friseurinnen, die sich auf übertriebene Weise mit dem Dorfklatsch beschäftigten. Das überließ sie der Witwe Bagley. Sie redete lieber über sich und ihre Ambitionen. »Ich bin eine der besten in meinem Job und habe Einiges erreicht«, sagte sie, »aber ich spüre auch, dass noch etwas ganz Großes auf mich wartet. Ich sage nur: Hollywood! Wenn ich die Augen schließe, sehe ich, wie ich über den roten Teppich bei irgendeiner Premiere laufe, wie ich in meinem sündhaft teuren europäischen Cabrio über den Rodeo Drive fahre und in diesen Nobelläden einkaufe. Ich habe Talent, meine Liebe, die Produzenten in Hollywood haben es nur noch nicht erkannt. Aber ich bin so ein Stück davor.« Sie unterbrach ihre Arbeit und hielt Daumen und Zeigefinger ganz nah zusammen. Wer weiß, vielleicht sehen einige Bosse den Fernsehbericht über unser Stück … das könnte den Durchbruch bringen.«

Karen hörte ihr Handy klingeln und bat die junge Angestellte, die im Salon arbeitete, ihr den Apparat aus dem Anorak zu bringen. Das Fernsehteam war eingetroffen. »Hey … wo bist du?«

»In Willow Creek auf der Main Street.«

»Okay«, erwiderte Karen, »dann stell deinen Wagen ab, schick deine Leute ins Pioneer Cafe und komm in den Frisersalon. Hier erfährst du alles Wichtige.«

Wenige Minuten später schneite Cindy Troxell herein. Mit den vielen Flocken, die in den Laden wehten, als sie die Tür öffnete, sah es tatsächlich so aus. Sie trug einen modischen Skianzug mit dem Logo einer Marke, die vom Nationalteam getragen wurde, und neue Stiefel. Ihre blonden Locken, natürlich gefärbt, wie Karen später von Rosalind erfuhr, flossen unter der weißen Pudelmütze hervor bis auf ihre Schultern. Sie wirkte viel jünger, war aber schon über dreißig und hatte es bei ihrem Sender zu einem anspruchsvollen Job gebracht.

»Karen!«, rief sie in ihrer überschwänglichen Art. Sie umarmte Karen und drückte sie.

»Wie lange haben wir uns nicht mehr gesehen? Vier Monate?«

»Fast ein halbes Jahr!«, erwiderte Cindy. »Es musste wohl Willow Creek sein, hm?«

»Ganz recht, und das ist Rosalind Roberts. Produzentin, Regisseurin und Autorin des Stückes, zu dem heute die Generalprobe steigt. Eine Powerfrau, wenn du mich fragst, und eine gute Friseurin dazu. So was gibt es selten.«

Rosalind liebte nichts so sehr wie Komplimente und wurde kein bisschen rot. »Nennen Sie mich Rosalind. Einen Cappuccino? Caffè latte? Prosecco?«

»Prosecco?« Cindys Miene hellte sich auf. »Nichts trinke ich lieber.«

Während ihre junge Mitarbeiterin eine Flasche Prosecco öffnete und den Inhalt auf drei Gläser verteilte, schnippelte Rosalind noch ein paar Sekunden an Karen herum. Sie war schon beim Föhnen angelangt, als sie sich zuprosteten und Rosalind die Moderatorin offiziell begrüßte. »Willkommen in Willow Creek!«, sagte sie. »Ich versichere Ihnen, dass Sie nicht umsonst zu unserem Open Air gekommen sind.«

Sie trank einen Schluck, stellte lächelnd ihr Glas auf das Tischchen zwischen den Stühlen und nickte der Moderatorin zu. »Setzen Sie sich doch.« Cindy nahm auf einem freien Stuhl Platz. »Unser Stück ist in gewisser Hinsicht einmalig, wissen Sie? Bis auf mich sind ausschließlich Amateure am Werk, über deren Können allerdings kein Zweifel besteht. Natürlich macht sich meine straffe Regie dabei bemerkbar.« Sie lächelte selbstbewusst. »Ich habe mir ein sehr kurzweiliges Stück einfallen lassen. Kein Weihnachten von der Stange, wie man es häufig in solchen Aufführungen hat. Nein, es ist was fürs Herz, aber nicht kitschig, spannend, aber nicht aufdringlich, humorvoll, aber nicht zu derb und aufgesetzt. Wir haben sogar drei Actionszenen dabei: mit Wildpferden, einem Flugzeug und einem Hubschrauber.« Sie sprach die Szenen kurz an, wusste sogar, wo die Kamera am wirkungsvollsten zum Einsatz käme, und schaltete den Föhn erst ein, nachdem sie sich noch einmal in den Mittelpunkt gestellt hatte: »Und ich bin die Erzählerin und stehe als märchenhafter Rauschgoldengel auf der Bühne. Sie werden sehen, ich wurde für die Kamera geboren.«

Karen gab sich keine Mühe, ihr Schmunzeln zu verbergen. Rosalind kannte keine Hemmungen, wenn es darum ging, sich ins Schaufenster zu stellen, verkaufte sich aber mit so viel Charme und Selbstironie, dass niemand davon genervt war. Als sie den Föhn einschaltete, blitzte ihr listiges Marilyn-Monroe-Lächeln auf, gepaart mit einer Portion burschikoser Sandra Bullock und der selbstsicheren Ausstrahlung einer Jennifer Lawrence.

»*Voilà*!«, sagte Rosalind, als sie mit Karen fertig war.

Karen begutachtete sich im Spiegel. »Wow! So gut hab ich schon lange nicht mehr ausgesehen. Wenn's mit der Schauspielkarriere nicht klappt, können Sie immer noch Starfriseurin in Hollywood werden. Ich wäre Ihre erste Kundin.«

»Und Sie?«, sagte Rosalind zu der Moderatorin. Cindy hatte inzwischen ihre Wollmütze abgenommen und offenbarte ihre blonde Lockenpracht. »Sie haben wunderschönes Haar, aber wenn ich die Spitzen abschneide, leuchtet es noch besser, und beim Make-up könnte ich Ihnen ein paar Vorschläge machen.«

Cindy blieb keine andere Wahl. Bevor sie antworten konnte, hatte Rosalind ihr schon auf einen der Friseursessel geholfen und ihr einen Umhang umgebunden. Ein kluger Schachzug, denn jetzt war Cindy gefangen, zumindest für die nächsten zehn Minuten, und Rosalind blieb genügend Zeit, ihre Bewerbung abzugeben. Sie wusste natürlich, dass Cindy nicht über die Verpflichtung einer Schauspielerin entscheiden konnte, aber die Moderatorin arbeitete beim Fernsehen, und man würde ihr sicher zuhören, wenn sie von einer »tollen Schauspielerin in Willow Creek« erzählte. Wenn man nach oben kommen wollte, musste man jede Chance nutzen, und wenn sie noch so gering war.

Nachdem Rosalind in blumigen Worten von ihren Einsätzen an der Werbefront berichtet hatte, legte sie erst richtig los: »Also, ich sehe meine Zukunft beim Fernsehen«, sagte sie. »Ich weiß, wie groß der Andrang ist und wie viele junge Dinger in Hollywood als Bedienung oder Verkäuferin jobben, sich sogar halbnackt an irgendwelche Produzenten heranschleichen, um eine Rolle zu ergattern, aber das schreckt mich nicht. Wahres Talent setzt sich auf die Dauer immer durch. Ich habe mit meinen Auftritten deutliche Spuren hinterlassen, vor allem meine Darbietung beim *Marilyn Monroe Look Alike Contest* hätte mir schon eine Rolle einbringen müssen.« Sie war Multitaskerin, schnitt geschickt an Cindys Frisur herum, während sie weitersprach. »Ich bin für TV-Specials gemacht, große Filme über starke Frauen. Die Monroe, die Stanwyck, die Bergsteigerin, die als erste Frau den Gipfel des Mount Everest erreichte, die erste Astronautin der NASA, die mutige Pilotin, die um die halbe Welt flog.«

»Amelia Earhart«, nannte Cindy den Namen der Pilotin.

»Genau. In einem Thriller wäre ich auch nicht übel besetzt.« Rosalind unterbrach für einen Augenblick ihre Arbeit und blickte in den Spiegel. »Wie hieß noch dieser Film, in dem die Ehefrau verschwindet, und der Mann verdächtigt wird?«

»Gone Girl«.

»Genau. Oder *Psycho* oder *Speed.«*

Cindy griff sich zweifelnd an die Locken. »Sind Sie sicher, dass die Spitzen dort weg müssen? Meine Stylistin war eigentlich recht zufrieden mit mir.«

»Vertrauen Sie mir, Cindy.« Rosalind kämmte einige Locken zurecht und inspizierte sie im Licht. »Am besten wäre natürlich ein Western. Ich weiß, die werden heutzutage kaum noch gedreht, aber wenn Leo noch mal einen Film wie *The Revenant* drehen könnte, Sie wissen schon, diesen Trapper-Film, dann wäre ich dabei. Oder als mächtige Rinder-Lady wie Barbara Stanwyck. Die hatte es drauf. Aber ich würde mich auch mit einer Nebenrolle zufriedengeben, eine Gangsterbraut oder so. Die Freundin von Doc Holliday.«

»Große Ziele«, sagte Cindy. Sie klang traurig, als hätte sie selbst einmal nach den Sternen gegriffen und ihre Träume schon bald begraben müssen.

»Ohne Träume kommt man nicht weiter, weder als Salon-Besitzerin noch als Schauspielerin.« Trotz ihrer kühnen Pläne blieb Rosalind zumindest mit einem Bein in der Wirklichkeit. »Ehrlich gesagt, würde ich auch wieder eine Rolle in einem Commercial annehmen … oder als Wetterfee. Wer sagt denn, dass die immer blutjung und super attraktiv sein müssen? Es gibt genug Männer da draußen, die mit diesen jungen Gören nichts anzufangen wissen. Die wollen eine Frau, die mit beiden Beinen im Leben steht. So eine wie mich.«

»Wetterfee? Wir suchen tatsächlich eine Wetterfee.«

Rosalind rutschte beinahe mit ihrer Schere aus. »Sehen Sie mich an! Sehe ich nicht wie die geborene Wetterfee aus?« Sie setzte ihr Fernsehlächeln auf und zeigte ihre blütenweißen Zähne. »Gute Nachrichten, Ladies and Gentlemen, von Süden nähert sich ein Hochdruckgebiet und verwöhnt uns mit gemäßigten Temperaturen wenige Grad unter dem Gefrierpunkt. Die Besucher des Christmas Open Air in Willow Creek können aufatmen. Während der Generalprobe und auch bei der Aufführung am Weihnachtstag zeigt sich das zentrale Alaska von seiner besten Seite, und auch die Nordlicht-Fans werden voll auf ihre Kosten kommen. Also auf nach Willow Creek, meine Lieben!«

Cindy klatschte leise Beifall.

»War das jetzt fürs Haareschneiden oder für die Wetterfee?«

»Beides«, erwiderte Cindy anerkennend. Sie betrachtete sich ausgiebig im Spiegel. »Sie haben es tatsächlich geschafft, meine Frisur mit ein paar Korrekturen deutlich zu verbessern. Karen hat recht, als Starfriseurin in Hollywood wären Sie gut besetzt. Und die Wetternummer war auch nicht übel. Geben Sie mir gern mal Ihre Bewerbungsmappe mit? Ich reiche sie an unseren Chef weiter.« Sie grinste. »Ganz nebenbei … der Bursche steht auf reife Frauen.«

Karen zwinkerte der Salonbesitzerin zu.

»So, jetzt aber an die Arbeit«, fuhr Cindy fort. »Haben Sie Zeit?«

»Natürlich, den Salon überlasse ich meiner Mitarbeiterin.« Rosalind zog einen Computerausdruck aus einer Schublade und reichte ihn Cindy. »Unser Drehbuch. Und dann gehen wir am besten vor die Tür. Ich zeige Ihnen, wo die besten Szenen stattfinden, und sehe zu, dass Santa Claus für ein Interview bereitsteht. Charly ist etwas eigenwillig und versteckt sich manchmal.«

»Den brauchen wir unbedingt.«

Rosalind hatte diese Antwort erwartet. »Karen kann am besten mit ihm. Wann immer Sie wollen, schafft sie ihn ran. Im Pioneer Cafe gegenüber haben wir unsere Basis. Dort gibt es den besten Cheeseburger von Alaska.«

»Davon hab ich schon gehört.« Cindy hatte die Mahlzeit anscheinend fest eingeplant. »Weil ich so schlank bin, denken viele, ich wäre Veganerin oder Vegetarierin und würde nur an Salat knabbern, aber das überlasse ich den Hasen. Mein Vater war Farmer, bei uns kam immer Fleisch auf den Tisch.«

Sie gingen nach draußen und hatten noch nicht einmal die Straße überquert, als ihnen Jerry Lambert entgegenkam. Der Pilot brauchte keine zwei Sekunden, um Cindy als willkommenes Opfer auszumachen und in den Anmachmodus zu schalten. »Cindy Troxell!«, rief er mit strahlender Miene. »Die einzigartige Cindy Troxell! Wissen Sie, wie sehr ich Sie bewundere, Cindy?«

»Sie verfolgen die Lokalnachrichten?«

»Ihretwegen, Cindy. Selbst wenn ich keine Lust auf die

Nachrichten hätte, würde ich sie einschalten, um Ihr zauberhaftes Gesicht zu sehen und Ihre samtweiche Stimme zu hören. Und dann diese flotten Röcke, die Sie tragen …«

»Noch einer, der eine Frau nur nach ihrem Äußeren beurteilt.«

»Wo denken Sie hin?«, wehrte sich Jerry scheinbar entrüstet. »Ich war noch nicht fertig. Natürlich bin ich von Ihrer Art begeistert, Politiker und Promis zu interviewen und schwierige Zusammenhänge in einfachen Worten zu erklären. Hübsche Gesichter gibt es im Fernsehen genug, aber nur wenige Frauen, die attraktives Aussehen mit Kompetenz und Können vereinen.«

»Und das sagt?«

»Entschuldigen Sie vielmals!« Der Pilot verbeugte sich übertrieben. »Jerry Lambert. Ich bin für das verantwortlich, was in Willow Creek als Flughafen durchgeht, und veranstalte Rundflüge mit meiner Piper und einem Hubschrauber. In unserem Stück fliege ich Santa Claus in meinem Hubschrauber über die Dächer.« Er verstärkte sein Lächeln, wohl in der Hoffnung, dass es verführerisch aussah. »Wie wär's, Cindy? Darf ich Sie auf eine Runde mitnehmen?«

»Ich werd's mir überlegen, Jerry.«

27

Die Cheeseburger im Pioneer Cafe schmeckten köstlich. Das fand auch Cindy, als sie mit Rosalind und Karen beim Mittagessen saß. Die Fernsehmoderatorin hielt den mächtigen Burger mit beiden Händen und lachte vergnügt, als ihr Ketchup und Mayonnaise übers Kinn liefen und auf den Teller tropften. »So gut habe ich schon lange nicht mehr gegessen«, grinste sie.

Die Vorbereitungen für die Dreharbeiten am Abend waren erledigt. Cindy hatte die Salonbesitzerin vor den Fotos aus ihrem Marilyn-Monroe-Auftritt interviewt, ihr Team einige Stadtansichten drehen lassen und wichtige Einstellungen für die Generalprobe festgelegt, würde aber während der Aufführung auch kurzfristig entscheiden, falls etwas Unerwartetes oder besonders Aufregendes geschah. Nach dem Mittagessen stand noch ein Interview mit Santa Claus auf dem Programm. Ihn wollten die Zuschauer natürlich sehen.

Charly hatte sich den ganzen Morgen nicht blicken lassen. Karen befürchtete schon, er hätte wieder kalte Füße bekommen und sich irgendwo versteckt, hörte aber von Ally, dass er vor einer halben Stunde im Lokal gewesen sei und ebenfalls einen Cheeseburger gegessen habe, mit Pommes frites, versteht sich. Anschließend sei er gegangen, zur Witwe Bagley, nahm sie an, und zu seinem täglichen Schachspiel in ihrem Laden. »Das lässt er ganz selten sausen.«

Aber als Karen und Cindy mit ihrem Team in Bagley's Store auftauchten, war dort nur Laura von nebenan. Sie hielt ihre Einkaufstüte mit dem gesunden Arm und brummte missmutig, als der Kameramann ihr die Tür aufhielt und lächelnd bemerkte: »Warum so grimmig, schöne Frau? Bei einem Engel wie Ihnen heilt so eine Verletzung sicher schneller.« Doch statt einer freundlichen Antwort bekam er zu hören: »Männer! Lassen Sie mich bloß in Ruhe!«

Der Kameramann blickte die Witwe an. »Was ist denn in die gefahren? Ich wollte doch nur nett zu ihr sein. So eine schöne Lady. Kein Weihnachtsengel?«

»Beziehungsprobleme«, antwortete Karen.

»Sie hat kein Glück mit den Männern«, sagte die Witwe.

»Vielleicht sollte ich es mal probieren.«

»Wenn Sie unbedingt ihre Faust auf der Nase haben wollen«, antwortete die Witwe Bagley. »Laura kann ziemlich rabiat werden, wenn ihr ein Mann zu nah auf die Pelle rückt. Also, ich war zu meinem Henry ganz anders. Henry war mein Mann, wissen Sie, der beste Pilot im weiten Umkreis, und die Ladys lagen ihm zu Füßen. Die meisten wären sogar einen Looping mit ihm geflogen, wenn er sie dafür mit einem Kuss belohnt hätte. Aber das hätte ich natürlich niemals zugelassen, und Henry war auch nicht der Typ dafür. Der liebte mich über alles und hatte mit anderen Mädels nichts im Sinn. Da fällt mir diese Bedienung ein, diese Sue Ellen, die hatte es doch tatsächlich auf ihn abgesehen und schmuggelte sich heimlich in seine Cessna, als blinde Passagierin, und was soll ich Ihnen sagen? Als sie oben waren und in Turbulenzen gerieten, wurde ihr so schlecht, dass sie sich übergeben musste. Wenn ich mich recht entsinne, lag sie die halbe Woche bei trocken Brot und Kamillentee im Bett und jammerte vor sich hin, dabei hatte sie es ihrer eigenen Dummheit …«

»Wir suchen Charly«, unterbrach Rosalind ihren Redefluss.

»Charly? Der wollte nach Hause und Mittagschlaf halten.«

»Macht er das öfter?

»Nur wenn er ein paar Spiele hintereinander verloren hat«, sagte die Witwe. »Dann geht er nach Hause und sieht sich irgendeinen Mist im Fernsehen an, dabei kann er am besten schlafen, sagt er. Außerdem geht ihm der Trubel auf die Nerven, die Aufregung wegen unseres Christmas Open Air. Ehrlich gesagt, bin ich auch ziemlich aufgeregt, beinahe so sehr wie damals, als …«

»Witwe Bagley!«, wies Rosalind sie zurecht.

»Schon gut, ich verplappere mich gern mal. Wollen Sie ihn filmen?«

»Cindy will ihn für die *Morning Show* interviewen.«

Die Witwe hob die Hände. »Oh, das wird ihm gar nicht gefallen. Weißt du, was er heute Morgen zu mir gesagt hat? Ich hätte mich nie auf diesen Blödsinn einlassen sollen, hat er gesagt, ich bin kein Santa Claus und werde nie einer sein. Wenn ich mitmache, dann nur wegen der Gratis-Cheeseburger, die dabei für mich rausspringen. Gut, dass wir Jeremiah haben. Der ist zwar auch nicht begeistert und hat den kürzeren Bart, aber mit dem kannst du rechnen.«

»Und wo ist Jeremiah?«

»Keine Ahnung. Vielleicht bei Charly?«

»Na, toll!« Rosalind war kurz davor, ihre Weihnachtsmänner zu verfluchen, besann sich aber rechtzeitig und wandte sich beschwichtigend an die Moderatorin: »Kein Grund, sich Sorgen zu machen, Cindy. Wenn's darauf ankommt, ist auf die beiden Verlass. Zu Charlys Haus ist es nicht weit.«

Sie bedankten sich bei der Witwe, die gerne noch ein wenig länger mit ihnen geplaudert hätte, und verließen den Laden. Als sie die Main Street überquerten, blieb Karen unwillkürlich stehen und blickte die Straße hinunter. Inmitten der Nebelschwaden, die am frühen Nachmittag von den gefrorenen Seen herüberzogen, lagen die Täler, in denen Matt seine Fallen auslegte. Ob er immer noch glaubte, von ihr getäuscht worden zu sein? Zog er missmutig durch die Wildnis und ärgerte sich, von einer Urlauberin aus der Großstadt hintergangen worden zu sein? Hatte er den Glauben an die Liebe verloren?

Oder kam er nach einigem Nachdenken zu der Einsicht, falsch reagiert zu haben? Erinnerte er sich an ihre Zärtlichkeiten, an ihre Worte, die keine Lügen sein konnten. Warum sollte sie ihn belügen? Erkannte er, dass er die Szene falsch beurteilt hatte und ein Missverständnis vorliegen musste?

Kehrte er anlässlich der Generalprobe zu ihr nach Willow Creek zurück?

»Karen! Wo bleiben Sie denn?«, rief Rosalind ungeduldig.

Karen verdrängte die Gedanken an Matt. »Ich komme.«

Auf dem Weg zu Jimmys Blockhütte merkte Karen, wie der Kameramann und der junge Tontechniker ihr verstohlene Blicke zuwarfen. Sie musste lächeln. Anscheinend wirkte sie selbst in ihrem winterlichen und wenig aufreizenden Outfit so anziehend, dass sie sogar bei wesentlich jüngeren Männern ankam. Der Tonmann konnte keine Zwanzig sein. Ein Gedanke, der ihr schmeichelte, auch wenn sie in diesen Tagen nur noch an einen Mann dachte.

Charly saß allein in seiner Hütte, einen Becher Kaffee in beiden Händen, und sah sich einen alten Western im Fernsehen an. »Rio Grande«, sagte er, den Blick nur flüchtig vom Bildschirm abgewandt, »einer der besten John-Wayne-Western. Schon mal gehört? Ach was, Sie sehen sich wahrscheinlich nur diese Superhelden an. Captain America, Green Lantern und so'n Kram.«

»Ich fand *She Wore A Yellow Ribbon* noch besser«, sagte Cindy, während sie die angreifenden Apachen in dem Film bestaunte. »Lief letzte Woche auf unserem Sender. Mein Vater ist ein großer Western-Fan, wissen Sie?«

Charly strahlte sie an. »Sie gefallen mir, Miss!« Er erhob sich von seiner alten Couch und schüttelte ihr die Hand. »Santa Claus oder Charly … wie Sie wollen. Sie sind die Lady vom Fernsehen, was? Was wollen Sie denn von mir?«

»Cindy will dich interviewen«, erklärte Rosalind, »also mach den Fernseher aus, und schnapp dir deine Zipfelmütze! Sie will sicher nicht in diesem Chaos hier drehen.« Sie blickte Cindy an. »Draußen vor der alten Scheune?«

»Klingt gut«, erwiderte die Moderatorin.

»Und kein böses Wort über Weihnachten!«, flüsterte Rosalind ihm zu. »Sag den Leuten, wie gern du den Santa Claus spielst und wie sehr du dich freuen würdest, wenn möglichst viele Leute zu unserer Aufführung kämen.«

Weil Cindy keine Stylistin mitgebracht hatte, sprang die Salonbesitzerin ein und sorgte dafür, dass Charly einigermaßen gepflegt rüberkam. Mit einem Kamm fuhr sie ihm durch den langen weißen Bart. Nachdem sie ihm den roten Mantel zurechtgezogen und die Zipfelmütze so aufgesetzt hatte, dass man auch seine weiße Mähne sah, sagte sie: »Na, habt ihr schon mal so einen coolen Santa Claus gesehen? Er ist wie geschaffen für den Weihnachtsmann.«

Karen blieb neben Rosalind stehen, als die Kamera eingeschaltet war, und beruhigte sie mit einem zuversichtlichen Lächeln, auch wenn sie selbst ein wenig Angst hatte, dass Charly die Aufnahme schmiss. Aber sie waren nicht live auf Sendung und konnten notfalls so lange drehen, bis die Aufnahme im Kasten war.

»Charly, Sie spielen den Santa Claus«, begann Cindy, »und Sie sehen auch so aus. Hat man Sie schon mal mit dem echten Santa Claus verwechselt?«

Charly zupfte an seinem Bart. »Natürlich, sogar im Hochsommer. Aber wer weiß, vielleicht bin ich ja der echte Santa Claus und bringe tatsächlich an Weihnachten die Geschenke? Natürlich nur, wenn Rudolph mir leuchtet.«

»Das wäre allerdings eine Überraschung«, ging Cindy darauf ein. »In Ihrem Stück sind Sie auf der verzweifelten Suche nach Ihrem kranken Rentier. Rudolph hat Angst vor einer Spritze. Aber wie soll er Ihnen denn helfen, den Weg zu finden, wenn er gesund ist und seine Nase nicht mehr leuchtet?«

»Oh, so schnell geht bei ihm das Licht nicht aus. Bis er wieder ganz okay ist, sind wir längst wieder am Nordpol, und er ruht sich im warmen Stall aus.«

»Was ist für Sie das Schönste an Weihnachten, Santa Claus?«

»Hm.« Charly überlegte eine Weile. »Die Freude der Kinder natürlich. Die schönen Lieder, die ich höre. Die vielen bunten Lichter, die ich sehe, wenn ich mit meinem Rentierschlitten über den Himmel sause. Dass es dort, wo ich fahre, kein Tempolimit gibt. Rudolph würde sich sowieso nicht daran halten.«

»Haben Sie auch eine Familie, mit der Sie feiern können?«

»Ich … nun ja …« Er blickte hilfesuchend auf Rosalind und Karen. »Ich hab zwei Exfrauen, die nicht besonders gut auf mich zu sprechen sind. Und einen Sohn, der auf die schiefe Bahn geraten könnte, wenn ich nicht … ich hätte vielleicht besser auf ihn aufpassen sollen, aber ich wusste die meiste Zeit nicht mal, wo er sich rumtrieb … he, müssen Sie das im Fernsehen zeigen?«

Cindy zeigte ein Einsehen, sehr zur Erleichterung auch von Rosalind und Karen. »Nein, die letzte Antwort schneiden wir. Aber mir kommt da gerade eine gute Idee …« In Cindys Kopf schien es zu arbeiten. »Ich kann es noch nicht versprechen, aber hätten Sie was dagegen, Rosalind wenn wir übermorgen noch mal kämen? Um die Premiere herum gibt es sicher einige Storys, die für unsere Sendung interessant wären. Wie heißt denn Ihr Sohn, Charly?«

»Doug … Doug Walton.«

»Die Witwe und Karen wissen alles über ihn«, sagte Rosalind.

»Was wollen Sie denn von ihm?«, fragte Charly.

»Lassen Sie mich nur machen«, erwiderte Cindy geheimnisvoll. »Sie waren großartig, Charly, und ich freue mich auf die Generalprobe heute Abend.«

»Was hast du vor?«, fragte Karen Cindy auf dem Rückweg.

»Kein großes Ding, aber ich will alles über diesen Doug wissen.«

»Kannst du haben. Bei einem Cappuccino im Pioneer Cafe?«

»Mit Sahne?«

»Mit geschäumter Milch wie in Italien.«

»Auch gut.«

Das Lokal war so kurz nach der Mittagspause fast leer; sie setzten sich an einen freien Tisch am Fenster. Ally brachte ihnen die Cappuccinos, versuchte vergeblich, ihnen den frischen Apple Pie schmackhaft zu machen, und verriet ihnen, dass Sally und der Ranger zusammen unterwegs waren. »Wenn ich nur wüsste, wie ich hier ohne meine Schwester zurechtkomme! Findet ihr mal eine Bedienung, die genauso aussieht wie ich … das war unser Markenzeichen.«

»Noch sind die beiden nicht verheiratet«, tröstete Karen sie. »Und selbst wenn, könnte sie ja trotzdem weiter hier bedienen. Denali ist nicht aus der Welt.«

Ally lachte. »Ich gönne ihr jedenfalls nur das Beste.«

Nachdem sie ausgiebig von dem Kaffee gekostet hatten, berichtete Karen der Moderatorin von ihren Erlebnissen in Willow Creek, ihrem Ausflug nach Fairbanks und ihrer unliebsamen Begegnung mit Doug. »Frag die Witwe Bagley im Laden gegenüber, die kann dir mehr über ihn erzählen. Sie weiß auch, wo er wohnt. Was hast du vor, Cindy?«

»Kann ich noch nicht sagen.«

»Ich hab so eine Ahnung.«

»Du sagst kein Wort!« Cindy meinte es ernst. »Wenn die Überraschung weg ist, kann ich mir den ganzen Aufwand sparen. Und wenn es schiefgeht und wir setzen umsonst alle Hebel in Bewegung, stehen wir wie Tölpel da.«

»Ich schweige wie ein Grab.«

»Wenn es klappt, lade ich dich zu Sushi ein, okay?«

»Klingt schon besser«, sagte Karen und fügte rasch hinzu: »Das gilt auch für Sie, Rosalind!«

Die Tür ging auf, und der kleine Mike kam herein. Er blickte sich suchend um, lief auf sie zu und rief schon von Weitem: »Hast du Jimmy gesehen?«

»Jimmy? Ich dachte, ihr baut einen Schneemann.«

Mike klang besorgt. »Der ist schon fertig. Eigentlich wollten wir zu Joe Running Deer und seinen Pferden, aber dann war er plötzlich verschwunden. Beim Campingplatz ist er nicht, da hab ich nachgesehen, und Joe wusste auch nicht, wo er sein könnte. Ich glaube, er sucht nach Matt … dem Fallensteller.«

»Wie kommst du denn darauf?«

»Er jammert schon den ganzen Morgen rum. Matt hätte gesagt, er würde vielleicht schon zur Generalprobe kommen und er müsste doch längst hier sein. Ich hab ihm gesagt, vielleicht käme er erst heute Nachmittag oder übermorgen zur Aufführung, aber davon wollte er nichts wissen. Er hätte gehört …« Er zögerte für einen Moment. »Er hätte gehört, dass du … du und Matt … dass ihr euch gestritten hättet, und er vielleicht deshalb nicht mehr käme …«

»Jimmy? Dein Sohn?«, fragte Cindy.

»Er hat einen Narren an Matt gefressen«, erklärte Karen.

»Und du?«

Karen überhörte ihre Frage. »Du meinst, er will Matt holen?«, fragte sie Mike noch eindringlicher.

»Er sagt, Matt würde vielleicht sein Dad«, erwiderte Mike. »Keine Ahnung, was er damit meint. Hat er denn wirklich keinen Dad? Jeder hat doch einen Dad.« Er klang ratlos. »Er hätte sich einen Dad zu Weihnachten gewünscht.«

»Okay.« Karen hatte bereits einen Schein auf den Tisch gelegt und nach ihrem Anorak gegriffen. »Was ist mit deinem Dad? Ist der noch unterwegs?«

»Hmm. Er müsste aber bald zurückkommen.«

»Ich kümmere mich um den Jungen«, sagte Rosalind.

»Und ich sehe nach Jimmy. Weit kann er noch nicht sein.«

Karen lief aus dem Lokal und die Main Street hinunter. Ihr Sohn würde den Trail nehmen, den sie auf ihrer gemeinsamen Schlittenfahrt und bei der Begegnung mit Matt genommen hatten. Der Trail, im Sommer ein beliebter Wanderweg, bog keine Viertelmeile südlich von Willow Creek nach Osten ab und zog sich bis in die Ausläufer der Berge. Zu weit für einen fünfjährigen Jungen, der zwar warm angezogen, aber schlecht ausgerüstet war und keinen Proviant dabeihatte. Karen war zuversichtlich, ihn bald einzuholen.

In ihrer Aufregung und der Gewissheit, dass er in der kurzen Zeit noch keine halbe Meile geschafft haben konnte, hatte sie nicht daran gedacht, sich ein Snowmobil zu leihen oder Dana oder Marla zu bitten, mit ihr zu kommen. Keine große Sache, sagte sie sich, ihr Junge war weggelaufen, und sie holte ihn zurück. So nah bei der Stadt konnte er weder wilden Tieren begegnen noch auf andere Weise in Gefahr geraten. Zumindest redete sie sich das ein.

Sie hatte bereite den Trail erreicht und war ein paar Schritte gelaufen, als sie ihn entdeckte. Er lag entkräftet auf dem Boden, hatte sich anscheinend zu viel zugemutet und war zu hastig durch den Schnee gestapft. Auch wenn bereits einige Snowmobiler den Trail geglättet hatten, war jeder Schritt durch den Schnee doppelt und dreifach so anstrengend wie in anderer Umgebung.

»Jimmy! Jimmy! Was machst du denn für Sachen?« Sie fiel neben ihm auf die Knie und beugte sich über ihn. »Hast du dir wehgetan? Bist du okay?«

»Alles gut, Mom«, erwiderte er, »ich bin nur gestolpert.«

Sie küsste ihn und zog ihn vom Boden hoch. Fest umschlungen standen sie im Schnee, ohne auf den böigen Wind zu achten, der auf der Lichtung blies. »Es war sehr leichtsinnig von dir, einfach wegzulaufen. Ohne Schneeschuhe kommt man hier kaum vorwärts, und was hättest du getan, wenn plötzlich wilde Tiere aufgetaucht wären? Bald wird es dunkel. Wolltest du im Wald schlafen? Du hast mir doch selbst erzählt, wie gefährlich die Wildnis ist.«

»Das kam in dem Buch über Huskys vor, das uns Rebecca in der Preschool vorgelesen hat. Aber … ich wollte Matt entgegenlaufen, Mom. Er hat versprochen, dass er mit uns Weihnachten feiert. Und er wollte zur Generalprobe kommen. Ich hatte Angst, dass er zu Hause bleibt … wegen eurem Streit.«

»Wir haben uns nicht gestritten.«

»Einer der Jungen hat erzählt, dass Matt schon hier war und wütend wieder weggefahren ist, als er dich … ihr hättet sicher gestritten, sagt er. Ich dachte …«

Karen blickte ihren Sohn an. »Es gab ein kleines Missverständnis, Jimmy, mehr nicht.« Was wirklich passiert war, wollte sie ihm nicht verraten. »Aber du hast recht, vielleicht ist er wirklich wütend auf mich und bleibt zu Hause.«

»Schade! Er ist nett. Und er hat mit mir gespielt.«

»Ich weiß.«

»Er wäre ein guter Daddy. So wie ich ihn mir gewünscht habe.«

»Ich kann Matt auch gut leiden«, gab Karen zu, »aber das heißt noch lange nicht, dass er dein neuer Dad werden könnte. Er lebt in seiner Blockhütte in den Bergen, und wir müssen nach Weihnachten nach Anchorage zurück.«

»Können wir nicht herziehen?«

»Und wovon sollen wir dann leben?«

Er hatte Tränen in den Augen. »Tut mir leid, Mom. Ich dachte …«

»Schon gut, Jimmy. Lass uns zurückgehen.«

28

Am nächsten Morgen hatte sich halb Willow Creek vor dem Fernsehgerät im Pioneer Cafe versammelt. Nach der gelungenen Generalprobe war man gespannt auf den Bericht in der *Morning Show.* Karen saß mit ihrem Sohn, Dana und Marla und Rosalind an einem Tisch und freute sich, der Siedlung mit ihrem Einsatz einen Gefallen getan zu haben, denn Cindy hatte nach der Generalprobe versprochen, auch zur Premiere mit einem Team zu kommen.

Während nach den Sportberichten ein Werbespot über Cornflakes mit viel Honig lief, rief jemand: »Jetzt kommt die leichte Kost! Jetzt sind wir dran!«

Obwohl Cindy spät ins Bett gekommen sein musste, war sie eine Augenweide. Perfekt sitzende Frisur, perfektes Make-up und ein auf Taille geschnittener Hosenanzug, den man nur tragen konnte, wenn man so schlank war wie sie. Karen wusste aus Erfahrung, dass ihre Stylistin, die Dame in der Maske und die richtige Beleuchtung sicher viel dazu beigetragen hatten, war aber dennoch beeindruckt. Cindy wusste ganz genau, wie man am besten auf dem Bildschirm zur Geltung kam. Das gehörte zu ihrem Job, war aber auch sehr anstrengend.

»Einen wunderschönen guten Morgen«, begrüßte sie die Zuschauer. »Sie haben die *Morning Show* auf Channel 4 eingeschaltet, die Sendung, für die es sich lohnt, auch ein paar Minuten früher aufzustehen. Ich bin Cindy Troxell und war gestern in Willow Creek, einer winzigen Siedlung in der Nähe des Denali National Parks, die selbst die meisten Einheimischen nicht kennen dürften. Ich verspreche Ihnen, das wird sich spätestens nach unserem nächsten Beitrag ändern, denn ich war gestern tatsächlich in Willow Creek. Ich bin nicht daran vorbeigefahren, Leute, und habe die Generalprobe zu ›Santa Claus in Willow Creek‹ miterlebt, einem Christmas Open Air, das talentierte Bürger am Heiligabend und auch am Weihnachtstag auf der Main Street aufführen.«

Der Beitrag begann mit einigen Aufnahmen der Stadt und der festlich geschmückten Main Street. Rosalind betrat als Rauschgoldengel die Bühne und las aus ihrem »Goldenen Buch« vor, berichtete von der Bruchlandung von Santa Claus, der ausgerechnet auf der Main Street von Willow Creek notlanden musste, weil Rudolph, das rotnasige Rentier, zu heftig geniest hatte. Man sah, wie der Weihnachtsmann den lädierten Schlitten durch die Stadt zog.

Rosalind trug ein festliches Kostüm aus Seide, dazu zerbrechlich wirkende Flügel aus weißem Tüll, verziert mit winzigen bunten Lämpchen, die abwechselnd leuchteten. »Rosalind Roberts spielt einen festlich gekleideten Engel«, berichtete Cindy. »Als einziger Profi ist sie Hauptdarstellerin, Regisseurin und Produzentin in einer Person. Sie war bereits in Werbefilmen erfolgreich und hatte auch als Marilyn-Monroe-Double großen Erfolg.« Man bekam Rosalind in Zivil vor dem Marilyn-Monroe-Foto und das kurze Interview zu sehen. »Mit ›Santa Claus in Willow Creek‹ geht ein Traum für mich in Erfüllung«, sagte Rosalind. »Ein Stück, das sich durch seine humorvolle Handlung von dem Kitsch abhebt, den man sonst in der Weihnachtszeit zu sehen bekommt. Außer mir sind alle Darsteller reine Amateure. Mein Dank gilt ihnen, aber auch den Mitarbeitern, die hinter den Kulissen geholfen haben. Sehen Sie sich allein die tolle Festbeleuchtung an!«

Der Bericht war nur etwas über drei Minuten lang, aber er zeigte alles, was Appetit auf die Aufführung machen konnte. Einen Ausschnitt des Witwe-Bagley-Monologs, die schimpfende Laura, die rockenden Späthippies, vor allem aber auch die Actionszenen mit dem Comanchen und seinen Pferden, der fliegenden Marla und Jerry in seinem Hubschrauber. Die letzten Sekunden gehörten Santa Claus, der allen »Merry Christmas« wünschte, und den Kindern, wie sie »Silent Night« sangen. »Am Heiligabend und am Weihnachtstag jeweils um siebzehn Uhr auf der Main Street von Willow Creek«, verkündete Cindy. »Auch wir von Channel 4 sind noch mal dabei.«

Alle Zuschauer im Pioneer Cafe klatschten vor Begeisterung. Rosalind stand auf und erhob ihr Glas. »Und wem haben wir unseren neuen Ruhm zu verdanken?« Sie prostete Karen zu. »Einer Urlauberin, die sich schon nach wenigen Tagen heimisch in unserem Willow Creek fühlt. Vielen Dank, Karen! Das haben Sie toll gemacht. Wir sollten Sie zur Ehrenbürgerin ernennen.«

Karen winkte ab, hob aber ebenfalls ihr Glas und bedankte sich artig: »Ich hab nur meinen Job gemacht. Jimmy und mir gefällt es in Willow Creek so gut! Wir haben viele nette und interessante Menschen kennengelernt.«

»Und Huskys!«, ergänzte Jimmy laut.

Mitten in das Gelächter, das seinen Worten folgte, klingelte Karens Smartphone. Sie sah Alexas Namen auf dem Display. »Da muss ich selbst im Urlaub ran, Leute.« Sie ging nach draußen und blieb in einer windgeschützten Ecke stehen. »Hey«, begrüßte sie ihre Freundin, »musst du nicht arbeiten?«

»Kaffeepause«, erwiderte Alexa. »Ich hab mir den Willow-Creek-Beitrag auf dem Handy angesehen.« Sie lachte. »Du solltest bei einer PR-Agentur anheuern. Für so eine Werbung würden andere Städte ihr letztes Hemd geben.«

»Sie haben mich hochleben lassen.«

»Immerhin. Scheint ein cooles Stück zu sein.«

»Mit Herzblut gemacht und gespielt.«

»Und wo war dein Lover? Spielt der nicht mit?«

Karen wich einer Windböe aus. »Wenn du den Fallensteller meinst … erstens ist er nicht mein Lover, und zweitens nein, er spielt nicht mit. Dazu ist er viel zu schüchtern. Leb du mal fünf Jahre in der Wildnis, dann hast du auch keine Lust mehr, große Partys zu feiern oder in einem solchen Stück mitzuspielen.«

»Er war nicht mal in der Stadt?«

»John war hier.« Karen berichtete von ihrer seltsamen Begegnung mit ihrem Exmann. »Und jetzt denkt Matt wahrscheinlich, ich hätte auch mit ihm was laufen, und schmollt. Ich könnte mich ohrfeigen. Ich hätte John sofort eine runterhauen und ihn zum Teufel schicken sollen. Ich hätte mir doch denken können, dass Matt auftaucht und uns zusammen im Lokal sieht. Es ist zum Heulen!«

»Und Matt hätte wenigstens mal fragen können.«

»Er ist verunsichert.«

»Und ausgerechnet in so einen Mann verliebst du dich.«

Alexa konnte es nicht fassen. »Ich dachte, du wärst schlauer als ich. Was passiert jetzt?«

»Keine Ahnung.«

»Warum rufst du ihn nicht an?«

»Er hat kein Telefon. Das würde da draußen sowieso nicht funktionieren.«

»Du lässt ihn einfach gehen?«, wunderte sich Alexa. »Einen Mann, in den man sich verliebt hat, lässt man nicht laufen. Jedenfalls nicht, bevor man ihn näher kennengelernt hat. Du verstehst, was ich meine. Oder habt ihr schon?«

»Nein … natürlich nicht.«

»Deshalb fällst du auch nicht so oft auf die Nase wie ich.« Auch Alexa hatte anscheinend schlechte Erfahrungen gemacht. »Mein Lover ist auch weg.«

»Dein Manager? Nachdem ihr …«

»Nach der ersten gemeinsamen Nacht, aber nicht deswegen.« Sie zögerte einige Sekunden. »Ich hab rausbekommen, dass er eine Frau und zwei Kinder hat. Ihm war die Sache nicht mal peinlich, als ich das Foto in seiner Brieftasche sah. ›Meine Familie und du, das sind zwei verschiedene Dinge‹, sagt er.«

»Die Drecksäcke sterben nicht aus. Was hast du getan?«

Alexa lachte schadenfroh. »Er stand in der Unterhose vor mir. Ich hab seine Klamotten gepackt und aus dem Fenster geschmissen. Du hättest ihn sehen sollen. Die ganze Gegend schaute zu, als er sich auf der Straße fertig anzog.«

»Und jetzt feierst du allein Weihnachten?«

»Mit meinen Eltern. Es gibt irgendwas Asiatisches.«

»Klingt gut«, erwiderte Karen. »Wir feiern wohl mit ganz Willow Creek. Nach der Premiere des Christmas Open Air. Zwischen den Jahren fahren wir nach Anchorage zurück. Jimmy würde sicher gern noch bleiben, aber wie ich Dexter kenne, schreit er schon nach mir. Für Jimmy war Willow Creek ein echter Volltreffer. Nur den gewünschten Daddy kann ich ihm nicht liefern.«

»Wer weiß?«, sagte Alexa vieldeutig.

Karen legte auf und blieb noch eine Weile im Freien stehen. Der frische Wind tat ihr gut, er schien ihr zu helfen, die trüben Gedanken zu vertreiben. Manchmal wünschte sie sich, so locker wie Alexa zu sein. Ihre Freundin jammerte nicht mal, wenn eine verheißungsvolle Beziehung zerbrach. »Ex und hopp«, hieß ihre Devise, wenn die Männer nicht spurten. Selbst wenn man sie hereingelegt hatte, war sie noch zu einer spöttischen Bemerkung fähig.

Vor allem, weil sie mit ihrer Ehe solchen Schiffbruch erlitten hatte, war Karen eher vorsichtig geworden, wenn es um Männer ging. Jimmy gegenüber wäre es nicht fair gewesen, ihm einen Daddy vorzusetzen, der schon nach wenigen Wochen oder Monaten wieder verschwand. Er war ein sensibler Junge, der bei einem weiteren Scheitern sicher bleibenden Schaden davontragen würde. Lieber blieb sie Single, den Traummann konnte man nicht erzwingen.

Obwohl noch kein Mann ihrem Ideal so nahe gewesen war wie Matt. Auch wenn er als Einsiedler in der Wildnis wohnte und den Verlust seiner Familie wohl niemals verwunden hatte, fühlte sie sich ungeheuer zu ihm hingezogen. Beinahe kam es ihr so vor, als hätte sich Matt nur in die Wildnis zurückgezogen, um auf sie zu warten: ein ganzer Mann, dabei aber höflich und zurückhaltend, ein Daddy, wie ihn auch Jimmy akzeptieren würde. Ihr Sohn war bereits so begeistert, dass er allein losgezogen war, um ihn nach Willow Creek zurückzuholen, ungeachtet der Gefahren, die ihn auf der Wanderung bedroht hätten.

Stand ihnen beiden eine Enttäuschung bevor?

Sie wollte gerade ins Lokal zurückkehren, als sie Laura die Straße überqueren sah. Die Ladenbesitzerin wirkte ernst, aber nicht mehr so übel gelaunt und vorwurfsvoll wie vor der Generalprobe – bei ihr schon ein Zeichen dafür, dass sie nicht sofort zu einer Schimpftirade auf die bösen Männer ansetzen würde. Wahrscheinlich sehnte sie sich nach einem anständigen Frühstück.

»Guten Morgen, Laura!«, rief Karen. »Lust auf einen Cappuccino?«

Statt einer Antwort schrie Laura in diesem Moment vor Schmerz laut auf. Sie war auf der glatten Straße ausgerutscht und auf ihren eingegipsten Arm gefallen. Wie ein Häufchen Elend lag sie im Licht ihrer eigenen Weihnachtsbeleuchtung.

Noch bevor die Leute aus dem Lokal gerannt kamen, war Karen bei der Verletzten und half ihr vorsichtig vom Boden hoch. »Keine Angst«, beruhigte sie die Ladenbesitzerin, »für solche Malheurs tragen Sie doch den Gips.«

»Es tut weh«, jammerte Laura. »Es tut so weh!«

»Ich bringe Sie nach Healy ins Krankenhaus«, sagte Karen. »Keine Angst, Sie müssen bestimmt nicht lange dort bleiben. Das geht ambulant. Aber jemand muss sich das ansehen.« Sie führte Laura zu der Bank vor ihrem Laden. »Warten Sie hier! Ich hole nur meinen Wagen und bin gleich wieder hier!«

Sie drehte sich um und sah Jimmy bei Marla und Dana stehen. »Darf ich Jimmy bei euch lassen? Bei den Huskys ist es sicher interessanter als im Krankenhaus.« Sie blickte ihren Sohn an. »Du hast doch nichts dagegen?«

Jimmy schüttelte den Kopf. »Ich hab Skipper versprochen, dass ich spätestens heute Mittag wieder bei ihm bin. Marla und ich wollen ihn kämmen.«

»So richtig? Mit einem Kamm?«

»Im Winter haben Huskys ein besonders dichtes Fell und haaren stark.« Er sah zu Marla hinauf. »Stimmt's, Marla? Da brauchen Huskys viel Pflege.«

»Stimmt.« Marla klatschte sich mit dem Jungen ab. »Fahr nur, Karen! Jimmy und ich haben hier genug zu tun. Und pass auf, dass sich Laura und der Doktor nicht wieder in die Haare kriegen. Bei Laura weiß man nie. Wenn die sich über einen Mann ärgert, hat der Arme nichts zu lachen.«

Karen rannte los und war wenige Minuten später mit ihrem Geländewagen zurück. Bis auf Marla, Dana und Jimmy hatten sich die Neugierigen zerstreut. Sie half der jammernden Laura in den Wagen, winkte ihrem Sohn und Marla zu und fuhr zum Highway hinauf. So zügig es die verschneite und teilweise vereiste Straße erlaubte, lenkte sie den Wagen nach Healy vors Krankenhaus.

»Warum tun Sie das?«, fragte Laura.

»Warum ich mich um Sie kümmere?« Karen brauchte nicht nachzudenken. »Weil wir keine Zeit verlieren dürfen.« Sie stieg aus und half Laura aus dem Wagen. »Kommen Sie, Laura!«

Dr. Swindell war im Dienst, hatte sie anscheinend

durchs Fenster gesehen und empfing sie an der Rezeption. »Laura! Was ist passiert? Hier entlang!«

Während sie durch einen langen Gang zum Untersuchungszimmer gingen, berichtete Karen ihm in wenigen Worten, was geschehen war. Laura litt unter zu großen Schmerzen, um selbst zu reden. »Das ist doch keine große Sache?«

Dr. Swindell lächelte. »Nein, das kriegen wir hin. Warten Sie hier!«

Karen setzte sich auf einen der Stühle vor dem Untersuchungszimmer. Weil die Canyon Clinic schon mehrere Jahre bestand und die Türen nicht so schallsicher wie in modernen Krankenhäusern waren, bekam sie mit, was die beiden zu besprechen hatten. Anständig wäre es gewesen, aufzustehen und sich auf einen weiter entfernten Stuhl zu setzen, aber ihre Neugier war stärker.

Während der ersten paar Minuten drang überhaupt kein Wort nach draußen. Sie hörte lediglich das Schlagen einer Schranktür und das Klappern von Instrumenten. Sie nahm an, dass der Arzt seiner Patientin eine Spritze gegen die Schmerzen gab. »So … lass uns einige Minuten warten, bis die Schmerzen zurückgehen, dann sehe ich mir den Arm genauer an. Dauert nicht lange.«

»Gibt es keinen anderen Arzt hier?«, fragte Laura vorwurfsvoll.

»Keinen, der dich so liebt wie ich.« Er klang beinahe verzweifelt, litt wohl immer noch unter seinem Rausschmiss in Willow Creek. »Auch wenn du mich vorgestern auf offener Straße zum Narren gemacht hast. Was soll's, irgendwie hattest du ja recht. Ich hätte dir gleich die ganze

Wahrheit sagen sollen. Es tut mir leid, Schatz! Mehr kann ich doch nicht sagen: Es tut mir leid!«

»Du hast mich reingelegt! Wolltest wahrscheinlich nur …«

»Das ist nicht wahr!«, schnitt er ihr rasch das Wort ab. »Über meine Gefühle für dich habe ich nie gelogen. Du warst wie … wie ein Naturereignis! Plötzlich warst du da, und ich war rettungslos in dich verliebt. Dass Mary-Beth und ich offiziell noch verlobt waren, hatte nichts zu sagen. Natürlich hätte ich längst mit ihr Schluss machen sollen. Aber ich wollte dich nicht betrügen und hatte niemals vor, zweigleisig zu fahren. Ich wollte nur dich!«

»Und das soll ich glauben?«

»Inzwischen habe ich mit ihr Schluss gemacht. Ich liebe dich, Laura, und möchte nur mit dir zusammenleben. Ich kann verstehen, dass du wütend warst, und ich verstehe auch, wenn du nicht mit fliegenden Fahnen bei mir einziehst, aber gib mir wenigstens eine Chance. Wir gehören doch zusammen!«

»Schöne Worte, weiter … aua, das tut weh!«

»Das tut mir leid … so, jetzt sitzt es besser.« Er hatte den Arm anscheinend wieder gerichtet. »Ich liebe dich, Laura! Ich liebe dich so sehr, dass ich …«

»Okay.«

»Was okay?«

»Ich hab mich auch nicht gerade wie eine Lady benommen. Ich hätte dich nicht wie einen Einbrecher aus dem Haus jagen dürfen. Tut mir leid, Alex.«

Karen grinste zufrieden. Auch Laura hatte ein Herz.

Eine Weile herrschte verdächtige Stille, lange genug für

einen zärtlichen Kuss, dann hörte sie den Arzt nach einer Schwester rufen. Während sich die Schwester um Lauras Arm kümmerte, kam er nach draußen und sagte: »Sie brauchen nicht länger zu warten, ich bringe Laura später nach Hause.«

»Okay … das freut mich.«

Karen fuhr erleichtert nach Willow Creek zurück. Sie hatte erlebt, wie es doch noch zu der vorher undenkbaren Versöhnung zwischen Laura und dem Doktor gekommen war, sie hatte gesehen, wie gut sich Sally und Mikes Vater verstanden, nur ihre eigene Lovestory steckte fest. Schon seltsam: Sie war in die Wildnis geflohen, um unbeschwerte Tage mit ihrem Sohn verbringen zu können, wollte nicht mal an eine Beziehung denken, und verliebte sich über beide Ohren so sehr, dass sie kaum noch klar denken konnte. Wie einfach wäre es gewesen, wenn Matt in der Nähe gewohnt hätte oder wenigstens über ein Handy erreichbar gewesen wäre, aber so war sie darauf angewiesen, dass Matt seinen Fehler erkannte und trotz aller Bedenken nach Willow Creek zurückkam.

Sie schlug mit der flachen Hand aufs Lenkrad. »Verdammt, du kannst dir doch denken, dass ich nichts mit einem anderen Mann anfange! Hab ich dir nicht gesagt, dass ich dich liebe? Dass ich nur mit dir zusammen sein will?«

Ihr Handy klingelte. Eine unbekannte Nummer.

»Karen Doyle.«

»Doreen, die Enkelin von Sammy … dem Weihnachtsmann, dem Sie geholfen haben. Sammy hat mir von Ihnen erzählt. Er hatte Ihre Visitenkarte einstecken, so bin ich an Ihre Nummer gekommen. Störe ich Sie gerade?«

»Nein, ich bin nur überrascht.«

»Ich auch«, sagte Doreen. »Und das habe ich wohl Ihnen zu verdanken. Wenn Sie nicht auf meinen Großvater eingewirkt hätten, wären wir wohl nie mehr zusammengekommen. Wir sind zwei Sturköpfe, wissen Sie? Aber jetzt haben wir unser Kriegsbeil begraben. Ich wollte mich bei Ihnen bedanken.«

»Sie vertragen sich wieder?«

»Wir sind auf dem besten Weg«, erklärte Doreen hörbar erleichtert. »Und ich weiß jetzt, dass wir beide einen großen Fehler gemacht haben, als wir uns aus dem Weg gingen. Noch mal vielen Dank, Karen, und fröhliche Weihnachten!«

»Merry Christmas … und schönen Gruß an Santa Claus!«

29

Jimmy bürstete bereits das Fell seines Lieblingshuskys, als Karen vor dem Blockhaus aus dem Wagen stieg. Er war so in seine Arbeit vertieft, dass er erst auf sie aufmerksam wurde, als sie schon fast neben ihm stand. »Mom!«, rief er. »Sieh dir das an!« Er hielt die Bürste hoch. »So viele Haare hab ich noch nie bei einem Hund gesehen. Und er hat immer noch genug gegen die Kälte.«

Karen umarmte ihren Sohn und sah ihm eine Weile bei der Arbeit zu. Er stellte sich sehr geschickt an. Wäre Husky-Pflege ein Schulfach, bekäme er wahrscheinlich die Bestnote und ein Extralob. Wenn das so weiterging, würde er wirklich nicht über seinen Berufswunsch nachdenken müssen. Gäbe es doch nur eine Möglichkeit, ihren Job mit seiner Husky-Liebe zu verbinden!

Marla und Dana waren im Haus und warteten bereits mit einem Cappuccino und einem Sandwich auf sie. »Jimmy und wir haben schon gegessen«, erklärte Dana, während sie ihr den Cappuccino reichte. »Wie geht es Laura?«

Karen trank einen Schluck. Wenn man von draußen kam, schmeckte so ein heißer Kaffee immer besonders gut. »Ihr werdet es nicht glauben: Laura und ihr Doktor haben sich versöhnt. Zuerst hat sie ihm ordentlich den Kopf gewaschen, trotz ihrer Schmerzen, die bestimmt nicht ohne waren. Die Türen in der Klinik sind ziemlich alt, sodass man jedes Wort hören konnte, das sie im Untersuchungsraum sprachen. Sie nannte ihn einen Lügner und was weiß ich nicht alles, und er redete sich den Mund fusselig und betonte immer wieder, wie sehr er sie liebe.« Sie musste lachen. »Jetzt klatsche ich schon wie ein altes Waschweib. Oder ein pubertäres Highschool-Mädchen. Der langen Rede kurzer Sinn: Die beiden sind wieder ein Herz und eine Seele. Dr. Swindell bestand sogar darauf, sie selbst nach Hause zu fahren. Ist das nicht herrlich?«

Dana war nicht so optimistisch. »Bei Laura weiß man nie. Die ist heute himmelhochjauchzend und morgen zu Tode betrübt. Wenn ihr irgendwas nicht in den Kram passt, dreht sie durch. Du hast sie doch neulich erlebt.«

»Der Doktor wird mit ihr fertig, das hab ich im Gefühl.«

»Aber?«

»Wieso aber?«

»Du hast so ein *Aber* in den Augen«, sagte Dana.

Karen hatte nicht gewusst, dass man ihr ihren eigenen Kummer ansah. »Ihr meint die Sache mit Matt? Und dass ich mich lieber um meine eigene Lovestory kümmern sollte?« Sie kaute eine Weile und hielt inne, als ihr bewusst wurde, wie recht Dana und Marla hatten. »Stimmt schon, Matt geht mir nicht aus dem Kopf, und mir geht es genauso wie Jimmy. Am liebsten würde ich mir ein Snowmobil schnappen und zu ihm fahren. Dann könnte ich ihm sagen, dass mit meinem Ex nichts läuft. Mein Gott, der Typ hat mich nach Strich und Faden ausgenützt! Bevor ich mich mit dem verabrede, müsste ich vollkommen den Verstand verlieren! John wollte Geld von mir und hat so getan, als sei er ein Gentleman. Vielleicht wollte er mich sogar zurück, weil ihm gerade seine junge Freundin weggelaufen war. Und Matt kam exakt in dem Moment ins Lokal, als John auf verliebt machte und mich berühren wollte. Wäre er nur ein paar Minuten länger geblieben, hätte er gesehen, wie ich dem Kerl die Blumen vor die Füße geworfen und ihn zum Teufel gejagt habe. Ich hätte ihn längst angerufen, wenn er ein Handy hätte. Er ist ein sturer Bursche.«

Marla lächelte mitfühlend. »Matt lebt schon zu lange da draußen in der Wildnis. Er ist es nicht mehr gewohnt, um eine Frau zu werben. Vielleicht solltest du tatsächlich ein wenig nachhelfen.«

»Du meinst, ich soll zu ihm fahren?«

»Er wollte zur Generalprobe kommen, oder?«

»Das hatte er zumindest vor.«

»Und sitzt stattdessen im Schmollwinkel.«

»Sieht so aus«, sagte Karen. »So was kenne ich eigentlich nur aus der Highschool, aber Matt ist ein empfindsamer Mann, und du hast recht: Wer so lange in der Wildnis lebt, ist irgendwie raus aus dem Geschäft. Mit etwas Glück kommt er morgen Abend zur Premiere.«

»Darauf würde ich mich nicht verlassen.«

»Ich soll zu ihm fahren?«

»Nicht allein«, schlug Marla vor. »Ich komme mit dir. Es ist noch früh am Tag, und wenn alle Stricke reißen, übernachten wir bei ihm. Was meinst du?«

»Und Jimmy?«

»Der will sowieso lieber hier bleiben«, sagte Dana. »Bill will heute Nachmittag rüberkommen und hätte wahrscheinlich großen Spaß daran, ihm ein bisschen Football beizubringen. Bill war Linebacker im Highschool-Team.«

Jimmy war mehr als einverstanden und winkte ihnen hoffnungsvoll nach, als Karen hinter Marla auf ein Snowmobil stieg und sie den gleichen Weg wie er nahmen, als er zu Fuß aus der Stadt gestapft war. In den Satteltaschen führten sie genügend Proviant für zwei Tage mit. Die Maschine war frisch betankt, und die technisch begabte Marla hatte sie noch mal gecheckt, bevor sie losgefahren waren. Vom Flugfeld winkte ihnen Jerry zu, der an seinem Flugzeug herumbastelte.

Obwohl Karen hinter Marla saß und durch sie gegen den kalten Fahrtwind geschützt war, trug sie eine Schutzbrille und ihren Schal über dem Mund. Es war windiger und auch kälter als während der vergangenen Tage, und es schneite wieder, wenn auch nur leicht. Marla war solches Wetter gewöhnt und lenkte ihr Snowmobil genauso sicher wie ihren Hundeschlitten oder ihre Cessna. Sogar viele Männer waren neidisch auf sie, weil sie sich in der Alaska-Wildnis genauso gut zurechtfand wie auf einer Tagung in San Diego.

Auch sie hatte einen Mann geheiratet, der grundverschieden von ihr war. Derek hatte keine Ahnung, wie man eine Cessna flog, begeisterte sich weder für schnelle Autos noch für Football, und in der Wildnis wäre er ohne seine Frau verloren gewesen. Aber er verstand es, spannende Geschichten zu erfinden und damit ein Millionenpublikum zu begeistern. So wie jetzt, da Derek sich in seinem Büro vergraben hatte und eine neue Geschichte zeichnete, sahen sie sich meist nur am Abend, und doch hatte Karen selten eine so herzliche Beziehung erlebt. Wenn es zwischen zwei so unterschiedlichen Charakteren klappte, müssten es Matt und sie doch auch hinbekommen.

Auf einem Snowmobil, obwohl gut gefedert, war es noch schwieriger als auf einem Hundeschlitten, lästige Bodenwellen abzufedern. Schon jetzt spürte sie die blauen Flecken vom nächsten Morgen. Die Fahrt zu Matts Blockhütte dauerte immerhin über drei Stunden, wenn man so zügig wie Marla fuhr, und wer selten auf so einem Gefährt saß, spürte nach einer langen Fahrt jeden Muskel.

Nach ungefähr anderthalb Stunden rasteten sie am Ufer eines gefrorenen Baches. Sie begnügten sich mit heißem Tee und einigen Schokokeksen und hoben die Sandwiches für den frühen Abend auf, wenn sie die Hütte erreicht und Matt gefunden hätten. Karen hatte große Angst, wagte gar nicht daran zu denken, dass er selbst nach einer Versöhnung einen Rückzieher machen könnte. Wer wusste denn, ob er wirklich schon über den Tod seiner Familie hinweggekommen und bereit für eine neue Beziehung war? War es nicht wahrscheinlicher, dass er sich wieder zurückzog und nichts mehr von ihr wissen wollte? Aus Angst vor einer Enttäuschung oder schlechtem Gewissen seiner toten Frau gegenüber? Sie wusste nicht, wie sie an seiner Stelle reagiert hätte.

»Du magst ihn sehr, was?«, fragte Marla.

Sie nickte. »Eigentlich seltsam, ich war wirklich nicht darauf aus, ausgerechnet in Willow Creek jemanden kennenzulernen. Ganz im Gegenteil.«

»Mir ging's damals genauso«, erwiderte Marla lachend.

»Und es hat wundervoll geklappt.«

»Amor lauert überall mit seinen Pfeilen.« Marla trank lachend von ihrem Tee. »Und manchmal macht er sich einen Jux und zielt wahllos in die Gegend. So wie bei Derek und mir. Oder bei Matt und dir. Ihm ist es egal, ob ihr so verschieden seid, dass eine Beziehung fast unmöglich erscheint, oder ob du gerade dabei warst, den Kerlen abzuschwören und dich zurückzuziehen.«

»Amor? Der Gott der Liebe? Den gibt's immer noch?«

»Davon würde ich ausgehen.«

»Dann wollte er's für mich wohl besonders kompliziert machen. Sucht mir einen Fallensteller aus, der sich vor lauter Schmerz in der Wildnis verkrochen hat und fernab der Zivilisation als Einsiedler lebt. Ohne Telefon, ohne Fernseher, ohne Kontakt zur Außenwelt. Was soll ich mit so einem anfangen?«

»Das musst du schon selbst wissen.«

»Das wird nichts, Marla. Das kann nichts werden.«

»Und warum fahren wir dann hier durch die Gegend?«

Auch Karen konnte wieder lachen. »Weil dieser Amor ein zäher Bursche ist und mich nicht vom Haken lässt. Er hat es geschafft, dass ich zum ersten Mal in meinem Leben einem Mann hinterherlaufe. So was hätte ich nicht mal während der Highschool fertiggebracht. Wenn jemanden nicht will, soll er es bleiben lassen, man macht alles nur noch schlimmer, wenn man ihm auf die Pelle rückt. Das hätte ganz vorn in meinem Poesiealbum gestanden, wenn ich jemals eines besessen hätte.« Sie seufzte verzweifelt. »Für Matt habe ich alle meine guten Vorsätze über Bord geworfen. Jeden einzelnen. Aber wie soll ich die Sache mit meinem Exmann sonst aufklären, wenn Matt kein Handy besitzt?«

Karen war froh, als sie weiterfuhren und ihr wieder der eisige Fahrtwind um die Ohren pfiff, der sie auf andere

Gedanken brachte. Am Himmel hatten sich dunkle Wolken gebildet, das Schneetreiben war wieder stärker geworden. Der Abend kündigte sich mit düsteren Nebelschwaden an. Die Wildnis, bei gutem Wetter von ungewöhnlicher Schönheit, zeigte sich von ihrer bedrohlichen Seite, so wie vor ein paar Tagen, als sie mit Matt unterwegs gewesen war und sie der vermeintlichen Hexe begegnet waren.

Wo mochte Dolly wohl stecken? Dachte sie überhaupt darüber nach, zu ihrem Mann zurückzukehren, oder hatte sie vor, für immer in der Wildnis unterzutauchen? Sah sie ihr Herumirren in den Bergen als endlose Flucht in ein besseres Leben, das sie auf diese Weise niemals finden würde? Wartete sie darauf, dass ihr Mann oder ihr Sohn sie aus ihrer Misere befreiten? War ihre Unterhaltung mit Matt und Karen nur das Zeichen einer vorübergehenden Schwäche gewesen, bevor sie wieder loszog? Wollte sie keine Rache, sondern suchte ihren Tod in der eisigen Wildnis? Seltsame Gedanken begleiteten Karen auf der Fahrt zu Matts Hütte und lenkten sie ein wenig von ihren eigenen Problemen ab.

Es war so düster und das Schneetreiben so dicht, dass sie die Blockhütte erst ausmachten, als sie keine Viertelmeile davon entfernt waren. Kein aufgeregtes Jaulen der Huskys, kein erleuchtetes Fenster. Als wäre die Hütte unbewohnt, ein Zufluchtsort für Wanderer, die sich verirrt hatten oder während eines Blizzards einen Unterschlupf suchten. Im Schnee gab es keine Spuren.

Marla schaltete den Motor ab. »Er ist nicht zu Hause.«

»Dann warten wir. Er hat sicher nichts dagegen, wenn

wir uns in seiner Hütte aufwärmen.« Sie blickte Marla an. »Oder willst du lieber umkehren?«

»Zu spät«, erwiderte Marla. »Es sieht nach Sturm aus. Wir warten besser ab, bis die Wolken weitergezogen sind.« Sie ging zur Hütte und öffnete die Tür. »Hier draußen verschließen die Leute ihre Hütten nicht. Matt braucht bestimmt nicht lange. Der kennt sich mit dem Wetter besser aus als jeder andere und hat sicher keine Lust, die Nacht im Freien zu verbringen.«

Sie betraten die Hütte. Karen legte die Satteltaschen auf einen Stuhl, Marla zündete die Öllampe auf dem Tisch an. Das Feuer im Ofen war bis auf ein paar glühende Holzscheite heruntergebrannt. Marla legte Holz von dem Stapel nach, den Matt neben den Ofen gelegt hatte, und nickte zufrieden, als sich die Flammen in die Scheite fraßen. Karen musste lächeln, als sie einen zwei Jahre alten Kalender an der Wand hängen sah, allerdings mit einem sehr schönen Foto vom Iditarod. Damals hatte ein Indianer das Rennen gewonnen.

Der Kaffee, den sie auf dem Gasherd kochten, schmeckte nicht besonders: Sie waren inzwischen beide den guten Cappuccino aus der neuen Kaffeemaschine gewöhnt. Karen erinnerte der gewöhnliche Kaffee an einige Roadhouses und ländliche Frühstückslokale. Selbst ein Schuss Dosenmilch und zwei Löffel Zucker konnten ihn nicht retten. »Besser als nichts«, bemerkte Marla.

Karen blickte aus dem Fenster. Draußen fuhr der Wind inzwischen mit heftigen Böen über die Lichtung, wirbelte Schnee auf und ließ die Flocken tanzen. Beinahe wie vor einigen Tagen, als sie mit Matt in inniger Umarmung am

Fenster gestanden hatte. Der Kuss würde ihr unvergesslich bleiben, aber vielleicht hatte sie nur vergessen, wie sich ein Kuss anfühlte, wenn er von aufrichtiger Liebe und Leidenschaft ausgelöst wurde. Sie schloss die Augen und versank in der Erinnerung, öffnete sie erst, als eine besonders starke Windböe um die Blockhütte pfiff und sie in die Gegenwart zurückholte.

»Wo mag er nur sein?«, fragte sie. »Würde er bei so einem Wetter nicht versuchen, zur Hütte zu kommen? Ist doch viel zu gefährlich da draußen!«

Marla wärmte ihre Hände am Kaffeebecher. »Mach dir wegen Matt keine Sorgen. Ein erfahrener Fallensteller wie er weiß genau, wie er sich bei diesem Wetter verhalten muss. Manchmal ist es sicherer, zwischen einigen Felsen oder im Wald zu übernachten, als durch ein tief verschneites Tal zu fahren.«

»Du meinst, er kommt erst morgen früh zurück?«

»Könnte sein. Oder wenn der Sturm nachlässt.«

»Wenn man ihn bloß erreichen könnte.«

Marla lächelte verschmitzt. »In Anchorage würde ein Anruf genügen, aber ihm ist es wohl ganz recht, dass er hier so allein ist. Ich hab auch nichts dagegen, auf meinen Trainingsfahrten mit den Huskys nicht erreichbar zu sein. Wobei ich natürlich den Vorteil habe, dass Derek zu Hause auf mich wartet.«

»Ich war früher auch gern allein unterwegs«, räumte Karen ein. »Seit ich Jimmy habe, nicht mehr. Und seit ich Matt kenne …« Sie nippte an dem immer noch bitteren Kaffee. »Ich benehme mich wie ein Schulmädchen, was?«

»Tun wir das nicht alle, wenn wir verliebt sind?«

»So wie jetzt habe ich noch nie gefühlt.«

»Dann warst du eben noch nie richtig verliebt.«

»Auch in meinen Ex nicht?«

Darauf wusste Marla keine Antwort. In der Hütte war es warm geworden, sie hatten längst die Anoraks ausgezogen, und Karen musste zum Fenster gehen und die trüben Scheiben mit einem Lappen säubern, wenn sie nach draußen blicken wollte. Der Flockenwirbel war inzwischen so dicht, dass man selbst ihr Snowmobil kaum erkennen konnte, und der Wind wurde immer noch stärker, bis er pfeifend um die Hütte tobte. Als eine Windböe angehäuften Schnee gegen die Hütte warf, zitterte die Tür in den Angeln; ein erschreckendes Geräusch, das Karen zusammenzucken ließ. Der Blizzard machte ihr ehrlich Angst.

Marla sah den erschrockenen Ausdruck in ihren Augen. »Keine Panik! So einen Blizzard haben wir hier öfter. Nach einer Weile gewöhnst du dich daran. So wie an die Bären in freier Wildbahn, wenn es wieder Frühling wird.«

»Du hast keine Angst vor Bären?«

»Man muss sie zu nehmen wissen«, erklärte Marla. »Aber keine Angst! Bevor hier ein Grizzly auftaucht, muss schon was ganz anderes passieren.«

Karen hatte den leisen Verdacht, dass Marla sich ein wenig über sie lustig machte, sagte aber nichts. Eine Frau, die in der Wildnis lebte, mit einer Cessna in entlegene Dörfer flog und mit ihren Huskys am Iditarod-Rennen teilnahm, hatte wohl das Recht, über eine verwöhnte Städterin wie sie zu schmunzeln.

Der Wind schwoll immer mehr an. Manchmal dröhnte er wie ein Güterzug, der nur wenige Schritte von ihnen entfernt vorbeifuhr. Abgerissene Äste und Zweige flogen gegen die Hütte; es war zu spät, um sich nach draußen zu wagen und die Fensterläden zu verriegeln. Irgendwo schepperte ein Eimer. Selbst wenn man mit einem Lappen über die angelaufene Scheibe wischte, sah man nur tiefschwarze Dunkelheit und wirbelnden Schnee. Irgendwo in der Nähe hörte sie Wölfe heulen, aber das konnte auch Einbildung sein, hoffte Karen.

Wie lange der Blizzard tobte, vermochten sie nicht zu sagen. Als Karen auf ihre Armbanduhr blickte, erkannte sie, dass seit ihrer Ankunft erst etwas über eine Stunde vergangen war. Der Wind verebbte so schnell, wie er gekommen war, und mit ihm verschwanden auch die dunklen Wolken und gaben den Blick auf den Mond und die Sterne frei. »Wow!«, sagte Karen nur.

Sie zogen ihre Anoraks an und traten vor die Tür. Das Land hatte sich während des Blizzards verändert. Einige der Schwarzfichten und Laubbäume wirkten wie zerzaust, auf den Ästen lastete dicker Schnee, und auf der Lichtung hatten etliche Schneedünen das Land in ein erstarrtes Meer verwandelt. Die Stille war so tief und eindrucksvoll, dass Karen sie zu hören glaubte. Die Natur schwieg, als müsste sie nach dem Ausbruch erst mal zur Ruhe kommen.

Marla erriet ihre Gedanken. »Matt hat einen sicheren Platz für sich und seine Huskys gefunden; einer wie er lässt sich von einem Blizzard nicht aus der Ruhe bringen. Du wirst sehen, in einer Stunde taucht er munter hier auf.«

»Ihm ist nichts passiert, meinst du?«

Marla schüttelte den Kopf. »Matt ist hart im Nehmen, und seine Huskys erst recht. Komm in die Hütte! Es ist noch Kaffee da, und ich kriege langsam Hunger. Wir haben doch noch welche von den guten Schokokeksen übrig?«

»Das will ich hoffen«, sagte Karen.

30

Die beiden Frauen erwachten am frühen Morgen. Sie lagen angezogen auf dem Bett des Fallenstellers, hatten lediglich ihre Schuhe ausgezogen, als Matt nicht erschienen war, und beschlossen, die Nacht in der Hütte zu verbringen.

Karen stand auf, zog ihre Stiefel an und trat ans Fenster. Nordlicht in allen Regenbogenfarben flackerte über den Wäldern und der Lichtung, nahm dem Schnee seine Blässe und gaukelte ihr vor, in einem entfernten Märchenland zu sein, das nur in ihrer Fantasie existierte. Keine Bewegung störte den friedlichen Anblick, kein Tier, nicht mal ein Windstoß. Und keine Spur von Matt.

»Wo kann er nur sein?«, fragte Karen.

»Mach dir um Matt keine Sorgen«, erwiderte Marla.

Sie teilten sich die Arbeit. Marla legte neue Holzscheite in den Ofen und fachte das Feuer an, Karen holte Schnee in einem Topf von draußen herein. Sie ließen ihn auf dem Ofen schmelzen und benutzten einen Teil des Wassers für eine flüchtige Katzenwäsche und den Rest zum Kaffeekochen. Zum Frühstück teilten sie sich ein Sandwich und die restlichen Schokokekse.

»Wir können nicht länger warten«, sagte Marla, nachdem sie eine Weile schweigend gegessen hatten. »Es gibt noch Einiges zu tun vor der Premiere.«

»Ich weiß«, erwiderte Karen schuldbewusst. »Schlimm genug, dass ich dich zu der Fahrt überredet habe. Man sollte keinem Mann nachlaufen. Wenn er nicht kapiert, dass zwischen meinem Ex und mir nichts mehr ist, hat es sowieso keinen Zweck. Aus unserer Beziehung wäre wohl nichts geworden.«

»Warum so pessimistisch?« Marla lächelte aufmunternd. »Schreib ihm eine Nachricht. Dass alles nur ein Missverständnis war und er nachkommen soll. Am besten heute noch zur Premiere. Meinetwegen auch morgen, da feiern wir bei uns mit einem festlichen Dinner. Du und Jimmy, ihr seid sowieso eingeladen, und Dana und ich würden uns freuen, wenn auch er dazukäme.«

»Meinst du wirklich?«

»Mach schon!« Marla öffnete die Schublade und kramte nach einem Block und einem Stift. Beides schob sie ihr hin. »Ich räume inzwischen auf und packe die Satteltaschen. Zum Glück stimmt das Wetter. Das Nordlicht war lange nicht mehr so bunt. So bekommen es die meisten Urlauber nie zu sehen.«

In ihrer kurzen Nachricht blieb Karen relativ nüchtern: »Lieber Matt, war nur ein Missverständnis. Hab nichts mehr mit meinem Ex im Sinn. Ich liebe nur dich. Komm zur Premiere! Am Weihnachtstag sind wir bei Dana und Marla zum Dinner eingeladen. Komm nach Willow Creek! Karen«

Ohne Marla hätte sie die Nachricht wahrscheinlich noch ein paar Mal umgeschrieben. So beließ sie es bei dem Text und folgte ihr nach draußen, ein seltsames Gefühl von Angst, Hoffnung und Liebe im Magen, als sie nach Willow Creek zurückfuhren. Unter dem klaren Himmel war es noch kälter als sonst. Das Nordlicht und die hellen

Sterne verbreiteten jedoch genug Licht, um Marla den Weg zu zeigen und sie auf ihrer Fahrt nach Nordwesten zu begleiten.

Karens Hoffnung, sie könnten Matt unterwegs begegnen, erfüllte sich nicht, und nach ihrer Ankunft in Willow Creek fragte sie auch dort vergeblich nach ihm. Schon ihrem Sohn zuliebe verdrängte sie die Gedanken an ihn und konzentrierte sich ganz auf Jimmy. Heiligabend war sein Tag, und er sollte ihn in vollen Zügen genießen. Er hatte längst gefrühstückt und kümmerte sich wieder mal um Skipper, als Marla und sie vom Snowmobil stiegen.

»Mom! Marla! Da seid ihr ja! Habt ihr Matt gefunden?«

»Leider nein, mein Schatz.« Karen umarmte ihn liebevoll. »Er war nicht in seiner Hütte. Wahrscheinlich fährt er gerade seine Fallen ab. Bei ihm draußen gab es einen heftigen Blizzard; wenn er kommt, dann sicher etwas später.«

»Und ich dachte ... schade. Er hatte es doch versprochen.«

»Die Arbeit geht vor, Jimmy. Das kennen wir doch auch.«

Im Haus war Dana bereits mit den Vorbereitungen für das Dinner am Weihnachtstag beschäftigt. Seitdem sie keine langen Touren mit dem Snowmobil oder Hundeschlitten mehr unternehmen konnte, kümmerte sie sich mehr um den Haushalt. Die Hoffnung auf eine Operation hatte sie dennoch nicht aufgegeben. Wenn es eine Möglichkeit gab, ihr Bein so zu richten, dass sie weniger humpelte, musste sie es versuchen. Aber die Operation war riskant, und es bestand die Gefahr, dass sie danach noch stärker behindert war.

Das hatte Karen an einem der Abende erfahren, als sie mit Dana und Marla bei einer Flasche Rotwein zusammengesessen hatte. Beide Frauen waren sehr offen zu ihr gewesen und hatten sie ermutigt, auch offen über ihre Probleme zu sprechen. Als alleinerziehende Mutter hatte sie es nicht einfach, auch wenn sie gut verdiente und ihrem Sohn einen guten Kindergarten bieten konnte.

Bei Cappuccino und Keksen hielten sich aber beide Frauen mit Bemerkungen über Matt und sein Fernbleiben zurück. Sie ahnten wohl, wie sehr Karen unter seinem Verhalten litt, und diskutierten stattdessen über das Dinner mit traditionellem Truthahnbraten, das sie für den nächsten Nachmittag geplant hatten. Das Rezept für die Füllung aus Äpfeln und Rosinen hatten sie im Internet gefunden. »Wir hatten an Thanksgiving schon einen Truthahn«, sagte Dana, »aber der war uns so gut gelungen, dass wir an Weihnachten noch mal nachlegen wollten. Ist das okay?«

»Ich liebe Truthahn«, sagte Karen. »Mit Äpfeln und Rosinen … klingt gut.«

Von der Zufahrtstraße kam ein Geländewagen mit dem Logo von Channel 4 vorgefahren. »Hey, da kommt Cindy!«, freute sich Karen, als ihre Bekannte ausstieg. »Sie ist tatsächlich noch mal gekommen.« Hinter ihr stieg ein junger Mann aus, den sie ebenfalls sofort erkannte. »Das ist doch … das ist Doug!«

»Tatsächlich!«, staunte Dana. »Doug Walton … unser Sorgenkind!«

Als einige der Huskys wütend zu knurren und zu fauchen begannen, verschwand Doug schnell wieder im Wagen, und Cindy kam allein ins Haus. »Hi«, grüßte sie, »ich brauche deine Hilfe, Karen. Wir haben Doug Walton dabei, den Sohn eures Santa Claus. Ich hab dir doch gesagt, dass wir noch eine Überraschung planen. Wir haben eine Rubrik in der *Morning Show:* ›Happy Reunion‹. Da bringen wir Menschen zusammen, die sich eine Ewigkeit nicht gesehen haben. Und als ich letztes Mal von Doug und Charly hörte …«

»Du willst Doug und Charly zusammenbringen?«

»Doug und Santa Claus. Ideal für unsere Weihnachtsshow.«

»Vor laufender Kamera? Das machen die beiden doch niemals mit!«

Cindy zeigte ihr Fernsehlächeln. »Doug hat bereits zugesagt. Okay, wir mussten ihn ein wenig überreden und ein kleines Honorar versprechen, aber der Junge war völlig am Boden und hatte wohl schon selbst nachgedacht.«

»Bei mir war er noch bockig.«

»Du lächelst auch nicht so schön wie ich. Nein, ganz im Ernst, er weiß inzwischen ganz genau, dass er mit seiner Art nicht weiterkommt, und wollte sowieso nach Willow Creek zurückkehren. Allerdings war von seinem Vater keine Rede. Er sprach in höchsten Tönen von dieser Witwe Bagley.«

»Die Witwe hat ihm sehr geholfen.«

»Genau deshalb habe ich bereits mit ihr telefoniert. Sie ist bereit, in dem Beitrag aufzutreten, und will ihm einen Job und ein Zimmer anbieten. Sie wollte Charly überreden, ebenfalls mitzumachen, aber mir wär's ganz lieb, wenn du mitkämst und ihm gut zuredest, falls er sich sträubt. So was tust du doch gern.«

Karen lachte. »Du hast eine Art, einen zu überreden …«

»Am besten gleich«, setzte Cindy noch eins drauf. »Soweit ich weiß, ist Santa Claus bei der Witwe im Laden und spielt Schach oder Mühle mit seiner zweiten Besetzung. Also, raff dich auf! Ich spendier dir auch einen Schokoriegel.«

»Na gut. Aber nur, wenn ihr heute Abend auch filmt.«

»Das hatten wir sowieso vor.«

Karen verabschiedete sich von Dana und Marla und versprach Jimmy, der bei den Huskys geblieben war, nicht lange wegzubleiben. Sie stieg in den Geländewagen der Moderatorin und fuhr mit ihr zum Laden der Witwe Bagley. In ihrem Magen machte sich ein mulmiges Gefühl breit, als sie Dougs unsichere Miene ah.

»Ich hoffe, du bist nicht nur wegen des Geldes dabei«, sagte sie.

Doug stieg hinter ihr aus. »Nein, verdammt, ich hab die Schnauze voll von meinem Leben. Die Witwe ist eine gute Frau, die will mir helfen, die Kurve zu kriegen, und seitdem ich meinen Dad im Fernsehen gesehen habe … wir sind beide irgendwie am Arsch, und zusammen läuft es vielleicht besser.«

Cindy wartete, bis die Kamera lief, und baute sich vor dem Eingang auf. »Seit vielen Jahren waren Charly, der Santa Claus von Willow Creek, und sein Sohn Doug voneinander getrennt. Charly schmollte jahrelang vor sich hin, und Doug lebte seinen Frust in Fairbanks aus, geriet dort auf die schiefe Bahn und besann sich erst, als er seinen Vater als Santa Claus im Fernsehen sah. Jetzt endlich wollen sich die beiden versöhnen, und die Witwe Bagley, die in Willow Creek einen kleinen Laden betreibt, will ihnen dabei helfen.«

Cindy ging in den Laden voran und begrüßte die Witwe mit ihrem schönsten Lächeln. »Guten Morgen, Witwe Bagley. Sie kennen den jungen Mann?«

»Doug Walton … natürlich. Er hat Einiges durchgemacht und sich leider oft danebenbenommen, aber das soll jetzt aufhören. Ich biete ihm einen Job in meinem Laden an und hab sogar ein Zimmer für ihn. Ich glaube fest an ihn.«

»Aber das ist noch nicht alles.«

»Nein«, erwiderte die Witwe, der Cindy natürlich erklärt hatte, wie der Beitrag ungefähr ablaufen sollte. »Ich wäre sehr froh, wenn er sich mit seinem Dad versöhnen würde.« Sie erhob ihre Stimme. »Charly! Wo bist du?«

»Was gibt's?«, kam es aus dem Hintergrund.

»Besuch für dich!«, rief die Witwe.

Der Kameramann hatte den alten Mann, der auch an diesem Morgen sein Santa-Claus-Kostüm trug, bereits im Visier und filmte, wie Charly sich ächzend erhob und mit grimmiger Miene nach vorn kam. Als er seinen Sohn erblickte, blieb er stehen. »Was willst du denn hier?«, fragte er grob.

Anscheinend hatte es die Witwe nicht geschafft, ihn von der Versöhnung zu überzeugen. »Es wird Zeit, dass du endlich vernünftig wirst, Charly. Doug hat Einiges auf sich genommen, um sich mit dir zu vertragen. Das solltest du auch tun. Väter, die vor ihren Kindern davonlaufen, gibt es schon genug. Also gib dir endlich einen Ruck und vertrag dich mit ihm!«

»Doug und ich? Nun ja, ich war ziemlich lange allein.«

»Und du kannst nicht ewig her rumsitzen.«

»Schon klar. Eigentlich kann er ja auch gar nichts dafür.«

»Meine Rede, Charly. Als Santa Claus hast du eine Verantwortung.«

Charly musste grinsen, trat auf seinen Sohn zu und legte etwas unbeholfen die Arme um ihn. Über seine rechte Schulter blickte er in die Kamera. »Ich bin nicht der schlecht gelaunte Griesgram, für den mich alle halten, Leute!«

»Das sagt doch niemand, Charly«, tröstete ihn die Witwe.

»Dann sollt ihr euren Willen haben, verdammt.«

Karen hielt nur mühsam ihre Tränen zurück, weniger aus Mitgefühl als aus der Erkenntnis, dass sie dabei geholfen hatte, einen Weihnachtsmann mit seiner Enkelin und einen anderen mit seinem Sohn zu vereinen. Nur bei Matt hatte sie auf der ganzen Linie versagt. Fast wünschte sie sich, Cindy hätte sich auch um den Fallensteller gekümmert und ihn aus den fernen Bergen nach Willow Creek geholt. Mit Pauken und Trompeten und einem viel umjubelten Finale in der *Morning Show.*

Sie verabschiedete sich von den Leuten im Laden und trat auf den Gehsteig hinaus. Im festlichen Glanz der Weihnachtsbeleuchtung blieb sie stehen und ließ sich vom frischen Wind die Feuchtigkeit aus ihren Augen vertreiben. Ihre Sehnsucht nach Matt war so stark, dass sie mitten auf der Straße stehen blieb und nach Südosten blickte, in die Richtung, aus der Matt sich der Stadt nähern würde, falls er seine Hütte erreicht und ihre Nachricht gelesen hatte. Und falls er sich entschlossen hatte, zu kommen.

Zuerst dachte sie, ihre Fantasie würde ihr einen Streich spielen. Aber tatsächlich: außerhalb der Stadt, inmitten der Schneedünen, fuhr ein Mann mit einem Hundeschlitten auf die Stadt zu. Sie erkannte ihn schon von Weitem an seiner Haltung und der Art, wie er die Huskys antrieb, wagte aber nicht, seinen Namen auszusprechen. Zuerst musste sie sicher sein, dass ihre Fantasie nicht mit ihr durchging. Erst als er die Stadt erreicht hatte, sie seine Kommandos hörte und er wenige Schritte vor ihr den Schlitten abbremste, flüsterte sie: »Matt!«

Sie kümmerten sich nicht um die Leute auf den Gehsteigen, hatten nur Augen füreinander. Gingen aufeinander zu, zuerst langsam, dann immer schneller, bis sie sich in den Armen lagen und so fest umschlangen, als hätten sie nicht vor, sich jemals wieder loszulassen. Sie genoss seine Wärme, den festen Griff seiner Hände, seinen Atem in ihrem Nacken und schloss zufrieden die Augen, als sie sich so leidenschaftlich küssten, wie man es nicht mal in einem kitschigen Liebesfilm sah. Alles um sie herum war vergessen: der Wind, die Kälte, die Festbeleuchtung, die Leute auf den Gehsteigen, das Jaulen der Huskys. Es gab nur noch sie beide und ihr glückliches Wiedersehen.

»Ich liebe dich, ich liebe dich wirklich«, sagte sie.

»Ich liebe dich auch«, erwiderte er ein wenig unbeholfen. »Und es tut mir leid, dass ich so eifersüchtig war. Ich wusste ja nicht, dass ihr … dass ihr nichts miteinander habt … es sah nur so komisch aus, und ich … ich war so dumm, Karen.«

»Es war nichts. Ich hab ihm die Rosen vor die Füße geworfen.«

»Ich wäre schon eher gekommen, aber ich brauchte länger als sonst, um meine Fallen abzufahren, und dann kam dieser Blizzard. Ich war meilenweit von meiner Hütte entfernt und musste draußen übernachten … kam erst mittags nach Hause. Als ich deine Nachricht gelesen hab, bin ich gleich losgefahren.«

»Alles ist gut, Matt.«

Jimmy freute sich mit ihr, als Matt seinen Schlitten in gebührendem Abstand zu den Huskys von Dana und Marla parkte, und umarmte ihn, als würde er ihn schon jahrelang kennen. Er mochte den Fallensteller, einen Abenteurer wie aus dem Bilderbuch, einen Vater, wie ihn sich fast jeder Junge wünschte. Er ließ sogar Skipper im Stich, half ihm, die Huskys auszuspannen, fragte ihn natürlich, ob er über Weihnachten bleiben würde, und folgte ihm ins Haus.

Auch bei Dana und Marla war Matt ein gern gesehener Gast. Sie verwöhnten ihn mit einem üppig belegten Sandwich und einem Cappuccino, versprachen ihm ein Quartier für die Nacht und erneuerten ihre Einladung zum festlichen Weihnachtsessen. »Wir freuen uns sehr für euch beide«, sagte Dana.

»Santa Claus in Willow Creek« wurde ein voller Erfolg. Mehr als tausend Menschen bevölkerten die Main Street und bejubelten die verzweifelte Suche des Weihnachtsmannes nach seinem rotnasigen Rentier wie auch die gelungenen Actionszenen, die alle pannenfrei über die Bühne gingen. Dass die Witwe etwas länger redete als sonst, Laura sich ungewohnt friedlich gab und Jerry mit seinem Hubschrauber etwas ins Schlingern geriet, fiel kaum jemandem auf.

Rosalind war in Hochform. Noch vor der Aufführung hatte sie von Cindy erfahren, dass sie zu Probeaufnahmen als »Wetterfee« in den Sender kommen durfte, und entsprechend euphorisch spielte sie ihre Rolle. Wie ein unschuldiger Engel schien sie über dem Boden zu schweben, kein Vergleich zu ihrer lasziven Marilyn-Monroe-Nummer. Und Santa Claus war nach der »Happy Reunion« mit seinem Sohn so motiviert, dass er sich bei »Merry Christmas!« die Zipfelmütze vom Kopf riss und wie eine Trophäe in die Menge warf. Er hatte keine Ahnung, dass eine Indianerin mit ihrem Wolfshund in der Menge stand, die Mütze fing und sich rasch wieder von ihr trennte. Sie brauchte noch Zeit.

Der Höhepunkt für Karen war der Auftritt des Kinderchors, der mit seinem gefühlvollen »Silent Night« die Aufführung beendete. Jimmy winkte ihr verstohlen zu, während er sang, und rührte nicht nur sie zu Tränen. Sie suchte nach Matts Hand, drückte sie und sah, dass auch seine Augen feucht waren.

Bei der Party im Pioneer Cafe blieben Karen und Matt nicht lange, schon wegen Jimmy, der einigermaßen zeitig ins Bett sollte. Ihnen war das festliche Truthahnessen am nächsten Tag viel wichtiger.

Dana und Bill, Marla und Derek, Karen und Matt und Jimmy saßen um den großen Tisch im Wohnraum herum und freuten sich über den festlich geschmückten Weihnachtsbaum und die Weihnachtslieder, die aus den Lautsprechern klangen.

Dana setzte zu einer Rede an, als der Truthahn auf dem

Tisch stand, versprach aber, dass sie nicht zu lange dauern würde. Nach einigen einleitenden Worten wandte sie sich an Jimmy: »Lieber Jimmy, du hast während der letzten Tage gezeigt, dass du besser mit Huskys umgehen kannst als mancher erwachsene Züchter. Das hat auch Santa Claus erfahren und dir einen besonderen Wunsch erfüllt. Geh mal raus und sieh nach. Dein Geschenk erkennst du an der roten Schleife.«

Jimmy wusste nicht, wie ihm geschah. Nur zögernd ging er hinaus, um wenige Sekunden später einen begeisterten Schrei auszustoßen und mit Freudentränen in den Augen zurückzukehren. »Mom! Santa Claus hat mir Skipper geschenkt!«

»Skipper? Er gehört dir?«

»Natürlich weiß Santa Claus auch, dass ihr den Husky nicht in einer Wohnung halten könnt, aber was nicht ist, kann ja noch werden.« Sie blickte Matt an. »Und bis es so weit ist, kannst du uns so oft besuchen, wie du willst, natürlich mit deiner Mutter, und es wird immer eine Hütte für euch frei sein. Kostenfrei, denn du hilfst uns ja auch tatkräftig. Ist das okay, Jimmy?«

»Obercool!«, rief Jimmy.

»Dann hat Santa Claus dir alle Wünsche erfüllt?«

»Fast alle«, antwortete der Junge ehrlich. »Ich hab mir auch einen neuen Daddy gewünscht, aber Mom sagt, so was kann Santa Claus nicht erfüllen.«

»Vielleicht doch«, erwiderte Karen.

Alle Blicke richteten sich auf sie.

Karen errötete und küsste Matt auf die Wange. »Matt und ich haben uns vor dem Frühstück verlobt. Matt wird dein Dad. Ist das okay, Jimmy?«

»Ehrlich?«

»Ehrlich!«, bestätigte Karen. »Wir suchen uns ein Blockhaus in der Nähe von Anchorage. Draußen in der Natur, aber nahe genug an der Stadt, damit ich dich in den Kindergarten und danach zur Arbeit fahren kann. Matt will sich zum Ranger ausbilden lassen und in einem der Nationalparks arbeiten.«

»Und das Haus ist groß genug für uns und Skipper?«

»Ganz sicher.«

Dana freute sich. »Wenn das keine guten Nachrichten sind!« Sie erhob ihr Glas und prostete allen zu. »Bleibt mir nur noch zu sagen: Merry Christmas!«